UWE GOERITZ

Die Engelsmacherin vom Rabenstein

Bibliografische Information der Deutschen Nationalbibliothek:
Die Deutsche Nationalbibliothek verzeichnet diese Publikation
in der Deutschen Nationalbibliografie; detaillierte bibliografische Daten sind im Internet über http://dnb.dnb.de abrufbar.

© 2024 Uwe Goeritz
Coverbild: Bilder von Enrique Meseguer und Angela
            auf Pixabay
Covergestaltung: Uwe Goeritz
Verlag: BoD · Books on Demand GmbH, In de Tarpen 42,
22848 Norderstedt
Druck: Libri Plureos GmbH, Friedensallee 273, 22763 Hamburg
ISBN: 978-3-7583-6792-2

Inhaltsverzeichnis

Die Engelsmacherin vom Rabenstein 9

Eine von uns muss gehen! 10

Eine schwere Entscheidung 15

Ein kurzer Weg? 19

Freundinnen 23

Unter Frauen 27

Neue Aufgaben 31

Aller Anfang ist schwer 35

Von unten betrachtet 39

Unverdienter Dank der Mühe 43

Die Qual der Gefühle 47

Verbotene Blicke, verbotene Gedanken 51

Die Blumenfee! 55

Riskante Erkenntnisse 60

Sommerregen auf der Haut 64

Mit anderen Augen 68

Freundschaft, oder mehr? 73

Der Wert einer Vase 78

Wer im Glashaus sitzt 83

Auf dünnem Eis 87

Der zerbrochene Krug 91

Glück und Leid 95

Nichts mehr zu verlieren? 99

Stärker als die Angst 104

Geteiltes Leid, geteilte Freud 109

Ein Morgen der Hoffnungen 114

Verschlungene Wege des Schicksals 119

Oben und unten 123

Der letzte Tag im Paradies? 128

Die logische Konsequenz 132

Floras grüner Daumen 136

Der Beginn von etwas Neuem...................................... 141

Dem Glück so nah 145

Barbara sei Dank! 149

Wintertage und -nächte 154

Das Fest der Liebe 158

Ein Silberstreif am Horizont 162

Ein schlechtes Zeichen? 166

An glücklichen Tagen 170

Am Ende?... 173

Doppeltes Leid, oder zweifaches Glück....................... 178

Abermals gerettet?... 183

Noch ein neuer Morgen 188

Mit dickem Fell 193

In den Händen einer Mörderin! 197

Ein Meer der Tränen 201

Gute und schlechte Taten? 205

Rosalies aberwitzige Idee 209

Zwischen Zweifel und Wahrheit 213

Im Zweifel für die Freundschaft 218

Eifersucht und Leidenschaft 223

Die Suche nach der Wahrheit 228

Warnschuss vor den Bug 233

Eine Spur des Zeugen 237

Im Schicksal alleine! 242

Ungerechtigkeiten 246

Der Sinn des Lebens 251

Anne 255

Ein Wink der Vorsehung? 260

Die Rückkehr eines Engels 265

Zwei unterschiedliche Engelsmacherinnen 269

Eine göttliche Fügung 274

Engelsgleich 278

Verbotene Wege zurück 284

Garten der Kinder 288

Tage im Elysium 293

Die Stärke einer Frau 297

Unverhofft und doch hochwillkommen! 301

Fegefeuer der Versuchung 306

Im Schoß der Familie 311

Glück mal zwei! 315

Ein guter Tag! 319

Der Fluss des Lebens 321

Zeitliche Einordnung der Handlung: 324

Die Engelsmacherin vom Rabenstein

Das immer schlechter werdende Klima, mit eisigen Wintern und verregneten Sommern, sowie die bereits seit dem Jahre 1844 europaweit grassierende Kartoffelfäule dezimieren auch in Sachsen die Nahrungsmittelvorräte, erhöhen die Preise und bringen große Hungersnöte.

Gleichzeitig führt der industrielle Aufschwung dazu, dass auch die häusliche Arbeit der Bauern sich nicht mehr lohnt und viele der Verlockung der Städte nicht mehr widerstehen können.

Auch der sechzehnjährigen Gisela kommt das Leben in der nahen Stadt Chemnitz wie eine Verheißung vor und demzufolge zieht sie von ihrem Dorf am Fuße des Rabensteines in die Großstadt, doch schnell wird ihr dort klar, welche Abgründe sich hinter der scheinbar goldenen Fassade verbergen.

Trotz eigener Not will sie den Ärmsten und Hilflosesten helfen, den Frauen und Kindern in den Arbeitervierteln, aber mit der Zeit setzt sich bei ihr dabei die Erkenntnis durch, dass es für viele Kinder besser wäre, nicht geboren zu werden, allerdings droht für eine Abtreibung im schlimmsten Falle der Galgen!

In einer Epoche, in der es für einige wenige Menschen nach ganz oben, für viele aber in den Abgrund geht, muss Gisela ihren Platz in einer Gesellschaft finden, die sie am liebsten ins Gefängnis werfen würde.

Die handelnden Figuren sind zu großen Teilen frei erfunden, aber die historischen Bezüge sind durch archäologische Ausgrabungen, Dokumente, Sagen und Überlieferungen belegt.

1. Kapitel

Eine von uns muss gehen!

Dunkelgraue und niedrig hängende Wolken zogen beinahe im Schritttempo über die hügelige Landschaft dahin. Nicht weit entfernt im Süden begann der Höhenzug des Erzgebirges. Für die erste Juniwoche war es viel zu kalt und sorgenvoll ging der Blick der Menschen hinauf, auf das, was sich da über ihnen zusammenschob.

Wie eine düstere Last legte sich diese Wolkendecke auf die Schultern der Menschen und ein jeder schien dabei den Kopf einzuziehen. Manches Stoßgebet flog hinauf, doch keines davon wurde erhört, denn wie um die Menschen zu verheeren, öffneten sich die Schleusen des Himmels!

Hedwig eilte zu ihrer Kate, die nicht weit von ihr entfernt stand und dennoch reichten diese kaum hundert Schritte völlig aus, dass sie bis auf die Haut durchnässt war, als sie das Vordach über der Hüttentür erreichte.

Fassungslos starrte sie auf das Wasser, das gerade ihr Feld regelrecht überflutete. Der neben ihr stehende Eimer füllte sich in einer unglaublichen Geschwindigkeit mit Regenwasser und lief bereits über, als sie bis zehn gezählt hatte.

„Gott! Warum nur?", schrie sie nach oben, aber sie erhielt keine Antwort.

Alle Kräfte der Natur schienen sich gegen die Menschen verschworen zu haben.

Es war das Jahr 1871. Bereits im letzten Sommer war es so nass und kalt gewesen, dass die Kartoffeln auf den Feldern verfault waren.

Ihre Gedanken flogen zu einem anderen Jahr zurück, das sie als Kind erlebt hatte und bei dieser Erinnerung stellten sich ihr noch immer die Nackenhaare hoch. Damals, 1845, war es schon einmal so gekommen. Der Winter hatte zu jener Zeit mit grimmiger Kälte und Unmengen von Schnee bis Mitte März gedauert und die danach einsetzende Hitze hatte an der Elbe zu Überschwemmungen sowie Verwüstungen geführt und sie aus ihrer alten Heimat bei Meißen hierher vertrieben.

Mit kaum etwas, außer dem nackten Leben waren sie damals entkommen und soeben war die Angst wieder zurück, denn der herab prasselnde Regen überschwemmte momentan das Feld bei ihrer Hütte!

Zwei Monate hatten sie die Kartoffelsetzlinge aufgezogen, die sie mit dem letzten Geld gekauft hatten.

Zwei Wochen lang hatten sie nach den Eisheiligen von Sonnenaufgang bis oft tief in die Nacht im Schweiße ihres Angesichts die jungen Triebe in den knochentrockenen Boden gebracht, nur um jetzt, keine Woche später, zusehen zu müssen, wie sich der Acker in einen Sumpf verwandelte!

Die Schweine in ihrem Koben nebenan liebten es sichtbar, dass sich ihr Gatter in einen knietiefen Morast verwandelte, aber die kleinen grünen Spitzen der so mühsam aufgezogenen und sich vom Munde abgesparten Sprosse verschwanden gerade im Wasser.

Das da drüben war einmal der beste Acker des Dorfes gewesen, aber soeben spülte ein Sturzbach die fruchtbare Krume hinunter zum bereits angeschwollenen Unritzbach.

Zu dieser Jahreszeit hätte man normalerweise mit einem Sprung das andere Ufer des Gewässers erreicht, aber augenblicklich überflutete das Gewässer das Feld ihres Nachbarn! Der sonst an manchen Stellen nicht mal einen halben Klafter[1] breite Bach war auf das sicherlich Zehnfache dessen angeschwollen!

„Was noch, Gott!", schrie Hedwig wütend nach oben, doch als Antwort darauf öffnete der Himmel seine Schleusen nur noch weiter.

---

[1] Klafter - altes Längenmaß von 6 Fuß, also etwa 1,80 m.

Keine Armlänge vor ihr bildete das herabfallende Wasser eine Wand aus Tropfen, aus der ihr Mann Cohen schimpfend auftauchte und beinahe mit ihr zusammenprallte.

„Geh doch rein, du holst dir hier noch den Tod!", erklärte er und drängte sie zur Tür zurück.

Sie stellte die jetzt unnütze Gartenhacke, mit der sie nur Minuten zuvor noch den Ackerboden gelockert hatte, neben der Tür ab und trat in die Kate.

In der Küche angekommen wrang sie das Tuch aus, das bis gerade eben noch um ihren Schultern lag.

Gisela, ihre zweitälteste Tochter, kam auf sie zu und nahm ihr das feuchte Kleidungsstück ab, um es an den Ofen zu hängen.

Drei ihrer sechs Kinder standen am Küchenfenster und schauten verzweifelt hinaus. Die kleineren Töchter verstanden es noch nicht, aber Maria, Sebastian und Elisabeth hatten offenbar ebenfalls den Ernst der Lage erkannt. Das sagte zumindest deren angespannter Gesichtsausdruck.

„Was wird werden?", fragte Gisela besorgt und reichte ihr ein Tuch, bevor sie auch eines für ihren Vater holte.

Schnell warf Hedwig den Rest der Kleidung ab und zog sich eiligst an.

Wenige Augenblicke später stand sie am Herd, wärmte sich die Hände und seufzte nur.

Was sollte sie der Tochter sagen?

Sie wusste es ja selbst nicht! Nur eines war jetzt schon klar: Die Ernte in diesem Jahr würde sicherlich genauso ins Wasser fallen, wie die des letzten.

Und zwar buchstäblich!

Für neue Setzlinge hatten sie kein Geld oder sie würde zwei der kostbaren Schweine dafür opfern müssen, aber wozu? Um danach wieder zusehen zu müssen, wie das Feld im Morast verschwand?

Unablässig prasselte der Regen auf das Dach der Hütte und im selben Moment trat ihr ungeborenes Kind sie schmerzhaft in den Magen.

Es würde eine Entscheidung nötig werden!

Grübelnd rieb sie sich den Bauch und dachte daran, dass nur der kalte Wind und der äußert leckere Brombeerschnaps des letzten Herbstes sie kurz vor Weihnachten hatten unvorsichtig werden lassen.

Zu schön war es mit Cohen im gemeinsamen Bett unter der Daunendecke gewesen und sie hatten beide nicht aufgepasst! Das Resultat dieses Ausrutschers war jetzt, dass sie unbedingt eine Entscheidung treffen mussten.

Einer von ihnen würde gehen müssen, denn der Spruch ihres Mannes, wo acht Mäuler satt werden, da werden auch neun satt, hatte sich gerade erübrigt!

Langsam blickte sie von einem zum anderen und wägte vorsichtig ab. Maria war die älteste und siebzehn, aber der Sohn des Bauern, dessen Gehöft neben der Pelzmühle lag, hatte ein Auge auf sie geworfen und es war nur noch eine Frage von Tagen, bis er um ihre Hand anhalten würde.

Sebastian war ihr einziger Sohn und fünfzehn, aber er würde irgendwann mal diesen Hof übernehmen und Elisabeth war gerade dreizehn geworden.

Von den kleineren Geschwistern kam selbstverständlich auch keines infrage und damit blieb eigentlich nur noch Gisela übrig.

Erneut seufzte sie, denn die Sechzehnjährige war der Liebling ihres Vaters und die tüchtigste Hand im Hause. Es wäre schwer, sie zu ersetzen, aber vermutlich unumgänglich!

Gisela würde gehen müssen, oder sie alle würden verhungern!

„Mutter! Es hört auf!", rief Maria vom Fenster aus.

Kurz schöpfte Hedwig wieder Mut, bis sie zur Tochter trat und über deren Schulter auf das Feld hinaussah!

Sie hätte über den Anblick fluchen können, der sich ihr bot und vermutlich hätte es wohl auch kaum noch geschadet, es einfach nur zu tun.

Keine Stunde hatte der Regenschauer gedauert und er hatte das Werk der letzten drei Monate vernichtet!

Einzig der Gemüsegarten war wohl noch zu retten, denn er lag ein kleines Stück höher, als das Feld!

Mit den letzten Tropfen stürzte sie aus der Kate und besah sich den Schaden im Garten. Den verwüsteten Acker behielt sie dabei allerdings in ihrem Rücken, denn diesen wollte sie vorerst lieber nicht mehr sehen!

2. Kapitel

Eine schwere Entscheidung

Der Abend war über das Dorf gekommen, die Kinder lagen endlich im Bett und Cohen saß mit seiner Frau in der Küche am Herd. Er sah in ihren Augen, dass sie wohl eine Entscheidung getroffen hatte, aber momentan wusste er noch nicht, was sie bedeuten würde.

Hedwig war die schlaueste Frau, die er kannte und er vertraute ihr fast blind. Mit den Kindern in der Nähe hatte sie ihm bisher kein Wort verraten und daher war wohl anzunehmen, dass ihre Überlegung mit den Kindern zu tun haben würde.

Gisela erschien im Nachthemd in der Küche, trat auf sie zu und sagte: „Die Kleinen schlafen jetzt auch. Ich wünsche euch eine gute Nacht!"

Sie beide gaben der Tochter den Gruß zurück, sie ging und Hedwig hing auch Minuten später noch mit ihrem Blick auf der jetzt bereits wieder geschlossenen Tür.

Schließlich seufzte sie, wandte sich ihm zu und erläuterte ihm ihre Überlegungen: „Wir bringen nicht mehr alle durch den nächsten Winter. Elisabeth hat den letzten gerade so geschafft!"

Cohen erinnerte sich wieder an die Fieberschübe der Tochter und nickte seufzend, denn dem war wohl so! Seine Schwester hatte im letzten Winter zwei ihrer kleinen Kinder an den Hunger verloren und sein nächstes, jetzt noch ungeborenes, Kind würde ihnen zwangsläufig folgen müssen, wenn sie keine Lösung fanden.

„Ich werde zwei der Schweine auf den Markt treiben!", erklärte er.

„Das wird nicht reichen", entgegnete Hedwig und starrte in das Herdfeuer hinab.

„Ich habe alles ein paar Mal hin und her überlegt!", setzte sie fort und schob sich eine Haarsträhne hinters Ohr.

Hedwig hob den Blick, schaute ihm in die Augen und verkündete: „Gisela muss in die Stadt und dort eine Anstellung als Magd übernehmen. Nur dann, und mit ihrer Hilfe von dort aus, können wir es schaffen!"

„Bitte nicht sie!", erwiderte er, aber er wusste nur zu gut, dass Hedwig sich das sicherlich schon stundenlang überlegt hatte, denn sie sagte nichts ohne Grund!

„Es muss sein!", flüsterte sie und legte ihm die Hand auf den Arm.

Er wusste, dass sie damit wohl recht haben würde, doch er wartete noch auf die weiteren Erklärungen seiner Frau.

„Maria steht kurz vor der Hochzeit, Elisabeth ist noch zu jung und deinen einzigen Sohn willst du doch sicherlich nicht vor die Tür setzen müssen. Oder?"

„Wohl wahr, aber was soll Gisela machen?", entgegnete er.

„Am Sonntag hat mir meine Base Sieglinde im Gottesdienst davon erzählt, dass Minna, die Tochter ihrer Schwägerin, ihr davon berichtet hat, dass bei der reichen Familie, wo sie in Chemnitz in Anstellung ist, in der letzten Woche eine Magd an der Schwindsucht gestorben ist. Noch suchen sie einen Ersatz und ich bin mir sicher, dass Gisela tüchtig genug ist, diese Stelle zu bekommen. Sie muss nur schnell genug sein!", erläuterte sie ihre Gedankengänge.

Seufzend blickte Hedwig jetzt zum Fenster und setzte hinzu: „Und nach diesem Regen ist das jetzt fast wie eine Aufforderung Gottes, dass sie sich schleunigst dorthin auf den Weg machen soll, denn noch solch eine Gelegenheit bietet sich ihr sicherlich nicht so schnell!"

„Da wirst du wohl recht haben", pflichtete er ihr notgedrungen bei.

Eine Anstellung bei einer reichen Kaufmannsfamilie in Chemnitz war so schlimm nicht und wer wusste schon, wann es wieder solch ein gutes Angebot gab, aber ausgerechnet Gisela?

„Ich weiß, dass es dir schwerfällt, aber es muss sein!", sagte Hedwig jetzt und strich ihm beruhigend über den Arm.

Stumm blickte Cohen vor sich hin, wog alles noch einmal ab und überlegte dieselben Gedankengänge, die offenbar auch seine Frau schon zu dieser Entscheidung gedrängt hatten.

Alles war klar, zwingend und in sich schlüssig. Sicherlich hätte es Hedwig ihm sonst auch nicht vorgeschlagen.

„Wir sollten eine Nacht darüber schlafen und morgen früh einen Entschluss treffen!", legte Hedwig fest, stemmte sich vom Stuhl hoch, drückte ihren Rücken durch und rieb sich den Bauch.

„Gibt es denn wirklich keine andere Lösung?", fragte Cohen, obwohl er es wusste.

Seufzend schüttelte die Frau den Kopf und schlurfte zur Tür der Kammer hinüber.

Er blickte ihr nach und ihr Gang sagte mehr darüber aus, wie schwer ihr diese Entscheidung gefallen war, als es wohl jedes weitere Wort vermocht hätte.

Cohen blieb am Ofen sitzen und sah in die Glut.

Selbstverständlich war Gisela diejenige, auf die Hedwigs Wahl fallen musste, allerdings war sie im Haushalt auch die rechte Hand seiner Frau.

Natürlich halfen auch die anderen Kinder mit, aber Gisela war eben am Morgen die erste in der Küche und am Abend die letzte, die ins Bett fiel.

Außer heute wohl!

Im Scheine der letzten Glut dachte er an all die Momente zurück, die er mit der Tochter erlebt hatte und es war wohl schon so eine Art von Abschied.

Der Spruch seiner Frau mit der Entscheidung am nächsten Tag sollte ihn eventuell nur trösten und ins Bett bringen, denn Hedwig hatte diese bereits getroffen.

Und es war richtig!

Gisela würde es in Chemnitz sicherlich besser haben, als hier in ihrer Hütte, aber der unausweichliche Abschied fiel ihn viel zu schwer.

Als er sehr viel später in die Kammer ging, hörte er das leise Schluchzen seiner Frau. Er legte sich zu ihr, zog sie tröstend in den Arm und strich ihr übers Haar.

3. Kapitel

Ein kurzer Weg?

Nach dem Frühstück war Gisela aufgebrochen und ging jetzt in nördlicher Richtung, bevor sie dann später nach der Burg Rabenstein auf die Straße nach Osten abschwenken würde.

Es war ein wundervoller Morgen und nichts erinnerte mehr an die sintflutartigen Regenfälle des Tages zuvor.

Zumindest hier auf dem Weg, denn das Feld, an dem sie zuvor vorbeigekommen war, verdiente wohl kaum noch diesen Namen! Es war völlig verwüstet.

Zügig schritt sie aus und bei ihrem derzeitigen Tempo würde sie für die Strecke nicht viel länger als zwei Stunden benötigen. Sie kannte den Pfad gut, denn sie hatte ihn schon ein paar Male mit dem Vater zurückgelegt, als sie zusammen auf den Markt nach Chemnitz gegangen waren.

Der Beutel mit ihren wenigen Habseligkeiten tanzte auf ihrem Rücken herum. Sie besaß nicht viel, ihr wertvollster Besitz war ein wunderschöner hölzerner Kamm, den ihr der Vater erst im Jahr zuvor geschenkt hatte, als sie zusammen mit ihm und ihrer Schwester Maria drei Schweine auf dem Markt mit einem guten Gewinn verkaufen konnten und der Dank des Vaters war dieser Kamm aus Kirschbaumholz.

Die Mutter hatte ihr eine Mahlzeit als Wegzehrung und eine Flasche Wasser mitgegeben. Die Adresse stand auf dem Zettel in ihrem Beutel.

Sie kannte Minna, zu der sie jetzt auf dem Weg war, denn vor zwei Jahren hatte diese noch hier in Unterrabenstein gewohnt und sie hatten oft zusammen gespielt, bevor Minna dann in die nahegelegene Stadt gezogen war.

Gisela hatte das Kopftuch abgenommen und ließ den Wind durch ihre lange strohblonde Mähne wehen. Nur sie hatte diese wundervolle Haarfarbe von der Mutter geerbt. Alle ihre Geschwister hatten dagegen das braune Haar des Vaters. Er hatte ihr oft gesagt, sie sähe wie eine jüngere Ausführung ihrer Mutter aus und vielleicht war sie deshalb mitunter von ihm ihren Geschwistern etwas vorgezogen worden.

Wie zum Beispiel bei diesem Kamm. Maria hatte am Verkauf der Schweine einen ebenso großen Anteil gehabt, doch sie hatte vom Vater nur ein Tuch dafür bekommen, das die Schwester im letzten Winter, mit Mutters Hilfe, reich bestickt hatte.

Maria war geschickt mit der Nadel, bei ihr selbst waren die handwerklichen Fähigkeiten etwas verkümmert, denn sie hatte oft an Vaters Seite die schweren Arbeiten verrichtet.

Sie war damit stark geworden und mitunter hatte sie ihren ein Jahr jüngeren Bruder Sebastian beim Raufen niederringen können, was der Mutter natürlich nicht gefallen hatte, denn ein Mädchen raufte sich nun mal nicht!

Jetzt eilten ihre Gedanken voraus und sie fragte sich, was sie in Chemnitz wohl machen würde. Minna hatte ihr nicht viel von dem Hause berichtet, aber von Mutters Base wusste sie, wie prunkvoll das Anwesen des Kaufmannes wohl sein sollte. Allerdings hatte Sieglinde manchmal so einen Hang zur maßlosen Übertreibung.

In ein paar Stunden würde sie sich selbst darüber ein Bild machen können. Vorausgesetzt, die Stelle war noch frei.

Doch was, wenn dem nicht mehr so war?

Aber darüber würde sie sich dann später Gedanken machen.

Gisela passierte die Reste der kleinen Burg, schwenkte danach nach Osten ab und hatte damit auch die Rauchfahnen der Stadt als Wegmarkierung vor sich. Die stammten aus den Schornsteinen der Gießereien und Tuchmachereien. Zumindest hatte das Sieglinde gesagt, aber ob das stimmte, war ebenfalls unklar.

Mit großen Schritten ging sie ihrem Ziel entgegen und gelegentlich kamen ihr Ochsenkarren entgegen oder Reiter überholten sie. Die qualmende Wegmarkierung am Horizont war allerdings auch weiterhin deutlich zu erblicken.

Es war nur ein kurzer Weg aus dem Dorfe in die Stadt, zumindest räumlich gesehen, doch wenn nur ein Teil dessen stimmte, was Mutters Base immer so erzählt hatte, dann lagen da goldene Zeiten vor ihr und die Neugier darauf zog sie vorwärts.

Der altbekannte Hohlweg nahm ihre Aufmerksamkeit nicht in Beschlag, denn zu oft war sie ihn bereits gegangen, doch dieses Mal sollte er ein Pfad ohne Wiederkehr sein!

Zwar hatte der Vater ihr beim Abschied auch die Rückkehr freigestellt, falls es mit der Stelle nicht klappen würde, doch er hätte sie sicherlich nicht auf diesen Weg geschickt, wenn es eine Alternative dazu gegeben hätte.

Vor dem Ziel würde sie an dem kleinen Fluss Chemnitz an der vor ihr liegenden Bierbrücke die Gelegenheit nutzen, sich noch einmal kurz zu erfrischen, das Haar zu kämmen und zu verschnaufen, um einen möglichst guten Eindruck bei der neuen Herrschaft zu vermitteln.

Kurz bevor die Sonne ihren höchsten Punkt am Himmel erreichte, war auch Gisela an dem beabsichtigen Rastplatz angekommen. Sie setzte sich an das steile Ufer des Flusses, wusch sich Gesicht, Arme und Beine, kämmte sich die Haare und band sich das Kopftuch wieder um.

Nachdem sie sich auch noch ausgiebig gestärkt hatte, ging sie langsamer über die Brücke und von dort zum Markt.

Im mittäglichen Gewimmel auf dem Marktplatz suchte sie nach der markanten Kleidung einer Magd, befragte die Frau nach der Adresse und erhielt die korrekte Beschreibung der jetzt noch vor ihr liegenden Wegstrecke, aber es war nicht mehr sehr weit.

Abermals überquerte sie die Brücke und näherte sich danach langsam dem Haus, klopfte sich noch einmal den Straßenstaub

vom Kleid und prüfte ihre Anzugsordnung, bevor sie vor das Anwesen trat.

Sieglinde hatte nicht übertrieben oder gelogen, denn dieses
dreistöckige Gebäude glich von außen wahrhaftig einem Schloss!
An der Fassade befand sich exklusiver Stuck, von oben schauten
steinerne Engel auf sie herab und um das Gebäude herum befanden sich kleine Grünflächen.

Staunend stand Gisela davor, als von der Seite jemand nach ihr
rief. Sie wandte sich dorthin und bemerkte Minna, die mit einem
Besen den Gehweg gesäubert hatte.

Sie eilten aufeinander zu, umarmten sich und danach brachte
die Freundin sie zum Seiteneingang, der etwas weniger aufwendig
verziert war und offenbar dem Personal vorbehalten blieb.

Mit ganz viel Glück würde sie dann auch schon bald dazu ge-
hören, aber jetzt war sie erst einmal darauf gespannt, ob sich der
Prunk im Inneren des Bauwerkes fortsetzen würde.

An Minnas Seite betrat sie das Gebäude und für ein Stück des
Weges war es einfach nur ein schlichter Durchgang, dann stand sie
im Empfangssaal und es verschlug ihr abermals förmlich den
Atem.

Das sollte das Haus eines Kaufmannes sein? So ähnlich hatte
sie sich immer das Schloss eines Königs vorgestellt, wenn ihr die
Mutter früher Märchen erzählt hatte, aber das hier war keine Er-
findung, das war echt!

Minna ordnete schnell ihre schwarzen Haare und gab ihr damit
das Zeichen, dies ebenfalls zu machen, dann trat eine vornehm
gekleidete Frau auf sie zu.

„Das ist Sybille, die Mamsell!", flüsterte die Freundin ihr zu
und machte einen Knicks.

Auch dem schloss sie sich an.

Jetzt galt es!

4. Kapitel

Freundinnen

ebeneinander standen sie im Eingangsbereich des Hauses und warteten auf die Mamsell. Gisela neben ihr war ziemlich aufgeregt, aber das war auch nur zu verständlich.

Sie selbst konnte sich noch gut an ihren ersten Tag hier erinnern. Das war jetzt fast zwei Jahre her und nur ein paar Tage vor der Hochzeit des Herrn mit seiner Frau gewesen und auch sie war damals von diesem Prunk einfach überwältigt gewesen.

Minna blickte zur Seite, sie waren beide gleich groß, hatten fast denselben Körperbau und glichen sich auch sonst äußerlich, einzig die Haarfarbe unterschied sie. Und die Länge der Haare, denn Giselas strohblonde Mähne war schon vor Jahren kaum zu bändigen gewesen.

Sie selbst hatte sich einen Zopf geflochten, der perfekt unter der Haube verschwand.

Und noch etwas unterschied sie, denn Gisela war eindeutig die stärkere von ihnen.

Eigentlich war sie völlig furchtlos, aber gerade war da so ein fast ängstlicher Zug um ihre Augen zu bemerken. Oder war es mehr Respekt? Vermutlich wohl das, denn Gisela fürchtete sich vor kaum etwas.

Die Mamsell kam die Treppe herab, Minna flüsterte Gisela ins Ohr: „Das ist Sybille, die Mamsell!", danach machte sie einen Knicks.

Obwohl auch Sybille nur zu den Hausangestellten und nicht zur Herrschaft gehörte, unterstand ihr das Dienstpersonal und ein Fingerzeig von ihr konnte entscheiden, ob man diese durchaus lukrative Stelle erhielt oder verlor und daher war es immer von Vorteil, sich gut mit ihr zu stellen.

„Das ist Gisela. Sie stammt aus meinem Dorfe und hätte gern die freie Stelle. Sie ist eine gute Arbeiterin", erklärte sie, noch im Knicks verharrend.

„Erhebt euch", begann die Mamsell und fragte Gisela: „Du willst also die Anstellung haben? Was kannst du denn?"

„Ich kann putzen, kochen, Gartenarbeit und alles, was so im Haushalt anfällt", erklärte Gisela.

„Zeig mal deine Hände!"

Gisela streckt der Mamsell die Hände entgegen und die betrachtete aufmerksam die Finger und Handinnenseiten.

„Ich sehe, du bist schwere Arbeiten gewohnt. Wir werden es mal mit dir probieren. Du wirst zwei Wochen zeigen müssen, was du kannst und ich befrage dann noch die Herrin, ob du bleiben darfst. Minna zeigt dir jetzt erst einmal das Haus und wo du schlafen kannst!"

„Danke schön. Ich werde euch nicht enttäuschen", entgegnete Gisela mit einem erneuten Knicks.

Sybille stieg wieder hinauf und Minna begann weisungsgemäß der Freundin das Haus zu zeigen.

„Hier unten findest du die Empfangshalle, einige Räume fürs Personal und die Küche", begann sie und zeigte mit der Hand auf die Türen der jeweiligen Zimmer.

Danach gingen sie zur Küche, wo sie fortsetzte: „Neben der Küche ist unser Esszimmer und das ist Bettina, sie ist unsere Köchin!"

Bettina trat auf sie zu, wischte sich die Hände an der Schürze ab und begrüßte Gisela mit einem kräftigen Handschlag, wie sie es immer machte, aber auch Gisela drückte ordentlich zu und das schien Bettina sichtbar zu gefallen.

Weiter ging die Führung.

„Im ersten Stock sind die Bibliothek, der Speisesaal der Herrschaften, der große Saal, die Wohnzimmer der Herrschaft, deren

Badezimmer und ein paar Gästezimmer!", erklärte sie weiter und stieg an Giselas Seite die Treppe hinauf.

„Und ganz oben wohnen wir!", setzte sie noch hinzu, als sie im Obergeschoss angekommen waren.

„Wie viele Leute wohnen denn hier?", fragte die Freundin.

Sie begann an den Fingern abzuzählen: „Der Herr und die Herrin, zwei Knechte, Peter und Gustav, sechs Mägde, mit dir, und dann noch Sybille!"

Sie schob die Mägdekammer auf und erzählte weiter: „Hier schlafen Bettina, ich, du, Magda, die Zofe der Herrin, Claudia, die Küchenhilfe und auch Flora, die den Garten betreut!"

Dabei zeigte sie auf die jeweiligen Betten der Mägde, die nebeneinander unter der Dachschräge von Wand zu Wand standen.

„Das da ist also mein Bett?", fragte Gisela und trat an ihr zukünftiges Lager.

„Eines für mich alleine? Daran muss ich mich sicherlich erst noch gewöhnen und wie weich das ist!", entfuhr es der Freundin.

Gerade fiel Minna ein, dass Gisela ja im Gegensatz zu ihr mit vielen Geschwistern aufgewachsen war. Sie selbst war ein Einzelkind gewesen und fast etwas Exotisches, aber damit zeit ihres Lebens gewohnt, ein eigenes Bett zu haben.

Gisela setzte sich auf ihr Lager und fragte: „Und was wird jetzt hier meine Aufgabe sein? Oder hätte ich das die Mamsell fragen müssen?"

„Deine Vorgängerin war hier die Putzmagd und du wirst dann wohl ihre Obliegenheiten übernehmen. Damit wird dann Flora wieder für die Gartenarbeit freigestellt werden, denn bisher hat sie den Garten wegen der Arbeit im Hause ein paar Tage vernachlässigt!", entgegnete sie und setzte sich zu ihrer Freundin.

„Das ganze Haus putzen? Jeden Tag?", fragte Gisela und zog die Stirn in Falten.

„Rede einfach mit Flora, sie wird dir helfen und ich am Anfang auch. Später hat dann jeder seine Aufgabe hier. Es ist nicht einfach, aber das Essen und die Bezahlung sind klasse!", erzählte sie der Freundin.

Die Tür öffnete sich, die Mamsell trat in die Kammer und sie beide sprangen vom Bett.

„Gisela! Die Herrin möchte dich heute nach dem Abendessen sehen und wenn du ihr gefällst, dann wirst du zwei Wochen für freie Kost und Logis arbeiten und wenn du das gut machst, darfst du bleiben und erhältst auch Lohn!"

„Danke, gnädige Frau!", sagte Gisela schnell und machte einen Knicks.

Die Mamsell nickte freundlich und ging.

„Was bekommst du hier eigentlich in der Woche als Gehalt?", fragte die Freundin sie.

„Fünf Groschen!"

„So viel? Jede Woche?", entfuhr es Gisela überrascht.

„Und das Essen sowie die Unterkunft gibt es da noch gratis obendrauf", erklärte sie noch für die Freundin.

Gisela blieb der Mund offen stehen.

„Ich gebe dir mal noch deine Kleidung!", setzte Minna fort und ging zu der Kiste, in der sich die Bekleidung von Giselas Vorgängerin befand.

„Du hast ihre Statur und sie konnte es nicht dorthin mitnehmen, wo sie jetzt ist!", erklärte sie und gab Gisela die Sachen.

Schnell zog sich die Freundin an und das Gewand passte wirklich perfekt.

„Ich muss mich wieder an meine Arbeit machen, aber ich schicke dir Flora vorbei!", sagte sie und eilte aus dem Raum.

Die eigene Arbeit war viel zu lange liegen geblieben und jetzt musste sie sich sputen, um bis zum Abend ihr versäumtes Pensum wieder aufzuholen.

5. Kapitel

Unter Frauen

Unschlüssig stand Gisela in dem Raum. Soeben war entschieden worden, dass sie erst mal eine Weile hier arbeiten durfte, zumindest wenn die Herrin dem zustimmte, doch was sollte sie jetzt tun? Warten? Oder sich irgendwie nützlich machen, um nicht schon am ersten Tag ein ungutes Bild abzugeben? Nur wo?

Hätte sie nicht einfach Minna befragen sollen, ob sie der Freundin helfen konnte, die durch ihr Eintreffen versäumte Zeit wieder aufzuholen?

Sie strich sich das Kleid glatt und wollte zur Tür gehen, als diese aufgerissen wurde und eine Frau in den Raum eilte.

„Bist du die neue Magd?", erkundigte sich die Frau, was wohl eine ziemlich seltsame Frage war, denn sie beide kannten sich ja noch nicht.

Gisela nickte.

„Ich bin Flora, du bist meine Ablösung", erklärte sie danach.

Die Frau war eigentlich ganz hübsch und lange rote Locken rahmten ein wunderschönes Gesicht ein, das aber etwas entstellt war, weil die Nase der Frau offensichtlich schon vor Jahren gebrochen und nicht wieder richtig zusammengewachsen war. Eine Narbe zog sich oberhalb ihres linken Auges schräg über ihre Stirn.

Flora mochte noch keine 25 Jahre alt sein und kam auf sie zu.

„Ich möchte dir erklären, was du ab morgen zu tun hast", sagte sie und wenig später wirbelten sie zu zweit durch das Gebäude.

Flora zeigte ihr alle Stellen, die einer besonderen Reinigung bedurften und sie kamen dabei leise ins Gespräch.

„Ich helfe dir morgen noch mal, dann kümmere ich mich wieder um meinen Garten", erklärte Flora.

„Du bist die Gärtnerin?", fragte Gisela.

„Eigentlich nicht. Es gibt hier nicht so viel zu tun, um einen Gärtner zu haben, aber die junge Herrin feiert jeden Samstag und manchen Sonntag mit ihren Freundinnen und sie will immer frische Blumen im Hause haben. Daher haben wir ein Glashaus hinter der Villa stehen, wo immer die schönsten Blumen dafür blühen. Den Garten mache ich aber nur zu einem Teil, sonst bin ich auch noch für die Wäsche zuständig. Wenn du also mal was auszubessern hast, dann gib es mir."

„Wie ist hier eigentlich die Arbeitseinteilung im Hause?"

„Du bist für die Reinigung hier drin zuständig und mit Bettina eigentlich die einzige von uns, die nur einen Bereich hat, aber das Haus ist riesig! Das Erdgeschoss musst du täglich putzen, die Etage der Herrschaft alle zwei Tage und unsere einmal in der Woche. Teile es dir einfach so ein, wie du es möchtest. Am Sonntag haben wir dann nach dem Gottesdienst meist frei", erklärte Flora ihr.

„Kann ich am Sonntag mal dein Blumenhaus sehen?", fragte Gisela.

„Gern!", antwortete Flora und setzte mit ihrer Aufzählung fort: „Also Minna macht draußen sauber und putzt auch die Fenster. Magda, die Zofe der Herrin, muss abends noch bedienen und Claudia, die junge Küchenhilfe, kauft auch noch ein! Das waren die Mägde, aber wir haben auch noch zwei Knechte. Peter ist der Stalljunge und Gustav ist der Diener des Herren und gleichzeitig auch der Kutscher! Du siehst sie alle heute Abend beim Essen!"

Über schwatzen und arbeiten verging die Zeit wie im Fluge und dann saß sie mit den anderen Mägden und den beiden Knechten im Raum neben der Küche.

Bettina hatte eine wohlschmeckende Suppe gemacht und dazu gab es noch frisch gebackenes Brot.

Beim Essen ließ Gisela ihren Blick in der Runde schweifen. Bis auf sie, Flora und Minna hatten alle Anwesenden dunkelblonde Haare. Die Küchenhilfe war sicher noch keine dreizehn Jahre alt und alle anderen Frauen waren schon in Floras Alter. Gustav hatte bereits schütteres graues Haar, aber Peter war sicherlich noch keine dreißig. Floras Bezeichnung Stalljunge meinte wohl nur seine Funktion, denn ein Junge war er schon lange nicht mehr! Wenn man so wollte, so war er ein Bild von einem Mann. Er hatte die Ärmel hochgekrempelt und seine Unterarme waren ziemlich muskulös.

Gerade fragte sie sich, was die Mägde wohl in der Nacht machten, wenn Peter im Nebenzimmer schlief.

Verstohlen beobachtete sie den Mann und bemerkte dabei auch, wie Minna ihn gelegentlich von der Seite aus regelrecht anschmachtete. Allerdings schien Peter davon keine Notiz zu nehmen. Er löffelte seine Suppe mit einer stoischen Ruhe aus.

Irgendwann stand Magda auf und trat zu Bettina, um das Essen für die Herrschaft in Empfang zu nehmen.

„Komm mit!", sagte Magda dann zu ihr.

Gisela erhob sich und eilte hinter der Zofe her.

Jetzt kam wohl der Moment, wo sie der Herrin vorgestellt werden sollte. Im Gang strich sie noch einmal schnell die Kleidung glatt, fuhr mit der Hand über ihre Haare und trat dann hinter Magda in einen wirklich prachtvoll ausgestatteten Raum.

Neben der Tür blieb sie stehen und machte einen Knicks. Die Herrin trug ein herrliches nachtblaues Gewand mit einem Spitzenkragen und hatte lange hellblonde Haare, welche die Farbe von reifem Getreide hatten. Sie war sicherlich noch keine fünfundzwanzig und ihr gegenüber saß der Herr.

Er war eine wirklich stattliche Erscheinung in einem eleganten Anzug, mit dunklen Haaren und nur einige Jahre älter, als Peter.

Geduldig wartete Gisela auf ihrer Position, bis sie nach dem Essen mit einer Handbewegung der Herrin zum Tisch gebeten wurde.

Während Magda mit dem benutzten Geschirr nach draußen eilte, blieb Gisela in ihrem Knicks vor der Herrin.

Der Herr räusperte sich und ging.

Jetzt war sie mit der Herrin alleine in dem Raum.

„Du bist recht hübsch", begann die Herrin und legte ihr die Hand unters Kinn, um ihr den Kopf hin und her zu drehen und sie damit von beiden Seiten zu betrachten. „Ich möchte, dass du ab sofort zusammen mit Minna und Magda bei meinen Empfängen die Gäste bedienst. Du kannst das doch? Oder?", fragte die Herrin.

Sie hatte so etwas zwar noch nie gemacht, aber sie würde sich bei Minna darüber informieren, was dabei wichtig wäre und daher log sie einfach: „Ja, gnädige Herrin!"

„Fein! Dann werde ich es mal mit dir auf einen Versuch ankommen lassen! Ich hoffe, du bist so fleißig, wie deine Vorgängerin!"

Die Herrin nickte huldvoll, erhob sich und ging ebenfalls.

Gisela blickte ihr noch einen Moment nach, bevor sie wieder in die Küche eilte und dort brachen alle gerade auf, um in ihr Zimmer zu steigen.

Oben in der obersten Etage angekommen schloss die Mamsell die beiden Männer in ihrer Kammer ein, bevor sie den Schlüssel an sich nahm und damit in ihren Raum ging. Damit waren die Schlafplätze der Männer schon mal geklärt und gesichert!

Und wo die Katze nicht zum Kater kam, da konnte auch sonst nicht viel passieren.

Minnas verlangender Blick galt jetzt der verschlossenen Tür, bevor Gisela die Freundin am Arm packte und in den Raum zog.

6. Kapitel

Neue Aufgaben

Am Abend war Gisela in ihr Bett gefallen. Die zuvor erlebte und dann von ihr abfallende Aufregung und der doch beschwerliche Weg hatten schnell ihre Augen geschlossen und sie hatte wie ein Stein geschlafen.

Im ersten Licht des neuen Tages, das sich durch ein Dachfenster zu ihrer Kammer hereinkämpfte, hatte Flora sie geweckt und nach einer kurzen Wäsche waren sie zusammen nach unten geeilt, um den Vorraum zu säubern.

Flora sagte Vestibül dazu, das klang sehr vornehm und dieser Raum war wohl der prachtvollste des ganzen Hauses!

Flugs kniete sie neben der anderen Frau und säuberte die Fliesen auf dem Boden. Diese waren handbemalt und äußerst empfindlich gegen jede Art von Schmutz.

Flora hatte ihr am Tage zuvor erklärt, dass dieser Raum das Aushängeschild des ganzen Gebäudes war und daher auch einer entsprechenden Pflege bedurfte. Er hatte jederzeit blitzblank und perfekt zu sein, denn alle Besucher mussten hier hinein und wurden hier von der Hausherrin oder dem Hausherrn empfangen.

Gelegentlich mussten die Gäste hier auch einen Moment Platz nehmen und dafür befand sich an der Seite eine Sitzgruppe aus bequemen Sesseln und einem niedrigen Tisch.

Dieser Bereich hier hätte wohl auch in einem prunkvollen Palast nicht schöner aussehen können und bei der Arbeit konnte Gisela diesen Raum bewundern.

Er war in etwa zwanzig Schritte breit sowie dreißig lang und das Zentrum des ganzen Gebäudes. Am vorderen Ende gab es eine große Eingangstür und zwei Fenster, die sich jeweils neben dieser befanden. Diese Fenster waren wirklich riesengroß und ließen das Licht in den Raum fluten.

An der anderen Seite führte zuerst eine breite Treppe auf die halbe Höhe, wo zwei kleinere Treppen zu den Flanken abzweigten und auf eine umlaufende Balustrade führten, von der dann alle Zimmer der Herrschaft abzweigten.

Und nur von dort aus war das Bild der Fliesen richtig zu erfassen. Beim Hinuntergehen hatte sie eine Jagdszene darin erkannt, mit Bäumen, Hunden, Hirschen und Jägern.

Während also noch alle im Hause schliefen, rutschten sie zwei bereits durch den Vorraum und polierten die Bodenkacheln auf Hochglanz.

Im Frühjahr und im Herbst, mit dem Matsch draußen, war es sicherlich eine Aufgabe für den ganzen Tag, diesen Boden so sauber zu halten und dabei gab es im Hause noch so viele weitere Zimmer und Räume!

Wie sie das alles nur alleine schaffen sollte, war ihr im Moment noch unklar, aber sowohl Flora als auch ihrer Vorgängerin war es ja gelungen, diese Pracht zu bewahren.

Und noch bevor der Diener die Haustür aufschloss, musste der Raum blitzblank sein.

Daher waren sie beide auch schon so früh hier.

„Am besten lässt du immer die Zimmertüren offen, wenn du in einem Raum putzt. Da kannst du dann hören, ob sich die Haustür öffnet und sofort hier nach unten eilen. Das Geräusch der schweren Tür ist sehr markant und du wirst es schon in einigen Stunden begriffen haben, was du dann immer tun musst. Im besten Falle musst du nur kontrollieren", erklärte Flora, richtete sich im Knien auf und legte den Lappen zur Seite.

Sie warfen noch einen letzten prüfenden Blick umher, schoben einen der Sessel zurecht und eilten danach nach oben, um sich jetzt gründlicher zu waschen und danach wieder anzuziehen.

Als alle anderen Mägde sich gerade aus ihren Betten erhoben, liefen sie erneut nach unten, um den Speisesaal der Herrschaften zu kontrollieren. Der war nicht ganz so prunkvoll und es gab nicht so viel darin zu machen, aber auch dieser Raum war wichtig und musste täglich gesäubert werden.

Anschließend waren die Küche und der eigene Speisesaal an der Reihe und während Bettina in einem Topf den Kaffee für die Mägde kochte, wische Gisela um die Frau herum.

Flora hatte ihr ja bereits am Tage zuvor erzählt, dass das Erdgeschoss täglich zu reinigen war und das darüber liegende eigentlich aller zwei Tage, doch heute würden sie zusammen alle Etagen säubern müssen, damit sie sich die Abläufe besser einprägen konnte.

Demzufolge war das Frühstück für sie auch nur kurz, bevor sie nach oben eilten, in die Belletage, wie es Flora so vornehm nannte.

Und während die Herrschaften vorn die Treppe herunterkamen, eilten sie beiden hinten über eine versteckte Stiege nach oben, um deren Zimmer schnell zu säubern.

Das ging bei den beiden Schlafzimmern ganz fix und danach war der große Saal dran, zumindest hatte ihn Flora so genannt. Dieser Saal lag im vorderen Bereich des Hauses und damit über dem Eingang. Er reichte über die gesamte Breite des Hauses, hatte fünf große Fenster zur Straße hinaus und besaß eine gewölbte Decke, was wohl der Akustik für das Klavier zugutekommen sollte.

Dieser Raum hatte prachtvolle Bilder an der Wand und eine Seite zierte ein wirklich prunkvoller Kamin. Der Fußboden bestand aus Holz mit wertvollen Einlegearbeiten, die wie Blumen aussahen.

Zum Glück war hier alles in bester Ordnung und so reichte es, nur einmal kurz mit dem Staubwedel die Bilder zu kontrollieren.

Vom Saal ging es zurück zur Balustrade und dort nach rechts.

Das sogenannte chinesische Zimmer lag der Bibliothek genau gegenüber und war das Lieblingszimmer der Herrin. Bunt bemalte Seidentapeten bedeckten die Wände und unzählige kleine Porzellanvasen und Schälchen standen in dem Raum. Es würde wohl

Tage dauern, sie alle zu zählen und zu säubern. Und sie sahen so unglaublich filigran und zerbrechlich aus.

Ein Geräusch ließ Flora aufschrecken.

„Das war die Eingangstür!", bemerkte sie und eilte zur Balustrade zurück.

Von oben blickten sie in den leeren Raum. Offenbar war der Herr gerade ausgegangen.

Weiter ging die Tour durch die Räume.

Sie hatte von klein auf hart gearbeitet, aber das hier würde dennoch ziemlich anstrengend werden, denn solche Art von Tätigkeiten war sie nicht gewohnt.

Bisher waren grobe Hausarbeit, das Feld und der Garten hinter der kleinen Hütte ihre Aufgaben gewesen.

Filigranes Porzellan kannte sie bisher nur aus den Erzählungen und gerade hatte sie einen ganzen Raum voll von diesen zerbrechlichen Kunstwerken gesehen.

Die Bibliothek war ebenfalls beachtlich bestückt, die Regale reichten vom Boden bis zur Decke und es mussten wohl abertausende von Büchern darin stehen.

In ihrer Hütte hatten sie nur eine Bibel und ein zerfleddertes Märchenbuch, welches die Mutter mal irgendwo gefunden hatte.

Was hier wohl für Dinge in den Büchern standen?

Versonnen strich sie über die kostbaren Einbände, dann eilte sie wieder an ihre Pflichten.

7. Kapitel

Aller Anfang ist schwer

Obwohl eigentlich nur Flora Giselas Einweisung in den Ablauf in der Villa bekommen hatte, fühlte sich Minna ebenfalls verpflichtet, der Freundin aus Kindertagen zu helfen, denn Gisela wusste offensichtlich noch nicht, was hier richtig und was falsch war.

Minna dachte dabei aber auch an ihre ersten Tage hier zurück, und wie unwohl sie sich damals gefühlt hatte. Fern von der Familie und praktisch alleine unter vielen völlig fremden Frauen.

Da hatte es Gisela ein wenig besser, denn sie kannten sich, seit sie laufen konnten. Die Hütten der Eltern standen nur einen Steinwurf voneinander entfernt im selben Dorf. Sie waren beide fast gleich alt und es verband Gisela damit wohl mehr mit ihr, als mit ihren jüngeren Geschwistern.

Alles hatten sie zusammen gemacht. Sie waren zusammen im Sommer im Teich baden gewesen, hatten sogar mal auf einer Kirmes miteinander getanzt und natürlich waren sie auch zur selben Schule gegangen. Da blieb es wohl kaum aus, dass man sich irgendwie näher stand, als zu den eigenen quengelnden kleinen Schwestern.

Damit führten sie also Gisela in die täglichen Abläufe hier ein und sie sah auch, dass die Mamsell ihr dafür anerkennend zunickte.

Die tägliche Arbeit von ihr und Gisela überschnitt sich oft, da sie ihre Tätigkeiten in denselben Räumen hatten: Sie putzte die Fenster, Gisela wischte den Boden.

Alles ging wieder seinen gewohnten Weg und die durch das Ausfallen von Giselas Vorgängerin verursachte personelle Zwangslage entspannte sich demzufolge.

Das war auch normal, denn jeder hatte sowieso genug zu tun und daher war es kaum möglich, über längere Zeit auch noch die Arbeit einer anderen mit zu erledigen.

Flora jedenfalls lief jetzt durch das Haus und hetzte nicht mehr umher, wie ein scheues Reh auf der Jagd! Sie lächelte wieder und damit beruhigte sich auch der Rest der Mägde, denn der Druck und die Anspannung wichen etwas, alles ging viel geruhsamer vorwärts.

Und gelegentlich war damit erneut auch etwas Zeit für einen kurzen Schwatz, der weder von der Herrin noch der Mamsell unterbunden wurde, wenn er im Rahmen blieb.

Ein neuer Tag brach an, alle beeilten sich, an ihre Arbeiten zu kommen und schon wenig später hantierten sie zu dritt im Eingangsbereich.

Gisela schrubbte den Boden, sie polierte die Fenster der Eingangstür und Flora fertigte ein wundervolles Blumengesteck an.

Die rothaarige Frau kniete vor ihren Blumen und hatte dennoch Gisela fest im Blick, denn sie zeigte ihr während ihrer Arbeit mit der Hand die Stellen in dem weitläufigen Raum, die besonders beachtet werden mussten.

Insgeheim bewunderte Minna die nur ein paar Jahre ältere Frau, mit welcher Souveränität diese ihre Aufgaben erledigte. Die roten Haare und die vielen Sommersprossen im Gesicht gaben ihr etwas kindlich Naives, die krumme Nase und die Narbe über dem Auge etwas Abenteuerliches, besonders wenn sie lächelte, wie jetzt gerade eben.

In der letzten Zeit hatte Flora besonders viele Arbeiten übernommen und diese klaglos absolviert. Andere im Hause hatte mitunter gemurrt, Flora nicht!

Sie war nett, freundlich und aufgeschlossen, obwohl die Narben im Gesicht davon kündeten, dass sie wohl nicht immer nur gute Dinge erlebt hatte, aber Flora war eben der Sonnenschein in ihrem Hause und jeder lauschte, wenn sie etwas von Blumen erzählte, denn davon verstand sie wirklich viel.

Selbst die Herrin hörte gelegentlich auf sie und das machte sie sonst bei keiner.

Die Mamsell kam mit ihren weißen Handschuhen und prüfte die Sauberkeit, dann nickte sie und lobte dieses exklusive Blumengesteck, das Flora gerade in Position brachte.

„Ich muss dann noch runter ins Waschhaus! Habt ihr beide noch was zum Waschen?", fragte Flora und strich sich eine Locke zur Seite.

„Nein, noch nicht", erklärte Gisela.

Minna schüttelte den Kopf.

„Bis dann", erklärte Flora, sprang auf und eilte die Treppe hinauf, um die Wäsche zu holen.

Irgendein innerer Zwang drängte sie jetzt dazu, ihr hinterherzusehen, obwohl sie eigentlich noch viel zu tun hatte.

Flora hüpfte die Stufen wie ein Kind hinauf und Minna musste bei diesem Anblick unwillkürlich lächeln. Das war wohl das faszinierendste an Flora: In ihrer Gegenwart hatte man ganz von selbst gute Laune. Ihr Gesicht mochte schrecklich entstellt sein, doch sie war dennoch sehr attraktiv, denn sie strahlte von innen diese Freundlichkeit und Güte aus.

„Wie macht sie das nur?", fragte Gisela von der Seite.

Hatte die Freundin ihre Gedanken gelesen?

„Was meinst du?", entgegnete sie.

„Na das da. Schau", begann Gisela und zeigte auf das Blumengesteck. „Ich habe neben ihr gearbeitet und sie hatte nichts, außer ein Bündel Gras, Zweige, Blumen, etwas Strick und Draht und schau dir an, was sie in den paar Augenblicken daraus gemacht hat!", setzte Gisela noch bewundernd hinzu.

„Ja, das ist wirklich schön und morgen macht sie wieder etwas anderes!", antwortete sie und wischte sich den Schweiß von der Stirn.

„Sie macht das jeden Tag neu? Das kann doch sicherlich auch eine Woche so schön aussehen", stieß Gisela verwundert aus.

„Ja. Im Sommer gestaltet sie jeden Tag etwas anderes. Ich glaube, Flora träumt in der Nacht von Blumen und beim Aufwachen fertigt sie dann das Gesteck, von dem sie geträumt hat. Manchmal stellt sie es nach diesem Tag hier unten in unseren Schlafraum, oder die Mamsell holt es sich, oder die Herrin lässt es sich in ihren Speisesaal stellen. Aber lass uns schnell weitermachen."

Sie nickten sich zu und arbeiten geschwind weiter.

Jetzt musste Minna der Freundin bei den Stellen helfen, die ganz besonders wichtig waren, aber in ein paar Tagen würde Gisela das auch von selbst wissen.

Irgendwann hatte ja jeder mal klein angefangen. Jeder, außer Flora vermutlich, denn ihre Blumengestecke waren wirklich faszinierend. Es schien, als ob eine lebendige Göttin dieses Gesteck geschaffen hatte.

Da passte dann wohl auch Floras Namen perfekt dazu und die Blumen standen auch noch neben dieser marmornen Götterstatue, die ebenfalls ein paar Blumen in der Hand hatte und an deren Sockel »Demeter« geschrieben stand.

Vielleicht war Flora die Wiedergeburt einer dieser Göttinnen, von denen die Großmutter ihr mal ein Märchen erzählt hatte.

8. Kapitel

Von unten betrachtet

Seit einigen Tagen arbeitete Gisela bereits in diesem herrschaftlichen Anwesen. Es war ein wahrhafter Palast, wie ihn die Großmutter oft in ihren Märchen und Erzählungen beschrieben hatte, doch sie sah die Pracht eigentlich nur von unten, denn sie rutschte stundenlang auf den Knien durch die Räume.

Sie musste den Boden schrubben und polieren, da konnte sie sich nur erheben, um schnell neues Wasser zu holen.

Die Arbeit war schwer, obwohl sie das eigentlich von Kindesbeinen an gewohnt war, doch dafür waren alle anderen Frauen ihr gegenüber richtig nett.

Besonders Bettina mochte sie offensichtlich und das war ausgesprochen nützlich, denn die pummelige Magd war in der Küche beschäftigt und konnte ihr damit öfters mal eine Kleinigkeit zu Essen zustecken und demzufolge war sie in diesem Hause niemals mehr hungrig.

Minna hatte ihr am ersten Tag erzählt, dass es in den meisten Häusern so eine Art von Hierarchie unter dem Dienstpersonal gab: An der Spitze stand die Mamsell, danach die Zofe und Bettina, die für das direkte Wohl der Herrschaft sorgten, bis zur untersten Magd, der Küchenhilfe, aber Claudia war mit ihren knapp 13 Jahren eigentlich noch ein Kind!

Daher stand sie als Putzmagd mit Minna zusammen ganz unten, wobei Minna den Vorteil hatte, dass sie schon länger hier lebte und sie war auch noch knapp zwei Monate jünger, als die Freundin.

Mittlerweile musste sie alle ihre Tätigkeiten alleine schaffen, denn sowohl Flora als auch Minna, hatten ihre eigenen Aufgaben wieder übernommen.

Zwar war sie noch nicht so schnell, doch das würde mit der Zeit schon noch werden.

Abermals rutschte sie in den nächsten Raum, der ihr der liebste war, und das nicht nur, weil es die Küche war, sondern auch, da sich Bettina oft während der Arbeit mit ihr unterhielt.

Die dralle Küchenmagd sang irgendein lustiges Lied, das Gisela noch nie zuvor gehört hatte. Es hatte einen ziemlich frivolen Text und handelte von Wein und Frauen und war sicherlich in einer Kneipe häufiger zu hören, als in einer herrschaftlichen Küche.

Der Duft aus Bettinas Topf zog ihr um die Nase und es roch verführerisch, aber noch besser duftete der Apfelkuchen, der wohl im Backofen stand.

Der Anziehungskraft des Backens konnte sie schon als Kind kaum widerstehen und sie hatte es geliebt, wenn die Großmutter am Sonntag den Ofen angeheizt hatte.

„Hallo Gisela", sagte Bettina, als sie an ihr vorbei schrubbte.

Sie blickte nach oben, nickte und wischte sich den Schweiß aus der Stirn.

„Möchtest du mal kosten?", fragte Bettina.

Schnell blickte sich Gisela um, doch sie beide waren alleine im Raum und auch im Gang war zuvor niemand gewesen. Sie erhob sich, wischte sich die Hände an der Schürze ab und trat an Bettinas Seite, die gerade etwas aus dem Topf fischte.

Bevor sie es ihr aber gab, sagte Bettina: „Lass dich mal ansehen."

Gisela machte eine drehende Bewegung in den Hüften.

Die Köchin schüttelte missmutig den Kopf.

„Mädel! Du bist doch jetzt schon eine Weile hier und immer noch dünn wie ein Strich! Schmeckt dir mein Essen etwa nicht?", fragte sie.

„Nein, dein Essen schmeckt und endlich kann ich mich auch mal satt essen", entgegnete Gisela und fixierte bereits das ziemlich große Stück Fleisch, das Bettina aus dem Topf geangelt hatte.

Endlich reichte sie ihr den Happen, den Gisela sofort verschlang.

„Na gut, dich kriege ich auch noch so hin", erklärte die Köchin lachend und klopfte auf ihren runden Leib.

Abermals zog der Duft von gebackenen Kuchen in ihre Nase und sie sah zum Backofen hinüber.

Bettina folgte ihrem Blick und lächelte sie an.

„Der ist gerade fertig geworden. Möchtest du auch mal davon kosten?"

Gisela nickte und schluckte das Fleischstück herunter.

Bettina trat an den Ofen, öffnete die Klappe und zog einen wunderbaren Apfelkuchen heraus.

„Nur ein kleines Stück vom Rand, sonst merkt die Herrin eventuell, dass schon was fehlt, aber ich muss ja auch probieren", erzählte Bettina mit einem Augenzwinkern.

Danach nahm sie ein großes Messer und schnitt ein Stück vom Rande ab. Sie teilten es sich und bissen hinein. Es war noch ziemlich heiß, schmeckte aber hervorragend.

„Dein Kuchen ist fast so gut, wie der von meiner Großmutter", stellte Gisela kauend fest.

„Nur fast so gut?", hörte sie Bettina fragen, dann setzte sie hinzu: „Wieso nur fast?"

Gisela zuckte zusammen. War das undankbar gewesen? Oder hatte sie damit gerade das Wohlwollen der Köchin verspielt?

Sie zögerte weiterhin, doch Bettina drängte nach: „Los, raus mit der Sprache! Was fehlt?"

„Meine Oma gab immer noch einen Hauch Zimt über die Äpfel", erklärte Gisela jetzt.

„Soso. Zimt! Das habe ich ja noch nie gehört", antwortete Bettina grübelnd.

Offenbar hatte sie sich das soeben selbst gefragt und erwartete wohl auch keine Antwort von ihr, denn ihre Augen suchten schon im Raum umher.

„Da werde ich morgen mal mein Glück damit probieren", bemerkte Bettina zum Schluss.

„Aber nur eine Spur", erklärte Gisela, bevor sie sich wieder an ihr Werk machte und neben dem Herd auf die Knie ging.

Wohl auch keine Minute zu spät, denn die Mamsell kam bei ihrem obligatorischen Kontrollgang soeben durch die Küchentür und überprüfte bei Bettina den Fortschritt des Mittagessens.

„Wasch dich und zieh dich um. Du musst heute mit servieren", trieb die Frau Gisela anschließend aus dem Raum.

Gehetzt sprang sie auf, lief aus dem Zimmer in das Waschhaus und säuberte sich.

Normalerweise war das Auftragen der Speisen Minnas und Magdas Angelegenheit, doch heute war die Zofe wohl anderweitig beschäftigt, wodurch ihr diese Aufgabe zugefallen war.

Gemeinsam mit Minna traf sie dann wenig später wieder in der Küche ein, wo die Mamsell bei ihr zuerst die Anzugsordnung und danach die Sauberkeit von Fingern, Nägeln und Haaren prüfte.

Anschließend trugen sie das Gedeck für die Herrschaft in deren Speiseraum. Sie tat alles so, wie es Minna ihr vormachte und versuchte dabei so wenig Fehler wie möglich zu machen.

Die Mamsell stand neben der Tür des Raumes und überwachte sie noch zusätzlich.

Zum Glück ging alles glatt und Gisela war heilfroh, als sie endlich wieder bei Bettina war, um die leeren Teller auf den Tisch zu stellen und sich wieder ihrer eigentlichen Aufgabe zuzuwenden.

Die nächste Runde rutschen auf den Knien folgte eine Etage höher.

9. Kapitel

Unverdienter Dank der Mühe

Vor dem Fenster des Ganges senkte sich schon die Dunkelheit herab und ein langer arbeitsreicher Tag näherte sich damit seinem wohlverdienten Ende. Es war ein Tag mitten im Sommer und damit einer der längsten des Jahres, aber die Arbeit hier nahm kein Ende!

Während die meisten der anderen Mägde nach dem Abendessen bereits nach oben auf ihr Zimmer gegangen waren, um sich für die Nacht fertig zu machen, kniete Gisela noch immer im oberen Flur und schrubbte den Boden.

Es war eine schwere und ermüdende Arbeit und dennoch musste sie immer mit ihrer Aufmerksamkeit bei der Sache bleiben.

So lange sie sich zurückerinnern konnte, war sie schwere Arbeit gewohnt. Vom Sonnenaufgang bis zur Abenddämmerung hatte sie in all den Jahren immer auf dem Feld, im Garten oder im Hause der Eltern alle möglichen Tätigkeiten klaglos übernommen, doch das hier war anders.

Auf dem Feld konnte man die Gedanken auch mal schweifen lassen, denn wenn man dabei eine Möhre übersah, dann war das nicht so schlimm.

Hier standen überall die kostbarsten Gegenstände herum und alleine die Vase, die jetzt einen Schritt vor ihr stand, kostete vermutlich mehr, als sie im ganzen Jahr hier verdienen würde.

Eine unachtsame Bewegung konnte da schon ein Unglück heraufbeschwören und so war es in fast jedem Raum!

Am schlimmsten allerdings im chinesischen Zimmer, denn darin standen Hunderte von Vasen, Krügen, kleinen Statuen und sonstigen Kostbarkeiten, die alle schon fast vom Ansehen einen Sprung bekamen! Und die Herrin kannte jedes einzelne Stück ganz genau!

Den gesamten Nachmittag hatte sie den Raum geputzt. Fünf Stunden lang, wie ihr die Uhr im Flur immer wieder angezeigt hatte!

Die dadurch versäumte Zeit musste sie jetzt natürlich am Abend wieder aufholen, denn die Herrschaft wollte am nächsten Morgen einen blitzblanken Flur vor sich sehen.

Wie auch immer Flora oder deren Vorgängerin das nur hatten schaffen können, es war fast unmöglich!

Soeben ging die Herrin an ihr vorbei und beachtete sie gar nicht. Schlendernd wandelte sie über den Flur und betrat danach ihr Zimmer, in welchem sie bereits von ihrer Zofe erwartet wurde.

Nur der Herr fehlte noch, weil er an diesem Tage zu seiner Männerrunde ausgegangen war. Das würde auch an diesem Tage sicherlich wieder spät werden.

Jetzt beeilte sich Gisela doch etwas mehr, denn sie musste am Zimmer der Herrin vorbei sein, bevor diese in ihr Bett ging und wenn sie danach noch vor deren Tür scheuern würde, dann gebe das bestimmt am nächsten Tag dafür einen Tadel von der Mamsell.

Nur fünf Schritte waren es bis zu deren Tür und es stand bis dahin nichts mehr im Wege, darum beschleunigte sie ihre Bewegungen etwas, denn sie musste es geschafft haben, bevor die Zofe aus dem Zimmer kam!

In gebückter Haltung rutschte sie immer weiter nach vorn, kippte Wasser aus, schrubbte den Boden und wischte ihn danach wieder trocken.

Immer dieselben ermüdenden Handriffe, aber die nächste kostbare Vase stand erst hinter dem Zimmer der Herrin auf einem Schränkchen.

Es waren nur noch zwei Schritte und sie kippte gerade erneut Wasser auf dem Flur, als der Herr unvermittelt direkt vor ihr von der Treppe auf den Flur trat.

In ihrer Eile hatte sie ihn nicht bemerkt und der Schwall des Wischwassers ergoss sich direkt über seine Schuhe.

Vor Schreck blieb ihr dabei fast das Herz stehen.

Der Herr sagte nicht ein Wort, sondern blickte nur tadelnd auf seine bis gerade eben noch sauberen Schuhe herab, danach stellte er seinen Spazierstock an die Wand, zog sich einen Hocker heran und setzte sich direkt vor ihr hin.

Gisela blickte zu ihm auf, suchte nach Worten der Entschuldigung und fragte sich gleichzeitig, warum sich der Herr setzte. Wollte er so die Schuhe ausziehen, um sie ihr zur Reinigung zu überlassen?

Bevor sie es sich versah und auch nur einen Ton herausbekam, packte er sie am Arm, zog sie ziemlich ruppig mit dem Oberkörper auf seine Knie und sofort gab es zehn sehr schmerzhafte Schläge von ihm auf ihren Hintern.

Er sagte nichts dabei und sie verkniff sich ebenfalls jeden Laut, denn das hätte sicherlich nur zu einer Verdopplung der Strafe geführt.

Schließlich schubste er sie von sich, streifte sich im Sitzen die Schuhe ab und ließ diese demonstrativ vor ihrer Nase fallen. Das war die wortlose Aufforderung für sie, diese danach noch zu säubern.

Schweigend ging er in sein Zimmer, sie rieb sich die schmerzende Kehrseite und wischte danach leise weiter.

Mit den Tränen kämpfend musste sie jetzt auch noch besonders leise arbeiten, um nicht noch eine weitere Tracht Prügel zu erhalten.

Gustav kam aus dem Zimmer des Herrn, nickte ihr freundlich zu und stieg danach die Treppe nach oben.

Kurz darauf ertönten hektische und schnelle Schritte von dort und Minna kam im Unterkleid herab gehetzt, klopfte bei dem Herrn und verschwand dann in dessen Zimmer.

Nach der Uhr am Ende des Flures war sie etwa 20 Minuten darin, bevor sie es wieder verließ und gähnend auf ihr Zimmer stieg.

So gern hätte sie sich der Freundin angeschlossen, aber es waren noch mehr als fünfzehn Schritte bis zum Fenster. Und danach würde sie auch noch die Schuhe des Herrn säubern müssen, was sonst Gustavs Arbeit war.

Irgendwie fühlte sie tief in sich, dass sie für die tägliche Plackerei einen anderen Lohn hätte bekommen müssen, als einen versohlten Hintern für ihre Unvorsichtigkeit.

Früher hatte die Mutter ihr manchmal über den Kopf gestrichen oder ein paar liebe Worte gesagt, aber noch nie hatte man sie bisher verprügelt.

Schließlich war es weit nach Mitternacht, als der Flur sauber, die Schuhe geputzt und sie gewaschen war.

Müde schlurfte sie die Treppe nach oben und fiel endlich vorwärts in ihr Bett, denn sie würde auf dem Bauch schlafen müssen, weil die Kehrseite noch immer schmerzte.

10. Kapitel

Die Qual der Gefühle

Stöhnend lag Peter über ihr und kam nur langsam wieder zu Atem. Sein Gewicht drückte Minna mit dem Rücken ins Stroh, ihr Kleid und das Unterkleid waren bis über die Hüften nach oben gestreift und sie blickte zur schummrigen Decke des Schuppens hinauf.

Sie ließ den Mann gewähren, denn was der Herr sich mehr als einmal in der Woche bei ihr holte, das wollte sie auch dem Pferdeknecht nicht verweigern und auf irgendeine Art gefiel es ihr auch.

Noch vor wenigen Augenblicken hatte Peter Stroh aus der Scheune holen wollen, als sie ihn aus Versehen fast über den Haufen gerannt hatte.

Offenbar hatte der Mann es ziemlich nötig gehabt, aber die Mamsell verschloss jede Nacht das Zimmer der Männer und er hatte die sich ihm bietende Gelegenheit sofort beim Schopfe ergriffen, oder eben sie bei der Hand.

Und zum Glück hatte Peter auch noch das Scheunentor geschlossen, damit nicht das ganze Haus auf das aufmerksam wurde, was hier soeben im Stroh geschah.

Die Herrin war vor einer halben Stunde ausgeritten und blieb hoffentlich noch lange genug fort, um sie hier nicht in dieser Lage vorzufinden, denn wenn das hier bemerkt würde, dann konnte ihr nur Gott gnädig sein.

Der Riemen des Herrn auf ihrem Hintern wäre dann wohl ihr kleinstes Problem. Mehr Sorgen machte sie sich darüber, dass die Herrin sie hierfür des Hauses verwies, denn eine unkeusche Magd wollte keiner unter seinem Dach haben!

Einen untreuen Knecht zwar auch nicht, aber offenbar war das Peter momentan völlig egal! Wobei er bei der Bemerkung seiner

Verfehlung wohl einem Rauswurf um einiges näher war, als sie selbst.

Er hatte sich die Hose bis zu den Kniekehlen herunter gestreift und seine Jacke lag neben ihr im Stroh, wie er auf ihr lag.

Peter drückte sie auch weiterhin zu Boden, denn er war groß und kräftig. Die Arbeit im Stall hatte ihm Muskeln verliehen, dem kaum einer widerstehen konnte.

Aus eigener Kraft hätte sie ihn wohl nicht von sich schieben können, dazu war er einfach viel zu stark!

Irgendwo wieherte ein Pferd und Minna schrak zusammen.

„Peter! Raus da! Bitte", stieß sie aus, denn das Risiko war zu hoch! Der Pferdestall befand sich nur eine Tür entfernt!

Peter kam ihrer Aufforderung schnell nach. Jäh zog er sich aus ihr mit einem Ruck zurück, richtete sich im Knien auf und sah über die Schulter zurück zur Tür.

Mit angezogenen Knien im Stroh liegend richtete sie sich auf und küsste den Mann, der noch immer mit heruntergelassener Hose schwer atmend zwischen ihren Schenkeln kniete.

„Ich danke dir!", hauchte sie und lauschte abermals nach draußen, aber da war nur Stille.

Eventuell hatten ihre Sinne sie nur getäuscht.

Ohne ein Wort erhob sich Peter und reichte ihr die Hand, um ihr ebenfalls auf die Füße zu helfen.

Das Unterkleid rutschte herab und er zog sich die Hosen hoch. Sie reichte ihm die Jacke und schob ihr Kleid zurecht.

Schnell richtete sie sich die Kleidung und schloss die Bluse mit der Schnürung am Halse, dann suchte sie mit den Augen im Halbdunkel der Scheune nach ihrem Gürtel.

Gegenseitig klopften sie sich danach noch das Stroh aus der Kleidung, als sie von draußen Hufgeräusche hörte. Die Herrin kam wohl keinen Augenblick zu früh von ihrem Ausritt zurück.

Wortlos eilte sie zum Tor, schob es vorsichtig einen Spalt weit auf und spähte hinaus. Noch war die Herrin nicht zu sehen, aber vielleicht sollte Peter zuerst nach draußen gehen, um der Herrin beim Absitzen zu helfen?

Dummerweise lag ihr Besen noch direkt vor der Scheune! Die Herrin würde sicherlich sofort Fragen stellen, wenn sie dieser Unordnung gewahr wurde.

„Ich danke dir", flüsterte Peter ihr von hinten ins Ohr und küsste die Seite ihres Halses.

Diese zärtliche Berührung kam ihr gerade ziemlich seltsam vor, wo er es zuvor doch so eilig gehabt hatte.

Minna nickte nur und huschte hinaus.

Geschwind fegte sie weiter und tat völlig unbeteiligt, als Peter nur einen Moment später an ihr vorbeieilte, um der Herrin mit ihrer Schimmelstute zur Hand zu gehen.

Während sie fegte, lag ihr Blick auf Peters breiten Schultern, der soeben das Pferd in den Stall führte.

Sie musste sich regelrecht von seinem Anblick losreißen, aber es war schon irgendwie seltsam gewesen. Oder anders als das, was sie wohl schon bald wieder mit dem Herrn tun musste. Das war nicht mal halb so, wie das, was sie soeben gefühlt hatte.

Vielleicht lag es an dieser Freiwilligkeit, denn bei Peter hätte sie auch bedenkenlos ablehnen können. Beim Herrn war sie da nicht ganz so frei in ihrer Entscheidung. Der zeigte nur mit dem Finger auf sie und sie musste ihm folgen, aber nur durch diese erzwungene Nähe zu ihm konnte sie auch weiterhin die Annehmlichkeiten dieser sehr gut bezahlen Anstellung genießen.

Das eine bedingte eben das andere.

Grübelnd fegte sie weiter.

Nach dem Herrn hatte sie bisher nur gerade eben mit Peter das Lustlager geteilt, wobei es beim Herrn nicht wirklich darauf hinauslief! Sie musste sich dem Herrn als unterwürfig zeigen, damit er ihr auch weiterhin ein paar blanke Groschen gab.

Es fühlte sich billig an, aber es war notwendig.

Warum hatte er aber damals gerade sie für sich ausgesucht? Das erschloss sich ihr noch immer nicht und ihn konnte sie wohl kaum danach fragen. Möglicherweise waren es ihre langen schwarzen Haare gewesen?

Seufzend fegte sie den ganzen Weg und bemerkte erst danach, dass Flora an der Tür ihres Blumenhauses stand und sie im Blick hatte. Und die Gärtnerin hatte damit auch das hinter ihr befindliche Scheunentor in ihrer Beobachtung!

Wie lange stand Flora wohl schon dort?

Hatte sie eventuell alles mit angesehen?

Das konnte gefährlich für sie werden, denn damit hatten sie eine Zeugin ihrer Verfehlung!

Langsam den Besen schwingend näherte sie sich immer weiter der anderen Frau, bis sie direkt vor ihr stand.

„Bitte verrate mich nicht!", flüsterte sie ihr zu und war sich damit eigentlich sicher, dass sie sich dadurch der anderen Frau auslieferte, denn selbst wenn sie nichts gesehen hatte, ergab sich Minna auf diese Weise in ihre Hand.

Flora nickte nur und ging in ihr Blumenhaus zurück.

Seufzend atmete Minna auf, aber noch immer war sie in Gefahr. Ein unbedachtes Wort reichte aus, damit die Herrin sie aus dem Hause warf!

Dass sie mit dem Herrn schlief, das wusste die Herrin selbstverständlich, doch das war nicht so schlimm, wie es mit dem Knecht zu treiben!

11. Kapitel

Verbotene Blicke, verbotene Gedanken

Gisela stützte sich mit beiden Handflächen auf dem Fensterbrett ab und schaute hinaus. Unter ihr befand sich der weitläufige Garten mit diesem wundervollen Glashaus voller Blumen.

Selbstverständlich hatte sie bemerkt, wie Minna und Peter ziemlich stürmisch im Schuppen verschwunden und kurz darauf nacheinander wieder auf dem Weg davor erschienen waren.

Die Herrin war von ihrem Ausritt zurück und jetzt ihrerseits mit Peter im verschlossenen Stall, aber es wäre jetzt wohl ein aberwitziger Gedanke, ihr dabei dieselben Absichten zu unterstellen, wie Minna sie wohl zuvor gehabt hatte, denn Peter als Stallknecht stand so weit unter der Herrin, dass diese ihn womöglich gar nicht wahrnahm. Ihr selbst ging es ja oft ähnlich, denn die Herrin ignorierte sie weitestgehend.

Abermals fixierte sie Minna, die jetzt wieder da unten fegte.

Natürlich gönnte sie der Freundin ihren Spaß und dennoch hatte sie kurz den Atem angehalten, denn die Herrin hätte ja jeden Moment zurückkommen und die Freundin bei etwas ertappen können, was hier im Hause strengstens verboten war.

Oder war eventuell gar nichts geschehen und sie reimte sich da nur etwas zusammen?

Zumindest hatte Peter die Tore des Schuppens geschlossen und schon alleine das genügte für eine strenge Rüge der Mamsell, falls die gerade an ihrer Position gestanden hätte.

Doch eigentlich hätte Gisela nichts von alledem sehen dürfen, denn genau genommen sollte sie gerade das Bad der Herrin putzen, an dessen Fenster sie soeben stand.

Es war ein besonders schöner Raum und die Ausstattung war ziemlich luxuriös, doch erneut zog es ihre Aufmerksamkeit nach draußen, denn da unten war dieses Glashaus mit den Blumen, von dem Flora schon so oft geschwärmt hatte und das sie sich eigentlich längst hatte anschauen wollen, doch bisher hatte ihr immer die Zeit dazu gefehlt.

Da unten stand auch Flora an der Tür ihres Blumenhauses. Sie machte so wundervolle Gestecke und sie gestaltete diese wirklich jeden Tag neu. Es war faszinierend, wie viele Möglichkeiten es gab, ein paar bunte Blumen anzuordnen.

In den letzten Wochen hatte es nicht eine Wiederholung gegeben, das wusste sie, weil sie täglich neben Flora im Empfangsbereich des Hauses kniete und ihr immer bewundernd dabei zusah, wenn sie geschickt und fingerfertig ihre Kunstformen schuf.

Es war wundervoll und zu gern hätte sie auch gelernt, wie das ging, aber es blieb einfach keine Zeit dafür. Die Arbeit im Hause war wichtiger, denn dafür wurde sie großzügig entlohnt.

Sehnsüchtig blickte sie hinab und bemerkte dabei, dass vermutlich auch Flora von ihrer Position aus bemerkt haben musste, was Minna und Peter da möglicherweise getan hatten.

Das konnte heikel für die Freundin werden, denn es war mehr als riskant, es mit dem Knecht zu treiben! Ein Wort gegenüber der Mamsell konnte schon den Rauswurf bedeuten! Und hatte sie nicht bereits am eigenen Leibe erlebt, was der Herr bei einer noch so winzigen Verfehlung machte?

Das wollte sie der Freundin lieber erspart wissen, denn es war Tage her und dennoch spürte sie noch immer die Schläge auf ihrem Hintern.

Aus der Entfernung beobachtete sie, wie Minna möglichst unauffällig zu Flora hinüber fegte, wohl um sie zu bitten, über ihre Verfehlung zu schweigen.

Wer hatte wohl gerade eben noch alles nach draußen gesehen?

Eigentlich boten nur die Fenster in der Etage der Herrschaften den Blick auf den Garten. Der Herr und die Herrin waren noch aus und wenn die Mamsell nicht in einem anderen Raum am Fenster gestanden hatte, dann wäre Minnas Fehltritt wohl nur von Flora bemerkt worden.

Machte es das besser?

Eventuell schon, denn Flora war eine wirklich nette Frau und hatte jeden Tag für jeden, den sie traf, ein paar liebenswürdige Worte.

Minna stand vor Flora und redete mit ihr, bis Flora in ihr Gewächshaus ging.

Hinter Gisela klapperte es im Nachbarraum und sie fuhr herum, denn das konnte nur die Mamsell sein!

Eilig warf sie sich auf die Knie und begann zu schrubben, als würde sie die Fliesen durchscheuern müssen.

Schlendernd betrat die ältere Frau den Raum, aber ihrem Blick entging sicherlich dennoch nichts. Die erfahrene Haushälterin kannte in diesem Hause alle Stellen, die einer besonderen Aufmerksamkeit bedurften und mit traumwandlerischer Sicherheit auch die Flecken, die sie aus Versehen noch nicht erwischt oder übersehen hatte.

Und wirklich sagte sie leise: „Den Wasserhahn polierst du aber noch. Oder?"

Es klang wie eine Frage, aber natürlich war es ein versteckter Befehl und gewissermaßen auch eine Maßregelung.

„Selbstverständlich", entgegnete sie schnell ihrer Vorgesetzten und machte sich unverzüglich an diese Arbeit.

Hoffentlich hatte die Mamsell ihre Bummelei nicht bemerkt.

Suchend ging sie im Zimmer umher und kontrollierte mit ihren weißen Handschuhen jeden noch so versteckten Fleck, doch offenbar war der Wasserhahn der einzige Schmutzfleck, den sie finden konnte.

Lächelnd nickte die ältere Frau ihr zu, trat an das Fenster und blickte hinaus, danach schritt sie wieder aus dem Raum.

Hatte sie jetzt unten bemerkt, dass Minna nicht bei ihrer Arbeit war?

Gisela sprang auf und trat zum Fenster, doch unten waren momentan weder Minna noch Flora oder Peter zu sehen. Alles war ruhig, aber die Herrin befand sich offenbar noch immer bei ihrem Pferd im Stall.

Das dauerte sonderbar lange!

Endlich trat sie aus der Stallung und das war das Signal für sie, hier schleunigst fertig zu werden, denn die Herrin wollte sich nach ihrem Ausritt sicherlich noch umziehen und frisch machen.

Zumindest tat sie das immer.

Hastig raffte sie ihre Putzsachen zusammen und verließ fast fluchtartig die Räume der Herrin.

Auf dem Flur traf sie mit ihr zusammen und hätte ihr Säumen nur einen Moment länger gedauert, oder wäre die Mamsell nicht in das Zimmer gekommen, so wäre sie wohl noch nicht in den Räumen ihrer Herrin fertig gewesen und das hätte sicherlich eine empfindliche Strafe nach sich gezogen.

Die Gebieterin schlenderte an ihr vorbei, betrat ihren Raum und es war Gisela so, als hätte die Frau dabei Heu im Haar hängen gehabt.

Nachdem sie ihre Tür geschlossen hatte, räumte Gisela zusammen und ging nach unten, denn sie wollte jetzt auch dieses wundervolle Blumenhaus sehen.

Und was hatte die Herrin wohl so lange im Stall mit Peter gemacht?

12. Kapitel

Die Blumenfee!

Mit dem Besen in der Hand stand Minna grübelnd vor dem Glashaus. Eigentlich hätte sie jetzt schleunigst weiterarbeiten müssen, denn wenn die Herrin sie so untätig im Garten vorfand, würde diese sie sicherlich schelten und dennoch dachte sie darüber nach, was gerade eben geschehen war.

Monatelang hatte sie sich heimlich danach gesehnt, dass Peter und sie ein paar Augenblicke gemeinsam und alleine hätten, das war jetzt geschehen und Ernüchterung über das Ergebnis machte sich in ihr breit.

Möglicherweise war es nur geschehen, um zu vergleichen, ob wirklich alle Männer so waren, wie der Herr und ihre Auswahl an Männern war in diesem Hause ja eher bescheiden!

Es waren Träume gewesen und nie hätte sie es gewagt, diesen Gedanken auch in die Tat umzusetzen, wenn Peter nicht den ersten Schritt gemacht hätte.

Jetzt war es nun einmal geschehen, es hatte ihr gefallen und Peter offenbar auch.

Nach dem Herrn war er erst der zweite Mann, mit dem sie das Lager geteilt hatte und zwischen dem, was der Herr mit ihr machte, und dem von gerade eben lagen wirklich Welten, dennoch blieb ein schaler Beigeschmack!

Soeben fiel ihr ein, dass nur sie und Flora jederzeit mit Peter zusammentreffen konnten, denn nur ihre Aufgabenbereiche überschnitten sich mit dem des Mannes.

Es hätte also schon jahrelang klappen können und dennoch war bis heute nichts dergleichen passiert!

Minna hob den Blick und schaute sich um. Das gläserne Gartenhaus befand sich unmittelbar neben der Scheune und Peter brachte oft Pferdeäpfel in das Glashaus. Und sie fegte seit Monaten direkt vor dem Stall.

Warum hatte es also so lange gedauert, es einfach nur zu tun?

Und hatte eventuell auch Flora etwas mit dem Knecht? Dann würde die Gefahr größer, dass die andere Frau sich wegen Eifersucht eventuell an ihr rächen wollte!

Das musste unbedingt aus dem Wege geräumt werden, bevor die Herrin Wind von der Sache bekam!

Sie stellte den Besen an die gläserne Tür, betrat das Gewächshaus und sah sich darin um.

Bisher hatte sie dieses Gebäude nur von außen gesehen, aber hier drin war es noch viel schöner.

Während draußen ein ziemlich frischer Wind wehte, war es hier drin angenehm warm. Die Sonne fiel durch die großen Scheiben zu ihr herein und wärmte sie ordentlich durch.

Bunte Blumen in allen möglichen Formen und Farben wuchsen hier und verströmten einen Duft, der einfach himmlisch war.

Flora war in diesem Dschungel verschwunden, obwohl sie erst ein paar Augenblicke zuvor das Gebäude betreten hatte.

Staunend streifte Minna den Pfad der Blumen in der Mitte des Gebäudes entlang, roch an einer Rose und fühlte sich wie im Paradies. Sie war in eine andere Welt eingetaucht und so ähnlich hatte sie sich das immer vorgestellt, wenn in der Kirche vom Garten Eden gesprochen worden war.

Als sie am hinteren Ende des Glashauses ankam, stand sie direkt vor Flora, die leise singend mit einer Gießkanne ein paar Blumentöpfe wässerte.

„Schön hast du es hier!", sagte sie.

Flora nickte, schaute lächelnd über die Schulter zu ihr und stellte anschließend die Kanne zur Seite.

„Bitte verrate es keinem, was du gesehen hast", erklärte Minna noch einmal und setzte hinzu: „Ich hoffe, ich bin dir bei Peter nicht in die Quere gekommen. Wenn doch, dann tut es mir leid!"

Flora winkte einfach ab und fragte zurück: „Hast du gefunden, was du bei ihm gesucht hast?"

„Irgendwie schon. Es war schön, aber ziemlich kurz", entgegnete Minna.

„Du solltest dir überlegen, für wen du deine Blume öffnest", antwortete Flora und strich mit den Fingerspitzen über eines dieser zauberhaften Gewächse in der hintersten Abteilung dieses Glashauses.

„Was meinst du?", fragte Minna verwirrt zurück.

Statt eine Antwort zu geben, kam Flora auf sie zu und strich ihr mit derselben Leichtigkeit, mit der sie zuvor die Blumenblätter berührt hatte, über die Wange.

„Weißt du, Minna, Männer sind da meist etwas ruppig. Mein erster Herr hat mir damals, als er mich mit vierzehn entjungfert hat, dabei die Nase gebrochen! Männer wissen einfach nicht, was Frauen gefällt. Zum Glück habe ich damals eine Freundin gehabt, die mir vieles erklären konnte!"

Floras Worte ließen Minna noch verwirrter zurück, aber die sanften Berührungen der Frau auf ihrer Haut fühlten sich einfach nur großartig an.

„Würdest du mir bitte erklären, was du damit meinst?", entgegnete Minna schließlich leise.

„Musst du nicht eigentlich weiterarbeiten?", antwortete Flora und erinnerte sie damit an ihre Pflichten.

Durch das Stelldichein mit Peter war sie schon deutlich in Verzug gekommen, aber soeben setzte ein leichter Sommerregen ein, der den Rest des Weges für sie säubern würde.

Die Regentropfen fielen mit einem monotonen Geräusch auf das Glasdach und das hörte sich einfach nur schön an.

Minna hob den Blick und sah das Wasser, das über die schräg stehenden Glasfenster lief und in einer Tonne gesammelt wurde.

Auch Flora neben ihr blickte hinauf und erzählte dann: „Mutter Natur hilft dir bei deiner Arbeit! Ich finde es auch immer schön, hier drin dem Konzert der Regentropfen zu lauschen!"

„Mutter Natur?", entgegnete Minna und blickte die andere Frau an.

„Ja, ich sehe sie immer als eine schöne Frau an, die alles in der Welt gut bestellt!", flüsterte Flora und setzte sich auf einen Stuhl, der in der hintersten Ecke stand.

Neben ihr war noch ein Hocker frei und somit kauerte sie sich einfach zu ihr.

„Und was ist mit der großen Flut, dem kalten Winter und dem kühlen Sommer?", fragte Minna zurück.

„Manchmal machen die Menschen sie wohl wütend. Du siehst doch täglich aus dem Fenster den Rauch der Fabriken? Oder?"

Minna nickte nur.

„Aber eigentlich ist sie ganz sanft. Manchmal sitze ich einfach nur hier und sehe zu, wie eine Knospe aufblüht. So wie diese da", setzte Flora fort und zeigte auf einen kleinen Rosenstrauch neben sich.

„Sie lässt sich Zeit und ist sanft!", flüsterte sie weiter und berührte dabei mit ihren Fingerspitzen Minnas Wange.

„Da hast du sicher recht", seufzte Minna und dachte an das kurze Liebesspiel mit Peter zurück.

Die Vorfreude hatte es wohl so schön gemacht, aber eigentlich war Peter ziemlich schnell zur Sache gekommen. Er hatte sich zwar wesentlich mehr Zeit dafür gelassen, als der Herr sonst, aber gerade begann Minna ansatzweise zu begreifen, dass es da wohl noch so vieles mehr gab.

„Zeigst du es mir?", flüsterte sie, damit nur Flora es hören konnte, obwohl sie sich ja jetzt beide im Regen unter der Glaskuppel in einer eigenen Welt befanden.

Flora beugte sich zu ihr herüber, streichelte ihr Gesicht und gab ihr dann einen hauchzarten Kuss.

Das war ein ganz anderes Gefühl, als sie es gehabt hatte, als Peter ihr den Kuss gegeben hatte.

Fast nur gehaucht war der Kontakt mit ihren Lippen und ihre Finger, die langsam ihren Hals herab glitten, waren wie die Berührungen eines Schmetterlings.

Abgeschlossen in einem eigenen Reich, gemeinsam mit der Blumenfee Flora, genoss sie diese sanften Momente im leisen Sommerregen.

13. Kapitel

Riskante Erkenntnisse

Grübelnd saß Gisela auf einem Strohballen in der Scheune und blickte in den Regen hinaus, der drei Schritte vor ihr herabrieselte, doch eigentlich sah sie nicht den Guss, sondern schaute durch diesen hindurch zu dem kleinen Glashaus, an dem sie eine Minute zuvor noch gestanden hatte, bevor der Sommerregen sie in diesen Unterschlupf gedrängt hatte.

Sie war nach draußen gegangen, um das Blumenhaus zu sehen und sie hatte dabei mehr erkannt, als sie sich vorgestellt hatte.

Nachdenklich ließ sie die letzten zehn Minuten noch einmal vor sich vorüberziehen.

Nachdem die Herrin in ihr Badezimmer verschwunden war, hatte sie einfach die Gelegenheit genutzt, um hier nach unten zu laufen. Das war nicht weiter gefährlich, denn sie musste ja im ganzen Haus arbeiten und da wusste niemand, in welchem Stockwerk sie gerade beschäftigt war.

Und damit ihr Säumen nicht zu augenfällig war, hatte sie sich einfach einen Besen geschnappt und war damit über den gepflasterten Gartenweg gegangen.

Bereits am zweiten Tag hier hatte sie erkannt, dass man immer irgendetwas in der Hand haben musste, dass nach Arbeit aussah.

Eine Magd, die nichts tat, wurde sofort angehalten und eventuell auch bestraft. Daher trug sie immer etwas bei sich, selbst dann, wenn es vollkommen nutzlos war. Es musste nur nach einer Tätigkeit aussehen.

Obwohl sie eigentlich zum Blumenhaus gehen wollte, hatte es sie zuerst zum Stall gezogen, denn Peter war auch weiterhin nicht zu sehen gewesen.

Die Tür hatte einen Spalt weit offen gestanden und die Sonne hatte in den Raum hineingeschienen. Neugierig hatte sie in den

Stall geblickt und dabei den Knecht gesehen, der in der Pferdebox geschlafen hatte.

Das alleine war schon eine Ungeheuerlichkeit, denn keiner vom Dienstpersonal durfte sich das erlauben, solange die Sonne noch am Himmel stand, aber das eigentlich absonderliche daran war, dass er dort ohne Hosen im Heu lag.

Das bestätigte jetzt nur ihren Verdacht, dass der lange Aufenthalt der Herrin im Stall nur bedingt etwas mit ihrem Pferd zu tun hatte und wohl viel mehr mit Peter, der jetzt erschöpft im Pferdefutter schlief.

Zwei Frauen in einer Stunde waren wohl auch für den kräftigsten Pferdeknecht etwas zu viel des Guten. Er konnte nur vom Glück reden, dass sie es war, die ihn dort schlafend vorgefunden hatte und nicht Gustav, der mit dem Herrn und der Kutsche ausgefahren war, denn würden die beiden Männer den Knecht so vorfinden, so würde es wohl schwerlich eine Erklärung für ihn geben.

Die Mamsell kam ja nicht in den Stall, das war ihr irgendwie zuwider. Sie war für das Haus zuständig und gewissermaßen auch ein wenig für den Garten, aber dabei ließ sie Flora fast völlig freie Hand.

Schließlich hatte sie den Mann einfach schlafen lassen, war von dort zum Glashaus gegangen und hatte durch die Scheibe beobachtet, wie vertraut Flora und Minna dort drin taten. Da war so eine Art von Freundschaft zu sehen, aber ihre Gesten gingen wohl auch etwas weiter. Es war die zärtliche Variante der Freundschaft.

Und dann hatte der unvermittelt einsetzende Regenguss sie hier in dieses Versteck getrieben, in dem es auch Minna zuvor mit Peter getrieben hatte. Eventuell genau an der Stelle, an der sie jetzt saß.

Immer wieder wanderte ihr Blick zum Glasdach und dabei dachte sie an das beobachtete.

In diesem Haus gab es schon seltsame Sitten! Hatte sie nicht letztens erst am Abend gesehen, dass Minna im Nachthemd zum

Herrn in dessen Zimmer gegangen war? Und die Herrin war bei Peter im Stall gewesen.

Aber falls die Mamsell zufällig gesehen hätte, dass auch Peter und Minna in der Scheune gewesen waren, dann wäre hier der Teufel los!

Gute Sitten und gutes Benehmen waren wohl nur für das Personal wichtig.

Und dabei hätte die Herrin viel mehr zu verlieren, wenn ihr Fehltritt mit dem Knecht ruchbar würde, denn auf Ehebruch stand Kerkerhaft!

Auf ein Techtelmechtel zwischen Knecht und Magd folgte höchstens eine Schelle für die ungehorsame Magd! Oder schlimmstenfalls die Entlassung aus dem Haushalt!

Vermutlich galt das, was die Mamsell ihnen täglich verdeutlichte, nur für sie, die unten standen. „Fromm, sittsam und gottesfürchtig!", das waren die Worte der älteren Frau, denn anders konnte sie die Ordnung bei ihnen wohl kaum aufrechterhalten, mit sechs Mägden und einem Knecht unter einem Dach.

Die Herrschaften jedoch setzten sich da einfach so darüber hinweg und niemanden störte es. Nein, es wäre sogar höchst gefährlich, auch nur ein einziges Wörtchen von dem zu erzählen, was sie bemerkt hatte. Ihr Wort würde gegen das der Herrin stehen und wem man dann glauben würde, das wäre ja klar: nicht der vorlauten Magd, sondern der Gebieterin!

Flora hatte ihr am ersten Tag erklärt, dass alles, was im Haus geschah, auch darin blieb und sie hatte mit dem Eintritt in diesen Haushalt auch eine Art von Verschwiegenheit zu wahren. Nichts von dem, was sie hörte, sah oder mitbekam, durfte sie irgendjemanden erzählen.

Nicht mal Minna!

So weit, so gut, aber das Gesehene konnte sie nicht vergessen. Wie sollte das auch gehen? Der halbnackte Knecht in der Scheune, das Heu im Haar der Herrin, oder reimte sie sich da nur irgendetwas zusammen, was eigentlich ganz harmlos war?

Sie schüttelte alle Zweifel von sich, trat an die Tür und von dort schaute sie nach oben in den warmen Sommerregen. Als Kind war sie da oft mit Minna um die Hütten getobt, wenn im Sommer der Regen fiel. Das war wirklich schön gewesen, doch hier würde die Mamsell sie sehen, wenn sie jetzt aus der Scheune nach draußen tanzte.

Diese Unbekümmertheit der Jugend war schon schön, denn man machte sich nicht so viele Gedanken darum, was war und was geschehen konnte.

Ein wenig davon wünschte sie sich jetzt zurück.

Zumindest wurde sie für ihr Schweigen sehr gut bezahlt und das söhnte sie ein wenig mit dieser Situation aus.

Freilich konnte sie jetzt nicht weiter hier warten, bis der Regen eventuell aufhören würde, denn die Arbeit wartete da drüben auf sie.

Sie rang sich durch und rannte durch den Regen zum Haus zurück.

Es waren nur ein paar Schritte und dennoch reichte es, dass ihr Haar dabei nass wurde und sie schnell im Keller verschwinden musste, um sich abzutrocknen, damit die Mamsell nicht noch darauf aufmerksam wurde, dass sie draußen gewesen war, wo ihre Arbeit doch hier drin auf sie wartete.

14. Kapitel

Sommerregen auf der Haut

 eit ungezählten Monaten schliefen sie beide bereits im selben Zimmer, aber in dieser Art hatte Minna die andere Frau bisher noch nie gesehen.

Flora schien hier in ihrem gläsernen Blumenpalast eine gänzlich andere Person zu sein, als zuvor. Sie sprach und bewegte sich andersgeartet, ja sie schien hier sogar eine andere Frisur zu haben, obwohl das nicht sein konnte, aber ein unwirkliches Leuchten umfing sie.

Es mutete ihr so an, als würde sie Flora gerade zum ersten Mal sehen, oder mit völlig anderen Augen.

War Flora sonst akkurat, flink und immer sorgsam darauf bedacht, der Herrin keine Schwachstelle zu zeigen, so war sie hier langsam, behutsam und öffnete sich für sie.

Es war sonderbar und doch schien das hier Floras wirkliches Wesen zu sein, das sie sonst hinter einer lächelnden Maske vor der Welt verbarg.

Etwas Feenhaftes strahlte sie augenblicklich aus und auch ihre sonst so vertrauten Gesichtszüge wurden weich, sanft und entspannt. Mit tänzelnden Bewegungen ging sie von ihr fort und streifte durch ihr Blumenreich.

Minna beobachtete sie dabei und konnte den Blick nicht lösen. Die andere Welt war draußen, außerhalb dieses Baues aus Glas, zwar sichtbar, doch unendlich weit entfernt.

Leise trommelte der Sommerregen auf das Dach, spielte dabei eine unbekannte Melodie und Flora tanzte zu diesem Lied, dass momentan nur sie beide hörten.

Anmutig und sanft bewegte Flora ihre Hüften, setzte die Füße auf und schien doch dabei zu schweben.

Sie hätte sich jetzt nicht gewundert, wenn bei Flora augenblicklich zwei Feenflügel aus den Schultern gewachsen wären, denn das fühlte sich alles so an, wie sie sich nach der Beschreibung der Großmutter das Feenreich vorgestellt hatte.

Sie erhob sich von ihrem Hocker und folgte Flora langsam durch die Blumenreihen.

An vielen Blumentöpfen befanden sich Schilder mit den Namen der Pflanzen und Flora las ihr einige davon vor. Das klang faszinierend, aber sie dachte dabei immer wieder an Floras Worte von vor ein paar Minuten zurück.

„Du Flora, könntest du mir zeigen, was du mit dieser Sanftheit der Natur gemeint hast?", fragte sie und dachte an diese sachte Berührung zurück, mit der Flora zuvor ihren Hals gestreichelt hatte.

Die andere Frau schloss die Augen, blickte zum gerade nicht erkennbaren Himmel und setzte fast wispernd fort: „Hörst du den Regen? Damals, in meinem Dorf, da bin ich manchmal heimlich in der Nacht aus meinem Bett geschlichen und habe auf den Wiesen getanzt. Ganz besonders schön war es im Sommerregen, wie jetzt gerade, dann war ich frei. Ohne Kleidung bin ich durch das Gras gelaufen und konnte diese Zauberwesen auf meiner Haut spüren. Meine Großmutter hat uns Kindern früher viele Geschichten von Feen und Elfen erzählt und in diesen Nächten, unter dem Silbermond im warmen Landregen, konnte ich sie spüren. Sie haben mich mit ihren Flügeln gestreift und wir sind geflattert!"

„Einfach so? Nackt?", brach es unvermittelt aus Minna heraus.

„Was ist dabei?", erwiderte Flora, öffnete die Augen und blickte sie direkt an.

„Meine Mutter hat mir immer erzählt, man darf anderen Menschen nichts von der Haut zeigen. Nur die Hände, den Kopf und die Füße kann man zeigen, wobei das mit den Füßen auch nicht immer erlaubt ist!"

Flora schüttelte den Kopf und schmunzelte. „Weißt du, Minna, das habe ich auch gelernt, aber es ist doch etwas anderes, ob du in die Kirche oder auf den Markt gehst, oder alleine in der Nacht über ein Feld tanzt!", setzte sie hinzu und führte ihren Streifzug durch ihren kleinen Blumengarten weiter fort.

Minna wurde von ihrer soeben erwachten Neugier förmlich hinter ihr her gezogen.

Schlendernd ging Flora einmal nach vorn und danach wieder zurück und dabei redete sie gerade leise mit ihren Blumen und Pflanzen.

Abermals hinten angekommen wandte sie sich abrupt zu ihr zurück und erklärte: „Es soll in England sogar einen Lord geben, der öffentlich nackt badet!"

„Die hohen Herren dürfen das bestimmt!", seufzte Minna.

„Warum nur die? Eva war damals im Paradies auch splitternackt und keinen hat es gestört", setzte ihr Flora entgegen.

„Dafür wurde sie aber auch aus dem Paradiesgarten geworfen", antwortete Minna.

„Nicht dafür! Erst als sie von der verbotenen Frucht gekostet hatte, erkannte sie, dass sie nackend war, und schämte sich dafür, doch Gott hat sie nach seinem Ebenbild geschaffen und wenn es Gottes Wille gewesen wäre, dass wir immer nur Kleidung tragen, warum werden wir dann nackt geboren?", hielt ihr Flora entgegen.

Grübelnd blickte Minna vor sich hin. So hatte ihr das noch keiner gesagt.

„An manchen Tagen, wenn es draußen warm ist und der Regen fällt, dann stelle ich mich einfach unter die Beregnungsanlage, die unser Herr hier hat einbauen lassen, damit die kostbaren tropischen Pflanzen genug Wasser bekommen. Möchtest du es auch einmal probieren? Es ist wirklich herrlich, wenn die Tropfen deine Haut streicheln!", erklärte Flora noch.

„Jetzt und hier?", fragte Minna zurück.

„Wer hindert dich daran?", antwortete Flora und zeigte auf die größere Freifläche am hinteren Ende des Glashauses, das von großen Gewächsen fast völlig umgeben war.

„Zwischen den Pflanzen sieht dich niemand", erklärte sie noch.

Sollte sie es wirklich wagen?

Zögerlich trat Minna nach vorn und sah sich den Platz an, auf dem sie zuvor schon gesessen hatten.

„Nur Mut!", bestärkte Flora sie jetzt.

Schließlich gab sie sich einen Ruck, streifte ihre Kleidung ab und trat zwischen die mannshohen Stauden.

Flora betätigte einen Hahn und sanft tröpfelte warmes Wasser von oben auf sie herab.

„Schließe deine Augen und stelle dir einfach vor, dass all die Zauberwesen aus den Geschichten deiner Kindheit hier bei dir sind", erklärte Flora noch.

Sie schloss die Augen, hob ihr Gesicht dem warmen Regenguss entgegen und spürte es ebenfalls, wie diese Feen sie streiften.

Sanft trafen die Tropfen ihre Haut, benetzten ihr Haar und plötzlich spürte sie, wie sich Flora an ihren Rücken anschmiegte.

Mit zarten Berührungen liebkoste die andere Frau ihre Haut und wisperte ihr dann ins Ohr: „Kannst du es fühlen?"

Es war wie eine Gänsehaut, die den Berührungen der anderen Frau folgte, aber es war nicht unangenehm.

Nackt stand sie unter dem Schauer aus sanften Regentropfen.

„Es ist wirklich schön", flüsterte sie zurück, als würde sie die Zauberwesen vertreiben, wenn sie es laut aussprach.

Sie drehte den Kopf zurück und über ihre Schulter konnte sie Flora hinter sich mit geschlossenen Augen stehen sehen. Sie war wirklich wunderschön und schien zu leuchten.

Flora war die Elfe, nicht nur eine Blumenfee!

Wahrhaftig eine Göttin!

15. Kapitel

Mit anderen Augen

Beinahe eine Woche war vergangen, seit Minna bei Flora im Glashaus den Regen auf sich gespürt hatte. Es war Sonntag und da die Herrin in einem anderen Haushalt weilte, und daher keinen Empfang für ihre Freundinnen gab, war es wirklich mal Minnas freier Tag, den sie nach dem obligatorischen Gottesdienst wirklich völlig frei gestalten durfte.

Doch abweichend von den anderen freien Tagen, an denen sie dann die Familie im nahen Dorf besuchte, hatte sie heute beschlossen, diese Zeit bei Flora zu bleiben.

In den letzten Tagen hatten sie sich, der unterschiedlichen Arbeitsbereiche wegen, nur jeweils vor dem Schlafengehen und nach dem Aufstehen gesehen. Für erschöpfende Gespräche blieb da kaum Zeit, heute war das jedoch anders.

Nach dem Besuch der Kirche und dem Umziehen eilte sie in den Garten und war noch vor der Freundin an dem Glashaus. Die Tür stand weit offen und diese Blumenpracht lud einfach zum Staunen ein, alleine traute sie sich allerdings nicht hinein.

Ungeduldig wartete sie auf Flora und fragte sich gleichzeitig, wie sie so sicher sein konnte, dass die andere Frau ihren freien Tag in dem Gartenhaus verbringen würde, in dem sie doch jeden anderen bereits arbeitete.

Peter, Gustav und der Herr waren mit der Kutsche unterwegs, die Herrin hatte ihre Zofe mitgenommen und im Hause waren nur die Köchin und die Mamsell zurückgeblieben.

Gisela wollte ins heimatliche Dorf und war soeben dorthin aufgebrochen.

Nur sie wartete vor der offenen Tür dieses Paradieses.

Endlich kam Flora angeschlendert und bat sie einfach mit einer Handbewegung in das gläserne Häuschen.

Ein wundervoller blauer Himmel und die Strahlen der Sommersonne hatten den Glasbau ziemlich aufgeheizt, aber kein Wölkchen versprach einen sanften Guss zur Abkühlung.

Auf der kreisrunden Freifläche am hinteren Ende, auf der sie eine Woche zuvor diesen wunderbaren Schauer genossen hatten, hatte Flora wieder die zwei Stühle platziert und dorthin steuerte Flora augenblicklich.

Es waren zwei Stühle!

Woher hatte die Frau wohl geahnt, dass ihr Weg sie heute hierher führen würde, aber Minna fragte dies nicht, sondern sie genoss einfach die Ruhe und den Blütenduft.

Sie setzte sich, blickte sich um und es war ein Platz im Grünen. Tropische Pflanzen ringsum vermittelten zusammen mit einer schwülen Hitze den Eindruck, dass dieser Ort woanders war und nicht hier in Chemnitz. Wohl nicht einmal auf dieser Welt!

Gegenwärtig war es wirklich ein Paradies und genau die Stelle, für einen entspannten Schwatz unter Frauen.

Flora setzte sich neben sie, lehnte sich zurück, schloss die Augen und genoss sichtlich die Stille.

Sie versuchte es ihr nachzumachen, doch zu viele Fragen waren in den letzten Tagen zusammengekommen und brannten jetzt regelrecht darauf, gestellt zu werden.

Welche kam zuerst und konnte sie es einfach wagen, die Freundin mit ihren Sorgen zu belästigen?

„Was brennt dir auf dem Herzen?", fragte Flora schließlich, die wohl ihre Anspannung gespürt hatte.

Doch wo fing man da an?

Der Platz lud dazu ein, zuerst eine Frage zu diesem wundervollen Gefühl zu stellen, dass sie hier in sich verspürt hatte. Nur wie?

Es war wohl ihre strenge Erziehung, die gerade ihren Wissensdurst zu bremsen versuchte.

Konnte sie diese alten Zwänge nicht ebenso abstreifen, wie sie beim letzten Mal in diesem Blumenrund einfach ihre Kleidung abgelegt hatte?

„Ob es wohl damals im Paradies auch so war?", entgegnete sie schließlich.

„Du meinst zwei hüllenlose Menschen und viele Pflanzen?"

„Ja. Nur, dass es dort ein Mann und eine Frau waren!"

„Täusche dich mal nicht, denn auch dort waren damals zwei nackte Frauen!", antwortete Flora.

„Waren da nicht nur Adam und Eva?", entgegnete sie.

„Eva war bereits Gottes zweiter Versuch, für Adam eine Frau zu machen, denn vor Eva war Adam mit Lilith zusammen."

„Lilith? Von der habe ich noch nie etwas gehört. Du veralberst mich doch!", widersprach sie.

„Nein! Nichts liegt mir ferner! Gott schuf zunächst Lilith für Adam zur Frau, aber sie war keck und eigenwillig und sie hat darauf bestanden, mit Adam gleichgestellt zu sein, weil sie, wie er, ebenfalls aus Staub erschaffen worden war."

„Aber die Frau kann doch nicht dem Manne gleichgestellt sein!", brach es aus ihr heraus.

„Wer sagt dir das? Das ist Evas Erbe! Die war sittsam, brav und hat alles gemacht, was Adam von ihr verlangt hat, doch in dir schlummert noch irgendwo diese wilde Lilith. Sie ist unbeugsam und will auch ihren Spaß! Hast du sie nicht hier an diesem Platz in dir gespürt?"

Nachdenklich blickte Minna vor sich hin und versuchte sich zu erinnern, was sie empfunden hatte.

Flora bemerkte sicher ihr Grübeln, denn sie sagte: „Schließe deine Augen und fühle!"

Minna folgte diesem Rat und kurz darauf spürte sie wieder diese sanften Berührungen auf Wange und Hals. Das fühlte sich gut an, verboten gut!

Sie riss die Augen auf und sah Flora vor sich, die sie noch immer sanft streichelte.

Minna versuchte, die Finger der Freundin abzuwehren und von sich zu schieben, doch sie ließ die bereits dafür erhobene Hand unverrichteter Dinge wieder sinken.

Hatte Flora möglicherweise recht mit ihrer Aussage?

Natürlich hatten sich diese Berührungen gerade eben wirklich wundervoll angefühlt. Das war nicht diese ruppige Art, mit der sie der Herr anfasste, oder Peter, das war anders.

Abermals schloss sie die Augen und versuchte den Weg der Fingerspitzen nachzuspüren.

Und gleichzeitig über das nachzudenken, was Flora zuvor gesagt hatte.

Was war hier anders?

Einfach alles!

Flora strich behutsam ihren Hals nach unten und ihr ganzes Inneres schrie danach, dass sie das unendlich lange so weiter machen würde. Schließlich hatten sie ja den ganzen Tag dafür Zeit!

Das war einfach nur zauberhaft und sie schien abermals diese hauchzarten Flügel der Elfen auf sich zu spüren, von denen Flora ihr erzählt hatte.

Bisher war sie immer nur schwere Arbeit gewohnt gewesen, auf dem Feld bei den Eltern, hier im Hause, aber gerade verspürte sie so eine innere Ruhe in sich, die mit jeder von Floras Berührungen nur noch stärker wurde.

Und gleichzeitig kam da auch so eine Unruhe in ihr auf.

So wie sich die Ruhe von oben nach unten durch ihren Körper senkte, so stieg dieser aus ihrem Bauch heraus eine seltsame Aufregung entgegen.

Erstmals hatte sie wirklich die Gelegenheit, sich auch über sich selbst ein paar Gedanken zu machen und hier in diesem Paradies aus wundervollen Pflanzen und betörenden Düften war sie in einem Märchenland.

Krieg es nur ein Trugbild ihrer verwirrten Sinne? Oder Wirklichkeit?

Würde es verschwinden, wenn sie die Augen jetzt öffnete?

Sie wagte es, blickte in Floras Angesicht und es schien ihr das schönste Gesicht der Welt zu sein.

Sie sah nicht die gebrochene Nase, nicht die lange Narbe oder den etwas zu großen Mund, auch nicht die verwirbelten Haare, die sich aus dem Zopf gelöst hatten, sondern die anmutigen Gesichtszüge eines Engels, einer Elfe, einer Zauberin, die keinen Zauberstab benutzt hatte, um etwas in ihr zu verändern.

Für Flora hatten deren Finger genügt, mit denen sie auch weiterhin behutsam über Minnas Haut streifte.

Jetzt war Minna verwirrter, als jemals zuvor.

Sie hatte hier Antworten gesucht, aber momentan hatte sie viel mehr Fragen in sich, als jemals zuvor.

16. Kapitel

Freundschaft, oder mehr?

Bereits seit einer geraumen Weile ging Minna dieses Treffen mit Flora im Gartenhaus nicht mehr aus dem Kopf, denn es war wirklich wundervoll gewesen. Es war, als hätte ein Engel ihr innerstes Wesen berührt gehabt, aber da war noch etwas anderes in ihr aufgestiegen.

Alles Grübeln hatte aber bisher nicht zur Erkenntnis geführt, was es wohl gewesen war und durch die getrennten Arbeitsbereiche beschränkten sich ihre Treffen auch weiterhin nur auf die Nacht, wobei sie dann mit den anderen Frauen in einem Raume waren und es fühlte sich seltsam an, mit so vielen offenen Ohren über das zu sprechen, was da passiert war.

Was geschah wohl, wenn irgendeine von ihnen der Herrin von diesen heimlichen Gesprächen berichten würde? Ob bewusst oder unbewusst und aus Versehen spielte da keinerlei Rolle, denn die Herrin würde sicher keine Minute zögern und sie beide trennen.

Sie würden eventuell beide ihre gut bezahlte Stellung hier verlieren und das wollte Minna nicht riskieren.

Doch was konnte sie tun?

Wieder auf einen arbeitsfreien Sonntag warten?

Der Sommer begann und da veranstaltete die Herrin gewöhnlich jedes Wochenende einen Empfang für ihre Freundinnen oder prunkvolle Bälle und bei allen derartigen Anlässen hatte sie an der Tür zu stehen, um jeden Wunsch sofort zu erfüllen.

Es war also schlichtweg unmöglich, einen Moment zu finden, um ein Ausforschen ihrer Fragen herbeizuführen.

Und abermals endete ein wirklich arbeitsreicher Tag, Minna stand gähnend im Nachthemd vor ihrem Bett und die Mamsell schloss gerade nach einem letzten Kontrollblick die Zimmertür.

Floras Bett befand sich am anderen Ende des Raumes und war damit eigentlich unerreichbar weit von ihr entfernt.

Sie nickte der Freundin einfach nur zu, kroch unter ihre Decke und rollte sich zusammen.

Bettina löschte die Lampe und schon wenig später hörte Minna die ersten Schlafgeräusche aus den anderen Betten.

Nur sie selbst kam nicht in den Schlaf und dabei war sie doch gerade eben noch sehr müde gewesen, doch kaum hingelegt, war die Müdigkeit auch schon wieder verflogen.

Vielleicht hielten die vielen Gedanken sie jetzt wach, aber all das Grübeln hatte ja schon die ganze Zeit zuvor zu keinem hinreichenden Ergebnis geführt.

Was konnte da schon in der Nacht passieren?

Nichts!

Die Dunkelheit hüllte sie ein und sie wälzte sich unruhig auf ihrem Strohsack hin und her.

Alles Sinnieren würde nichts nutzen, das wusste sie nur zu gut, und dennoch gab der verdammte Kopf keine Ruhe. Er wollte es verstehen, aber was gab es an Gefühlen zu begreifen?

War es jetzt diese Freundschaft zu Flora, die sie in sich bemerkte? Oder doch schon viel mehr? Bloß was?

Mitten in ihren nutzlosen Gedanken vernahm sie das leise Geräusch von nackten Fußsohlen auf den hölzernen Dielen. Vermutlich schlich da jemand zum neben der Tür für die Nacht bereit stehenden Nachttopf, aber warum zündete diejenige nicht das kleine Licht dort an?

Minna versuchte nicht hinzuhören, um das sicherlich gleich folgende Plätschern nicht zu belauschen.

Im Dunkeln schaute sie zur gerade nicht sichtbaren Zimmerdecke hinauf, als jemand leise zu ihr unter die Bettdecke schlüpfte.

Bevor sie etwas entgegnen konnte, hatte diejenige ihr die Hand auf den Mund gelegt und wisperte ihr ins Ohr: „Ich bin es!"

Das konnte jetzt jede der anderen Frauen sein und vermutlich bemerkte dies auch ihre Besucherin, denn sie setzte noch hinzu: „Flora!"

Daraufhin zog Flora die Hand zur Seite und schmiegte sich eng an sie an.

Jetzt wäre Zeit, sich leise zu unterhalten, aber war eine von den anderen Frauen eventuell noch wach?

Giselas Bett stand ihr am nächsten, aber die Freundin schlief, denn Minna konnte ihr markantes Schnarchen deutlich vernehmen.

Flora lag jetzt praktisch mit dem Mund an ihrem Ohr und hätte daher leise erzählen können, doch sie schwieg.

Minna drehte ihr das Gesicht zu, um sie flüsternd zu fragen, was dieses Grummeln in ihrem Bauch nur zu bedeuten hatte, wenn sie wie jetzt in Floras Nähe war, aber noch bevor sie etwas sagen konnte, spürte sie Floras Lippen auf den ihren.

Für einen Moment war sie überrascht. Wie hatte die andere Frau das nur bemerken können? Hatte sie etwa Katzenaugen, denn es war stockdunkel und man konnte die Hand nicht vor den Augen sehen, bis Minna realisierte, dass dies kein flüchtiger oder freundschaftlicher Kuss war, sondern Flora einfach weiter machte.

Sie hätte den Kopf zurückziehen können, um Floras Tun zu beenden, doch seltsamerweise gefiel es ihr außerordentlich gut.

Zuerst Floras einfühlsame Worte, dann ihre zärtlichen Berührungen im Gartenhaus und jetzt der Kontakt zu diesen wundervoll weichen Lippen.

Tagelang hatte sie hin und her überlegt, die richtigen Worte und den passenden Moment gesucht, und soeben erklärte Flora einfach alles wortlos, mit nur einer Geste.

Das war keine Freundschaft, sondern sehr viel mehr.

Nur was?

Möglicherweise Liebe?

Doch konnte es die zwischen zwei Frauen geben, die nicht Mutter und Tochter oder anderweitig miteinander verwandt waren?

Aber warum eigentlich nicht?

Es war jedenfalls sehr schön.

Und wer sollte sie daran hindern?

Vermutlich nur die Herrin, wenn sie es bemerken würde, doch daran verschwendete sie jetzt keinen Gedanken mehr, sondern drückte alle Ängste und Befürchtungen ganz weit nach hinten in ihren Kopf.

Es war einfach wunderschön, bis Flora den Kuss löste.

Doch ihr soeben entflammtes Herz wollte jetzt mehr!

Sofort setzte sie nach, hielt den Kopf der Freundin mit der Hand fest, damit sie ihr nicht entweichen konnte, obgleich sie das offenbar nicht vorgehabt hatte!

Nein, Flora ihrerseits machte es ihr nach, schob ihre Hand zwischen Wange und Kissen hindurch, umfasste ihr Genick und so hielten sie sich beide im Kuss vereint fest.

Das war fürwahr der Himmel.

Und plötzlich bemerkte sie, wie Floras zweite Hand, die bisher auf der Decke gelegen hatte, unter dem Deckbett auf Wanderschaft ging.

Flora hielt sie auch weiterhin im Kuss fest und sie konnte nicht fort, allerdings wollte sie das momentan auch nicht mehr.

Vorsichtig und sanft glitten Floras Finger an ihr herab und eine Gänsehaut folgte abermals diesen Berührungen, doch es war keine unangenehme Empfindung, es fühlte sich unerwartet gut an.

Schon einmal hatte sie Floras Haut und Finger auf sich gespürt, als sie gemeinsam nackt unter den warmen Wassertropfen gestanden hatten, doch das hier war noch um ein Vielfaches intensiver, als die streichenden Tropfen auf der Haut!

Es war göttlich und da sie beide auch weiterhin im Kuss vereint waren, konnte ihr auch kein Geräusch entweichen, denn wäre ihr Mund nicht verschlossen, würde sie jetzt wohl alle in dem Raum wecken.

Das musste raus, aber es durfte und konnte nicht!

Zumindest nicht aus dem Mund!

Jetzt gingen auch ihre Finger auf eine Erkundungsreise und in der Dunkelheit waren diese Empfindungen noch viel stärker, da alle anderen Sinne, bis auf den Tastsinn, gerade nicht verfügbar waren.

Es sauste abwechselnd warm und kalt durch ihren Leib!

Und es war seltsam, wie schnell das geschah.

Vor ein paar Minuten hatte sie noch nicht mal gewusst, ob es mehr als eine Freundschaft war, dann hatte ein Lippenkontakt die ersten Zweifel zerstreut und jetzt wurde daraus eine körperliche Form der Liebe!

Eine sehr sinnliche noch dazu!

17. Kapitel

Der Wert einer Vase

amstagabend war es geworden und wie jeden Samstag hatte die Herrin wieder einen ihrer Empfänge für ihre Freundinnen abgehalten. Da Gisela immer mit im Raum stehen musste, hatte sie ihre Arbeiten des Tages nicht wirklich alle geschafft und somit machte sie sich nach dem Abendessen noch einmal an ihr Werk, denn der Vorraum der Villa musste jetzt noch gesäubert werden.

Die Gäste der Herrin waren fort, aber ihre Spuren waren noch zu sehen und bis zum nächsten Morgen konnte das nicht so bleiben.

Wähnend also alle anderen schon auf ihr Zimmer stiegen und der Herr noch bei seinen Freunden auswärts weilte, kniete sie im Vorraum und säuberte den Fußboden.

Da es ja sowieso Abend war, sang sie leise dabei, um sich von der mühsamen und ermüdenden Arbeit abzulenken und ohne Zuhörer konnte sie das auch ohne Probleme tun.

Tagsüber musste sie stumm ihre Arbeit verrichten, doch jetzt war ja eigentlich schon Wochenende und der nächste Tag war ihr freier Tag. Zumindest nach dem Gottesdienst bis zum Abendmahl.

Zum Wischen hatte sie alles nach oben gestellt, was für gewöhnlich tagsüber hier so auf dem Fußboden stand.

Die beiden großen Vasen, die sonst links und rechts neben dem Eingang auf dem Boden standen, hatte sie mit Mühe auf das Schränkchen unter dem Fenster gewuchtet und war bereits fast fertig mit ihrer Tätigkeit, als sich die Eingangstür öffnete.

Früher als üblicherweise kam der Herr zurück und der Windstoß, den er mit in den Raum brachte, führte dazu, dass einer der Fensterflügel, den sie zuvor nur angelehnt hatte, dadurch aufschwang.

Und wie es der böse Zufall nun mal so schlimm mit ihr meinte, stieß der sich öffnende Flügel an eine der Vasen.

Sie sah diese bereits fallen, bevor sich das große Tonbehältnis auch nur bewegt hatte.

Aus drei Schritten Entfernung hechtete sie zum Tisch und kam doch um einen Wimpernschlag zu spät. Unmittelbar vor ihren Füßen zerplatze die Vase in tausend Teile.

Der Herr schlug die Tür zu, warf seine Jacke achtlos über einen der Sessel und blickte zu ihr herüber.

Sie kniete praktisch mitten in den Scherben!

Der Herr sagte nichts, aber der Blick, den er ihr zuwarf, ging ihr durch Mark und Bein. Seine zornig zusammengezogenen Augenbrauen verhießen nichts Gutes und ließen sie in der Bewegung erstarren

Schon wartete sie auf das unausweichliche Donnerwetter und die befürchtete Ohrfeige, doch er tat nichts dergleichen, er ging einfach die Treppe hinauf und ließ sie dort in ihrer Furcht zurück.

Schnell räumte sie auf und warf die Scherben in die Mülltonne, denn an dieser Vase war nichts mehr zu retten. Das größte Stück hatte gerade mal die Abmessung ihrer Handfläche.

Als sie alles bereinigt, geputzt und aufgeräumt hatte, verkündete die große Uhr an der Wand, dass es schon später Abend geworden war. Die Herrin lag sicherlich schon seit Stunden im Bett und somit verschob sie die nötige Entschuldigung für ihr Versehen bei der Herrin auf den Beginn des nächsten Tages.

Unmittelbar nach dem Aufstehen würde sie zu ihr hinuntereilen und der Herrin ihr Missgeschick gestehen, denn der Herr würde es dann sicher spätestens beim Frühmahl seiner Frau erzählen.

Müde und dennoch voller Schuldgefühle stieg sie die Treppe hinauf und hatte sich in der Mägdekammer gerade das Kleid ausgezogen, als die Zofe der Herrin in den Raum trat.

„Du sollst sofort zur Herrin kommen!", sagte die Frau.

„Ist die denn noch wach?", entgegnete Gisela und wollte sich das Kleid vom Haken holen.

„Sofort! Eile dich!", antwortete Magda.

Sollte sie wirklich im Unterkleid und barfuß nach unten rennen? Eine weitere Minute zögerte sie, bevor die Zofe sie erneut zur Eile trieb.

Überhastet stürzte sie eine Etage hinab, rannte zur Tür des Zimmers, klopfte und trat ein.

Die Herrin saß im Nachthemd vor ihrem Spiegel und kämmte sich gerade ihr Haar. Auch der Herr war anwesend und somit war ihre Verfehlung schon bekannt geworden.

„Du hast also meine kostbare Vase zerstört?", fragte die Herrin, blickte dabei in ihren Spiegel und kämmte sich weiter.

„Verzeiht, Herrin, aber der Wind", begann Gisela.

„Der Wind?", unterbrach die Herrin sie.

„Der Wind hat das Fenster", setzte sie fort.

„Jetzt war es also das Fenster?", blaffte die Herrin sie laut an und zog dennoch ihren Kamm weiterhin durch ihre lockigen Haare.

„Du willst nur von deiner eigenen Schuld ablenken! Ich habe dir genügend Zeit gegeben, dich bei mir zu entschuldigen und du bringst mir hier nur Ausflüchte? Die Vase war ein Erbstück von meiner Großmutter! Kostbar und unersetzlich!"

„Verzeiht mir, Herrin!", stieß Gisela aus.

„Das muss bestraft werden! Ich sollte dich sofort entlassen!", setzte die Herrin fort.

„Bitte, Herrin, nicht!", stieß Gisela verzweifelt aus.

Der Herr trat vor sie hin und packte sie danach am Genick.

„Strafe muss sein!", erklärte die Herrin jetzt.

Sie hätte sich gegen den Griff wehren können, denn sie wäre sicher genauso stark, wie der Herr, aber jeder Widerstand würde in der derzeitigen Situation wirklich mit einem Rauswurf aus diesem Hause geahndet werden.

Und offenbar wollte die Herrin sie noch hier behalten.

Gisela zwang sich regelrecht, die Hände unten zu behalten, denn der Griff in ihrem Nacken war ziemlich schmerzhaft.

„Eigentlich war ich bisher mit dir sehr zufrieden und daher sollst du für dein Vergehen nur zwanzig Schläge erhalten!", verkündete die Herrin laut.

Ohne ihre Gegenwehr schleifte der Herr sie zum Bett und drückte sie dort mit dem Bauch auf die Lagerstadt so herunter, dass sie die Herrin im Spiegel sah und diese ihr in die Augen blicken konnte, ohne ihre Beschäftigung zu unterbrechen.

Und sie sah auch den Herren hinter sich stehen, der langsam den Gürtel aus seiner Hose zog.

Er stellte sich hinter sie, hatte den Riemen in der rechten Hand und raffte ihr mit der anderen das Unterkleid hinten hoch.

Zwanzig schmerzhafte Hiebe auf das nackte Hinterteil? Da würde sie sicherlich ein paar Tage auf dem Bauch schlafen müssen, denn schon die zehn Schläge mit der Hand vor einer Weile hatten höllisch wehgetan!

„Bitte Herrin, nicht den Riemen!", stieß Gisela verzweifelt aus.

„Strafe muss sein!", äußerte die Herrin abermals.

Der Herr baute sich hinter ihr auf, aber noch blickten sich Herr und Herrin über den Spiegel hinweg an.

Noch war also das Urteil nicht endgültig und Hoffnung keimte in ihr auf, dass die Herrin eventuell Gnade vor Recht gelten ließ, oder wenigstens die Anzahl der Schläge reduzierte.

Weiterhin kniete Gisela hinter dem Bett, hatte den Kopf angehoben und lag mit dem Oberkörper auf dem Lager der Herrin.

Was würde geschehen?

Stumm unterhielten sich die beiden nur mit den Augen und flehend blickte Gisela die Herrin dabei an.

Würde sie das Herz der jungen Frau erweichen können?

Schließlich nickten die beiden sich zu und der Herr zog ihr das Unterkleid hoch und holte aus.

Ihr blieb noch ein letzter bittender Blick, dann sauste der lange lederne Gürtel auf ihr nacktes Hinterteil herab.

Sie schrie und bäumte sich auf, doch der Herr drückte sie daraufhin mit einer Hand am Rücken auf das Bett herab.

„Sei still!", fuhr die Herrin sie an und zählte laut die Schläge mit.

Die Schmerzen waren gewaltig, während der Herr immer wieder mit aller Kraft zuschlug.

Über den Spiegel sah sie die Wut in seinen Augen.

Wimmernd ertrug sie diese Behandlung und blickte dabei auch weiterhin flehend zu ihrer Herrin. Würde sie dieses Martyrium vorzeitig beenden?

Unaufhörlich traf der Herr sie mit dem Gurt und sie musste es erdulden, bis die Herrin endlich: „Zwanzig!", sagte und er von ihr abließ.

Danach zog er seine Hand von ihrem Rücken fort, wischte sich mit einem Tuch ihr Blut von seinem Gürtel und warf ihr den blutigen Stofffetzen direkt vor die Nase.

„Lass dir das eine Lehre sein, du unnützes Ding!", äußerte die Herrin scharf.

Der Herr legte den Riemen zur Seite und trat danach zu seiner Frau.

„Raus mit dir!", brüllte die Herrin sie an, legte den Kamm zur Seite und der Herr küsste ihren Hals.

Taumelnd kam Gisela auf die Füße, schwankte zur Tür und jeder Schritt jagte wieder diese Qual durch ihr verletztes Hinterteil, durch den ganzen Unterleib.

Sie kam bis auf den Flur, als alles vor ihren Augen verschwamm.

18. Kapitel

Wer im Glashaus sitzt ...

Minna hatte die Striemen auf Giselas Hinterteil am Morgen gesehen. Die Freundin war nicht mit zum Gottesdienst gegangen, denn das wäre vermutlich auch nichts geworden. Sie hätte sich unmöglich auf die harte Kirchenbank setzen können.

Es hatte sie zutiefst erschreckt, zu welcher Brutalität der Herr fähig gewesen war. Natürlich war es ein schlimmer Patzer der Freundin gewesen, die Vase zu zerstören, aber diese harte Bestrafung hatte vermutlich alle im Hause abgeschreckt.

Selbst im Gesicht der Mamsell war die Abscheu über diese Tat für einen Augenblick zu sehen gewesen.

Jetzt war es Nachmittag und da sie heute am Sonntag frei hatte, hätte sie auch die Familie besuchen können, doch sie saß grübelnd im Garten auf der Bank und schaute in den Himmel hinauf.

Wie magisch zog es ihren Blick dabei immer wieder zum Dach des Hauses, hinter dessen kleinem Fenster die Freundin womöglich gerade von Bettina mit Essen und Trinken versorgt wurde. Die Köchin hatte es sich zur Aufgabe gemacht, Gisela an ihrem freien Tag zu betreuen.

Und abermals fragte sich Minna, warum das geschehen war.

Immer neue Ungewissheiten kreisten durch ihren Kopf und zu keiner davon fand sie eine Antwort, oder nur eine: Es war eine Demonstration für alle Mägde gewesen. Nur damit ließ sich diese drakonische Härte der Bestrafung erklären.

Die Herrin wollte ein Zeichen damit setzen!

Jeder im Hause hätte dasselbe passieren können. Manchen Tag hatte sie ebenfalls neben der Vase gestanden und Flora hatte diese sogar vor ein paar Tagen mit einem Blumengesteck versehen.

Nicht auszudenken, was ihr bei einem Versehen wohl geschehen wäre. Eventuell dasselbe?

Und als hätte sie die andere Frau mit ihren Gedanken gerufen, schlenderte Flora vom Haus aus über die Wiese zu ihr herüber und setzte sich auf die Bank neben sie.

„Minna, so nachdenklich?", fragte Flora und bemerkte offenbar erst danach, dass sie immer noch das Dach des Hauses im Blick hatte, denn sie setzte hinzu: „Das hätte mir ebenfalls passieren können."

Das war so ziemlich dasselbe, was sie kurz zuvor auch gedacht hatte.

Flora rutschte ein Stück näher und griff nach ihrer Hand, doch Minna zuckte dabei zusammen, denn sie saßen hier direkt unter dem Fenster des Bades der Herrin!

War sich Flora der Brisanz dieser vertrauten Geste nicht bewusst?

Ängstlich rückte Minna ein Stück von ihr ab und sah den fragenden Blick der Freundin neben sich.

Das bedurfte wohl einer Erklärung ihrer Reaktion.

Nachts oder im undurchschaubaren Dschungel des Gewächshauses waren sie für sich, hier jedoch unter aller Augen.

Doch was war eigentlich wirklich gewesen? Flora hatte doch nur nach ihrer Hand gegriffen! Da war doch nichts dabei. Oder?

Grübelnd dachte sie an ihre Kindheit zurück, denn da war sie auch oft Hand in Hand mit Gisela über die Dorfstraße gelaufen. Das war damals ganz normal gewesen.

Und einmal waren sie sogar nackt zusammen in den Dorfteich gesprungen. Da mochten sie beide etwa sieben Jahre alt gewesen sein und das Schelten der Mutter danach war noch immer in ihrem Kopf.

Was würde wohl hier geschehen, falls die Herrin da irgendwelche Schlüsse aus dieser Geste zog?

Zum Glück hatte sie nicht gesehen, wie sie beide im Gewächshaus im Evakostüm unter den warmen Wasserstrahlen gestanden oder sich in der Nacht gegenseitig gestreichelt hatten, denn das Donnerwetter wäre danach sicherlich um ein Vielfaches größer gewesen, als jenes aus der Kindheit, schließlich waren sie jetzt keine Kinder mehr.

Zucht und Ordnung waren hier im Hause wichtig. Gottesfürchtig und sittsam sollten sie beide sein. Und da spielte es keine Rolle, dass sie fast jeden Abend, mit stillschweigender Duldung durch die Herrin, mit dem Herrn ins Bett musste.

Was nachts und im Hause geschah, das blieb im Verborgenen und ungesagt. Hier auf der offenen Wiese galt schon eine zärtliche Geste als verwerflich.

Sollte sie das jetzt Flora so sagen? Oder einfach einen anderen Ort aufsuchen?

Im Glashaus vielleicht?

Mit dem Kopf zeigte sie in die Richtung von Floras kleinem Garten Eden.

Die Freundin nickte verstehend und sie beide erhoben sich.

Zusammen schlenderten sie wortlos hinüber und erst hinter der offen stehenden Tür begann sie zu erklären: „Wir sollten der Herrin lieber keinen Anlass bieten, dass sie uns näher unter der Beobachtung hat!“

„Warum?“, entgegnete Flora und ging langsam von ihr fort zum hinteren Teil der Pflanzenreihe.

„Na ja, ich will nicht die nächste sein, deren Hintern grün und blau geschlagen wird!“, erläuterte sie ihre Ängste und folgte danach der Freundin.

Flora drehte sich zu ihr zurück und winkte lächelnd ab.

„Du hast ja eventuell nichts zu befürchten, denn die Herrin liebt deine Blumen, aber was ist mit mir?“, fragte Minna.

Galant ließ sich Flora auf ihren Stuhl nieder und zog den zweiten zu sich. Hier war jetzt wohl so ein Moment, wo sie unbeobachtete und hoffentlich unbelauscht reden konnten.

„Sicherlich hast du recht", begann Flora nachdenklich.

„Hier drin kann sie uns nicht sehen, aber da draußen?", entgegnete Minna und zeigte mit der Hand durch die Scheibe zur Bank, die in einiger Entfernung zu sehen war.

„Natürlich könnte ich dann der Herrin mit einem Bibelzitat antworten, aber das würde nur eine härtere Strafe nach sich ziehen", erwiderte Flora und griff sich ins Haar.

„Ein Bibelzitat?", antwortete sie verwirrt.

Flora lächelte, schüttelte ihre wundervolle rote Mähne und sagte danach leise: „Du siehst den Splitter in deines Bruders Auge und nicht den Balken in deinem eigenen!"

Offenbar sah sie jetzt noch verwirrter aus, denn Flora erklärte ihr: „Hast du noch nie bemerkt, dass die Herrin nach jedem Ausritt besonders lange im Stall ist?"

„Na klar, sie kümmert sich um ihr Pferd", antwortete sie.

„Das macht eigentlich Peter!", erwiderte Flora mit einem Augenzwinkern und setzte danach noch hinzu: „Nachdem er sich um die Herrin bemüht hat!"

Offenbar sah sie jetzt so überrascht aus, dass Flora soeben in schallendes Gelächter ausbrach.

„Wie der Herr, so die Herrin", seufzte Minna und richtete ihren Blick auf das Stallgebäude.

„Eben!", setzte Flora noch erklärend hinzu.

„Übrigens ist das Wasser im Tank heute wieder so richtig schön warm", flüsterte sie noch.

Das klang ziemlich verlockend, solange die Herrin nicht aus Versehen ein paar Blumen brauchte.

19. Kapitel

Auf dünnem Eis

Es war jetzt genau eine Woche vergangen, seit sie die teure Vase der Herrin unvorsichtigerweise zerstört hatte und damit auch sieben Tage, dass der Herr ihr dafür den Hintern blutig geschlagen hatte.

Den Sonntag hatte sie daher ihr Bett nicht verlassen können und jede Bewegung hatte Höllenqualen durch ihren Leib gejagt. Des ungeachtet hatte sie natürlich am folgenden Montag wieder ihre Arbeit aufnehmen müssen.

Es gab für sie da keinerlei Schonung und sie konnte von Glück reden, dass die Herrin sie in ihrer Wut nicht aus dem Hause geworfen hatte.

Vermutlich hatte sie den Unfall mit dem Fenster als Unvorsichtigkeit abgetan und daher wohl Gnade walten lassen, obwohl es doch eine ganz schön harte Bestrafung gewesen war, für etwas, wofür sie nicht wirklich etwas konnte.

Sie war sozusagen auf Bewährung geduldet und die kleinste Unbesonnenheit konnte jetzt dazu führen, dass die Herrin sie unverzüglich des Hauses verwies.

Und damit rutschte sie seit Tagen abermals auf dem Boden des Hauses herum, aber momentan sehr viel vorsichtiger, als sie es zuvor getan hatte, denn die Blicke der Herrin besagten eigentlich nur, dass die Frau auch weiterhin ein Auge auf sie hatte.

Durch das langsame und bedachte Arbeiten wurde sie allerdings am Abend nicht mehr mit ihrer Tätigkeit fertig und das bedeutete, dass sie noch durch die Gänge kroch, während die anderen bereits Pause machen konnten.

So hatte sie sich das nicht vorgestellt und sie konnte nur hoffen, dass die Herrin ihr irgendwann mal verzeihen würde und der Argwohn der Frau wieder verflog.

87

Bis dem aber so sein würde, lief sie auch jetzt im Sommer buchstäblich auf dünnem Eis.

Und auf sehr glattem!

Ansonsten ging es ihr nicht schlecht, denn sie kam mit allen Frauen hier gut zurecht. Das war schon etwas seltsam, denn in der elterlichen Hütte hatte es mitunter auch schon mal einen heftigen Streit mit den Schwestern gegeben. Sie hatte bis zum Eintritt in dieses Haus auch gedacht, dass es hier eventuell so ähnlich war, aber nichts dergleichen geschah.

Flora war ihr wie eine Freundin, Bettina steckte ich auch weiterhin jeden Tag einen Leckerbissen zu und Minna war noch immer die Weggenossin, die sie seit dem ersten gemeinsamen Tag in ihr hatte.

Allerdings hatte die Mamsell wohl jetzt den Auftrag, besonders auf sie zu achten, denn anders konnte sie sich die auffällige Häufung der Kontrollen bei ihrer täglichen Arbeit in der letzten Zeit nicht erklären.

Doch das würde sich sicherlich auch wieder geben.

Irgendwann.

Heute bot sich ihr jedoch die Gelegenheit, einmal das Haus mit Erlaubnis der Mamsell zu verlassen.

Claudia, die junge Küchenmagd und Gehilfin von Bettina, hatte sich am Tage zuvor den Arm verstaucht, als sie über etwas in der Küche gestolpert war. Sie war für die Einkäufe auf dem Markt zuständig und mit nur einem Arm konnte sie schlecht bezahlen und den Korb tragen.

Da Minna und Flora von der Mamsell damit beauftragt worden waren, den Saal für den am folgenden Tag stattfindenden Sommerball zu dekorieren, erhielt sie die Aufforderung, Claudia auf den Markt zu begleiten.

Gemeinsam machten sie sich also auf den Weg und gingen durch die Stadt. Es war mittlerweile richtig drückend heiß. Das

Pflaster der Straßen warf die Hitze zurück und in den Häuserzeilen gab es kaum Wind.

In ihrem Dorfe wäre sie an solch einem Tag in den kleinen Dorfteich gesprungen, um sich abzukühlen, hier gab es so etwas leider nicht.

Und die Kleidung musste auch noch perfekt sitzen, mit zwei Unterkleidern, Mieder und hochgeschlossener Jacke. Anders als Claudia konnte sie es sich nicht leisten, den obersten Knopf am Kragen zu öffnen, denn würde es jemand sehen, dann wäre wohl der Teufel los.

Die junge Küchenmagd mit dem eingebundenen linken Arm in der Schlinge war das etwas lockerer, aber sie hatte eben auch nicht so viel zu verlieren.

Endlich hatten sie den großen Platz erreicht, auf dem die Marktfrauen Betttücher als Sonnenschutz über ihre Stände gezogen hatten. Das gab etwas Schatten, aber da auch hier kaum ein Luftzug wehte, machte es den Aufenthalt nur ein kleines wenig erträglicher.

Von einem Stand zum nächsten ging Claudia und organisierte die Dinge, die für das Fest am Sonntag auf ihrer Liste standen. Sie zahlte und Gisela legte die Sachen danach in ihren Korb, der sich schon bald gut füllte.

Es war seltsam, mit welcher Selbstsicherheit das Mädchen den Marktweibern gegenüber auftrat. Darin war wohl so etwas, wie die Erkenntnis ihrer Position zu spüren, denn sie hatte das Geld. Noch nicht mal vierzehn Jahre alt, stolzierte sie mit hocherhobenem Kopf umher.

Zum Schluss teilten sie sich an einem Stand noch einen Apfel, den Gisela aus ihrem Beutel zahlte, und dabei blickte sie über den Markt.

Früher hatte auch der Vater hier einen Stand gehabt, um seine Feldfrüchte zu verkaufen, und sie hatte mitunter hier geholfen. Das war schon einige Jahre her und damals war das Wetter noch gut und die Erträge von seinem Feld hervorragend gewesen.

Für das Geld, mit dem sie gerade diesen einen Apfel gekauft hatte, hätte man damals einen ganzen Sack davon bekommen.

Zu der Zeit hätte es wohl keiner gewagt, hier solche gigantisch hohen Preise zu verlangen, die gerade auf den Schildern an den Ständen angeschrieben waren.

Nur wenige Jahre mit Missernten hatten für eine Entwertung des Geldes gesorgt und ein einzelnes Brot war momentan schon fast ein kleines Vermögen wert.

Augenblicklich störte sie das nur wenig, da die Herrschaft die Lebensmittel bezahlte, aber es gab hier auch ein paar Kinder, die zerlumpt und mit leeren Augen an einer Wand lehnten und darauf warteten, dass eventuell noch etwas Abfall für sie übrig blieb.

Sie hatte noch eine Hälfte ihres Apfelstückes, das sie einem der Kinder hinhielt. Zuerst schaute der Junge sie fragend an, sie nickte ihm ermutigend zu und er stürzte sich auf die Frucht.

Sie konnte von Glück reden, dass sie in dem guten Haushalt lebte und keine Not leiden musste, denn die Verpflegung war ja bei ihrer Arbeit immer frei und Bettina sorgte dafür, dass sie zu ihrer normalen Mahlzeit auch mitunter noch eine kleine Leckerei zusätzlich bekam.

Noch viel nachdenklicher machte sie sich auf den Heimweg und wusste nun nur noch viel deutlicher, dass sie diese Arbeitsstelle unbedingt behalten musste, denn was sollte sonst werden?

Vielleicht war es auch genau aus diesem Grunde von der Mamsell so eingefädelt worden, dass sie sah, aus welchem Grunde sie besonders vorsichtig sein sollte.

20. Kapitel

Der zerbrochene Krug

Der Sommer war längst vorbei, es war wieder mal ein Sonntag am Ende des Oktobers und eigentlich hätte sie an diesem Tage freigehabt, aber die Herrin hatte ihre Freundinnen zu einem Empfang geladen und sie musste dabei einfach mithelfen.

Momentan saßen die Damen im Zimmer nebenan bei Kaffee und Kuchen und wurden von Minna bedient und da sie ja sowieso schon mal hier war, wollte Gisela auch gleich noch das chinesische Zimmer säubern.

Die Zeit musste eben einfach genutzt werden.

Selbstverständlich hatte die Herrin zuvor alle ihre Freundinnen durch das Zimmer geführt und wortreich jedes einzelne Teil darin beschrieben, obwohl die meisten der Anwesenden dieses Zimmer bereits mehr als einmal gesehen und bewundert hatten.

Nebenan saßen also zehn Frauen, die lachten, scherzten und schlemmten und am Abend würden dann sicherlich ein paar Stücken von dem leckeren Kuchen übrig bleiben.

Eine der Frauen hatte aber auch ihre neunjährige Tochter mitgebracht, die allerdings aus Mangel an Spielkameraden schon eine Weile durch die Räume hüpfte.

Das kleine Mädchen trug ein wirklich sehr schönes Kleid, hatte rote Bänder in den Zöpfen und selbstverständlich ließ sie bei ihren Streifzügen auch das chinesische Zimmer nicht aus.

Das war allerdings nicht wirklich ein Spielplatz, doch Gisela wagte es nicht, die Kleine zur Ordnung zu rufen, denn die Türen zu den anderen Räumen standen weit offen und selbstverständlich würde jede Zurechtweisung an das Kind ihrerseits sofort die Mutter auf den Plan rufen.

Diese Frau war die engste Freundin ihrer Herrin und auch noch eine ziemlich hochgestellte Person des öffentlichen Lebens der Stadt. Daher blieb ihr nur übrig, die Schritte des Kindes sorgsam zu überwachen.

Abermals kam das Mädchen freudestrahlend in den Raum, streifte umher und sah sich alles an, aber selbstverständlich gab es hier nichts, was sie auch nur im Entferntesten interessierte.

Vermutlich aus lauter Langeweile begann sie jetzt auch noch nach einer unhörbaren Musik zu tanzen.

Sofort ließ Gisela ihre Arbeit ruhen und trat vorsichtig näher, doch offenbar nahm das Mädchen dies als Aufforderung, mit ihr fangen zu spielen, denn wie der Wind rannte sie aus dem Zimmer in Richtung Gang und berührte dabei mit dem Rocksaum eine der unbezahlbaren Gefäße auf einem Podest.

Gisela hielt den Atem an und rannte dorthin, doch noch während sie auf dem Weg war, kippelte die Vase und fiel dann von ihrem erhöhten Platz, nur einen Wimpernschlag, bevor Gisela sie mit den Fingern erreicht hätte.

Mit einem sehr lauten Knall zerplatzte das Porzellangefäß auf dem Fußboden direkt vor ihren Füßen. Und nur den Bruchteil eines Augenblickes später stand die Herrin im Zimmer und brüllte sie an.

Alle anderen Gäste waren ebenfalls in den Raum gekommen und auch Minna schaute von der Tür zu ihr herüber.

Gisela bückte sich und hob die Scherben auf, doch das erzürnte die Herrin wohl nur noch mehr, denn daraufhin begann sie, mit beiden Händen ungehalten auf sie einzuschlagen.

Verzweifelt zog Giselas die Arme hoch, um ihren Kopf zu schützen, doch unaufhörlich prasselten die Schläge und Beschimpfungen auf sie herab, bis die Herrin sie schließlich mit Fußtritten aus dem Raum jagte.

„Scheer dich davon! Ich will dich nie wieder in meinem Hause sehen! Du bist wirklich zu nichts zu gebrauchen! Zu gar nichts!", schrie die Herrin ihr nach.

Gisela stürzte in ihrer Not die Treppe hinauf zu ihrer Kammer, aber keine zwei Minuten später trat die Mamsell zu ihr, drückte ihr ihre Sachen in die Hand und zog sie die Treppe hinab.

Bevor sie es sich richtig versah, hatte die Frau sie auf den Gehweg geschoben.

Verzweifelt und weinend kniete sie kurz darauf auf dem Straßenpflaster, hatte ihre paar Habseligkeiten mit beiden Armen an die Brust gezogen und starrte auf die geschlossene Tür.

Was sollte sie jetzt tun?

Unglücklich und verloren kam sie auf die Füße und stand taumelnd auf dem Gehweg.

Ein sehr kalter Wind zog sofort durch die dünnen Sachen.

Das war das Ende! Hier in der Stadt konnte sie sich nie wieder sehen lassen, denn all die hohen Damen hatten ihre Verfehlung gesehen. Und es würde nur Stunden dauern, bis es auch die nicht beteiligten Frauen wussten.

Alles krampfte sich in ihr zusammen und sie fühlte gar nichts mehr. Schwankend und hinter einem Schleier von Tränen irrte sie ziellos durch die Gegend.

Immer wieder kreisten ihre Gedanken durch ihren Kopf: Wohin sollte sie gehen?

Irgendwann stand sie dann auf der Brücke, über die sie vor Monaten die Stadt betreten hatte.

Sollte sie in ihr Dorf gehen? Zurück zum Rabenstein? Es würde aber sicherlich nur kurze Zeit dauern, bis die Mutter mitbekam, dass sie mit Schimpf und Schande aus dem Hause geworfen worden war.

In einigen Tagen wäre Markt und da würden sich die Marktweiber sicherlich über ihr Schicksal das Maul zerreißen!

Nirgendwo konnte sie mehr hin!

Weder zurück noch nach vorn und damit endete hier ihr Weg!

Sie wischte sich mit dem Ärmel die Tränen fort und blickte in den Fluss hinab. Mit jedem Moment, den sie hier stand, wurde ihr immer bewusster, dass dies der einzige Ausweg aus dem Dilemma war: Einfach hinabspringen und im schlammigen Wasser der Chemnitz ein nasses Grab finden.

Das würde die Schuld wieder von ihr waschen!

Weinend kletterte sie auf die Brüstung und war noch nicht ganz oben, da wurde sie von hinten gepackt und wieder herab gerissen.

„Lass mich! Ich muss das tun!", schrie sie und schlug um sich, aber zwei starke Arme hielten sie einfach fest.

Bei ihren Abwehrbewegungen ging jetzt auch noch ihre gesamte Habe über die Brüstung und stürzte ihr voran.

„Bitte! Das ist es nicht wert!", sagte eine Männerstimme hinter ihr.

Verzweifelt versuchte sie sich diesem Griff zu entwinden, aber die Arme schlossen sich mit jeder ihrer Bewegungen nur noch fester um ihren Oberkörper.

Sie war ziemlich stark, aber diesem Klammergriff konnte sie nicht entgehen und schließlich gab sie auf.

Schluchzend brach sie in die Knie, denn selbst diese Erlösung wurde ihr von diesem grausamen Schicksal verwehrt!

„Warum nur?", seufzte sie noch auf, als sich der Griff endlich löste, sie in sich zusammensank und auf den kalten Belag der Brücke fiel.

Jetzt hätte sie geschwind springen können, doch sie hatte keine Kraft mehr.

Hilflos lag sie am Boden und konnte sich nicht mehr rühren.

21. Kapitel

Glück und Leid

Hinner schlurfte im beginnenden Abend nach Hause und er hatte gute Laune, denn durch einen glücklichen Zufall hatte er all seine Ware aus der Kiepe in einem Dorf verkaufen können. Das kam höchst selten vor und das Geld klimperte im Beutel, während er mit den Fingern darin herumspielte.

Sollte er sich in einer der kleinen Schänken auf dem Markt noch ein frisch gezapftes Bier genehmigen? Der Tag war es sicher Wert, ordentlich begossen zu werden und wann hatte er schon mal wieder solch ein Glück!

Gerade betrat er die Bierbrücke, als er vor sich eine Frau sah, die auf die Brüstung dieser Brücke kletterte.

„Die wird doch nicht?", dachte er sich, ging schneller und als er sie erreicht hatte, zog er sie sofort von dieser gefährlichen Stelle zurück auf den Boden.

Sie hatte nur dünne Kleidung an, trug nicht mal einen Mantel, wehrte sich heftig und schlug um sich, doch er wollte sie nicht wieder loslassen.

Die Brücke wäre sowieso nicht hoch genug, als dass sie hätte davon zu Tode stürzen können, aber schwere Verletzungen würde sie sich dadurch sicherlich zuziehen!

Schließlich brach die Frau weinend vor ihm zusammen. Schluchzend lag sie am Boden und er kniete sich zu ihr.

„Was ist denn los?", fragte er sie leise.

„Lass mich einfach hier liegen. Ich habe Schande über meine Familie gebracht", brachte die Frau mühsam und unter Tränen hervor.

„Nichts ist es wert, dass man dafür sein Leben wegwirft", setzte er ihr leise entgegen.

Schniefend blickte sie zu ihm auf.

Ihr eigentlich sehr hübsches Gesicht war von Tränen verquollen, und einige blaue Flecke und Kratzer konnte er im letzten Tageslicht erkennen, ihre Lippe war aufgeplatzt und auch aus einer Schramme über ihrer Augenbraue zog sich ein dünner Streifen Blut bis in ihr Gesicht.

„Wer hat dir das angetan?", fragte er.

„Meine Herrin und es war noch nicht mal meine Schuld", schluchzte sie und ihre Stimme brach.

Jetzt hob er sie auf seine Arme und trug sie davon. Sie hatte offenbar keine Kraft mehr, sich dagegen zu wehren, doch wo sollte er mit ihr hin?

„Hast du ein Zuhause?", erkundigte er sich.

Sie schüttelte nur den Kopf.

Mit ihr im Arm schwankte er die Straße entlang und konnte sie dann unter der ersten angezündeten Gaslaterne für einen Moment absetzen.

„Mir ist kalt", wimmerte sie.

Offenbar kam ihr Lebenswillen zurück. Schnell zog er seine Jacke aus, hängte ihr diese um die Schultern und fragte sie: „Möchtest du erst mal für diese Nacht zu mir kommen? Der Morgen ist oft klüger, als der Abend!"

Sie gab ihm keine Antwort, sondern schnäuzte sich nur in seinen Ärmel. Das bedeutete in diesem Falle wohl, dass sie zustimmte.

Geschwind tupfte er ihr noch das Blut vom Gesicht, hob sie erneut auf seine Arme und schleppte sie danach weiter zu dem Hause, in dessen Keller er seine Kammer hatte.

Niedergeschlagen legte sie ihm den ganzen Weg lang ihren Kopf gegen die Schulter. Anscheinend hatte sie es aufgegeben, sich gegen das unvermeidliche Schicksal zu wehren. Oder hatte keine Kraft mehr dazu!

Es war ein ganz schönes Stück, das ihn im Scheine der Straßenlampen einmal quer durch die Innenstadt führte, bevor er dann mit ihr den dunklen Teil von Chemnitz erreichte.

Mit dem Betreten dieses Stadtteils klammerte sie sich jetzt ganz besonders fest um seinen Hals und er spürte, wie schnell ihr Herz dabei vor Angst schlug.

Offensichtlich war sie noch nie im Arbeiterviertel gewesen, doch sie sagte nichts dazu.

Völlig widerstandslos ließ sie sich durch die Finsternis tragen, dann betrat er den Hausflur und stieg im flackernden Scheine von ein paar Talgfunzeln, die jemand auf den Stufen platziert hatte, mit ihr die Treppe hinab.

Wie immer begrüßte ihn nur die kalte Kammer und er ließ die Tür offen, um etwas Licht vom Kellergang zu haben. Er setzte sie auf seiner Decke ab, reichte ihr eine zweite und sie hüllte sich sofort darin ein. Anschließend entzündete er sein eigenes Tranlicht, schloss die Tür und heizte flugs den Holzofen mit ein paar Spänen und einigen Kohlestücken an.

Zuletzt befeuchtete er ein Tuch, kniete sich zu ihr und tupfte vorsichtig das zum Teil bereits geronnene Blut von ihrem Gesicht. Sie ertrug es mit einem gelegentlichen Stöhnen.

Erst danach fiel ihm ein, dass er ihr seinen Namen noch gar nicht genannt hatte. „Ich bin Hinner", holte er dies umgehend nach.

„Gisela", antwortete sie leise.

„Hast du Hunger?", fragte er.

Gisela nickte zaghaft, er trat zu seiner Kiepe und holte die im Dorf erhaltenen Schinkenbrote heraus. Eines davon gab er ihr und setzte danach Wasser für den Kaffee auf den Ofen.

Mittlerweile war es in der kleinen Kammer richtig schön warm geworden und Gisela ließ daher die eine Decke sinken, streifte seine Jacke von den Schultern und reichte sie ihm, bevor sie sich wieder bis zum Halse in die Decke hüllte. Das tat sie aber vermutlich jetzt nicht mehr der Kälte wegen, sondern als eine Art von Schutz.

„Trinkst du auch Kaffeeersatz?", erkundigte er sich und goss sich eine Tasse davon ein.

„Ja", antwortete sie und er reichte ihr den gefüllten Becher.

Danach füllte er sich einen Blechbecher mit dem heißen Getränk und blickte zu ihr.

Gisela hockte in der hintersten Ecke des Raumes, den Rücken an der Wand und die Knie an sich herangezogen. Noch immer war sie in die Decke gehüllt, als wäre diese ein Panzer vor dem Kummer der Welt.

Langsam trank sie und mit jedem Schluck schien sie etwas mehr aufzutauen, oder selbstsicherer zu werden, denn die Schutzdecke rutschte langsam von ihren Schultern und nachdem sie die Tasse ausgetrunken hatte, fragte sie mit lauter und gefestigter Stimme: „Hast du noch eine Tasse für mich?"

Er trat zum Herd und nahm die Kanne.

Gisela stemmte sich von ihrem Platz hoch und kam langsam auf ihn zu. Offenkundig hatte sie jetzt Vertrauen zu ihm gefasst und trat vor ihn hin.

Er füllte ihr die Tasse, sie nickte und sagte: „Ich danke dir. Nicht nur dafür, sondern auch für das Brot und diese Unterkunft."

Schließlich setzte sie sich wieder auf die Decke zurück, doch nicht mehr direkt in die Ecke.

Ihre ganze Körperhaltung war jetzt etwas entspannter.

Sein Glück hatte offenbar ihr tiefes Leid aufgelöst.

22. Kapitel

Nichts mehr zu verlieren?

Erst nach der dritten Tasse von dem warmen Kaffee war Gisela in der Lage, ihre Situation mit Ruhe einzuschätzen: Sie saß auf dem Strohsack des Mannes in einer schummrigen Kammer und lehnte sich mit dem Rücken an die Wand an.

Aufmerksam schaute sie sich um. Der Raum war ein dreckiges und dunkles Loch von drei Mal vier Schritten Größe. Er sah so aus, wie der Kohlenkeller in der Villa und hatte wohl auch früher mal diese Funktion gehabt.

Hier drin gab es nicht viele Dinge: Einen ziemlich ramponierten, aber scheinbar stabilen Tisch, den löchrigen Strohsack am Boden, ein aus einigen Brettern zusammengenageltes Regal neben der Tür, das fast die ganze Wand einnahm, einen Stuhl, einen hölzernen Hocker mit drei Beinen und einen kleinen eisernen Ofen in der Ecke neben einem mit Latten vernageltem und Stroh ausgestopften kleinen Fenster.

Einige Säcke und zwei Kisten standen noch an einer Wand, aber jetzt schaute sie zu dem Mann auf, der diesen Kellerraum bewohnte. Er hatte sich mit Hinner vorgestellt und war sicherlich nur ein paar Jahre älter, als sie selbst.

Beim Gehen zog er das linke Bein nach, das wohl steif war, doch trotz dieser Behinderung hatte er sie zuvor durch die halbe Stadt geschleppt.

Hinner setzte sich mit dem Rücken zu ihr an den Tisch, praktisch nur eine Armlänge von ihr entfernt, und kramte danach in einer kleinen Schachtel herum.

Im flackernden Schein eine Tranfunzel sah der Raum noch viel schäbiger aus, als er es ohnehin schon war. Die niedrige und dustere Kellerdecke schien auf sie herab zu drücken und unwillkürlich zog sie daher den Kopf zwischen die Schultern, wobei der Raum eigentlich groß genug war, denn Hinner war einen Kopf größer, als sie und hatte noch etwas Platz bis zur Decke gehabt.

War es ihre eigene Furcht, die diesen Raum so düster erscheinen ließ? Sie wusste es nicht, doch der Mann war ihr jedenfalls sehr sympathisch.

Er hatte kurze braune Haare und trug eine an den Knien mit Lederflicken verstärkte Hose. Auch an den Ärmeln waren solche Lederstücke mit grober Naht an den Ellenbogen aufgesetzt. Das sollte wohl seine Kleidung schonen, die an manchen Stellen schon etwas fadenscheinig geworden war.

Sicherlich besaß er nicht viel und dennoch hatte er seinen wenigen Besitz sofort mit ihr geteilt. Das Wurstbrot war ein Genuss gewesen und das leckere Heißgetränk schien ihr der beste Kaffee ihres Lebens gewesen zu sein.

Sie lehnte den Kopf zurück an die Kellerwand und dachte über sich selbst nach. An diesem einen Tag hatte sie alles verloren: Zuerst die Arbeit durch diese ungeschickte Göre, dann ihre Ehre durch den Rauswurf aus der Villa und schließlich auch noch beim Versuch, sich von Hinner auf der Brücke loszureißen, den Rest ihres Eigentums.

Sie hatte nur noch das, was sie momentan auf der Haut trug, und ein paar Groschen in der Schürzentasche, den Lohn der letzten Woche, den sie erst am Tage zuvor erhalten hatte, sonst nichts mehr!

Was sollte jetzt werden?

Grübelnd seufzte sie auf und Hinner drehte sich halb zu ihr zurück.

„Möchtest du noch etwas essen?", fragte er sie.

„Hast du denn noch etwas da?"

„Ich könnte Hilde fragen. Die wohnt nebenan und hat bestimmt noch eine Schüssel Suppe für dich", antwortete er.

Eine warme Suppe wäre jetzt sicher gut. Sie nickte und er ging.

Er ließ die Tür offen und daher konnte sie sehen, dass er in den Kellerraum gegenüber trat. Eine etwa dreißig Jahre alte Frau kümmerte sich dort drüben um drei tobende Kinder und bis gerade eben hatte sie nichts von diesem Lärm gehört.

Sie war wohl so mit sich selbst beschäftigt gewesen, dass nichts außerhalb dieses Raumes mehr zu ihr durchgedrungen war.

Dieser Platz hier befand sich zwar in derselben Stadt, wie ihr bisheriges Leben, aber es schien ihr eine vollkommen andere Welt zu sein.

Hinner hatte sie den Weg getragen und sie würde niemals alleine wieder hier aus diesem Viertel herausfinden. Düster war es hier, mit verwinkelten Gassen und schäbigen, dunklen Häusern.

Er kam zurück und trug vorsichtig eine Blechschüssel in beiden Händen vor sich her.

Sie erhob sich, trat ihm entgegen, nahm ihm die Schüssel ab und setzte sich auf den Hocker am Tisch.

Von irgendwoher holte Hinner noch einen Löffel und gab ihr diesen.

Die Suppe duftete herrlich. Es war eine karge Gemüsesuppe, wie sie die Mutter früher oft gekocht hatte und sie schmeckte fast genauso, wie bei ihr Zuhause.

Am Tisch sitzend, mit der Tür im Rücken hatte sie jetzt das vernagelte Fenster vor sich und erst jetzt bemerkte sie, dass auf dessen schmalen Fensterbrett ein wunderschön geschnitzter Engel stand. Vor ihr auf dem Tisch lagen einige Holzstücke, Werkzeug und auch ziemlich viele Holzabfälle.

„Hast du den Engel da gemacht?", fragte sie und zeigte mit dem Löffel auf die kleine Figur.

Hinner nickte, trat an das Fenster und brachte ihr die kleine Gestalt. Behutsam stellte er den Engel vor ihr auf den Tisch. Dieses Standbild war wirklich wundervoll und etwa so groß, wie ihre Hand lang war.

Jemand, der solch ein Kunstwerk geschaffen hatte, der konnte nichts Böses in sich tragen und mit dem Himmelsboten vor sich öffnete sie sich dem Manne gegenüber noch mehr.

„Ich habe das Schnitzen bei meinem Vater in Zwönitz gelernt", begann Hinner und strich sanft über die Flügel der Holzfigur.

„Er war Bergzimmermann und im Winter hat er oft geschnitzt. Er hatte ein ziemlich bitteres und karges Leben und ich sollte es mal besser haben", setzte er seufzend hinzu und blickte sich in dem Raum um.

„Was ist geschehen?", fragte sie und leckte den Löffel sauber.

„Ich war in einer Fabrik. Dort habe ich als Schreiner, Tischler sowie auch als Heizer gearbeitet und gut verdient, dann kam der Unfall", erklärte er und zeigte auf sein Bein.

Gisela nickte verstehend. Auch Hinner war ohne eigenes Verschulden ganz unten angekommen und das wortwörtlich, denn sie saßen beide in einem Raum unter der Erde, einem dunklen Kellerloch!

Irgendwie brachte diese Erkenntnis sie ihm noch näher.

„Bei mir war es auch ein Unfall! Aber ich bin noch heil. Nur die kostbare Vase meiner Herrin ist zu Bruch gegangen", seufzte sie.

„Und dafür wolltest du in den Tod springen?", entgegnete er ihr leise.

„Was soll ich tun? Ich habe Schande über meine Familie gebracht", beklagte sie ihr Schicksal und gerade kam ihr das so unwirklich vor.

Grübelnd blickte sie vor sich hin. Sie wäre wirklich von der Brücke gesprungen, aber wofür? Sie hatte doch gar keine Schuld an dem ganzen Desaster gehabt!

Tröstend strich Hinner mit seinen Fingern über ihre Wange und das fühlte sich gut an. So hatte das die Mutter früher auch manchmal gemacht und gerade war dies hier die erste liebevolle Geste, seit ihrem Aufbruch im heimatlichen Dorf.

Jetzt erst bemerkte sie, wie sehr ihr das all die Monate gefehlt hatte.

„Heute habe ich aber Glück gehabt. Ich habe einen großen Engel in einer Kirche abgeliefert, dafür meinen Lohn bekommen und zusätzlich auch noch alles andere verkaufen können, was ich in der Kiepe hatte!", setzte er hinzu. „Und das Glück wird auch zu dir zurückkommen", erklärte er weiter und nahm die leere Schüssel von ihr entgegen.

Gegenwärtig hatte sie nichts mehr zu verlieren, nur noch viel zu gewinnen.

Sie war ganz unten und mit etwas göttlichen Beistand ging es von hier aus auch wieder nach oben.

Hinner hatte es doch auch geschafft. Und ein Engel war mit ihr am Tisch.

Oder zwei?

Einer aus Holz und einer aus Fleisch und Blut! Ihr Retter!

23. Kapitel

Stärker als die Angst

Selbst jetzt noch, Stunden nach diesem Wutausbruch der Herrin, schlichen alle wie auf Zehenspitzen durch das Haus. Minna hatte mitansehen müssen, wie die Frau Gisela beschimpft, angeschrien, verprügelt und anschließend aus dem Haus geworfen hatte und sie hatte nicht das Geringste dagegen tun können.

Hätte sie nur ein Wort gesagt, oder eine Geste gemacht, so wäre auch sie jetzt schon aus dem Hause und der eigentlich guten Anstellung geflogen.

Noch immer war der Herrin deutlich anzusehen, dass es in ihr kochte. Die Körperhaltung, die Bewegungen und ihr Gesichtsausdruck sagten eindeutig, dass der nächste Ausbruch noch immer unmittelbar bevor stand und keiner vom Personal wollte das Ziel der nächsten brutalen Attacke sein.

Alle bedauerten die Zofe, die in wenigen Minuten zu ihr musste, um sie zu entkleiden und die Haare zu kämmen. So nah wollte ihr momentan keiner sein und daher war es wohl auch nur zu verständlich, dass ihr der Herr beim Abendessen wortlos signalisiert hatte, dass sie später wieder auf sein Zimmer kommen sollte.

Es war eigentlich etwas, was sie nicht tun wollte und vor dem es sie regelrecht ekelte, aber es war eben auch der Garant dafür, in diesem Hause bleiben zu können.

Und bei Flora!

Über die Wochen war da so eine tiefe Zuneigung und Liebe entstanden, die sie in so mancher Nacht, aber auch gelegentlich in Floras Blumenparadies auslebten. Es war wundervoll und man hätte dafür sterben können, aber das eine bedingte eben das andere.

Sie konnte nur mit Flora zusammen sein, weil sie mit dem Herrn schlief. Widerlich das eine, zauberhaft das andere und vielleicht ließ sie nur die Angst, all das mit Flora zu verlieren, diese Demütigungen ertragen.

Diese wundervolle Nähe zu Flora war jedes Opfer wert.

Und somit ging sie also nach dem Abendessen den befohlenen Weg und tat, was sich eben nicht vermeiden ließ.

An diesem Abend war der Herr allerdings besonders ruppig und brutal.

Offenbar hatte die Wut seiner Frau auch auf ihn übergegriffen.

Wortlos und ohne einen Ton von sich zu geben, ertrug sie mit zusammengebissenen Zähnen diese schmerzhafte Tortur, bis er endlich neben ihr einschlief.

Seit Monaten musste sie widerspruchslos alles ertragen, was er von ihr verlangte, weil sie eine Magd war und dies hier die Voraussetzung dafür war, dass sie wenig später oben in ihrem Zimmer in Floras Nähe sein würde.

Halb richtete sie sich auf und blickte angewidert auf den neben ihr schlafenden Mann herab. War er eigentlich schon immer so gewesen? Oder hatte nur das Zusammensein mit Flora etwas in ihr geändert? Den Blickwinkel vielleicht? Sie hatte erkannt, wie zart und sanft Liebe sein konnte.

Oder wie brutal und unbarmherzig! Doch das hier war keine Liebe!

„So ein brutales und sadistisches Schwein!", dachte sie sich und erhob sich, um den Rückweg auf ihr Zimmer anzutreten.

Jeder Schritt auf der Treppe schmerzte, bis sie oben angekommen war und am Zimmer der Mamsell klopfen musste, denn die Stube der Mägde war neuerdings verschlossen.

Die ältere Frau trat im mit Spitze besetzten Nachthemd zu ihr, ließ sie in ihre Kammer und strich ihr dabei bedauernd über die Wange. Offenbar hatte die Frau ihren leidenden Gesichtsausdruck bemerkt.

Freilich durfte sie ihr nicht ein Wort davon erzählen, was da in ihr tobte, denn die Mamsell war nur der verlängerte Arm der Herrin. Sie sorgte für Zucht und Ordnung beim Personal und die Gebieterin war dabei sehr streng.

So etwas, wie ihre Verbindung zu Flora, wäre da völlig unmöglich und sollte die Mamsell auch nur eine Andeutung von dem erfahren, was sich mitunter im Schlafraum der Mägde ereignete, würde sie wohl keine Minute zögern, das zu melden und zu unterbinden.

Dass der Herr ihr brutal zusetzte, war für sie jedoch völlig in Ordnung.

Gute Sitten eben!

Er durfte ihr ungesühnt Gewalt antun, aber wenn sich zwei Mägde liebevoll streicheln würden, dann wäre sicherlich der Teufel los!

Es war bereits mitten in der Nacht, als sie auf nackten Sohlen zu ihrem Bett schlich.

An diesem Tag war wieder eine dieser mondlosen Nächte und in dem Zimmer war nichts zu erkennen. Natürlich hätte sie sich ein Licht anzünden können, um ihr Bett zu finden, doch das war auch in absoluter Dunkelheit kein Problem, da es direkt an der linken Wand stand.

Sie musste nur einfach der Zimmerwand folgen und dabei hoffen, dass da niemand etwas auf dem Boden liegen gelassen hatte, was sie eventuell zu Fall brachte.

Das leise Schnarchen der anderen Frauen war bereits zu hören und Floras Bett befand sich auf der anderen Seite des Raumes, an der rechten Wand.

Eigentlich waren es diese finsteren Nächte, in denen sie sich unbeobachtet immer sehr nah waren und für einen Moment wollte sie zur anderen Seite schleichen, ließ es dann aber doch.

Sie schlüpfte unter ihre Decke, doch da lag schon jemand.

Hatte sie sich geirrt und war aus Versehen in das falsche Bett gestiegen? Aber es war das an der Wand, da gab es keinen Zweifel.

Noch bevor sie etwas fragen konnte, hatte sie einen Kuss bekommen und war von jemanden in den Arm genommen worden.

Das konnte nur Flora sein, doch zur Sicherheit streichelte sie das Gesicht der anderen Frau und streifte dabei auch deren gebrochene Nase.

Es war die Freundin, der sie daraufhin ebenfalls einen Kuss gab, bevor sie sich näher an sie heran schob.

„Wie war es?", flüsterte Flora.

„Nicht schön", antwortete sie, denn das war alles, was sie sagen durfte, denn jedes weitere Wort konnte bei einem heimlichen Lauscher für sie zum Verhängnis werden.

Langsam drehte sie sich auf den Rücken und hatte damit Floras Mund direkt neben sich.

„Du Ärmste und alles nur für eine einzige Vase!", hauchte ihr Flora jetzt ins Ohr.

„Es tut mir leid um deine Freundin", setzte sie fort, drückte sich noch näher heran und wisperte dann: „Ich habe da ja auch mal geputzt und auch mir ist dabei eine Vase zu Boden gefallen. Allerdings konnte ich das Missgeschick unbemerkt beseitigen. Da unten stehen 357 Krüge, Schalen, Tassen und Vasen und die Herrin weiß gar nicht, was sie alles hat. Jede Woche kommt was Neues dazu und hätte sie es nicht gehört, wäre wahrscheinlich auch nichts passiert. Aber so?"

„Jetzt wirst du wohl wieder Giselas Tätigkeiten mit übernehmen müssen. Bitte gib gut auf dich Acht. Ich will dich nicht verlieren!", bat Minna die Freundin.

„Das mache ich schon. Durch meine Blumen hat die Herrin einen Narren an mir gefressen und ein Narr kann alles tun, machen und sagen!", hauchte Flora.

Minna hörte das Schmunzeln in ihren Worten.

„Vorsichtig sein ist in Ordnung, aber wenn man Angst hat, dann bricht dir diese irgendwann das Genick! Ängste sind nie gut!", flüsterte Flora und schob sich über sie.

Es war Zeit, die Schrecken zu vergessen und den brutalen Mann, der eine Etage unter ihr schlief.

Flora befreite sie zuerst vom Nachthemd und danach von allen unnützen Gedanken.

Es war schön, so völlig frei von allem zu sein.

Zu zweit waren sie stärker, als jede Furcht!

24. Kapitel

Geteiltes Leid, geteilte Freud

emeinsam saßen sie am Tisch und er schenkte ihr noch einmal Kaffee nach. Schweigend trank sie und dachte vermutlich über ihr Los nach.

„Mach dir nicht zu viele Sorgen. Du hast erst mal ein Dach über dem Kopf und alles andere findet sich", sagte er zu ihr.

Gisela nickte und nahm den nächsten Schluck von dem Heißgetränk.

„Der ist wirklich gut", äußerte sie danach.

„Ja, der wärmt ordentlich durch. Den habe ich in einem Dorf bekommen und die rösten den dort selbst. Nur dort habe ich bisher solch einen guten Zichorienkaffee bekommen", erklärte er und nahm ebenfalls noch einen großen Schluck.

„Wie machen wir das mit den Schlafgelegenheiten?", fragte sie und zeigte dabei auf den schmalen Strohsack, der hinter ihm lag.

Darauf war wirklich nur Platz für einen.

Über die Schulter blickte er sich dahin um und bemerkte: „Du kannst schlafen, ich habe noch was zu tun."

Er wies dabei auf die Kiste, die auf dem Tisch vor ihm stand und zog eine begonnene Holzfigur heraus.

„Eine Frau im Nachbarhaus hat mich für ihre Tochter um eine kleine Puppe gebeten und ich versuche ihr diesen Wunsch zu erfüllen. Hier helfen wir uns allen gegenseitig, so gut es eben geht", erzählte er.

Das Gesicht der Puppe war noch nicht zu erkennen, aber er hatte schon in sich, wie es wohl am nächsten Tage aussehen würde.

„Du bist wirklich ein guter Mensch", bemerkte Gisela mit sanfter Stimme und fragte weiter: „Was kann ich tun?"

„Schlafe erst mal, alles andere findet sich dann noch", erwiderte er.

Gisela nickte und entgegnete: „Kann ich mich hier auch irgendwo waschen?"

„Oben im Waschhaus, aber ich kann dir auch dafür etwas Wasser auf dem Ofen warm machen", antwortete er.

„Ich will dir nicht zur Last fallen. Zeige mir einfach den Weg und ich gehe mich waschen!"

„Es wäre keine Mühe für mich, dir das Wasser zu holen und es schnell zu erhitzen. Oben ist das jetzt bestimmt eiskalt", entgegnete er.

„Das macht mir nichts aus. Ich bin auf dem Dorf aufgewachsen und es gewohnt", erklärte sie noch.

„Gut, ich bringe dich", antwortete er, nahm die Funzel und erhob sich von seinem Platz.

„Ich habe nichts mehr. Keine Seife und kein Tuch", seufzte sie jetzt, als sie wohl gerade erneut ihre Situation erkannt hatte.

„Seife und ein Tuch kann ich dir geben", erwiderte er und zog beides aus dem Regal.

„Das ist ja sauber und duftet sogar", bemerkte sie.

„Hilde wäscht auch für mich", erklärte er, öffnete die Tür und leuchtete ihr den Weg.

Es ging eine Treppe hinauf und dann einmal um das Haus, bis sie vor dem Eingang zum Waschhaus anlangten. Ein kalter Wind pfiff die Straße entlang, der wie üblich mit dem Qualm der Fabriken gemischt war.

Gisela stand im dünnen Kleid vor ihm und bemerkte: „Das riecht aber hier ziemlich übel!"

Er selbst roch das nach all den Jahren schon gar nicht mehr, aber er erinnerte sich an seine ersten Tage hier. Wenn man diese Schwaden nicht gewohnt war, dann stank es wirklich ziemlich. Es war der Ruß aus den Schornsteinen der Schmiedewerke und Fabriken, gemischt mit dem Gestank der Tuchfabriken und den Färbereien.

„Du hast Glück, dass der Wind heute stärker ist. An windstillen Tagen kann man mitunter die Hand nicht vor Augen sehen", erklärte er ihr und schob die Tür auf, damit sie schnell hineinschlüpfen konnte.

Obwohl es eigentlich schon tiefste Nacht war, wuschen zwei Frauen darin gerade im Scheine einer Petroleumlampe ihre Sachen.

„Du bist sicherlich besseres gewöhnt. Oder?", fragte er.

„Eigentlich nicht. Das Waschhaus bei uns sah ähnlich aus und das andere Bad durfte ich nur putzen", antwortete sie.

Sie traten an einen der Zuber, und da die beiden Frauen bereits draußen an der Pumpe gewesen waren, konnten sie etwas von ihrem bereits erwärmten Wasser für sich hinein schöpfen.

Zusammen wuschen sie sich einfach darin und in Anbetracht der niedrigen Temperaturen im Raum behielten sie ihre Kleidung vollständig an und beließen es bei einer Katzenwäsche.

Gisela stöhnte auf, als sie sich das Gesicht vorsichtig abwusch.

„Zum Glück ist hier kein Spiegel. Ich sehe sicherlich furchtbar aus", äußerte sie.

Sie hatte die Haube neben sich abgelegt und öffnete gerade ihr Haar.

„Du siehst einfach wunderschön aus und alles andere kann heilen", erklärte er ihr.

„Jetzt bin ich wirklich ganz unten angekommen", seufzte sie.

„Es geht schon wieder aufwärts. Ganz unten warst du auf der Bierbrücke. Oder?", entgegnete er.

Nachdenklich strich sie sich mit den Fingern durch ihre Frisur und zog ihre Locken auf.

„Da hast du sicher recht. Dort wollte ich nur noch sterben. Gegenwärtig habe ich wieder ein kleines Licht der Hoffnung vor mir", antwortete sie.

„Wir sollten jetzt aber gehen. Hier wird es dir sicher zu kalt", erklärte er, als er bemerkte, dass sie schon zitterte.

Gisela nickte und sie liefen wieder zurück.

In seiner Kammer trat sie zuerst an den Ofen und hielt ihre Hände nahe an dessen heißen Metallkörper.

Er hängte die Tücher zum Trocknen auf und stellte noch einmal Wasser für den Kaffee auf die Herdplatte.

„Möchtest du noch einen Kaffee vor dem Schlafen?", fragte er sie.

Sie schüttelte den Kopf und legte sich auf den Strohsack. Ein paar Mal drehte sie sich hin und her, bis sie die richtige Schlafposition gefunden und sich sorgfältig zugedeckt hatte.

„Schlaf gut", sagte er.

Sie nickte ihm nur wortlos zu und schloss die Augen.

Er setzte sich an den Tisch und griff sich das Schnitzmesser sowie das Holzstück. Dabei schaute er in ihr Gesicht herab und begann im Scheine der Tranfunzel den Puppenkopf zu schnitzen.

Langsam und ein Span nach dem anderen nahm das Gesicht immer mehr Form an und als er Stunden später damit fertig war, hatte die Puppe Giselas Antlitz, ohne dass er das zuvor beabsichtigt und eigentlich eine ganz andere Idee gehabt hatte.

Mit dem Rücken zur Tür, Gisela und die Puppe vor sich, kam er wiederum nicht daran vorbei, sie anzusehen und er fühlte sich in ihrer Gegenwart einfach nur gut.

Er legte die Puppe zur Seite, blies das Licht aus, nahm die Arme auf den Tisch und legte seinen Kopf darauf ab.

Halb sitzend und halb auf dem Tisch liegend versuchte er einzuschlafen. Es war jetzt zu dunkel, um sie sehen zu können, aber schon ihr leises Schnarchen tat ihm gut.

Es war schön, wenn man Freud und Leid miteinander teilen konnte. Oder wenigstens jemanden hatte, mit dem man reden konnte.

Und nach den paar gemeinsamen Stunden konnte er sich gerade schon nicht mehr vorstellen, was wohl geschah, wenn sie wieder aus seinem Leben verschwand.

Gisela war irgendwie in seinem Herzen angekommen und mit ihrem Bild im Kopf schlief er schließlich ein.

25. Kapitel

Ein Morgen der Hoffnungen

Gisela erwachte, es war stockdunkel um sie herum und sie brauchte zwei, drei Atemzüge, bis sie wieder wusste, wo sie sich befand. Ein paar weitere Momente benötigte sie danach noch, um sich an den Raum zu erinnern und sich darin in völliger Finsternis tastend mit der Hand zu orientieren.

Links und an ihrem Kopfende spürte sie unter ihren Fingern die Kellerwand, damit musste rechts der Tisch stehen. Und auch der Ofen, dessen Wärme sie auf die Entfernung von mehr als einer Armlänge noch deutlich im Gesicht spüren konnte.

Das Feuer war zwar erloschen, aber das war sicherlich noch nicht lange her.

Sie lag alleine auf dem Strohsack, aber wo befand sich Hinner?

Eigentlich hatte sie erwartet, dass er sich in der Nacht ebenfalls auf seine Schlafstelle legen würde, doch dem war ganz offensichtlich nicht so gewesen.

Angestrengt lauschte sie in die Finsternis und konnte dann leise Schlafgeräusche von rechts hören. Vermutlich war er bei der Arbeit am Tisch eingeschlafen und hatte daher auch das Verlöschen des Feuers nicht bemerkt.

Langsam setzte sie sich auf, tastete nach rechts und berührte den Stuhl, der aber leer war. Leise erhob sie sich, trat zum Tisch und suchte das Feuerzeug, das Hinner am Abend noch dort liegen hatte.

Endlich hatte sie es unter ihren Fingerspitzen, schlug einen Funken und die kleine Flamme zuckte hoch. Damit entzündete sie die Talglampe und erkannte Hinner, der mit dem Kopf auf dem Tisch schlief und das sah ziemlich unbequem aus!

Mit ein paar Scheiten und Kohlestücken entfachte sie das Feuer im Ofen und Hinner erwachte, als sie die Tür der Feuerstelle leise schloss.

„Guten Morgen. Hast du gut geschlafen?", fragte er sie.

„Ja, danke", entgegnete sie und sah das Werk seiner nächtlichen Arbeit vor ihm liegen.

„Das ist dir ja wirklich gut gelungen", bemerkte sie.

„Ich hatte ein gutes Model dafür", antwortete er und hielt ihr den geschnitzten Puppenkopf hin. „Damit ist es ein gemeinsames Werk geworden", setzte er fort.

Jetzt nahm sie den Kopf in die Hand und betrachtete ihn sorgfältiger aus der Nähe.

„Das bin doch ich", entgegnete sie überrascht.

Hinner nickte, erhob sich von seinem Hocker und streckte sich erst einmal gähnend.

„Du hast ja schon den Ofen angemacht. Dann gehe ich mal Wasser zum Waschen und für den Kaffee holen", bemerkte er und trat zur Tür, dort nahm er einen Eimer und schlurfte damit auf den dunklen Flur hinaus.

Allerdings kannte er sich offensichtlich gut dort aus, denn er ging ohne Licht los.

Sie blieb alleine zurück, legte die Decken zusammen und sah sich jetzt etwas aufmerksamer in seiner Bleibe um. Und sie betrachtete auch den geschnitzten Kopf noch einmal aufmerksamer.

Er hatte sie wirklich gut getroffen. Mit etwas Farbe und einem genähten Körper daran hätte das Kind, für das diese Puppe gedacht war, sicherlich noch mehr Freude daran.

Gisela blickte sich um, ob sie ein geeignetes Stoffstück finden konnte, doch da war nichts in der richtigen Größe dabei.

Vielleicht konnte ja Hilde ihr helfen und sie dachte wieder an Hinners Worte. Er hatte gesagt, hier half man sich gegenseitig, weil wohl keiner viel besaß.

Hinner kam mit dem Eimer zurück, füllte etwas Wasser in seine Kanne und darauf auch in eine große metallene Schüssel, die er anschließend auf den Herd stellte.

„Das dauert jetzt einen Moment", äußerte er danach.

Sie nickte, hob den Kopf der Puppe an und fragte: „Ich könnte da aus Stoff dafür einen Körper nähen, den wir dann mit Holzspänen füllen könnten. Erkundigst du dich dann mal bei Hilde, ob sie ein größeres Stoffstück hat? Vielleicht ein zerrissenes Kleidungsstück von ihren Kindern?"

„Da frage ich dann gleich mal nach", antwortete er und war sichtbar froh, dass sie sich nützlich machen wollte, aber schließlich ließ er sie ja auch hier wohnen und beköstigte sie auch noch.

„Das Wasser müsste jetzt warm sein. Ich gehe und lass dich erst mal dich waschen. Soll ich dir mit dem Kleid helfen?"

„Nein danke, das schaffe ich schon", antwortete sie.

Hinner nickte, ging und schloss die Tür hinter sich.

Schnell streifte sie sich das Kleid ab, zog die Strümpfe aus, stellte die Schüssel auf den Tisch und wusch sich gründlich, danach trocknete sie sich sorgfältig ab, zog sich wieder an und füllte neues Wasser für ihn nach.

Als sie die Schüssel auf den Herd stellte, trat Hinner wieder in den Raum. Er übergab ihr ein buntes, an einer Seite leicht zerrissenes Stoffstück, das sicherlich die passende Größe für den Körper einer Puppe hatte.

Gisela suchte sich die Schere und das Nähzeug heraus, welches sie zuvor bereits im Regal gesehen hatte und setzte sich damit an den Tisch.

Sie war zwar keine sehr gute Schneiderin, aber im Scheine der Talgfunzel nähte sie für Hinners Werk einen passenden Leib.

Der Mann wusch sich in dieser Zeit an der Schüssel mit freiem Oberkörper und sie kam nicht umhin, ihn bei ihrer Arbeit heimlich zu beobachten.

Hinner war durchaus muskulös, aber vermutlich nicht ganz so stark, wie Peter, der Pferdeknecht in ihrer ehemaligen Villa, aber das musste Hinner auch nicht.

Er hatte ein großes Herz und schon alleine diese Puppe für das Kind einer Nachbarin zeigte ihr, was für ein guter Kern in dieser geschundenen Hülle steckte.

Entweder war sie sehr flink mit der Nadel, oder Hinner wusch sich besonders langsam, jedenfalls zog er sich gerade wieder an, als sie die letzten Stiche an der Seitennaht setzte und danach den Balg umkrempelte.

Eine Öffnung für den Kopf hatte sie gelassen und durch diesen Schlitz mussten sie noch die Holzspäne hineinschieben.

Als Hinner aus einer Kiste Brot und Wurst geholt hatte, sah der Körper der Puppe doch schon ziemlich gut aus.

„Da kann ich gleich noch den Kopf befestigen und die Puppe Ursula vorbeibringen. Möchtest du dann mitkommen?", fragte er, als sie sich zum Frühmahl an den Tisch setzten.

Sie stimmte dem gern zu und es gefiel ihr, dass er sie sofort mit in seinem Leben haben wollte. Das machte diese am Abend noch so kalte und triste Behausung ein gehöriges Stück wohnlicher.

Momentan konnte sie in sich fühlen, dass es nach dem Zusammenbruch auf der Brücke einen Schritt nach dem anderen aufwärts ging.

Schön war es, gebraucht zu werden.

Schließlich begann ein durchaus üppiges Frühstück, mit Käse, Schinken, Brot, Wurst und einem Becher von dem leckeren Kaffee, der bereits am Abend zuvor ihre Lebensgeister geweckt hatte.

„Das ist nicht immer so viel, aber ich hatte gestern eben einfach einen guten Tag. Bei einem Bauern habe ich etwas zimmern können und wurde dafür gut mit all dem bezahlt. Auch eine Flasche Kartoffelschnaps hat er mir gegeben. Möchtest du mal probieren?"

„Nein danke", entgegnete sie und biss herzhaft in ein herrlich schmeckendes Käsebrot.

Anschließend stiegen sie wieder aufwärts an das Tageslicht, um die Puppe zu überbringen.

Es war nicht die beste Wohngegend, denn sie war auch bei Helligkeit ziemlich grau, trostlos und elend.

Halbverfallene Häuser, mit grauen und verrußten Vorderseiten, waren an der Straße aufgereiht.

Die Luft stank noch immer. Fahler, übelriechender Nebel wallte die Straße entlang und nahm ihr beinahe den Atem.

Hustend ging sie an Hinners Seite zu einem der Häuser und übergab kurz darauf die Puppe an eine vor Freude strahlende Siebenjährige.

26. Kapitel

Verschlungene Wege des Schicksals

Mit Gisela war ein Strahlen in diesen Keller gekommen, welches er vorher nicht gekannt hatte. Trotz ihres schweren Schicksals lachte und sang sie oft in dem Raum.

Sie arbeiten jetzt gemeinsam, er hatte nur Farbe und Pinsel besorgt und Gisela hatte sogleich damit angefangen, sein Spielzeug zu verzieren. Sie war dabei sehr geschickt und es hatte nur ein paar Versuche bedurft, bis sie wirklich gute Arbeit ablieferte.

Die Gesichter der kleinen hölzernen Engel waren mit solch einer Liebe bemalt, dass sie sofort das Herz eines jeden Käufers trafen und jedermann zum Lächeln brachten, was natürlich den Umsatz sehr steigerte.

So manch eine Marktfrau hatte mitunter schon staunend bei ihm gestanden und wie selbstverständlich konnte keiner gehen, ohne solch ein wunderbares Glückssymbol bei ihm zu erstehen.

Wenn er unterwegs war, so konnte er es eigentlich gar nicht erwarten, dass er wieder zu Hause ankam, um dann erneut in Giselas strahlendes Gesicht sehen zu können.

Die Tristesse dieses dunklen Loches war gewichen.

Sein schlimmster Albtraum war es, dass sie irgendwann vielleicht aus seinem Leben verschwand und daher tat er alles, um sie am Bleiben zu halten.

Er brachte ihr kleine Aufmerksamkeiten mit, mal eine Zuckerstange vom Markt, einen schönen Kamm oder ein Tuch und er freute sich über diese fast kindliche Begeisterung in ihrem Gesicht, wenn er ihr diese Mitbringsel übergab.

Als würden sie sich schon ewig kennen, unterhielten sie sich am Tisch über seine Heimat und ihr Dorf. Gegenseitig erzählten sie sich kleine Geschichten, er erinnerte sich auf einmal an so viele

Details aus seiner Kindheit und wusste noch, wo er mal gespielt hatte, oder wie die Frau des Müllers einmal in den Kohlenhaufen vor der Zeche gefallen war.

So viele bisher scheinbar verdrängte Erinnerungen an seine Heimat im Erzgebirge kamen zurück. Und daher natürlich auch schmerzliche Rückblicke darauf, wie der Stollen bei seinem Heimatort immer weniger Erz hergegeben hatte und der Vater ihn regelrecht dazu gedrängt hatte, sein Glück in Chemnitz zu versuchen.

Vom traurigen Abschied, über das erste glückliche Jahr hier, bis zu jenem schrecklichen Unfall, durch den sein Bein steif geblieben war, danach die Not und der daraus resultierende Absturz, der ihm fast das Leben gekostet hätte.

Nur mit viel Mut und der Hilfe der Engel hatte er das Übel überlebt und war jetzt dankbar dafür, wie es gekommen war.

Jetzt erst konnte er wirklich darüber reden und sah in ihrem Gesicht, dass sie mit ihm mitlitt, oder sich mit ihm freute.

Es tat so gut, sein Herz zu öffnen und den Kummer fliegen zu lassen, denn dieses Mal erzählte er seine Lebensgeschichte einem wahrhaftigen Engel und er wusste auch, dass nicht nur er das so sah, weil auch Hildes Kinder gern in Giselas Nähe waren.

Kinder wussten wohl instinktiv, wer gut und wer schlecht war, denn sie durchschauten jeden Menschen sofort bis tief in sein Herz. Ihnen konnte man nichts vormachen und deshalb stellte er auch so gern Spielzeug für sie her.

Es waren jedes Mal sehr lange Gespräche und Gisela erzählte oft von ihrem Dorf, den glücklichen, aber arbeitsreichen Monaten danach in der Villa und dem Unfall, der sie jetzt beide zusammen geführt hatte. Wenn man so wollte, dann waren sie nur durch die beiden Schicksalsschläge überhaupt aufeinander getroffen. Ohne diese hätten sich ihre Wege wohl niemals gekreuzt.

Giselas bisheriger Wohn- und Arbeitsort lag auf der anderen Seite von Chemnitz, dem Katzberg, einem Stadtviertel der Reichen und Wohlhabenden. Seiner hier, in Schloßchemnitz, was zwar idyllisch klang, wo aber die Ärmsten lebten.

Das Geschick hatte sie zusammengebracht und würde hoffentlich so gnädig sein, dass es für sehr lange hielt.

War das von ihm zu egoistisch gedacht? Möglicherweise, aber wer wollte schon freiwillig auf sein Glück verzichten? Er jedenfalls nicht. Und Gisela schien hier auch nicht sehr unglücklich zu sein. Oder nutzte er nur ihre Notlage aus?

Doch das waren momentan alles nur müßige Gedanken, denn er half ihr und sie tat gegenwärtig dasselbe für ihn. Schön war es auf alle Fälle.

Bisher war Hilde die einzige Frau hier unten im Keller gewesen und sie hatte ihm oft bei allen möglichen Dingen geholfen, die eine weibliche Hand gebraucht hatten: Die Wäsche, ein Teil des Haushaltes und gelegentlich hatte er auch mit ihr das Lager geteilt, doch das würde sich jetzt sicherlich ändern.

Eventuell, denn er wollte Gisela zu nichts drängen.

Manche Männer wären wohl anders gewesen und hätten ihre hilflose Lage sofort ausgenutzt. Und er sah sie täglich, denn viel zu viele arme Frauen verdienten ihr kärgliches Brot als Huren oder schufteten bis zum Umfallen in Haushalt und Webereien. Es war keine gute Zeit für Frauen in dieser Stadt. Im Dorf mochte das anders sein.

Seine Mutter fiel ihm wieder ein, wie sie lachend und singend damals den Haushalt geführt hatte. Wohl ähnlich, wie es Gisela gerade hier tat. Fühlte er sich ihr deswegen so nah? Vermutlich nicht, denn was er gerade in sich verspürte, das war anders, als er es bei irgendeiner Frau jemals zuvor empfunden hatte.

Es war schön, dass sie einfach nur hier war und in ihrer gemeinsamen Not taten sie sich wohl gegenseitig gut. Hier, in diesem dunklen Kellerloch hatte er sein Glück gefunden und gerade sang Gisela wieder mit dieser wunderschönen Stimme ein altes Lied, während sie einen kleinen Engel bemalte.

Er konnte sich nicht erinnern, wann hier in diesen Räumen vor Gisela schon mal jemand gesungen hatte. Nicht einmal Hilde hatte das zuvor irgendwann getan, doch sie machte es seit dem Tage zuvor ebenfalls, wie ihm gerade einfiel. Gisela veränderte hier alles und nicht nur sein Leben, denn selbst der einbeinige Piet lächelte seit ihrer Ankunft hier gelegentlich.

Es war erstaunlich, wie schnell Gisela aus der anfänglichen Verzweiflung wieder Mut gefasst hatte. Bei ihm hatte es Monate gedauert, bis er sein Selbstmitleid überwunden hatte und danach einen Sinn im Leben gesehen hatte, denn es war dennoch schön.

Gisela hatte nur Tage bis zu dieser Erkenntnis gebraucht!

Vielleicht war es bei ihr auch so schnell gegangen, weil sie sich einfach gegenseitig halfen. Zusammen konnte man jede Bestimmung gut meistern und sei sie auch noch so schlimm.

Wenn man jemanden sein Herz ausschütten konnte, dann verflog der Kummer im Nu.

Früher hatte er das bei seiner Mutter gekonnt.

Vater war da als Bergmann ganz anders gewesen. Klaglos hatte er sein Schicksal auf sich genommen und war schon in jungen Jahren gesundheitlich angeschlagen gewesen, aber vielleicht hatte das den Vater auch dazu bewegt, ihn in die Stadt zu schicken.

Nur durch sein Drängen hatte er Gisela kennengelernt.

Über die Zeit hinweg hatte sich alles so gefügt, dass er in jener Minute bei ihr auf der Brücke gewesen war.

Wäre er nur etwas später oder früher dort vorbeigekommen, dann hätten sie sich verpasst.

Das Schicksal ließ sich wohl kaum austricksen und es war auch ganz gut so.

27. Kapitel

Oben und unten

Ein neuer Tag brach gerade an, aber sie wusste nicht mehr, was für ein Wochentag, doch das war hier unten auch völlig egal. Im Keller gab es weder Tag noch Nacht, denn es war immer dunkel und sie lag sinnierend auf ihrem Strohsack.

Seit mehr als zwei Wochen lebte sie jetzt schon in dieser zuvor nicht gekannten Gegend und so langsam wurde sie hier auch irgendwie heimisch, doch wo hätte sie auch sonst hingehen sollen?

Mittlerweile wusste sie, an welchen Stellen sie sich bedenkenlos aufhalten konnte und welche Plätze man besser mied, wenn einem Leib und Leben lieb waren.

Und eines hatte sie ebenfalls bereits erkannt: Es gab hier eine ziemlich strikte Trennung, zwischen unten und oben.

Im Dunkel des Kellers hausten die, die wirklich am unteren Ende der Gesellschaft angekommen waren: Bettler, Kranke und Besitzlose.

Wer eine Arbeit hatte, der wohnte oben und je weiter man oben war, desto näher war man an der Sonne.

Und das nicht nur im übertragenen Sinne gesehen, sondern auch wirklich und wortwörtlich, denn der dichte und stinkende Qualm aus den Fabriken war in Bodennähe am schlimmsten. Er zog an manchen Tagen sogar in die Häuser hinein, wo er sich dann im Keller sammelte und damit konnte man unten nur mit einem feuchten Tuch vor dem Mund einigermaßen atmen.

Doch obwohl man hier unten im Keller eigentlich nicht mehr viel besaß, so wie sie selbst, oder gerade deswegen, half man sich gegenseitig, wo immer es nur ging.

Die Gruppe in der Finsternis der Kellerwohnungen war eine eingeschworene Gesellschaft und wer einmal hier unten angekommen war, der kam selten aus eigener Kraft wieder eine Treppe höher, um da oben zu wohnen, wobei es allerdings auch dort, trotz der Arbeit, Not und Armut gab.

Aus ihrem Keller heraus beobachtete sie es täglich: Viele der Familien sahen sich gezwungen, mittels sogenannter Schlafleute und Kostgänger, ein paar Pfennige hinzuzuverdienen.

Jeder freie Platz in den Häusern, vom Keller bis unters Dach, wurde dafür genutzt, um preiswerte Übernachtung mit Frühstück für viele Saisonkräfte anzubieten. Die allerdings jetzt im Herbst und im bald beginnenden Winter wegblieben, was die Not nur noch größer machen würde.

In der Finsternis des neuen Tages streckte sie sich gähnend, schob die Decke zur Seite und setzte sich auf. Mittlerweile konnte sie sich mit geschlossenen Augen in dem Raum bewegen, denn alles hatte genau seinen Platz, an dem man auch in völliger Dunkelheit sofort wiederfand, was man brauchte.

Sie nahm sich ihr Kleid vom neben ihr stehenden Stuhl, streifte es sich über, erhob sich, trat an den Tisch und entzündete die Tranlampe.

Abermals hatte Hinner auf seinem Stuhl geschlafen, was auch weiterhin sehr unbequem aussah.

Seit der ersten Nacht hatte sie seinen Strohsack für sich, aber mit etwas gutem Willen hätte der auch für sie beide gereicht.

Im funzelnden Licht blickte sie in sein Gesicht und mit jedem Tag war ihr Verhältnis zu ihm vertrauter geworden.

Auf dem Tisch vor ihm lag seine Arbeit der letzten Nacht: Unmengen von hölzernen Figuren. Hinner schnitzte sehr lange, selbst wenn sie da bereits schlief, um seine Engel zu erschaffen.

Und sie half ihm jetzt dabei, indem sie diese dann am Tage bunt bemalte.

So teilten sie sich die Arbeit und auch die paar Münzen, die Hinner dafür bekam.

Am Tage zuvor hatte er für sie irgendwo ein Kleid bekommen und damit konnte sie die alte und mittlerweile etwas beschädigte Mägdekleidung zur Seite legen.

Der Stoff des neuen Gewandes war robuster und strapazierfähiger, allerdings auch etwas kratzig auf der Haut.

Vom nächsten übrig bleibenden Geld wollte er ihr einen Mantel kaufen, denn bisher musste sie sich immer den von Hilde leihen, wenn sie das Haus verlassen wollte.

Mit jedem Tag, der verging, wurde es draußen kälter und sicherlich würde es abermals solch ein langer und harter Winter werden, wie im Jahr zuvor.

Mit Grausen dachte sie daran zurück, denn da hatte sie oft Hunger gehabt und sich mit den Geschwistern aneinandergedrängt, um der Kälte zu entkommen.

Noch hatte Hinner Holz und Kohle und für die kleine Kammer brauchten sie davon nicht viel, aber was geschah hier wohl, wenn ihnen das Brennmaterial ausging? Oder die Nahrung?

Sicherlich würde sich die Gemeinschaft hier unten auch weiterhin gegenseitig helfen, aber was geschah, wenn es um die bloße Existenz ging? Dann wären Hilde die eigenen Kinder sicher näher, als sie.

Von all diesen Befürchtungen wollte sie Hinner allerdings nichts sagen, aber was blieb ihr auch anderes übrig, als ihr Schicksal anzunehmen.

Zwar konnte sie noch immer irgendwo als Magd arbeiten, denn sie hatte ihren Arbeitspass noch, aber da stand als letzter Eintrag die Familie des Kaufmannes drin und selbst wenn ihre neue Herrin noch nichts von ihrem Fauxpas gehört hatte, was ziemlich unwahrscheinlich war, so war es doch nur eine Frage von Tagen bis zum nächsten Rauswurf.

Wer wollte schon eine Angestellte, die aus Unvorsichtigkeit eine unbezahlbare Vase zerdeppert hatte?

Und sie war die einzige, die wusste, was wirklich geschehen war. Es gab keinen Zeugen für ihre Unschuld!

Zu den Eltern konnte sie ebenfalls nicht mehr zurück!

Selbst wenn die Mutter ihr verzeihen würde, so war sie doch fortgegangen, weil das Essen und der Platz knapp geworden waren. Daran hatte sich seitdem nicht das Geringste geändert und ihr Gehalt aus der Villa hatte die Armut der Eltern sicherlich kurz gemildert, aber nicht langfristig geholfen.

Nein, das hier war der einzige Platz auf Erden, wo sie noch geduldet wurde, bei diesem Mann hier, in dessen schlafendes Gesicht sie gerade blickte.

Ohne ihn wäre sie jetzt auf jedem Falle nicht mehr am Leben, denn selbst wenn sie damals nicht gesprungen wäre, so wäre sie mittlerweile verhungert, erfroren oder anderweitig zu Tode gekommen.

Draußen war ein raues Pflaster, eine tödliche Wildnis aus finsteren Häuserzeilen und elenden Gassen, aus Gewalt und Armut!

Hier war ihr Platz und wer einmal unten war, der kam nie wieder nach oben, aber eigentlich wollte sie das momentan auch nicht mehr!

Sie blickte Hinner an und spürte dabei ein ganz neues Gefühl tief in sich. War es Dankbarkeit dafür, dass er ihr hier so selbstlos half?

Möglicherweise, aber diese Empfindung ging tiefer. Es war so eine Art von Zusammengehörigkeit.

Sie heizte leise den Ofen an, nahm den Eimer und schlich hinaus, um Wasser zu holen.

Unterwegs ging sie auf die Latrine und war schnell wieder zurück.

Während das Wasser warm wurde, saß sie am Tisch und blickte abermals in Hinners bereits so vertrautes Gesicht.

Heute schlief er besonders lange und sie konnte sich von seinem Anblick nicht lösen.

Er war ihr Anker in dieser Welt!

Endlich erwachte auch er, der Tag begann mit der Wäsche, dem Frühstück und setzte sich mit der gemeinsamen Arbeit fort.

Schön war es und der nur schlecht von der Funzel ausgeleuchtete Raum erstrahlte förmlich durch Hinners Anwesenheit.

Sie redeten bei ihrer gemeinsamen Tätigkeit, lachten und sangen.

Aller Kummer war fort!

Mit Hinner an ihrer Seite war es ihr egal, dass sie ganz unten war, denn hier hatte sie alles, was sie schon immer haben wollte.

Und als er sie auch noch für ihr Talent beim Bemalen der kleinen Holzfiguren lobte, war es ihr, als würde sie vor Glück schweben.

28. Kapitel

Der letzte Tag im Paradies?

Gisela war jetzt schon eine geraume Weile fort und Minna wusste nicht, wohin es die Freundin verschlagen hatte. Am letzten Sonntag hatte sie jedenfalls bei deren Familie nichts von ihr gehört und auch nichts gesagt.

Die Arbeit im Hause war, mit einer Magd weniger, wieder viel mehr geworden, aber da Flora jetzt abermals Giselas Aufgaben übernommen hatte, sahen sie sich den ganzen Tag, arbeiteten zusammen und halfen sich gegenseitig.

Es war einfach nur schön, obwohl sie es tagsüber, der Tücke gehorchend, nur bei kleinen Gesten und einem gelegentlichen Lächeln beließen.

Im Lichte des Tages war es zu gefährlich, eine zärtliche Berührung auszutauschen, denn zu schnell konnte die Mamsell, oder noch viel schlimmer: die Herrin, es beobachten.

Obwohl Flora in diesem Hause so etwas wie Narrenfreiheit genoss, durfte man sein Glück eben auch nicht zu sehr strapazieren.

Flora hatte ihr Bett mit dem ehemaligen Schlafplatz von Gisela getauscht, wodurch diese jetzt im Raum nebeneinander standen, wobei sie in fast jeder Nacht seither eigentlich nur eines gebraucht hätten.

Es waren dunkle und wolkenverhangene Herbstnächte, in denen der Regen auf dem Dach über ihnen jedes Geräusch zuverlässig überdeckte. Und diese Melodie der Tropfen erinnerte sie auch immer an ihr erstes Zusammentreffen im Glashaus.

Allerdings war mit dem Ende des Herbstes jetzt auch der Zeitpunkt gekommen, dieses Blumenhaus zu räumen und die Pflanzen in den Schutz der Villa zu überführen.

Seit dem Morgen packten alle mit an, Peter schleppte die schweren Töpfe und selbst die Mamsell trug Pflanzen ins Haus, wo diese dann von Flora in allen Räumen, je nach den Bedingungen für ihre kleinen grünen Freunde, verteilt wurden. Einige Blumentöpfe kamen zum Überwintern in den Keller, andere in den Ballsaal oder den Flur.

Das Haus wurde grün und im Gegenzug leerte sich das Glashaus im Garten. Anders als sonst hatte Flora das Kommando über das gesamte Dienstpersonal und selbst die ältere Mamsell beugte sich Floras Entscheidungen, was diese offenbar sichtlich genoss.

Langsam nahm die Arbeit ab und gegen Abend stand Minna auf einen Besen gestützt in dem jetzt leeren gläsernen Gebäude, in dem ihre Liebe zu Flora vor Monaten begonnen hatte.

Momentan sah es trist und kärglich aus: Leere Regale, Blumenbänke, Abstelltische und Haken standen oder hingen herum und es war nicht mehr das Himmelreich, das sie im Sommer hier gefunden hatten.

Der bald folgende Winter hatte sie aus dem Paradiesgarten vertrieben, aber anders als Eva und Adam damals, wusste sie, dass mit dem Frühling dieses Elysium wieder entstehen würde und sie dann erneut hier mit Flora unter dieser Brause stehen konnte, deren Rohr jetzt nutzlos von oben in den Raum ragte.

Peter hatte alle anderen Teile davon abmontiert und im Keller gelagert, damit das Eis die Leitungen nicht beschädigte.

Seufzend blickte sie sich um, als Flora vor sie trat und sanft ihre Wange streichelte.

„Ja! Ich sehe es auch, die Pflanzen sind fort, aber wir haben uns noch", flüsterte sie, damit es kein anderer hören konnte.

Minna nickte ihr nur stumm zu.

Zusammen kehrten sie den Raum. Es sah aus, als würde Flora dabei mit ihrem Besen tanzen und sie musste bei diesem Anblick lachen.

„Was ist?", fragte die Freundin.

„Bist du gerade in Gedanken bei einer Kirmes?", entgegnete sie.

„Irgendwie schon. Sind wir fertig? Dann lass uns tanzen!“, antwortete Flora, warf den Besen übermütig in die Ecke und trat auf sie zu.

Kurz zögerte sie, doch tanzen wäre wohl in Ordnung. Sie ergriff Floras hingehaltene Hände und wenig später wirbelten sie gemeinsam lachend im Glashaus umher.

Ein heftiger Herbstregen setzte ein, trommelte den Takt zu ihrem Tanzlied auf das Glasdach und schließlich standen sie, sich gegenseitig umarmend, mitten in dem Raum, lauschten dem Regen und sie versank in diesen herrlichen Augen. Das Gefühl übermannte sie und Floras volle Lippen waren nur noch einen Finger breit von ihren entfernt, als sie eine Stimme hinter sich fragen hörte: „Was macht ihr den hier?“

Es war die Mamsell, die wohl noch einmal nach dem Rechten schauen wollte und daher durch den Regen zu ihnen gelaufen war.

„Kirmes!“, entgegnete Flora ihr frech.

„Wir haben uns gefreut, dass die schwere Arbeit jetzt geschafft ist“, stammelte Minna, die sich irgendwie ertappt fühlte, wobei sie doch gar nichts Verwerfliches getan hatten.

Die Mamsell ging durch den ganzen Raum und inspizierte alles, dann nickte sie und sagte: „Das haben wir gut gemacht. Oder? Und jetzt lasse ich euch mal wieder alleine!“

Bei diesen Worten zwinkerte sie so seltsam, zog sich ein Tuch über den Kopf und rannte zurück zum Haus.

Minna blickte ihr verwirrt nach. Was sollte diese Bemerkung? Hatte die alte Frau etwa Lunte gerochen? Oder den Ansatz des Kusses bemerkt und richtig zu deuten gewusst?

„Was war denn das gerade?“, fragte Flora offenbar ebenfalls verwundert.

„Vielleicht hat sie nur etwas ins Auge bekommen?“

„Solange sie ab jetzt kein Auge auf uns wirft! Oder glaubst du, dass da jemand anderes gepetzt hat?“, entgegnete Flora grübelnd.

„Ich hoffe nicht. Wer sollte es wissen? Wir sind doch immer leise und vorsichtig?", erwiderte sie.

„Ja, und dabei wollte ich in so mancher Nacht meine Freude einfach nur hinausschreien. Ein jeder sollte es wissen, dass ich dich liebe und dennoch muss das leider unser Geheimnis bleiben!", seufzte Flora und hob den Besen auf.

„Es ist schon seltsam. Adam und Eva wurden aus dem Paradies geworfen, weil sie vom Apfel der Erkenntnis genascht hatten. Die verbotene Frucht hat sie vertrieben, aber bei uns würde da schon ein zärtlicher Kuss dafür reichen!", stöhnte Minna auf.

„Du bist diese verbotene Frucht, von der ich gekostet habe, aber das hat Gott sicherlich schon gesehen!"

„Ach Mensch, warum kann das nicht alles ganz anders sein?", fragte Minna und nahm Flora den Besen ab.

„Weil wir zwei Frauen sind!", erwiderte die Freundin und gab ihr einen Kuss.

Allerdings war das nur ein schneller und freundschaftlicher, keiner wie der, bei dem sie die Mamsell zuvor beinahe erwischt hätte, wenn sie nur eine Minute später hinzugetreten wäre.

Minna lehnte die beiden Besen in eine Ecke und sah sich ein letztes Mal um. Alles hier drin war trostlos, aber sie hatte Flora hier in diesem Raum getroffen und mit ihr zusammen rannte sie schließlich durch den kalten Regen zum Haus zurück.

Es waren nicht mehr die warmen Tropfen des Sommers, aber mit Flora in ihrer Nähe war alles gut und auszuhalten.

Und auf den schweren und arbeitsreichen Tag folgte ja schon bald eine schöne und sicherlich abermals entspannende Nacht.

Wobei sich das Zimmer der Mamsell direkt neben ihnen befand, wie Minna beim nach oben laufen soeben bemerkte.

Das Bett der alten Frau stand damit direkt neben ihrem, nur durch die dünne Wand getrennt!

29. Kapitel

Die logische Konsequenz

ittlerweile war es November geworden und sie fühlte sich in dem dunklen Keller heimisch. Es war wohl egal, wo man lebte, wenn man dort nur Freunde hatte.

Und da gab es hier so einige, wie den einbeinigen Piet zum Beispiel, oder Siegmund, der mit einem verkrüppelten Arm im Nachbarraum hauste, aber eine besondere Verbindung hatte sie zu Hilde, die ihnen direkt gegenüber wohnte.

Hilde hatte eine schwere Bürde zu tragen, denn ihr Mann war vor zwei Jahren bei einem Unfall in einer Fabrik ums Leben gekommen und die kleine Familie war danach ziemlich schnell die soziale Leiter heruntergerutscht, aber Hilde war eine hervorragende Mutter und liebte ihre drei Kinder über alles.

Gelegentlich passte sie auf diese auf, wenn Hilde ihrer Beschäftigung nachging. Gretel war sieben, Markus fünf und die jüngste Tochter Roswitha war drei. Rosi, wie sie hier alle nur riefen, war ein Sonnenschein und sie brachte mit ihrem kindlichen Gemüt und ihrem Lachen alle zum Strahlen.

Hinner arbeitete jetzt fast Tag und Nacht, denn es war seine beste Zeit im Jahr. Der Advent stand unmittelbar bevor und er schnitzte in einer wirklich atemberaubenden Geschwindigkeit Engel, Bergleute und Krippenfiguren.

Sie kam mitunter kaum hinterher, diese zu bemalen und da traf es sich gerade ganz gut, dass sie erneut auf Hildes Kinder aufpassen mussten, denn Gretel war ziemlich geschickt mit dem Pinsel.

Die Siebenjährige musste gelegentlich auch in einer Textilfabrik aushelfen, um ein paar Groschen hinzuzuverdienen, doch das hier gefiel ihr offensichtlich viel besser.

Momentan bemalte sie das Gesicht eines Engels, Markus war noch nicht ganz so geschickt, aber er strich die größeren Flächen der Figuren mit einer wahren Begeisterung und Ausdauer an.

Rosi war dafür allerdings noch viel zu klein, sie saß auf dem Strohsack und spielte mit einer Puppe, die sie ihr zuvor geschenkt hatte.

Am Tisch sangen sie lustige Kinderlieder aus ihrer eigenen Kindheit, Hinner brummte leise mit und Rosi lachte dazwischen mit ihrer glockenhellen Kinderstimme.

Hilde kam gelegentlich, um nach ihren Kindern zu sehen, wie gerade jetzt. Die Frau war noch keine dreißig und hatte lange schwarze Haare mit wundervollen Locken. Die dunklen, großen Augen gaben ihr ein besonders hübsches Aussehen und sie wusste, dass sie schön war.

Trotz der vielen Einschränkungen hier unten achtete sie auf ihre Aufmachung, denn sie verdiente damit ihren Lebensunterhalt.

Zusätzlich zu einer eher mies bezahlten Beschäftigung als Tagelöhnerin verkaufte sie sich selbst an die Männer, doch Gisela fand daran nichts Verwerfliches.

Hilde hatte ein goldenes Herz und tat alles, um ihre drei Kinder durch diese jämmerliche Zeit zu bringen und eventuell ergab sich ja mal die Gelegenheit, aus diesem dunklen Loch wieder aufzusteigen. Das war zumindest Hildes oft geäußerte Hoffnung, doch die Wahrscheinlichkeit dafür war ziemlich gering.

Sie stellte einen Topf mit Milch auf den Herd, spielte kurz mit Rosi, richtete sich danach schnell die Haare und ging beruhigt wieder, da sie ihre Kinder in guten Händen wusste.

Als die Milch nach einer Weile warm war, gab Gisela den beiden großen Kindern zwei Becher und setzte sich danach mit einer Tasse davon zu Rosi.

Das kleine Mädchen strahlte sie regelrecht an. Offenbar wusste sie noch nicht, wo sie wirklich war, auch Markus sah noch alles als

Abenteuer, aber in Gretels Augen erblickte sie schon die Erkenntnis, um dieses bittere Schicksal, das sie hierher gebracht hatte.

In ein paar Jahren würde Gretel eventuell eine feste Arbeit in einer der Fabriken haben und dann ein wenig mehr zum Überleben dieser kleinen Familie beitragen können, wie sie es ja bereits jetzt schon machte.

Gisela nahm die kleine Puppe und spielte mit Rosi. Mit verstellter, piepsiger Stimme brachte sie das Kind immer wieder zum Lachen und Glucksen. Auch die beiden anderen Kinder amüsierten sich dabei und selbst Hinner entlockte sie damit so manches Schmunzeln.

Irgendwann endete der Tag und Hilde holte ihre Kinder wieder zu sich.

An diesem Arbeitstag hatten sie unglaublich viele Figuren bemalt und allen hatte es auch noch Spaß gemacht, selbst Hinner strahlte nach diesem Tag und gab ihr, wohl im Überschwang dieses Gefühls, einen Kuss. Dieser fühlte sich wunderbar an und davon hätte sie gern mehr gehabt.

Beim Abendmahl bemerkte sie, dass Rosi ihre Puppe vergessen hatte, denn diese lag noch neben dem Strohsack.

Sie sprang auf, schnappte sich das Spielzeug und lief damit nach nebenan. Bei Hilde lagen die beiden jüngsten schon im Bett, während Gretel mit ihrer Mutter im Funzellicht schreiben und lesen lernte.

Gisela legte die Puppe zu Rosi, schaute in deren süßes Gesicht, nickte Hilde zu und ging zurück in ihren Raum.

Beim Betreten ihrer Kammer wusste sie tief in sich, dass auch sie gern ein Kind hätte, mit Hinner als Vater, denn sie konnte sich keinen besseren dafür ersehnen.

Und wenn Hilde es alleine schaffen konnte, drei Kinder zu versorgen, sollte es doch auch ihnen beiden möglich sein.

Schnell grübelte sie darüber nach, was wohl diesen Wunsch in ihr ausgelöst hatte. War es Hinners Kuss, oder das Spielen mit

Rosi? Sie wusste es nicht, aber sie wollte es, wie sie sich noch nie zuvor etwas gewünscht hatte.

Sollte sie jetzt darüber mit Hinner reden? Notwendig wäre es auf jedem Falle, denn bisher hatte er immer nur im Sitzen geschlafen und für ein Kind würde er sich zu ihr auf den Strohsack legen müssen.

Sie räumte den Tisch auf und überlegte dabei, wie sie ihm ihre Entscheidung mitteilen konnte, aber mit Worten war das ziemlich schwierig. Oder sollte sie es ohne Erklärung tun?

Einfach wie er? Mit einem Kuss?

Das war wohl die beste Variante!

Nach dem Mahl setzte sich Hinner an den Tisch, um abermals mit seiner nächtlichen Arbeit zu beginnen.

Wie bisher jeden Abend heizte sie noch einmal den Ofen an, streifte sich das Kleid ab, legte es sauber über die Lehne des Stuhles und wusch sich ausgiebig in der Schüssel.

Bis dahin war alles wie sonst, doch statt sich nach einem kurzen Gute-Nacht-Gruß auf den Strohsack zu legen, trat sie zu ihm und gab ihm einen Kuss.

Und dieser war noch viel schöner, als jener, den sie zuvor von ihm bekommen hatte. Sie wollte ihre Lippen nicht mehr von seinem Mund lösen.

Zuerst war Hinner überrascht, dann griff er ihr ins Haar, hielt sie fest und erwiderte ihren Kuss. Seine Arbeit schien jetzt vergessen und er erhob sich von seinem Platz.

Ohne sie dabei aus seinen Armen zu lassen, streifte er sich die Jacke von den Schultern, öffnete seinen Gürtel und ließ die Hose fallen.

Wortlos waren sie sich einig geworden, als sie sich rücklings auf das Lager aus Stroh sinken ließ, ihn immer noch im Kuss festhielt und schließlich über sich zog.

30. Kapitel

Floras grüner Daumen

Ein neuer Tag begann und neben ihr setzte sich Flora gähnend in ihrem Bett auf, in das sie erst etwa eine Stunde zuvor gewechselt war. Auch Minna erhob sich und nickte der Freundin zu, die jetzt mit herunterhängenden Beinen ihr zugewandt auf der Bettkante saß und sich ausgiebig streckte.

Sie hatten beide nicht lange geschlafen und dennoch war diese Nacht ziemlich erholsam gewesen.

Im Bett sitzend dachte sie an deren Beginn zurück: Der Herr hatte sie erneut in seiner unnachahmlichen Art gequält. Konnte er nicht einfach mit ihr schlafen und es damit bewenden lassen, wie alle anderen Männer es auch taten?

War das zuvor schon so gewesen, dass er diese Gewalt an ihr auslebte? Oder hatte er die Zärtlichkeiten zwischen ihr und Flora bemerkt und wollte sie so strafen? Möglicherweise war es aber auch diese Diskrepanz zwischen der zärtlichen Liebe zu Flora und seinem extrem ruppigen Vorgehen!

Flora bemerkte jetzt wohl ihren Gesichtsausdruck, denn sie beugte sich vor und streichelte mit den Fingerspitzen tröstend ihre Wange.

Ringsum standen soeben die Mägde auf und somit war diese Geste das einzige, was Flora ihr momentan geben konnte.

Minna raffte sich hoch, sprang aus dem Bett, ging zur Schüssel, um sich zu waschen und nahm danach ihr Kleid vom Haken.

Als die Tür sich öffnete und die Mamsell sie in die Freiheit entließ, eilte jede ihrer täglichen Beschäftigung zu.

Sie hörte dabei noch, wie Flora hinter ihr zur Mamsell trat, als die schon die Treppe hinab rannte, um den Eingangsbereich des Hauses zu säubern.

Wenig später trat die Mamsell dort zu ihr und sagte: „Flora möchte, dass du ihr mit den Blumen im Saal hilfst!"

Minna nickte, stellte den Besen zur Seite und machte sich auf den Weg nach oben. Im großen Saal war Flora mit einer Schere dabei, die Pflanzen zurechtzustutzen.

Einige Zweige und Blätter lagen bereits auf dem Boden und Minna machte sich sofort daran, das Grünzeug zu entsorgen. Zu zweit ging diese Arbeit ganz schnell und da die Türen des Raumes geschlossen waren, konnten sie sich dabei auch noch leise unterhalten.

„Du sahst heute früh nicht glücklich aus. Hat dir diese Nacht nicht gefallen?", fragte Flora.

„Der zweite Teil schon, der erste eher nicht", entgegnete sie leise.

Flora nickte verstehend und schnitt einen neuen Zweig zurecht.

„Ich wünschte, ich könnte mich ihm verweigern. Du hast Glück, dass er sich nicht dich für seine abscheulichen Spielchen ausgesucht hat!", seufzte sie und sah dabei zur Sicherheit über die Schulter zur Tür des Zimmers.

„Glaube mir, ich weiß genau, wie du dich fühlst", entgegnete Flora.

Minna wandte ihr das Gesicht zu.

„Ich hatte dir doch von meinem ersten Herrn erzählt. Oder?", begann Flora und zeigte dabei mit der Gartenschere auf ihre krumme Nase.

Minna nickte verstehend. Das wäre wohl auch ihr Lohn, falls sie mal das Ansinnen des Herrn ablehnen würde.

„Weißt du, Minna, fast alles, was ich von Pflanzen weiß, hat mir meine Großmutter beigebracht", begann Flora und wechselte zur nächsten Pflanze. „Meine Mutter kannte ich nicht und meinen Vater habe ich nur selten gesehen. Meine ganze Kindheit lebte ich bei meiner Oma. Sie wusste alles von jeder Pflanze, die auch nur irgendwo ihre Blätter aus der Erde steckte. Ich habe ihr oft in ihrem Blumen- und Kräutergarten geholfen", setzte sie fort und schnitt den nächsten Zweig zurück.

„Mit vierzehn habe ich dann meine erste Anstellung bekommen. Es war ein Traum von einem Haus mit einem wundervollen Garten darum herum, der mein Revier war, obwohl ich eigentlich nur dem Gärtner zur Hand gehen sollte. Maximilian, der alte Gärtner, erkannte wohl mein Talent und hat mir noch mehr beigebracht. Meine Herrin war begeistert von den Gestecken und Blumensträußen, die ich gemacht habe und es waren schöne Jahre, bis zu meinem sechzehnten Geburtstag!"

Flora stockte, richtete sich auf und blickte sich um. Sehr viel leiser setzte sie fort: „Dann begann der Herr mir nachzustellen. Ich muss wohl ein schönes Kind gewesen sein, bevor das passiert ist."

Erneut zeigte sie auf ihre Nase.

„Du bist immer noch wunderschön", entgegnete Minna ihr schnell.

„Ich danke dir", antwortete Flora und strich sich fast verlegen eine der langen roten Locken hinters Ohr.

„Meine Herrin wollte mich wohl beschützen, doch dann musste sie auf eine Reise gehen und der Herr hat die sich ihm dadurch bietende Gelegenheit sofort genutzt. Er hat sich mit Gewalt genommen, was er die ganze Zeit schon von mir gewollt hatte, mir dabei das Gesicht zerschlagen und mich zum Dank dafür auch noch halbtot aus dem Hause geworfen!", setzte Flora fort.

Ihre Stimme klang bei dieser Schilderung brüchig. Vermutlich durchlitt sie gerade wieder die damals erlebten Schrecken.

Schnell trat Minna zu ihr und zog sie tröstend in den Arm.

„Aber das ist lange her", erklärte Flora mit Tränen in den Augen, die ihre Worte Lügen straften.

Es war vermutlich nicht lange her und der Spruch, dass die Zeit alle Wunden heilen würde, der stimmte mitunter nicht. Manche Verletzungen schlossen sich wohl nie!

Allerdings war Floras Schilderung auch mehr eine Mahnung vor dem, was wohl geschehen konnte, wenn sie die nächtlichen Anstürme des Herrn einmal nicht ohne einen Laut über sich ergehen ließ.

Und Giselas blutig geschlagener Hintern war ihr dabei auch gerade im Gedächtnis. Es war wirklich nicht schlau, den Mann irgendwie zu reizen.

Es blieb ihr nur, still zu dulden und seinen Wünschen nachzukommen, auch wenn diese mitunter sehr schmerzhaft waren, wie am Abend zuvor.

Gerade machte sie eine unglückliche Bewegung und stöhnte dabei auf.

„Was ist?", fragte Flora nach.

„Nichts", begann sie, doch die Freundin würde jetzt wohl nicht mehr locker lassen.

Zumindest sagte dies ihr fragender Blick und deshalb setzte Minna erklärend fort: „Nur eine Verletzung von gestern Abend."

„Zeig mal", drängte Flora nach.

Minna raffte schnell den Rock hoch und drehte sich so, dass nur Flora es sehen konnte, selbst dann, wenn jetzt jemand durch die Tür kommen würde.

„So ein", entgegnete Flora, verschluckte aber den Rest.

„Ich habe noch eine Salbe. Das Rezept ist von meiner Großmutter. Die kannst du da drauf machen, dann heilt das ganz schnell wieder", erklärte sie und nickte ihr zu.

„Wir sollten jetzt aber hinmachen", setzte Flora nach und zeigte auf das Blattwerk am Boden, dann sagte sie noch: „Auch wenn das gerade ein sehr verlockender Anblick ist!"

Schnell ließ Minna den Rocksaum fallen und raffte die Zweige zusammen.

Gemeinsam arbeiten sie schnell weiter, damit dann auch noch etwas Zeit blieb, die Salbe auf jene verletzte intime Stelle aufzutragen.

Und selbstverständlich ließ es sich Flora nicht nehmen, das Heilmittel selbst dort zu platzieren.

31. Kapitel

Der Beginn von etwas Neuem

ie erwachte und etwas war anders, oder alles war anders! Gisela lag nackt unter der Decke und spürte Hinner neben sich, der sich im Schlafe eng an sie angeschmiegt hatte.

Haut an Haut lagen sie auf dem Strohsack und trotz ihrer Nacktheit war es ihr nicht kalt, denn Hinner heizte ihr mit seiner Wärme so richtig ein. Oder waren es die Glücksgefühle, die noch immer deutlich spürbar durch ihren Leib sausten?

Egal was auch immer es war, es war jedenfalls wunderbar.

In dieser Nacht hatte er sie zur Frau gemacht und es war großartig gewesen. Nicht einmal diesen kleinen Schmerz hatte sie gefühlt, von dem die Mutter ihr einst erzählt hatte.

Jetzt war sie eine Frau, seine Frau!

Vorsichtig erhob sie sich, um ihn dabei nicht zu wecken, entzündete die Tranlampe und heizte einfach nackt den Ofen an.

Anschließend stellte sie die Schüssel auf den Herd und wusch sich danach gründlich.

Gerade war sie damit fertig, richtete sich auf und wollte sich das Unterkleid überstreifen, als Hinner erwachte.

Er sah sie von unten an und sagte: „Guten Morgen, Gisela. Du siehst wunderschön aus."

„Guten Morgen, Hinner", entgegnete sie und beugte sich zu ihm herab, um ihn zu küssen.

Ihre Lippen trafen sich erneut und das fühlte sich wiederum so herrlich an, davon konnte man nie genug bekommen und dieses Mal wollte er den Kuss nicht lösen. Er hielt sie fest, zog sie zu sich herab und brachte sie abermals unter sich.

Das Waschen zuvor war nutzlos gewesen, denn sie liebten sich erneut leidenschaftlich unter der dünnen Decke.

Die Wünsche von früher fielen ihr wieder ein, wie sie sich einst vorgestellt hatte, wie es wohl sein würde.

Sie hatte jetzt den Mann, aber wozu brauchte sie ein Bett, schöne Kleider und ein Haus? Nackt lag sie auf einem dünnen Strohsack in einem schäbigen dreckigen Keller und es war der Himmel auf Erden!

Was brauchte man noch, wenn man den geliebten Menschen im Arm hatte?

Nichts sonst!

Sie waren sich nah, näher ging es nicht und es schien ihr, als würde sie schweben. Hier begann gerade etwas ganz Großes und mit seinem Samen, den er ihr soeben abermals schnaufend übergab, konnte auch ein neues Leben in ihr beginnen.

Ihr Glück war augenblicklich perfekt!

Schließlich lagen sie nebeneinander, Hinner zog sie in seinen Arm und sie legte glücklich ihren Kopf auf seine Brust.

Alles war so, wie es sein sollte!

Im Moment war ihnen beiden die Arbeit völlig egal und sie genossen nur die Zweisamkeit.

Viel später begann der Tag mit Frühstück und der Beschäftigung mit den Figuren.

Sorgsam verpackten sie diese, denn da heute Markttag war, wollte Hinner dort ab dem Mittag seine Spielsachen verkaufen und weil sie jetzt einen eigenen Mantel besaß, schloss sie sich ihm einfach an.

Es waren schon viele Stände auf dem Platz aufgebaut, aber Hinner konnte seine Kiepe umbauen, wodurch daraus eine Art von Bauchladen entstand und auf dieser Auslage stellten sie die bunten Figuren auf, sie hängten ein paar Hampelmänner dazu und gingen damit über den Markt.

Viele Mütter hatten ihre Kinder dabei und das bunte Spielzeug sorgte dafür, dass sie sofort von einer Traube kleinerer und größerer Kinder umringt waren.

Strahlende Kinderaugen in rosigen Gesichtern betrachteten das wundervolle Spielzeug. So manche Münze landete in Giselas Beutel und die Kinder gingen freudestrahlend wieder, oder rannten zu ihren Müttern, um noch ein paar Pfennige von diesen zu erbetteln.

Und die zu ihnen getretenen Eltern schauten sich dann die Engel und Krippenfiguren an. So dauerte es nicht mal zwei Stunden, dann hatten sie alles verkauft, was sie in der letzten Woche hergestellt hatten und augenblicklich wusste sie, woher Hinner dieses große und goldene Herz hatte, dass sie so an ihm liebte: Wer für dieses Kinderlachen und diese kindliche Begeisterung arbeitete, der konnte gar nicht anders.

Kinder glücklich zu machen, war wohl das allerschönste, was es gab.

„Seit du das Spielzeug bemalst, verkauft sich das viel schneller, als früher", erklärte Hinner, als sie den Bauchladen wieder zusammengeklappt hatten.

„Ich weiß das noch von früher. Kinder lieben bunte Sachen", entgegnete sie ihm glücklich.

Spielzeug machen war der wundervollste Beruf der Welt und sie war die Frau eines Spielzeugmachers.

Freudestrahlend schlenderten sie über den Markt, um seine Kiepe mit dem zu füllen, was sie für die nächsten Tage brauchen würden.

Die Preise für die Lebensmittel waren erschreckend hoch geworden. Offenbar hatte die Missernte auch in diesem Jahr wieder für Kummer bei den Bauern gesorgt und die Einnahme verschwand beängstigend schnell in den Taschen der Marktweiber.

Bisher hatte Hinner ihr immer eine Kleinigkeit von seinen Ausflügen mitgebracht und jetzt konnte sie erst richtig den Wert dieser Mitbringsel ermessen, denn sie waren vom Munde abgespart.

Schließlich schenkte Hinner ihr einen Apfel, den er an einem Stand gekauft hatte und sie teilten sich diesen. Für zwei heiße Würste, die sie an einem Stand sofort verspeisten, blieb auch noch etwas Geld.

Und erst nach dieser Bratwurst spürte sie, dass der kalte Wind sicherlich schon eine ganze Weile unter ihren Rock nach oben zog. Bis gerade eben hatten die Freude der Kinder und ihre eigene Begeisterung dies wohl aus ihrer Empfindung verdrängt.

Schon lange trug sie nicht mehr die dünnen Strümpfe, sondern dicke Socken, die bis zum Knie reichten und die ihr Hilde gestrickt hatte.

Jetzt wollte sie in ihr Zuhause und es war ihr dabei völlig egal, wo und was es war. Eingehakt bei Hinner schlenderte sie heim und in ihren Gedanken war sie bei dem Winter zuvor und bei den Abenden mit der Mutter.

Hilde war nur ein paar Jahre älter als sie selbst, aber in der kurzen Zeit bereits so etwas wie eine Ersatzmutter für sie geworden.

Der Winter war eine Zeit der Handarbeiten und wenn Hinner dann nach dem Weihnachtsfest nicht mehr so viel arbeiten musste, dann blieb auch ihr mehr Raum für so wichtige Dinge, wie Socken, Schal und Handschuhe zu stricken.

Und für kuschlige Stunden unter der Decke!

Zu Hause angekommen setzten sie ihre Arbeit fort und sie freute sich schon auf die strahlenden Kinderaugen, wenn sie diese bunten Spielsachen in der nächsten Woche zusammen mit Hinner wieder auf dem Markt anbot.

Noch viel mehr freute sie sich allerdings dabei auf die nächste Nacht, in der Hinner sie bestimmt wieder mit seinen zärtlichen Zuwendungen fliegen ließ.

Schön war es, eine Frau und geliebt zu sein!

32. Kapitel

Dem Glück so nah

Hinner hatte es nicht zu hoffen gewagt und doch war es jetzt so eingetreten, wie er es sich doch innerlich gewünscht hatte: Gisela lag schlafend neben ihm auf dem Strohsack und es war wirklich kein Traum.

Oder doch, aber anders, als er es sich in seinen kühnsten Träumen vorgestellt hatte.

Seit dem Tage zuvor teilten sie jetzt also nicht mehr nur Tisch und Unterkunft, sondern auch das Bett.

Gerade schnarchte sie sacht neben ihm, er hatte vor ein paar Minuten leise und vorsichtig die Öllampe entzündet und sich danach wieder zu ihr gelegt.

Er lauschte ihren Schlafgeräuschen, sah sie einfach nur an und lächelte dabei in sich hinein. Schon zuvor war das Zusammenleben mit ihr wundervoll gewesen, doch jetzt war es einfach unbeschreiblich schön geworden.

Er hatte ihr die Zeit gegeben, um über den Kummer und den Schmerz hinwegzukommen und sie hatte ihm ihre Dankbarkeit auf eine Weise bezeugt, die er für unmöglich gehalten hatte.

Die Nacht war großartig gewesen, doch auch ihr gemeinsamer Verkauf auf dem Markt am Tage zuvor hatte ihm gezeigt, dass Gisela nicht nur eine gute Arbeiterin war, sondern auch noch ein gewisses Quäntchen Verkaufsgeschick besaß.

Beides war unerlässlich für die täglichen Geschäfte, doch Gisela war noch so vieles mehr: Geschichtenerzählerin, Hausfrau, Zuhörerin, guter Kamerad und jetzt also auch noch Geliebte.

Er hatte sich fest vorgenommen, mit ihr nicht in der Art umzugehen, wie es andere Männer, sicherlich der Tradition folgend, so taten. Denen ging es nur darum, möglichst viele Kinder zu haben und ein paar kräftige Hände, die zupacken konnten.

Im Allgemeinen hatten Frauen nicht viel zu sagen, doch er hatte bei seinem Vater gesehen, um wie vieles besser es doch war, wenn sowohl Mann als auch Frau gemeinsam über die täglichen Dinge redeten. Zusammen fand man Lösungen, auf die einer alleine nicht kam.

Ignorierte man den Rat der Frau, so machte man sich selbst um so vieles ärmer.

Hinner konnte seinen Blick nicht mehr von ihrem Gesicht abwenden. Eine Haarsträhne hatte sich in der Nacht aus ihrem Zopf gelöst und war nach vorn gerutscht. Das schrie fast danach, dass er ihr diese vorsichtig zur Seite schob, doch das würde sie sicherlich wecken.

Und gerade sah sie einfach nur so wunderschön aus: ein schlafender Engel.

Er erinnerte sich zurück an den ersten Engel, den er gesehen hatte. Seltsamerweise war das nicht in der Kirche gewesen, sondern in einem Wirtshaus in einer kalten Winternacht, als er dem Vater darin bei seiner Arbeit geholfen hatte.

Der Vater war eigentlich unter Tage beschäftigt, doch im Winter ruhte der Betrieb in der Grube mitunter für mehrere Monate und so saßen die Männer dann oft noch bis tief in die Nacht im Gasthaus und schnitzen.

Bei einem dieser Besuche in einer Schankstube, er mochte da wohl so acht Jahre alt gewesen sein, hatte er den Engel dort auf einem Tisch stehen sehen.

Ein Nachbar hatte ihn geschnitzt und alle bewunderten die liebliche Gestalt und das Gesicht jener Holzfigur aus seiner Erinnerung glich dem von Gisela.

Und in der Rückbesinnung auf jenen Tag begannen seine Gedanken in der Zeit zurückzureisen. Zur elterlichen Hütte, wo er im Erzgebirge begonnen hatte, zuerst als Hobby und Spiel, kleine Figuren zu schaffen.

Aber es war eben in ihrer Gegend einfach so gewesen, denn jeder Junge in ihrer Siedlung bekam zu seinem siebenten Geburtstag ein Schnitzmesser.

Für die Männer war es mitunter ein gutes Zubrot, weil die Bergleute, die Silber, Zinn und andere Erze in den Minen schürften, sonst kaum andere Möglichkeiten hatten, ihren kärglichen Lohn durch zusätzliche Arbeit aufzubessern.

Das kalte Wetter des Gebirges ließ in dem kleinen Garten hinter der Hütte nicht viel wachsen.

Nur Holz gab es in rauen Mengen rund um die Hütte und der Vater, als Bergzimmermann, hatte sowieso ein Gespür fürs Holz gehabt und ihm dieses Auge dafür einfach Stück für Stück vermittelt.

Zwar hatte es in seiner Gegend auch einige Manufakturen gegeben, die sich auf die Holzbearbeitung spezialisiert hatten und bei denen er sicherlich sein Auskommen hätte finden können, doch die stellten meist nur Gegenstände wie Teller und Tassen her, wobei das schon lange kein gutes Geschäft mehr war.

Spätestens seit die Betriebe hier in Chemnitz dieselben Dinge aus Metall viel günstiger und langlebiger herzustellen wussten, war mit dem Drechseln von Gefäßen nicht mehr viel zu verdienen.

Und in der Knappheit der letzten Jahre sparten die Leute mit jedem Pfennig. Er selbst hatte diese Not und den Hunger nur zu gut kennengelernt. Sicherlich hatte auch das den Vater dazu bewegt, ihn in die große Stadt zu schicken, denn er sollte es mal besser haben.

Doch wo war er jetzt? Im Keller!

Aber nur so hatte er Gisela gefunden und das versöhnte ihn gerade mit seinem schweren Schicksal.

Seufzend erwachte die Frau neben ihm und holte ihn zurück ins hier und jetzt. Sie schlug die Augen auf und ihr Blick lächelte, noch bevor sie wirklich richtig wach war.

Er war nah am ganz großen Glück, auf nicht einmal eine Armlänge von ihr entfernt und diese Nähe sorgte natürlich dafür, dass er sie streichelnd in den Arm zog.

„Guten Morgen, mein Herr", hauchte sie, den Kopf ganz dicht an seine Brust geschmiegt.

Dadurch hatte er den Geruch ihres Haares in der Nase und das war ein Duft, dem er sich unmöglich entziehen konnte.

„Hast du gut geschlafen?", fragte er sie.

Gisela hob den Kopf, blickte ihm in die Augen und entgegnete: „Hier schlafe ich immer sehr gut. Gehen wir heute wieder auf den Markt?"

„Wir müssen doch erst mal wieder etwas herstellen, damit wir dort etwas anbieten können. Du hast gestern selbst den allerletzten Hampelmann verkauft", erwiderte er.

Gisela nickte lächelnd.

„Können wir noch etwas liegen bleiben? Es ist gerade so schön?", fragte sie und diesem Blick konnte er nicht widerstehen.

„Selbstverständlich", antwortete er.

Sie legte ihren Kopf zurück und das fühlte sich einfach nur großartig an.

Es war eine Art von Müßiggang, der wohl aller Laster Anfang sein konnte, aber was er danach mit Gisela tat, war keine Sünde, sondern ein Hochgenuss für sie beide.

33. Kapitel

Barbara sei Dank!

s war nur noch eine Woche bis Heiligabend und Gisela saß alleine an ihrem Tisch. Sie bemalte noch ein paar Engel, aber das große Geschäft damit war vorbei.

Die morgendliche Übelkeit, die sie seit einer Woche in sich verspürte, sagte ihr jedenfalls, dass Hinners Samen bereits aufgegangen war, aber sie würde es ihm noch eine Weile verschweigen, denn zu schön waren seine Zärtlichkeiten und liebevollen Zuwendungen in der Nacht.

Gerade fehlte er ihr so unsäglich, weil er am Morgen aufgebrochen war, um ein besonderes Holz zu beschaffen.

Zusammen hatten sie beschlossen, für Gretel, Markus und Rosi Spielsachen für das nahende Fest zu gestalten. Die Puppe für Gretel war bereits fertig, an dem Stofftier für Rosi fehlte nur noch die Füllung, aber für Markus wollte Hinner einen Wagen und Pferdchen schnitzen und der Baum dafür wuchs in einem Dorfe, etwa eine Stunde zu Fuß entfernt.

Da Hinner mit seinem steifen Bein nicht so gut durch den Schnee kam, der mancherorts hüfthoch lag, war es für ihn sicher ein Tagesmarsch hin und zurück, doch er hatte es sich nun mal in den Kopf gesetzt.

Zu gern hätte sie ihn begleitet, doch heute war wieder der Tag, an dem die wöchentliche Miete fällig war und da musste einer von ihnen beiden hier in dem Raume sein.

Den blanken Groschen dafür hatte Hinner vor seinem Aufbruch auf den Tisch gelegt.

Sie blickte auf das Geldstück und strich mit dem Finger darüber. Es war eigentlich nicht viel Geld, aber wenn man sich jeden einzelnen Pfennig dafür vom Munde absparen musste, dann schmerzte das doch schon irgendwie.

Allerdings wäre es zu riskant, diesen Groschen nicht sofort parat zu haben, denn Gregor, der grobschlächtige und gemeine Geldeintreiber, war da unerbittlich.

Der Mann war einen halben Kopf größer, als Hinner, und sicher mehr als doppelt so breit in den Schultern. Seine Fäuste waren groß wie Kinderköpfe und niemand wollte mit ihnen Bekanntschaft machen müssen!

Schon alleine sein Gebrüll ließ bei ihr unverzüglich die Nackenhaare abstehen.

Und wie als hätte sie ihn mit ihren Gedanken angelockt, hörte sie auch schon von draußen seinen dröhnenden Ruf: „Zahltag!"

Eilig legte sie den Engel zur Seite, schlang sich die Decke um die Schultern, nahm das Geldstück in die Hand und trat vor die Tür in den Kellergang hinaus.

Gregor hatte sich am Treppenabgang aufgebaut und schien den eigentlich ziemlich breiten Gang mit seinem Körper völlig auszufüllen.

Im dicken Mantel, eine gestrickte Mütze auf dem Kopf und die Hände in die Hüften gestützt stand er einen Moment dort, bevor er langsam die Räume abschritt und das Geld kassierte.

Jeder war bemüht, ihm die Münzen schnell zu überreichen, um danach wieder nach drin verschwinden zu können und das nicht nur, weil es im Kellergang bitterkalt war.

Acht Räume lagen vor ihr, bevor er vor ihr stand und grinsend die Hand aufhielt.

Schnell legte sie das Geldstück auf seine Handfläche und er wandte sich zu Hilde um.

„Du, Gregor, ich habe das Geld nicht!", begann Hilde.

„Was?", entfuhr es Gregor und er stützte demonstrativ erneut die Hände in die Hüften.

Jeder im Flur zuckte zusammen, Hilde wurde richtig klein vor ihm und wich ängstlich einen Schritt zurück.

„Die letzten Pfennige habe ich gestern für Rosis Medikamente ausgegeben!", stammelte sie, doch sie würde sein Herz damit sicherlich nicht erweichen können.

Gisela war wie erstarrt vor Angst um die Freundin, denn ein Rauswurf zu dieser Jahreszeit würde den Tod bedeuten.

Auf der Gasse war es bitterkalt und das hielt niemand ohne warmen Ofen auch nur einen halben Tag lang aus!

Gregor trat einen Schritt auf Hilde zu, verschränkte seine Finger und ließ seine Fingerknochen laut knacken.

Die ältere Freundin schrumpfte noch ein Stück.

Würde er wirklich zuschlagen? Das würde wohl schwere Verletzungen nach sich ziehen.

„Bitte nicht!", flehte Hilde im Gang.

„Du kannst deine Schuld auch abarbeiten", zischte Gregor durch die Zähne und das ließ Hilde wohl nur die Möglichkeit, das nickend zu akzeptieren.

Gregor ging die anderen Räume abzukassieren und Hilde öffnete ihre Tür. „Gretel, Markus geht rüber zu Gisela", rief sie in das Zimmer und die beiden Kinder kamen zu ihr gelaufen.

Dann ging sie in den Raum und holte Rosi. Kurz darauf drückte sie ihr das schlafende Kind in den Arm.

Jetzt wollte Gregor seine Zahlung und schubste Hilde mit einer leichten Handbewegung in deren Raum hinein.

Die gegen ihn zierliche Hilde taumelte von dieser Berührung regelrecht, die Tür schloss sich hinter Gregor und Gisela trat mit der schlafenden Rosi in ihren Raum zurück.

Sie bettete das Kind auf dem zusammengeklappten Strohsack und deckte es gut zu, danach beschäftigte sie sich mit den beiden Geschwistern der Dreijährigen. Sie erzählte ihnen ein Märchen und die beiden hörten aufmerksam zu.

Es dauerte eine geraume Weile, bis Hilde seltsam staksend in den Raum trat.

„Und?", fragte Gisela.

„Er ist brutal, eklig und schmierig, aber ich habe erst mal wieder eine Woche meine Ruhe vor ihm", antwortete Hilde mit einem gequälten Gesichtsausdruck.

„Was ist mit Rosi? Sie hat doch Fieber?", erkundigte sich Gisela.

„Ja. Ich weiß auch nicht. Ich habe schon alles probiert. Wadenwickel, heiße Bäder und selbst das teure Medikament aus der Apotheke, aber nichts scheint zu helfen", antwortete Hilde und kniete sich zu ihrer jüngsten Tochter.

Gisela überlegte, was sie noch tun konnten, denn mit jedem Tag, an dem Rosi Fieber hatte, wurde es für das kleine Mädchen schlechter. Die Erkältung musste schleunigst gehen!

Vor vielen Jahren hatte ihre kleine Schwester auch mal ziemlich hohes Fieber gehabt und sie versuchte, sich zu erinnern.

Was hatte die Mutter damals nur gemacht?

Ihr suchender Blick traf den Engel, der noch immer auf dem Fensterbrett stand und ihr kleines Heim bewachte. Konnte er ihr eine Antwort geben?

Unwillkürlich wanderte ihr Blick von der kleinen Figur zum daneben stehenden Barbarastrauß, den ihr Hinner am Tage der Barbara aus dem Wald mitgebracht hatte, aber in der improvisierten Vase steckten noch zwei andere Zweige.

Warum befanden die sich da drin?

„Weidenzweige, Weide, Weidenrinde", murmelte sie bei deren Anblick, dann sauste ein Blitz durch ihren Kopf.

Sie sprang auf, zog die zwei Zweige heraus und begann, ohne wirklich zu wissen, was sie da gerade tat.

Wenig später hatte sie einen Sud in der Tasse und gab Rosi dieses Getränk unter Hildes besorgten Augen.

Doch Rosis Mutter war viel zu ratlos, als dass sie den rettenden Strohhalm ausschlagen würde.

„Mit der Macht der heiligen Barbara soll dein Fieber verschwinden!", sagte Gisela mit fester Stimme.

„Amen, so sei es!", setzte Hilde hinzu.

Jetzt hofften sie beide auf ein Wunder in der Adventszeit.

34. Kapitel

Wintertage und -nächte

Auf den Besen gestützt stand Minna im Kellergang und lauschte nach oben. Der Winter war gekommen und entweder war die Herrin schwanger oder hatte es sich aus irgendeiner anderen unergründbaren Absicht zur Aufgabe gemacht, die gesamte Dienerschaft mit ihren Wünschen, Stimmungsschwankungen, irrwitzigen Plänen oder sonstigen Einfällen in den Wahnsinn zu treiben.

Gerade eben beauftragte sie die Köchin mit der dritten Änderung des Abendmahls und es war noch nicht einmal Mittag!

Bettina war im Moment echt zu bedauern, aber auch ihr selbst ging es nicht viel besser, zwar nicht unmittelbar durch die Herrin, mit der sie momentan wenig zu tun hatte, sondern eher indirekt.

Seufzend fegte sie weiter und dachte daran, dass das Schlimmste an deren Einfälle für sie war, dass sich der Herr von seiner launischen Frau aus diesem Grunde zurückzog.

Sehr zum Leidwesen für sie, denn er ließ ihr damit keine Nacht mehr ihre Ruhe!

Und seine abartigen Wünsche und Vorstellungen standen denen seiner Frau in nichts nach!

Alle anderen hatten wenigstens in der Nacht ihre Ruhe, sie hingegen musste seine perfiden Allüren klaglos ertragen.

Nur Floras Nähe versöhnte sie mit ihrem Schicksal und ohne die heimliche Geliebte wäre sie jetzt schon lange wieder im heimatlichen Dorf, weit entfernt von diesem sadistischen Kerl, denn das war nicht die paar Groschen wert, die sie hier erhielt.

Jede Hure wurde wohl besser bezahlt und momentan fühlte sie sich schon fast wie eine der Dirnen, die nachts an der Laterne auf Freier warteten.

Allerdings hatten die eine Wahl, sie hingegen nicht!

Eine Ablehnung würde sie von Flora trennen. Es war ein selbst gewähltes und verschuldetes Dilemma.

Aus irgendeinem Grunde wollte der Herr nur sie, sonst keine vom Personal.

Sehnsuchtsvoll dachte sie zurück an die herrliche Vergangenheit. Als Kind hatte sie den Winter immer geliebt, denn im Dorf war da kaum was zu tun. Nur das Vieh musste versorgt sein. Kein Garten, kein Feld und auch keine der anderen mühevollen Tätigkeiten war zu erbringen.

Man hatte Zeit für Singen, Handarbeiten und kleine Geschichten am warmen Ofen. Die Großmutter hatte immer wundervolle Sagen und Märchen erzählt und es war schön gewesen, in der Hütte bei ihr zu sitzen, dem Schnee zuzusehen und dem Winterwind zu lauschen, wenn Großmutter mal eine Pause machte, bevor sie mit der nächsten spannenden Geschichte weiter machte.

Warum konnte das nicht auch hier so sein?

Weil sie eine Magd und daher den Launen der Herrschaft schonungslos ausgesetzt war?

Irgendwie fühlte sich das seltsam an, aber nach Floras Erzählungen war das wohl allgemein so üblich.

Der erste Teil einer jeden Nacht war damit wenig erfreulich, wobei es sich Flora jetzt allerdings zur Aufgabe gemacht hatte, ihr den Rest der Nächte zu versüßen und ihren geschundenen Leib zu verwöhnen.

Und das war jedes andere Opfer wert!

Mitunter waren Floras Finger sanft wie Schneeflocken und an anderen Tagen war sie wild, wie ein Wintersturm, wobei sie allerdings mittlerweile etwas vorsichtiger waren, denn die Mamsell schlief ja praktisch mit ihrem Ohr an der Wand neben ihnen.

Da sorgte der über das Dach heulende Winterwind zwar für ein übertönendes Geräusch, aber sie beide wollten eben auch kein unnötiges Risiko eingehen.

Gerade eben schlenderte Flora leise singend durch den Keller und begutachtete dabei den Winterschlaf ihrer pflanzlichen Freunde.

„So düstere Gedanken?", fragte Flora im Vorbeigehen.

Minna zeigte nur nach oben, wo soeben die vierte Änderung des Abendessens lautstark zu vernehmen war.

Flora lächelte und nickte ihr zu, plötzlich packte die Freundin sie am Arm, zog sie zu sich und drückte sie mit dem Rücken an die Wand des Kellerganges.

Schnell raubte sie sich einen Kuss und setzte danach trällernd und schlendernd ihren Kontrollgang fort.

Gern hätte sie mehr von Floras Zuwendungen gehabt, aber die nächste Nacht mit ihr würde kommen.

Langsam fegte sie weiter, denn sie hatte Zeit. Im Hause waren die Arbeiten im Winter etwas weniger. Es gab nur noch gelegentliche Feste, das Putzen der Fenster und die Gartenarbeit fielen ebenfalls aus und es wurden mehr andere Tätigkeiten durchgeführt, die sonst im Jahr eher liegen blieben. Wie zum Beispiel Häkeln und Socken stopfen.

Flora kam zurück und oben änderte die Herrin schon wieder das Menü. Aus dem Karpfen wurde soeben ein Hühnchen. Das hatte es am Anfang der vielen Änderungswünsche auch schon gegeben.

Vermutlich gab es noch fünf weitere Veränderungen, bevor es dann wahrscheinlich Huhn zum Abendbrot gab. Zumindest für die Herrschaften und für sie die Reste, wenn sie danach mit der Zofe zusammen die leeren Teller in die Küche trug.

Flora beugte sich über einen ihrer beblätterten Schützlinge und sagte dann: „Minna, kannst du mir mal helfen?"

Sie stellte den Besen an die Wand, trat zu ihr und fragte: „Was hast du denn?"

Flora blickte lächelnd auf und äußerte: „Etwas Freizeit und Lust auf dich!"

Noch bevor sie etwas erwidern konnte, hatte Flora sie in einen der Abstellräume gezogen und danach tobte ein Wintersturm durch den Keller, von dem zum Glück oben niemand etwas bemerkte.

Es dauerte nur ein paar Minuten, bevor jede von ihnen beiden glücklich und entspannt die Kleidung wieder richtete und danach mit den Tätigkeiten weiter machte.

Und jetzt sang auch Minna, während sie mit dem Besen durch die Gänge tanzte.

Schließlich neigte sich der Tag seinem unvermeidlichen Ende und es gab abends wirklich Hühnchen! Vermutlich hatte Bettina in ihrer großartigen Weitsicht von Anfang an darauf vertraut, dass es bei dem Huhn blieb, denn in ihrer Küche waren weder Schweinefleisch noch ein Truthahn und auch kein Karpfen zu sehen.

Was hätte die rundliche Köchin wohl nur gemacht, wenn es bei dem Wunsch der Herrin nach einem gebackenen Karpfen geblieben wäre?

Und selbstverständlich verlangte es dem Herrn auch nach dem Abendessen nach einem Hühnchen! Sein unmissverständliches Zeichen jagte ihr sofort einen eiskalten Schauer über den Leib.

Als sie dann etwas mehr wie eine Stunde später im Nachthemd nach unten ging, konnte sie nur die Aussicht auf ein paar zärtliche Stunden mit Flora von diesen düsteren Gedanken ablenken, was er sich wohl diesmal abartiges oder widerwärtiges überlegt hatte, um es dann mit ihr in die schmutzige Tat umzusetzen.

Sie trat zu der Tür, ordnete ein letztes Mal ihre Kleidung sowie ihr Haar in dem eigens dafür dort hängendem Spiegel und nickte sich selbst ermutigend zu.

Dann klopfte sie, schluckte den Ekel herunter und trat ein.

35. Kapitel

Das Fest der Liebe

s war der Morgen des 24. Dezembers und beim Aufstehen bemerkte Gisela, dass sich die Blüten am Barbarastrauß gerade öffnen wollten.

Fasziniert stand sie einfach nackt vor den Kirschzweigen und vergaß dabei alles um sich herum. Das musste ein Zeichen der heiligen Barbara sein.

Hinner erhob sich gähnend von ihrem gemeinsamen Lager und sah sich den Strauß ebenfalls an, aber er wusste wohl nicht um die tiefere Bedeutung dieser Knospen. Sie selbst kannte diesen alten Brauch nur von ihrer Großmutter und die war katholisch getauft.

Im sonst eher evangelischen Sachsen hielt man es nicht so mit dieser Heiligenverehrung und daher war es umso schöner, dass sie Hinner im November nur einmal davon erzählt hatte und er dennoch Anfang Dezember noch daran gedacht und ihr ein paar Zweige mitgebracht hatte.

Es sollte Reichtum und Glück fürs nächste Jahr bringen, wenn die Blüten am Heiligen Abend sich öffneten.

Glück hatte sie schon und mit Hinner an ihrer Seite auch mehr Reichtum, als eine Königin, und trotzdem war es schön, dass die heilige Jungfrau Barbara ihre Hand schützend über sie hielt.

Rosi ging es seit dem Tage zuvor auch schon wieder gut und damit konnte das Fest kommen!

Vor einigen Tagen hatte Hinner ein paar Tannenzweige aus dem Wald mitgebracht und daher war der kleine hölzerne Engel auf dem Fensterbrett momentan von blühenden Kirsch- und grünen Tannenzweigen eingerahmt.

Das gab dem tristen Raum etwas Buntes und Feierliches.

„Gehen wir heute Abend in die Kirche?", fragte sie, weil sie eine gefühlte Ewigkeit schon nicht mehr dort gewesen war.

„Selbstverständlich", entgegnete Hinner und küsste sie.

Es war wohl nicht so selbstverständlich, denn wer ganz unten war, der vertraute meist nicht auf Gott, sondern verließ sich nur auf sich selbst, aber sie wollte dort für ihr gefundenes Glück danken und den Segen für das nächste Jahr empfangen.

Schnell heizten sie ein, wuschen sich und waren gerade fertig angezogen, als Rosi auf ihren tapsigen Kinderbeinen in den Raum gerannt kam, gefolgt von Gretel, der sie wohl entkommen war.

Dieses Kinderlachen brachte sie kurz darauf dazu, Hinner endlich zu erzählen, dass sie im nächsten Jahr ebenfalls eine kleine Familie sein würden.

Überschwänglich nahm Hinner diese Botschaft auf und wirbelte sie im Raum umher.

An diesem Tage ruhte auch jede Arbeit und somit saß sie später mit Zettel und Stift am Tisch, um auch der Mutter die freudige Nachricht zu übermitteln, aber nach den Worten: „Liebste Mutter, verehrter Herr Vater", starrte sie auf das Blatt und kaute auf dem Stift herum.

Würden die Eltern diese Situation akzeptieren? Unverheiratet, schwanger und in einem finsteren Kellerloch?

Abermals blickte sie sich um. Sollte sie das hier wirklich schreiben?

Gerade wollte sie den Zettel zerknüllen, als Hinner sich zu ihr setzte.

„Was ist?", fragte er.

„Ich kann das meiner Mutter nicht schildern!", stieß sie aus.

„Was?", erkundigte er sich.

„Na, das alles hier", antwortete sie und zeigte mit dem Stift im Raum umher.

„Ich habe dir doch erzählt, dass sie auf dem Land lebt. Der einzige Gestank, den sie kennt, ist der aus der Güllegrube der Schweine. Den beißenden Qualm aus den Schornsteinen kennt sie nicht. Sie hat keinen Keller und ihre Hütte ist im Vergleich zu dem hier ein Palast", setzte sie seufzend fort.

„Dann berichte über das, was hier schön ist. Rosi, Gretel, Markus, den Kirschblütenzweig. Schreib über das, was du hier schätzt. Deine Mutter liebt dich und wird es verstehen!", antwortete Hinner.

Sie blickte ihn an und sah wieder diesen Engel in ihm.

Mit ihm an ihrer Seite war alles gut.

„Womit habe ich dieses Glück nur verdient?", waren ihre Worte, die sie zu ihm sagte und mit denen sie danach auch ihren Brief fortsetzte.

Schnell war der Gruß jetzt zu Papier gebracht.

Anschließend brachten sie die Geschenke zu den drei Kindern nach nebenan, die sich dafür überschwänglich bei ihnen bedankten.

Hilde hatte dabei Tränen in den Augen und erklärte danach: „Mein Geschenk für euch beide ist, dass wir heute Nacht die Wohnungen tauschen, denn dann habt ihr beide mal ein richtiges Bett für diese Nacht!"

Gisela fiel der Freundin vor Freude um den Hals und auch Hinner bedankte sich bei Hilde dafür.

Nachdem sie den Kindern ihre Bescherung übergeben hatten, gab Gisela ihrem Geliebten einen bunten Schal, den sie heimlich in Hildes Wohnraum für ihn gehäkelt hatte und erhielt dafür von ihm einen kleinen Spiegel.

Gegen Abend brachen sie auf, um zum Gottesdienst zu gehen und hunderte andere Menschen hatten dasselbe Ziel in dieser Heiligen Nacht.

Die Kirche war schön und selbstverständlich viel größer als jene in ihrem Dorfe, aber besonders zog ein Engel an der Seite des Altars ihre Aufmerksamkeit auf sich, denn er glich aufs Haar jenem, den Hinner in seinem Raum stehen hatte.

Sie tippte Hinner an und zeigte auf diese Figur.

Hinner nickte und flüsterte ihr ins Ohr: „Den habe ich damals gemacht", dabei zeigte er auf sein Bein.

Es war wohl seine erste Arbeit und hatte ihm offenbar geholfen, zu überleben und den Schmerz des Unfalles zu verarbeiten.

Und noch einmal sah sie den geliebten Mann mit anderen Augen. Dankbar blickte sie zum Altar und lauschte der Andacht.

Auch Maria und Josef hatten ihr Kind nicht in einer Wohnung bekommen, sondern in einem Stall, bei ihr würde es ein dunkler Keller sein, aber mit Hinner als Vater hatte ihr Kind alles, was es brauchen würde.

Nach dem Gottesdienst schlenderten sie durch den Schnee nach Hause und es war ihr so, als ob am Himmel auch ein großer leuchtender Stern zu sehen war, dessen Licht sich seinen Weg durch den Rauch der Schornsteine zu ihr herab bahnte.

In ihrem Dorf hatte sie oft zu den Sternen hinauf geschaut und dieser eine Leuchtpunkt erinnerte sie an den Brief, den sie noch abschicken musste.

Wenn der Schnee rings um Chemnitz nicht so hoch gewesen wäre, dann hätte man die Botschaft auch persönlich überbringen können, doch jetzt zog das warme Zuhause sie beide schnell zu sich.

Lachend eilten sie die Straße entlang, denn Hildes Geschenk wollte noch in Empfang genommen werden.

Es war nur zu schade, dass sie ihm bereits gesagt hatte, dass sie schwanger war, denn damit durfte Hinner eigentlich nach dem Willen der Kirche nicht mehr mit ihr das Lager teilen, doch er setzte sich in Hildes Kammer lächelnd über dieses Gebot hinweg und stand auch in dieser Nacht seinen Mann.

36. Kapitel

Ein Silberstreif am Horizont

Hinner erwachte, lauschte auf die leisen Schlafgeräusche neben sich und ein Lächeln zog unwillkürlich über sein Gesicht. Es war jetzt Mitte Januar und das neue Jahr hatte zwar seine Schattenseiten, aber auch einen Silberstreifen am Horizont.

Zu den nicht so schönen Dingen gehörte zweifellos, dass er nach der Adventszeit nicht mehr so viel in der Wohnung zu tun hatte, denn kaum einer wollte jetzt noch seine bunten Engel und Krippenfiguren auf dem Markt kaufen und auch der Verkauf des Spielzeuges lief äußerst schleppend.

Vor dem Weihnachtsfest hatten ihm die Kinder und Eltern die bunten Holzteile noch regelrecht aus den Händen gerissen, doch das war momentan nicht mehr ganz so, denn bei vielen saß in Anbetracht der kalten Winterzeit das Geld für unnütze Spielereien, wie es jetzt viele ihm gegenüber bemerkten, nicht mehr so locker.

Essen und Wärme waren jetzt wichtiger, überlebenswichtig, weil momentan noch keiner sagen konnte, wie hart und lang der Winter in diesem Jahr wurde.

Der des letzten hing als drohendes Menetekel über allen und die Missernte des letzten Sommers hatte die Lebensmittelpreise auf ein noch nie gekanntes Niveau gehoben.

Jeder seufzte beim Anblick der Preisschilder am Markt.

In der Heimlichkeit und Vorfreude auf das Fest hatten viele das ignoriert oder verdrängt und wer wollte oder konnte da schon diesen strahlenden Kinderaugen widerstehen.

Zu den erfreulichen Dingen dieses neuen Jahres zählte aber eindeutig Gisela, die trotz aller Widrigkeiten singend und strahlend durch den Keller tobte.

Die freudige Erwartung dieses kleinen Kindes in ihr ließ auch ihre kindliche Seele zum Vorschein kommen und selbst der griesgrämige und stets vor Kummer verdrossene Jochen konnte sich das Schmunzeln nicht verkneifen, wenn Gisela mit dem Besen im Kellergang fegte und dabei lustige Kinderabzählreime trällerte.

Sie war der Sonnenschein dieser Gemeinschaft von Ausgestoßenen in dieser dunklen Jahreszeit.

Und noch etwas warf einen positiven Schein voraus, denn ein Pfarrer aus einer Chemnitzer Kirche war auf seine Engelschnitzerei aufmerksam geworden und hatte ihm die Restaurierung seines Altars in Aussicht gestellt.

Er durfte und wollte es noch keinem erzählen, aber falls das klappen würde und er diesen Auftrag erhielt, so bedeutete dies eine sehr gut bezahlte Arbeit für mindestens ein halbes Jahr und den Aufstieg aus der Finsternis des Kellers um mindestens ein oder zwei Etagen in diesem Haus.

Raus aus der Dunkelheit und hoch ans Licht für ihn, Gisela und ihr gemeinsames Kind, das sie im Sommer erhalten würden.

Und er wusste, dass seine Arbeit gut war und sicherlich auch Folgeaufträge von anderen Kirchen nach sich ziehen konnte.

Zur Überbrückung bis dahin musste er jetzt allerdings alle nur anfallenden Tätigkeiten machen, um Gisela und sich am Überleben zu halten und da waren auch Sachen darunter, die er vielleicht ohne sie abgelehnt hätte, aber er wusste ja, wofür er es tat.

Das Essen, das Brennholz und der wöchentliche Groschen für Gregor mussten auf alle Fälle herausspringen.

Am allerschönsten war es aber immer noch, jeden Tag neben Gisela zu erwachen, in ihr selbst im Schlaf lächelndes Gesicht zu schauen und ihre Nähe unter der dünnen Decke zu spüren. Durch sie war das ganz große Glück in sein Leben getreten und er konnte auch weiterhin kaum glauben, womit er das alles verdient hatte.

Mit ihrer bloßen Anwesenheit verwandelte Gisela jeden noch so dunklen Kellerraum in einen strahlenden Palast, jede Mahlzeit wurde durch sie zu einem Festschmaus und sie füllte sein Herz mit dieser ungeheuer großen Liebe.

Das Jahr zuvor hatte duster und trostlos begonnen, dieses Jahr hier begann strahlend schön, weil Gisela strahlend schön war.

Das Leuchten kam bei ihr von innen und schon lange hatte sie die dunklen Tage hinter sich gelassen. Und dadurch konnte er das ebenfalls.

Möglicherweise war alles durch sie in eine neue Bahn gelenkt worden und jetzt hatte er wieder ein Ziel vor den Augen. Das alles hatte sie einfach mit einem Lächeln geschafft, mit einem schelmischen Zwinkern oder einem alten Kinderlied.

Sie war ein Engel!

Und er wollte so sehr, dass es ihr wieder besser ging und dass sie einen Raum mit etwas mehr Licht bekamen.

Vielleicht sogar ein eigenes kleines Haus in einem Dorfe am Stadtrand?

War das zu vermessen angesehen?

Mit der Kraft der Engel konnte es gelingen, alles konnte geschehen.

Er war zwar nie ein sonderlich gläubiger Mensch gewesen, obwohl sein Vater alles nur in seiner Macht Stehende versucht hatte, ihn vom rechten Glauben zu überzeugen. Der alte Bergmann musste sein Glück jeden Tag in Gottes Hand legen und da war es einfach unmöglich, nicht an das Gute zu glauben.

Er selbst hatte erst durch den Unfall an die Himmelsboten geglaubt, denn sie hatten sein Leben geändert. Durch die Arbeit an dem hölzernen Engel hatte er wieder Mut gefasst, danach hatte er seinen Engel aus Fleisch und Blut getroffen und jetzt kam durch seine geschnitzten Holzfiguren die Reparatur an der Kirche.

Ein Engel hatte ihn zum nächsten geführt und das wollte er jetzt an Gott zurückgeben, indem er für Gisela alles nur Erdenkliche tun würde, dass es ihr schon bald besser ging.

Ihr und ihrem gemeinsamen Kind!

Leise und vorsichtig erhob er sich, um sie nicht zu wecken, entzündete das Talglicht und positionierte es so, dass der Lichtschein in ihr Gesicht fiel und natürlich lächelte Gisela abermals im Schlaf.

Er legte sich wieder zu ihr, zog sie sacht in seinen Arm und sah zu, wie sie langsam erwachte.

Die wenige Arbeit hatte bei all dem Ärger auch ein gutes: an den Tagen, an der er nicht schon in aller Herrgottsfrühe aus dem Haus musste, um sich als Tagelöhner etwas dazuzuverdienen, konnte er sich richtig viel Zeit für Gisela nehmen.

Das war das Schönste überhaupt und entschädigte ihn dafür, dass er die andere Zeit Dinge tun musste, die sonst keiner machen wollte.

Gisela räkelte sich noch schlafend und dann schlug sie diese wundervollen und strahlenden Augen auf. Das Licht der schummrigen Talgfunzel ließ ihre Augen wie Silber erstrahlen und das Lächeln in ihrem Gesicht wurde nur noch breiter.

„Guten Morgen, mein Geliebter", hauchte sie und küsste ihn, bevor er ihr antworten konnte.

Das war der Himmel!

Nichts sonst auf der Welt zählte, denn wenn man den Tag so begann, dann war man ein König!

37. Kapitel

Ein schlechtes Zeichen?

Der Frühling war über das Land gekommen und in diesem Jahr sogar etwas eher, als in dem zuvor. Was aber natürlich nicht heißen sollte, dass die Temperaturen deutlich anstiegen, merklich schon, wodurch der Schnee schmolz, aber doch nicht so, dass man jetzt, Ende März, ohne Mantel auf die Straße gehen konnte.

Noch immer pfiff ein kalter Wind zwischen den Häusern entlang, doch der vertrieb wenigstens den oft beißenden Qualm.

Hinner hatte eine Seite des Fensters freigemacht, damit wenigstens etwas Licht in den Raum fiel, denn nur ein Flügel des Fensters besaß noch eine Scheibe aus Glas.

Mittlerweile war Hilde für Gisela eine gute und enge Freundin geworden und oft hockten sie zusammen in einem der beiden Kellerräume, zumindest dann, wenn Hinner auf seinen Besorgungstouren war.

Ihr Bauch begann sich auch langsam zu wölben und das lag selbstverständlich nicht an der schmalen Kost, sondern an Hinners zärtlichen Bemühungen im letzten Herbst.

Noch immer konnte sie ihr Glück an manchen Tagen kaum fassen, denn er umsorgte sie herzlich und half ihr, wo immer sie etwas brauchte, was sie allerdings mitunter auch etwas überforderte. Ihr eigener Vater hatte bei ihrer Mutter nie einen solchen Aufwand betrieben, denn Kinderkriegen war nun einmal seit ewigen Zeiten Frauensache und kein Mann der Welt interessierte sich dafür.

Keiner, außer Hinner!

Da Hilde bereits dreimal Mutter geworden war und auch noch als einzige Frau, außer ihr, hier unten im Keller lebte, wurde sie damit zwangsläufig mit allen Fragen bedacht, die Gisela so fand.

Bei Hinner war die Arbeit nach der Adventszeit etwas weniger geworden, da er leider nicht mehr so viel Spielzeug verkaufen konnte. Damit hatte natürlich auch sie weniger zu tun, was ihr mehr Freiraum ließ, den sie allerdings nur mit unmöglichen Grübeleien füllte.

Zu viel Zeit ließ zu viel Platz für Sorgen und Ängste rund um die Schwangerschaft.

Ihre Mutter hatte einst immer bis zur Geburt schwer schuften müssen. Das war mitunter ganz gut, denn da kamen diese seltsamen Fragen nicht. Solche so mit: was-wäre-wenn, zu denen es oft keine, oder wenn, dann nur eine ziemlich unbefriedigende Antwort gab.

Demzufolge stürzte sie sich selbstverständlich in jede sich nur irgendwie bietende Gelegenheit für eine Beschäftigung. Mit Hilde teilte sie sich die Ordnung im Kellergang und ihr Keller war vermutlich der sauberste des ganzen Viertels.

Alle anfallenden Hilfsarbeiten wurden geteilt oder gemeinsam erfüllt, wobei es aber auch Dinge gab, die sie Hilde vollständig überließ. Sie waren die beiden einzigen Frauen hier unten unter mehr als dreißig Männern und gelegentlich trieb die Männer auch ein dringendes Bedürfnis zu ihrer Freundin, wobei sie dann immer in dieser Zeit die Betreuung der Kinder übernahm.

Hilde hatte ihr längst erzählt, dass einst auch Hinner mitunter das Lager mit ihr geteilt hatte, doch das war früher und noch vor ihrer Ankunft hier. Also bestand da auch keinerlei Grund für eine Eifersucht.

Heimlich bewunderte Gisela die Freundin dafür, wie locker sie es damit nahm. Hilde hatte ihr berichtet, dass sie nach dem Tode ihres Mannes gar keine andere Wahl gehabt hatte, denn mit drei Kindern, wobei Rosi damals noch ganz klein gewesen war, hatte es einfach keine andere Option gegeben, als sich selbst zu verkaufen.

Wie dem nun auch immer war, sehnte sich Gisela gelegentlich richtig danach, dass Hinner wieder mal einen seiner langen Besorgungsgänge unternahm, denn da blieb dann viel Zeit zum Tratsch. Und daher war sie auch erfreut, dass Hinner eines Morgens seine Kiepe packte und sich mit Kuss und Umarmung bis zum Abend von ihr verabschiedete.

Als er die Tür hinter sich schloss, fuhr ein Windstoß zum Fenster herein und fegte den kleinen hölzernen Engel vom Fensterbrett.

Seit Monaten hatte er unbeweglich immer am selben Platz gestanden und jetzt lag er vor ihren Füßen am Boden.

Behutsam hob sie ihn auf, kontrollierte ihn sorgsam, doch er hatte durch den unsanften Aufprall auf dem Boden zum Glück keinen Schaden genommen.

Vorsichtig stellte sie ihn zurück und ging danach zu Hilde in das andere Zimmer.

Es war Waschtag und einige der Männer hatten Hilde ihre Wäsche übergeben, womit sie zusammen und mit den Kindern nach oben in die Waschküche stiegen. Auch einige Frauen aus den oberen Etagen waren dort mit ihrer Wäsche beschäftigt, aber seltsamerweise blieb man auch in diesem Raum nach Etagen getrennt.

Und abermals erkannte sie, dass unten blieb, wer unten war.

Dabei besaßen die anderen Frauen vermutlich auch nicht viel mehr, als sie selbst.

Die Kinder jedenfalls spielten miteinander. Da gab es diese Trennung noch nicht.

Mit Waschen, Bleichen und Trocknen der Wäsche ging der Tag so dahin.

Stunden später trat Gisela wieder in ihrem Raum ein und abermals lag der Engel am Fuße des Fensters. Was konnte das nur bedeuten? Wollte er ihr irgendetwas damit sagen?

Mit der kleinen Figur setze sie sich an den Tisch und fragte ihn in Gedanken, was es wohl zu bedeuten hatte. Allerdings gab ihr die Statue keine Antwort.

Hätte sie es getan, wäre sie wohl schreiend davon gelaufen. Abermals stellte sie die Figur auf ihren Platz auf dem Fensterbrett und setzte sich zurück, um auf Hinner zu warten.

Und jetzt beschlich sie so eine unbestimmbare Angst.

Was war es und wo kam diese Furcht jetzt her?

Sollte sie Hilde danach befragen? Gerade als sie sich erheben und zu ihr eilen wollte, öffnete die Freundin die Tür, schob ihre Kinder ins Zimmer und bat sie, eine Weile auf die drei aufzupassen.

Hinter Hilde stand der einäugige Piet, der seinen Raum neben der Treppe mit drei anderen Männern teilte.

Jetzt war damit also keine Zeit für eine Frage, aber für ein langes Märchen, dass sie von ihren Sorgen ablenkte. In der Erzählung ging immer alles gut aus und auch dieses Mal bekam der starke Recke seine schöne Prinzessin.

Mit dem Ende der Geschichte trat Hilde in den Raum, danach sangen und spielten sie mit den Kindern, aber das Grummeln in ihrem Bauch wurde dabei nicht weniger.

Woher kam diese unbestimmte Furcht? Es war doch alles, wie seit Monaten schon.

Irgendwann begann die Dämmerung, Hilde ging und Gisela begann das Abendbrot für sich und den Gefährten vorzubereiten.

Schließlich kochte die Suppe, draußen war es bereits dunkel, aber wo blieb Hinner?

38. Kapitel

An glücklichen Tagen ...

Es war ein richtig schöner Frühlingstag und Hinner war bereits seit Stunden unterwegs. Sein Leben hatte eine entscheidende Wendung genommen, denn der Pfarrer der Kirche in Chemnitz hatte ihm den Auftrag für die Restaurierung seines Altars ein paar Tage zuvor übergeben.

Noch hatte er das niemanden gesagt, denn er hatte daraufhin einen Plan gefasst: nach dem Erhalt dieser guten Nachricht hatte er einen Engel geschnitzt, der wirklich wundervoll geworden war. Er hatte Gisela absichtlich über den Zweck dieser Arbeit belogen und während die unwissende Geliebte diese Statue bemalt hatte, hatte er innerlich geschmunzelt.

Gerade war er mit diesem Engel in seiner Kiepe auf einem Weg, von dessen Ziel er Gisela ebenfalls nicht die ganze Wahrheit gesagt hatte, denn es sollte ja eine Überraschung für sie werden.

Frohen Mutes ging er singend den Pfad entlang und alles kam ihm so vertraut vor, obwohl er noch nie zuvor in diesem Dorfe gewesen war, allerdings hatte Gisela ihm im Winter so oft alles in den buntesten Farben beschrieben, dass er es jetzt wieder erkannte.

Die Burg Rabenstein lag bereits hinter ihm und damit näherte er sich dem Elternhaus seiner Geliebten.

Er wusste ja, dass sie ihrer Mutter im letzten Jahr in einem Brief mitgeteilt hatte, dass sie bei ihm und mit ihm lebte. Daher war es nur folgerichtig, dass er jetzt die endlich schneefreien Wege dafür nutzte, um sich bei ihren Eltern zu melden und bei ihnen um Giselas Hand anzuhalten.

Der wundervolle Engel in seinem Tragekorb sollte der Brautpreis sein und er war sich sicher, dass niemand dieser schönen Figur zu widerstehen vermochte.

Vermutlich so, wie er es nicht bei Gisela konnte.

Er wusste tief in sich, dass Giselas Vater ihm gern die Hand seiner Tochter gab, obwohl er Cohen noch nie zuvor persönlich begegnet war.

Und endlich sah er das kleine Haus vor sich stehen. Giselas Mutter befand sich mit einer ihrer Schwestern im benachbarten Garten und die beiden Frauen arbeiteten dort.

Die letzten zwanzig Schritte waren die aufregendsten, denn immer wieder fragte er sich, was sie wohl sagen würden, wobei sie ja auch noch nicht wussten, dass Gisela ein Kind erwartete.

Das würde er ihnen allerdings erst verkünden, wenn er die Zusage ihrer Eltern zur Vermählung erhalten hatte.

Sicher war sicher!

Hinner trat an den kleinen Zaun und sagte: „Guten Tag, du musst Hedwig sein."

Die Frau richtete sich auf, drückte ihren Rücken durch und sah ihn fragend an.

„Ja. Was möchtest du von mir? Wir haben gerade kein Geld, um etwas zu kaufen!", entgegnete sie, weil sie ihn wohl mit dem Korb für einen fahrenden Händler hielt.

„Ich möchte nichts, denn ich habe bereits das wertvollste von dir, was du besitzt", dachte er und lächelte.

„Nein. Ich möchte nichts verkaufen. Es geht um Gisela. Ich bin Hinner", antwortete er ihr.

„Hinner? Mein Gott", erwiderte Hedwig und kam auf ihn zu.

Im Überschwang der Freude hätte sie ihn mit ihrer herzlichen Umarmung fast zu Boden gerissen.

„Wie geht es ihr? Hast du eine Nachricht von ihr mitgebracht", sprudelte es aus ihr heraus.

„Es geht ihr sehr gut und ich habe etwas Besseres, als eine Nachricht", erklärte er.

Hedwig zog ihn ins Haus und wenig später saß er am Tisch, Cohen setzte sich zu ihnen und er begann um Giselas Hand anzuhalten.

Der Engel stand dabei bereits auf dem Küchentisch und bewachte sein Glück.

Und selbstverständlich war es mit diesem Zeugen auch gar kein Problem, die Zusage zu erhalten und somit befand er sich dann auch schon wenig später wieder auf dem Heimweg, denn er wollte ja noch bei Tageslicht bei Gisela sein, um ihr die zwei freudigen Nachrichten zu überbringen, oder waren es eigentlich schon drei?

Er würde sie heiraten dürfen, der Auftrag brachte ihm Geld in die Kasse und ein Umzug in eine höhere Etage in dem Hause war damit auch bereits sicher.

Jetzt musste er eilen und dennoch war er die ganze Zeit bereits in seinen Gedanken bei Gisela und ihrem Gesicht, das sie machen würde, wenn er ihr die Botschaft überbrachte: Sie würden schon bald eine richtige Familie sein und vielleicht heirateten sie in jener Kirche vor dem Altar, den er erneuern würde.

Er bog auf die Landstraße ab, und da er in seiner Vorstellung schon viel zu weit entfernt war, bemerkte er das Fuhrwerk nicht, dessen Gäule durchgegangen waren und das von hinten auf ihn zuraste.

39. Kapitel

Am Ende?

eit über drei Tagen war Hinner spurlos verschwunden und Gisela war am Boden zerstört. Am ersten Tag hatte sie gewartet und gehofft, am zweiten war sie bei jedem Geräusch im Flur hochgeschreckt und zur Tür geeilt, doch sie hatte kein Lebenszeichen von ihm erhalten und jetzt am dritten Tag weinte sie nur noch.

Immer wieder versucht Hilde, sie zu trösten, doch sie war todunglücklich. Irgendetwas Schlimmes musste passiert sein, denn nie im Leben wäre Hinner einfach so weggegangen, ohne ihr etwas zu sagen.

Er hatte doch nur seine Ware abliefern und Holz holen wollen, wie er es schon so oft zuvor gemacht hatte.

Hätte sie ihn doch einfach damals begleitet! Vielleicht wäre dann nichts passiert!

Die Liebe ihres Lebens war fort und sie wusste nicht, was geschehen war. Sie hatte keinen Ort für ihren Kummer, nur der kleine Engel auf dem Fensterbrett schien ihr zuzuhören.

Hilde konnte es eventuell verstehen, denn auch ihr war einst solch ein Schicksalsschlag geschehen, aber Hilde hatte ihre Kinder, die ihr in irgendeiner Weise Halt gaben. Und wer half ihr?

Seit drei Nächten hatte sie nicht geschlafen, alle Plätze abgesucht, an denen sie zuvor gemeinsam gewesen waren und hatte dabei alle nach ihm gefragt, aber es gab nicht eine Spur.

Hinner war wie vom Erdboden verschluckt!

Und jetzt ertönte von draußen auch noch Gregors Ruf: „Zahltag!"

Der Geliebte wollte auch das Geld für die Miete mitbringen und momentan besaß sie noch zehn Pfennig! Das war nicht einmal die Hälfte dessen, was Gregor gleich von ihr einfordern würde!

Und auch Hilde war in ihren Mitteln momentan ziemlich knapp dran. Niemand konnte ihr derzeit etwas leihen und bei Gregor um einen Aufschub zu bitten, wäre vermutlich auch nutzlos!

Doch es blieb ihr nur dieser eine Versuch!

Gisela nahm die Pfennige, stemmte sich vom Hocker hoch und wischte sich die Tränen von den Augen. Sie warf einen letzten Blick in den Spiegel, den ihr Hinner zum Weihnachtsfest geschenkt hatte und abermals krampfte sich ihr Herz dabei zusammen.

Langsam schob sie die Tür auf und gegenüber übergab Hilde soeben ihren Groschen an den Geldeintreiber.

Gregor wandte sich ihr zu, streckte die Hand aus und sie legte ihm die Münzen auf die Handfläche. Er wartete offenbar auf den Rest, der aber nicht kam.

„Die restliche Geldschuld kann ich dir erst geben, wenn Hinner zurück ist", sagte sie und wich einen Schritt zurück.

Eine Zornesfalte zog sich über Gregors Stirn.

„Willst du mich verarschen? Ein Groschen ist ausgemacht! Nicht deine lumpigen Pfennige!", brüllte er sie an und schleuderte ihr die Geldstücke entgegen.

Sie duckte sich zur Seite und die Münzen prallten neben ihr gegen die Wand.

Voller Wut und mit aller Kraft schubste Gregor sie an der Schulter zurück, wodurch sie durch die geschlossene Tür in den Raum flog.

Holz splitterte und sie prallte nach zwei taumelnden Schritten mit der Hüfte gegen die Tischkante.

Vor Schmerz und Schreck schrie sie auf.

Gregor kam langsam und drohend auf sie zu.

„Du kannst deine Schuld aber auch bei mir abarbeiten!", presste er durch die Zähne.

Sie wich zurück, aber der Raum war ja nur vier Schritte lang und daher bremste die Wand sie schon bald.

Gregor baute sich vor ihr auf, drückte sie mit Gewalt an den Schultern auf die Knie und öffnete sich die Hose.

Grinsend blickte er auf sie herab, holte sein Gemächt heraus und sagte: „Öffne einfach deinen Mund!"

Trotz aller ihrer Verzweiflung wollte sie das im Leben niemals tun! Für einen Moment war sie wie erstarrt und blickte auf sein entblößtes Glied, welches sich vor ihrem Gesicht aufrichtete, dann kam Wut in ihr auf! Das war zu viel!

Sie holte aus und rammte ihm mit voller Kraft die Faust in den Unterleib.

Gregor stieß einen unartikulierten Schmerzenslaut aus und schnappte nach Luft.

Sie sprang seitlich an ihm vorbei, kam auf die Füße und rannte zur Tür, jagte ohne sich umzusehen über den Kellergang zur Ausgangstreppe und hörte dabei Gregor hinter sich schreien: „Du elende Hure, ich schlage dich tot, wenn ich dich in die Hände bekomme!"

Sie lief um ihr Leben und bremste erst, als sie schon einige Straßenkreuzungen zwischen sich und den Verfolger gebracht hatte.

Schnaufend blickte sie sich um, aber die auffällige Gestalt des Geldeintreibers war zum Glück nirgendwo zu erblicken.

Ziellos taumelte sie weiter.

Durch ihre Tat der Verzweiflung hatte sie jetzt gar nichts mehr: Keine Freunde, keine Unterkunft und auch Hinner war unerreichbar fern.

Die Tränen schossen ihr in die Augen und hinter deren Schleier irrte sie durch die Gegend.

Was sollte jetzt noch werden? War sie bisher schon unten gewesen, so war sie jetzt noch tiefere gesunken: Obdachlos, allein und schwanger!

Tiefer ging es nicht mehr! Sie stand abermals vor den Scherben ihres Lebens.

Nach scheinbaren Stunden des Herumirrens befand sie sich dann abermals auf der Bierbrücke. Hier war sie im Oktober auf Hinner getroffen.

Ein Funken der Hoffnung stieg in ihr auf. Würde der geliebte Mann wieder erscheinen, wenn sie wie damals erneut auf die Brüstung kletterte?

Vermutlich nicht!

Sie stützte sich auf das gemauerte Geländer und starrte niedergeschmettert in den tobenden Fluss hinab. Das Schmelzwasser hatte die eigentlich friedliche Chemnitz zu einem reißenden Strom gemacht und wenn sie da hineinsprang, dann würden alle ihre Probleme sofort zu Ende sein!

Sie brauchte nur etwas Mut und einen kleinen Schubs.

Auf der Brücke waren einige Menschen und auch Karren unterwegs, aber keiner beachtete sie.

Gerade als sie auf den steinernen Rand der Brücke klettern wollte, zog sich ihr Bauch zusammen und der Krampf ließ sie aufschreien, bevor er ihr die Luft nahm.

Sie klappte zusammen, hielt sich den schmerzenden Leib, schnappte hilflos nach Luft und rutsche an der Brüstung herab, bis sie auf den Steinen saß.

Die Qualen waren unbeschreiblich, etwas Feuchtes lief ihr am Bein herab und als sie die Hand unterm Rock dorthin schob, rann Blut über ihre Finger.

Sollte sie nach Hinner jetzt auch noch sein Kind verlieren?

Vor Kummer schrie sie auf, stammelte: „Mein Kind!", und sah auf ihre blutige Hand.

Ihr fehlte die Kraft, um über die Brüstung zu springen, sonst hätte sie es jetzt getan.

Eine ältere Frau kniete sich zu ihr und fragte: „Was ist los?"

„Mein Kind!", antwortete sie mit brechender Stimme und hielt der Frau ihre Hand hin.

Die Frau drehte sich um, pfiff auf zwei Fingern und ein Karren hielt, zwei Männer luden sie auf das Fuhrwerk und die fremde Frau trat zu ihr.

„Wie heißt du und wo wohnst du?", fragte sie.

„Gisela und ich wohne nirgendwo mehr", antwortete sie, bevor sie kraftlos in sich zusammenrutschte.

Das Gefährt setzte sich in Bewegung, die fremde Frau gab ihr aus einem Becher etwas zu trinken, die Krämpfe ließen ein wenig nach und alles wurde schwarz um sie herum.

40. Kapitel

Doppeltes Leid, oder zweifaches Glück

Müde, aber dennoch glücklich, schlurfte Mathilda die Straße entlang. Sie war in einem Gehöft in Röhrsdorf gewesen, das zwei Fußstunden westlich von Chemnitz lag und befand sich jetzt schon eine ganze Weile auf dem Rückweg in ihr Quartier, welches sie in der Stadt bewohnte.

Ächzend schob sie sich vorwärts. Der lange Weg zog an ihren Kräften und der schwere Korb drückte auf ihre Schultern.

Normalerweise war sie nie außerhalb des Stadtgebietes behilflich, aber eine Freundin hatte sie gebeten, auf ihre Mutter aufzupassen und es war wohl die richtige Entscheidung gewesen, diesem Drängen nachzugehen, denn es war wirklich eine schwere Geburt geworden und ohne ihre Mithilfe hätten es womöglich weder Mutter noch Kind überlebt.

Achtzehn Stunden lange Wehen, sie hatte das Kind auch noch im Mutterleib drehen müssen und wäre das nicht alles schon schlimm genug gewesen, so kam dann auch noch ein Dammriss hinzu.

Diese Nacht hatte alle ihre Fähigkeiten abverlangt und es war wirklich gut gewesen, dass sie das alles nach so vielen Jahren noch immer konnte.

Der Dank für ihrer Mühe befand sich in ihrem Korb. Der Bauer hatte sich wirklich nicht lumpen lassen und war sehr spendabel gewesen, zumal ihm diese Nacht den ersten Sohn nach acht Töchtern gebracht hatte.

Mehr als diese materielle Anerkennung freute sie sich aber natürlich über das Strahlen in den Augen der glücklichen Mutter.

Sonst benötigte sie oft kaum etwas von dem, was sie einst so intensiv bei ihrer Ausbildung gelernt hatte und dennoch war es eine Bestätigung für das, was sie hier tat.

Es war einfach eine göttliche Berufung, das hier tun zu dürfen und es war das, weswegen sie einst den Beruf der Hebamme ergriffen hatte.

Unter der schweren Last flogen ihre Gedanken um Jahre zurück zu ihrer Unterweisung. In Dresden hatte sie bei einem Hebammenmeister in der Hebammenschule gelernt. Der alte Mann war ein erfahrener Mediziner gewesen und sie wäre glücklich gewesen, wenn er in dieser Nacht an ihrer Seite gestanden hätte, aber in ihrem Geiste war das wohl auch so gewesen.

Er hatte sie damals in seine Schule aufgenommen, obwohl sie unehelich geboren worden war. Das hatte sie vermutlich nur ihrem guten Leumund und den damals bereits gesammelten Erfahrungen zu verdanken, mit denen sie die Aufnahmeprüfung und die Probezeit mit Leichtigkeit absolviert hatte.

Danach hatte die Hebammenausbildung für sie ein halbes Jahr gedauert und sie hatte die Abschlussprüfung als eine der Besten abgelegt.

Abermals seufzte sie auf. Eigentlich hätte diese Geburt der letzten Nacht ein Arzt begleiten müssen, dem sie eigentlich nur zur Hand gehen durfte, aber in diese Gegend kam selten einer.

Die Menschen hier konnten sich das ganz einfach nicht leisten und hofften einfach auf die Erfahrung der alten Frauen, die in den Dörfern noch immer so manche Geburt begleiteten.

Doch mit ihrem Besuch hatte sie zwei Menschen glücklich gemacht, oder eine ganze Familie und mit einer der Kräuterweiber wäre diese Nacht wohl nicht so glimpflich ausgegangen.

Vorwärts richtete sich jetzt ihr Blick.

Für einen Tag zu Beginn des Frühlings war es eigentlich noch ganz schön frisch und sie hatte sich daher bei ihrem Aufbruch in den Mantel gewickelt, aber durch den langen Weg schwitzte und schnaufte sie gerade.

Allerdings konnte sie die schwere Kiepe nicht absetzen, um den Mantel darin zu verwahren, denn hier auf der freien Strecke würde sie den Tragekorb ohne fremde Hilfe nicht mehr auf den Rücken bekommen.

Mathilda war noch nicht sehr alt, aber die Nacht ohne Schlaf und die ganze Anstrengung hatten dennoch deutlich ihre Spuren hinterlassen und sie sehnte sich nur noch nach ihrem Bett und einer warmen Suppe, die sie aus den Zutaten machen würde, die ihr den Bauer mitgegeben hatte.

Endlich näherte sie sich dem Stadtrand und der Menschentrubel wurde stärker.

Es war Samstagmittag und dennoch eilten unzählige Händler mit ihren Karren umher. Einige kamen ihr mit leeren Gefährten entgegen und andere brachten Waren in die Stadt.

Mathilda betrat die Bierbrücke, von der aus es noch einmal mehr als eine Stunde zu Fuß bis zu ihrer Kammer war. Sie lehnte sich an die Brüstung und drückte ihren Rücken durch.

Für einen Moment verschnaufte sie und ließ dabei ihren Blick über die Menschen gleiten, die neben ihr die Brücke betraten und diese wieder verließen.

Ein Drittel des Weges lag jetzt also noch vor ihr, sie raffte sich abermals auf und richtete ihren Blick schließlich wieder nach vorn.

Unmittelbar vor ihr, etwa zwanzig Schritte entfernt, stand eine junge Frau an der Brüstung und beugte sich zum Wasser der Chemnitz herab. Sie trug keinen Mantel und schien offenbar traurig zu sein.

„Die will doch hoffentlich nicht hinabspringen?", schoss es ihr durch den Kopf.

Mathilda fixierte die junge Frau mit ihrem Blick und schob sich ihr vorsichtig entgegen, um sie nicht zu erschrecken.

Nur noch zwei Schritte trennten sie voneinander, als sich die Frau vor ihr plötzlich den Bauch hielt, aufschrie und an dem Brückengeländer in sich zusammen rutschte.

Flugs war die Kiepe von ihren Schultern und sie kniete sich zu der Frau, die verwirrt auf ihre blutige Hand starrte und murmelte: „Mein Kind!"

Es war offensichtlich, dass die junge Frau wohl gerade eine Fehlgeburt hatte. Konnte sie da noch helfen?

„Was ist los?", fragte sie zur Sicherheit noch einmal nach, ob sie den Zustand der Frau richtig eingeschätzt hatte.

„Mein Kind!", antwortete die Frau leise und hielt ihr ihre Hand hin.

Jetzt musste es schnell gehen! Mathilda drehte sich im Knien um und erblickte einen leeren Bierwagen nur ein paar Schritte hinter sich.

Sie pfiff auf zwei Fingern und der Karren hielt. Die beiden Bierkutscher kamen zu ihr und sie erklärte ihnen schnell die Situation. Die beiden Männer waren offenbar ebenfalls Väter, den sie zögerten nicht, der jungen Frau zu helfen.

Sofort luden sie diese auf.

Mathilda fragte die junge Frau: „Wie heißt du und wo wohnst du?"

Vielleicht musste ja eine Familie informiert werden.

„Gisela und ich wohne nirgendwo mehr", antwortete sie, bevor sie entkräftet in sich zusammenrutschte.

Die Männer drängten zum Aufbruch und einer hatte schon ihre Kiepe in der Hand.

Schnell gab sie Gisela noch ein Getränk, das die vorzeitigen Wehen stoppen konnte und das sie zur Sicherheit sowie zum Glück für die junge Frau immer in der Flasche bei sich hatte.

„Steige mit auf", sagte einer der Fuhrleute und sie setzte sich auf die Wangenkante.

Das zottelige Maultier mühte sich redlich, obwohl der Wagen eigentlich leer war.

Offenbar war es an diesem Tage nicht die erste Fahrt für das Zugtier.

Sorgenvoll blickte sie der jungen Frau ins Antlitz und sie konnte nur hoffen, dass sie noch rechtzeitig für Gisela und deren ungeborenes Kind gehandelt hatte.

41. Kapitel

Abermals gerettet?

Gisela erwachte in einem Bett, einem richtigen Bett mit Federdeckbett, Holzgestell und Kissen. War das noch ein Traum? Die letzten Monate hatte sie auf einem dünnen Strohsack, mit einer löchrigen Decke und ohne Kissen geschlafen, bis auf jene eine Nacht mit Hinner am Heiligen Abend und sofort war bei dieser Erinnerung der unglaubliche Herzschmerz zurück, der ihr die Brust zusammenschnürte.

Sie hatte ihre große Liebe für immer verloren!

Schluchzend setzte sie sich auf und blickte sich um. Sie hatte nur noch ihr Unterkleid am Leibe und es musste schon Abend oder Nacht sein, denn eine Petroleumlampe auf dem Tisch neben ihr spendete ein helles und warmes Licht.

Das Zimmer war doppelt so groß, wie ihre bisherige Bleibe und es war definitiv kein Keller.

Wo war sie hier?

„Hallo?", rief sie, sah das Fenster vor sich und da hingen sogar Gardinen davor, wie sie diese bisher nur bei ihrer Herrin gesehen hatte.

Ein schöner, bunt bemalter Kleiderschrank stand an der Wand neben ihr, ein kleiner Tisch, zwei Stühle und eine Art von Kommode vervollständigten diesen unglaublich behaglichen Raum.

Und ein kleiner Ofen aus bunten Keramikfliesen spendete noch etwas Wärme an diesem kühlen Märzabend.

Das hier war um Welten besser, als ihre bisherige Behausung und dennoch konnte sie sich nicht darüber freuen, denn der Kummer um Hinner fraß sich auch weiterhin durch ihren Leib.

Und die Sorge um ihr Kind!

War es noch am Leben? Oder hatte sie es verloren? Wer konnte ihr diese Furcht nehmen?

Zumindest hatten die Krämpfe und Blutungen aufgehört, aber war das ein gutes Zeichen?

Sie strich mit ihrer Hand über ihren Bauch und versuchte in sich hinein zu fühlen und mit ihrem Kind Kontakt aufzunehmen, aber sie bekam keine Antwort.

Unbändige Beklemmung stieg abermals in ihr auf, als sich die Tür öffnete und die ältere Frau von der Brücke in den Raum trat.

„Was ist mit meinem Kind?", fragte Gisela besorgt.

„Hallo, du bist ja wieder wach", antwortete die ältere Frau.

Doch das war keine Antwort!

Noch mehr Sorgen kamen bei ihr auf.

„Dann lass mich mal sehen", äußerte die Frau, setzte sich an das Bett, schlug die Decke zurück und schob ihr das Unterkleid hoch.

Mit einem Holzrohr horchte sie auf ihren Bauch und lächelte dabei.

„Das Herz deines Kindes schlägt noch stark und kräftig! Du bist in der neunzehnten oder zwanzigsten Woche. Oder?", entgegnete sie.

„Kann sein. Danke dir", erwiderte sie erleichtert.

Das Kind war noch da und es lebte!

„Ich hatte dir etwas gegen die Krämpfe und Blutungen gegeben. Wie geht es dir jetzt?", entgegnete die Frau und deckte sie wieder zu.

„Soweit wohl gut, ich habe etwas Hunger, aber ich lebe noch und es auch", erklärte sie und strich sich wieder über den Bauch.

„Ach, übrigens, ich bin Mathilda", erwiderte die ältere Frau und gab ihr die Hand.

„Bist du eine Hebamme?", fragte Gisela zurück, denn die Utensilien und das Hörrohr sprachen dafür.

„Ja. Und du hattest wirklich großes Glück, dass ich gerade auf der Brücke war, sonst hättest du womöglich das Kind verloren. Was ist dir passiert?", erkundigte sich Mathilda.

Großes Glück? Wie man es wohl nahm! Schwerer Schicksalsschlag traf es wohl eher!

Gisela seufzte auf und begann die ganze Geschichte seit dem Zusammentreffen mit Hinner zu schildern, wobei Mathilda geduldig bis zum Ende zuhörte.

Schließlich strich sie ihr über die Wange und sagte: „Du ärmste. Ruhe dich erst mal etwas aus. Ich hole dir etwas zu essen."

Daraufhin erhob sie sich, ging und ließ Gisela in dem Raum alleine zurück.

Nochmals krampfte der Kummer ihr Herz zusammen, denn die Schilderung hatte alles wieder nach oben gewühlt: die guten und die weniger guten Tage. Und den Kummer um Hinner!

Doch die schließlich erneut aufsteigende Neugier lenkte sie endlich davon ab. Wo befand sie sich hier? Der Raum war wirklich wunderschön und so riesig!

Wenig später kam Mathilda mit einem dampfenden Teller voller leckerer Hühnersuppe und einer Scheibe Brot zurück.

Gisela verschlang die Suppe regelrecht.

„Ich danke dir. Wo bin ich hier?", fragte sie nach dem Brot und leckte dabei den Löffel sauber.

„In meiner Kammer und in meinem Bett. Das müssten wir uns dann heute Nacht teilen", erzählte Mathilda und nahm den Teller zurück.

„Diese Wohnung ist wirklich wunderschön", erklärte Gisela.

„Ja, das ist sie, aber nur dieser Raum! Ich versuche es mir hier so gut, wie möglich zu machen", antwortete Mathilda und ging.

Offenbar befand sich diese gemütliche Stube ebenfalls in einem der Armenviertel. Zumindest deutete sie Mathildas Worte so.

Aber sie war nicht mehr im Keller, bloß für wie lange?

Und wo sollte sie danach hin?

Noch wusste sie es nicht, aber zumindest war sie erst einmal satt, lag in einem sehr bequemen Bett und das Kind lebte ebenfalls noch.

Nur Hinner fehlte ihr so unsäglich.

Abermals schossen ihr die Tränen des Kummers in die Augen und sie weinte schluchzend ihr Elend heraus, aber egal wie viel sie auch immer heulen würde, Hinner war fort und der tiefe Herzschmerz blieb.

Irgendwann wischte sie sich dann die Tränen ab und versuchte, sich mit ihrem Schicksal abzufinden, denn ein Teil von Hinner blieb ihr und für den musste sie jetzt stark sein.

Nur wohin sollte sie gehen?

Ratlosigkeit machte sich abermals in ihr breit, denn zu Hilde konnte sie nicht zurück. Gregor würde seine Drohung sicherlich wahrmachen und sie töten, nachdem er mit ihr fertig sein würde.

Und selbst wenn er sie am Leben ließ, was ziemlich zweifelhaft war, wovon sollte sie dort leben? Hinner hatte die Spielzeuge hergestellt, sie hatte diese nur bemalt. Ohne ihn ging das nicht. Und in eine Fabrik? Von Gretel wusste sie, wie es dort aussah und da wollte sie nicht wirklich hin.

Nur als Magd konnte sie arbeiten, aber wer stellte schon eine schwangere Magd ein? Niemand, der noch bei Verstand war, selbst wenn ihr Versehen mit der Vase jetzt möglicherweise vergessen war.

Was blieb ihr noch?

Das Hurenhaus? Schwanger? Das würde nicht funktionieren, selbst wenn sie die Abscheu und den Ekel davor irgendwie herunterschlucken konnte.

Zuerst blieb ihr mindestens diese eine Nacht, denn Mathilda hatte ja bereits zuvor bemerkt, dass sie sich das Bett teilen mussten und eventuell wäre der nächste Morgen schlauer und ausgeschlafen fielen ihr meist die besten Ideen ein.

Mathilda kam mit einer Waschschüssel in den Raum.

Gisela schlug die Decke zurück, um aufzustehen und sich waschen zu gehen, doch Mathilda stoppte sie sofort mit den eindringlichen Worten: „Du solltest doch liegen bleiben! Ich bringe dir den Lappen. Morgen kannst du dann wieder aufstehen, aber die Krämpfe waren zu stark!"

Gisela akzeptierte den Rat der offenbar sehr erfahrenen Hebamme.

Sie brachte den Lappen zu ihr und setzte sich auf das Bett, während Gisela sich wusch und dabei hatte sie jetzt erst die Zeit, sich die andere Frau richtig anzusehen.

Mathilda hatte schon graues Haar, sie war hager und hochgewachsen. Sie lächelte gütig, doch die sicher durchgestandenen Entbehrungen hatten ihre Gesichtszüge etwas verhärmt. So in etwa hatte sie noch ihre Großmutter in der Erinnerung, bloß dass die etwas fülliger und kleiner gewesen war.

Nach dem Waschen trat Mathilda zum Tisch, drehte ihr den Rücken zu und streifte sich ihr Kleid ab. Mit freiem Oberkörper wusch sie sich gründlich, zog sich danach das Unterkleid wieder hoch und kam zum Bett.

Gisela rutschte zur Wand und machte etwas Platz.

Mathilda nickte, bemerkte: „Du solltest jetzt schlafen!", dann drehte sie das Licht der Petroleumlampe herunter und legte sich zu ihr.

So ähnlich hatte sich das immer mit Hinner angefühlt, doch Gisela schluckte den aufsteigenden Jammer herunter und entgegnete: „Ich danke dir und wünsche dir eine gute Nacht!"

Mathilda erwiderte den Gruß und schnarchte schon kurz darauf, nur sie fand nicht in den Schlaf.

Tausende unbeantwortete Fragen schwirrten noch durch ihren Kopf.

42. Kapitel

Noch ein neuer Morgen

Ein neuer Tag brach an, Mathilda setzte sich im Bett auf, streckte sich gähnend und weckte sie damit, danach zündete die Frau die Petroleumlampe erneut an, obwohl der erste blasse Schein schon durch das Fenster fiel.

„Guten Morgen", sagte Gisela.

Mathilda erwiderte den Gruß und erkundigte sich: „Hast du gut geschlafen? Tut dir noch etwas weh?"

„Ja und Nein. Danke dir. Mir geht es wieder gut!"

„Du musst dich trotzdem noch schonen, denn wenn du dich überanstrengst, dann könntest du dein Kind noch immer verlieren", erklärte Mathilda.

„Meine Mutter hat noch hochschwanger mit meiner Schwester im Garten gearbeitet!"

„Dann hat deine Schwester einfach nur Glück gehabt. Du solltest das Schicksal nicht zweimal herausfordern!", erläuterte die ältere Frau streng und eindringlich.

Gisela nickte, gähnte und setzte sich auf.

Schonung? Wie sollte das wohl gehen? Sie war wohnungslos, mittellos und vor Gregor auf der Flucht und wenn der bullige Mann sie sehen würde, dann hätte ihr letztes Stündlein sowieso geschlagen!

Mathilda erhob sich, heizte den Ofen an und ging im Unterkleid aus dem Zimmer, um Wasser zu holen.

Und sie war nach einem Augenblick auch schon mit einer Schüssel dampfend warmen Wassers zurück.

„Die Frauen nebenan heizen schon den Ofen für die Wäsche an", erklärte sie, als sie die Schüssel auf den Tisch stellte.

„Darf ich aufstehen?", fragte Gisela.

„Selbstverständlich, aber ich möchte, dass du in diesem Zimmer bleibst", erklärte Mathilda und legte ihr einen Lappen und Seife auf dem Tisch bereit.

Zuerst wusch sich Mathilda, abermals mit freiem Oberkörper, ziemlich ausgiebig, sehr zu ihrer Verwunderung.

Nacktheit am Tage war eigentlich verpönt und wurde eventuell sogar streng bestraft, falls einer jetzt durch das Fenster sah! Doch sie ließ es, ihre Retterin mit einer diesbezüglichen Äußerung zu brüskieren.

Schließlich trat Gisela an den Tisch und wusch sich ebenfalls, allerdings ließ sie dabei das Unterkleid an.

Während Mathilda danach das Wasser zurück in den anderen Raum brachte, zog Gisela sich an und trat an das Fenster, doch der Ausblick war nicht wirklich erbauend.

Vor sich sah sie die grauen Häuser und schmutzigen Straßen eines Armenviertels, das sie bereits zur Genüge kannte.

Die sauberen Gardinen neben ihr waren wohl die einzigen im Umkreis einer sächsischen Meile!

Dies hier war einfach nur eines der dreckigen Slums von Chemnitz, wenn auch offenbar ein anderes in der Stadt und damit würde sie hoffentlich Gregor nicht über den Weg laufen, denn seine Rache war bestimmt noch nicht vergessen.

Zumindest war sie in der Hierarchie der Ärmsten eine Stufe nach oben geklettert, denn der Raum lag nicht mehr im Keller, sondern zu ebener Erde, aber so richtig konnte sie sich nicht über diesen Aufstieg freuen, weil er nur auf Zeit geborgt war und Hinner ihr einfach so unsäglich fehlte.

Was sollte nur aus ihr werden, wenn Mathilda sie wieder nach draußen schickte?

Dieselben Ängste, Sorgen und Nöte, die sie in der Nacht zuvor nicht hatten schlafen lassen, jagten abermals durch ihren Kopf.

Wohin sollte sie sich dann wenden? Wieder zurück zu den Eltern?

Auf den Brief nach dem Weihnachtsfest hatte die Mutter nicht geantwortet und das sagte wohl alles aus!

Falls Mathilda sie jetzt also nach draußen schicken würde, dann konnte sie wirklich nur noch von der Brücke springen.

Allerdings hatte sie jetzt auch eine Verpflichtung übernommen: Sie musste dieses kleine Würmchen in sich behüten!

Traurig strich sie sich über den Bauch und musste dabei immer wieder an den geliebten Mann denken. Ach, wenn er doch jetzt nur hier bei ihr wäre!

Auch weiterhin fraß sich der Zweifel durch ihren Leib. Was hatte das Schicksal nur mit ihr vor?

Mathilda trat abermals in den Raum und als Gisela sich wieder zum Zimmer zurückdrehte, war die Diskrepanz zwischen innen und außen nur noch viel größer.

Jemand hatte eine immense Mühe in diesen Raum gesteckt, um es für Mathilda so schön wie nur irgend möglich zu machen.

Vermutlich hatte auch die ältere Frau ein Herz aus Gold und ihre dankbaren Nachbarn hatten ihr dafür diese Stube ausgestaltet.

Und es war wohl auch nicht so schlecht, wenn man eine Hebamme in der Nähe hatte.

War es möglich, dass das Schicksal ihr erneut jemanden zur Seite gestellt hatte, der in diesem Moment genau richtig für sie war?

Zuerst Hinner, um das Kind zu zeugen und jetzt Mathilda, damit sie es auch unbeschadet austrug?

Doch wäre das nicht auch anders gegangen? Hätte sie dafür den Geliebten wirklich unbedingt verlieren müssen?

Wäre nicht beides gleichzeitig gegangen?

Hinner und Mathilda?

Gisela hatte niemanden mehr, den sie dazu hätte befragen können, alle bisherigen Freunde waren fern und nicht mehr erreichbar, ohne das eigene Leben bei dem Versuch zu riskieren, zu ihnen zu gehen!

Damit musste gegenwärtig erst einmal geklärt werden, was die nähere Zukunft brachte und das konnte ihr nur Mathilda sagen.

Gisela trat an den Tisch und überlegte händeringend, wie sie die ältere Frau dazu befragen konnte, ohne dass es nach Betteln aussah, obwohl es das momentan zweifellos war!

„Du weißt ja, dass ich keinen Platz mehr für mich habe. Dorthin, woher ich geflohen bin, kann ich nie mehr zurück. Wie lange darf ich hier bei dir bleiben?", fragte sie schließlich.

„Zuerst einmal so lange, bis es dir wieder besser geht", antwortete Mathilda ziemlich zweideutig, denn ohne Obdach würde es ihr nie wieder gut gehen.

Zwar kam bald der Sommer und da konnte man als tüchtige Magd auch mal auf einer Wiese schlafen, aber irgendwann im Juli oder August würde sie das Kind bekommen und da war es dann mit der Arbeit auch schon wieder vorbei.

Und um danach mit einem Kind im Winter in der Gosse zu leben und zu betteln, schämte sie sich gerade zu sehr.

Wie hatte Hilde das nur geschafft?

Die Hochachtung von der Freundin wuchs gerade ins Unermessliche, wobei sie dennoch nicht deren Weg gehen wollte, doch was blieb ihr dann anderes?

„Bleibe einfach hier, solange du magst", erklärte Mathilda jetzt und ging in den anderen Raum.

Ratlos blieb Gisela zurück und schaute auf die geschlossene Tür.

Solange sie mochte? War das jetzt nur so eine Floskel?

Ein Zweifel sauste erneut durch ihren Leib, denn was waren Mathildas Beweggründe für dieses überaus großzügige Angebot?

Konnte es denn wirklich sein, dass sie zweimal auf einen Engel aus Fleisch und Blut traf?

Wie hoch war wohl die Wahrscheinlichkeit, dass es einmal geschah?

Sie kannte die Gegend da draußen, die Armut führte bei manchem dazu, dass das eigene Los höher stand als das Leben eines anderen.

Mathilda stellte momentan das Ihrige beinahe hinter ihr eigenes! Ähnlich wie Hinner es getan hatte.

Gab es wirklich in dieser Gegend zwei Menschen, die so waren und aus welchem Grund war sie auf beide getroffen? Lag da so etwas wie ein göttlicher Plan dahinter?

Die Großmutter hatte vor vielen Jahren einmal so etwas ähnliche gesagt, aber bisher hatte sie das immer als Ammenmärchen abgetan.

Grübelnd setzte sie sich auf das Bett zurück, horchte in sich hinein und fragte sich dabei, was wohl der nächste Tag brachte, oder die nächsten Wochen.

43. Kapitel

Mit dickem Fell

ie die schnelle Untersuchung am Tage zuvor ihr gezeigt hatte, hatte sie wohl gerade noch im letzten Moment für Gisela genau das Richtige getan. Mathilda
hatte für sich selbst beschlossen, sich um die junge Frau zu kümmern und sie daher einfach in ihrer Wohnung einquartiert.

Den beiden Fuhrleute hatte sie für ihre Mühe eine Flasche Kartoffelschnaps gegeben, die ihr der Bauer überlassen hatte.

Die beiden Männer hatten es zuerst abgelehnt, die Flasche zu
nehmen, hatte sich danach aber dennoch sehr gefreut. Bei ihrer
Tätigkeit war Bier ein Teil ihrer Entlohnung, aber ein hochprozen-
tiger Schnaps aus Kartoffeln war da schon etwas ganz anderes.

Danach hatte es noch etwas Überredungskunst bedurft, um Gisela zum Bleiben zu bewegen, aber in deren derzeitigem Zustand
war es sonst eine Gefahr für Mutter und Kind, wenn sie Gisela
jetzt vor die Tür gelassen hätte.

Die junge Frau war noch viel zu schwach und hatte auch nach
ihrer Aussage sowieso keine Bleibe mehr.

Und im Überschwang des Glücksgefühls am Tage zuvor hatte
sie einfach den inneren Drang in sich gespürt, sich um Gisela zu
sorgen, bis deren Kind in ein paar Monaten wohlbehalten auf der
Welt war.

Ansonsten war ihre Tätigkeit nämlich wenig erfreulich und daher wollte sie mit Gisela einen Teil ihrer vor Gott begangenen
Schuld abarbeiten, wenn das denn überhaupt möglich war.

Die Geburten und die Betreuung der Schwangeren waren ja eigentlich das, weswegen sie einst diese Berufung ergriffen hatte.
Allerdings war der wesentlich größte Teil ihrer täglichen Tätigkeit
eher nicht so angenehm, denn die meisten Schwangeren, die ihren

Rat suchten, wollten unter keinen Umständen die Kinder bekommen.

Und bei dem größten Teil davon konnte sie das auch nur zu gut verstehen, wenn sie sah, in welchem Umkreis diese Kinder danach heranwachsen sollten.

Hier in diesem Dreck und Schmutz sollte kein Kind leben müssen!

So schlimm das auch immer war, doch das hier war der Sonnenberg im Chemnitzer Osten! Trotz seines idyllischen Namens war es ein Arbeiter- und Armenviertel, ein Hort von Krankheiten, schlechtem Wasser und ungesunder Luft!

Die Kindersterblichkeit war sowieso hoch, aber hier erreichte nicht einmal jedes zweite Kind den ersten Geburtstag! Und die Zeit danach war ebenfalls von Mühsal, Leid und Entbehrungen gezeichnet!

Vor Jahren war sie hier in diese Stadt gekommen, um als Hebamme zu arbeiten, und nicht als Engelsmacherin, allerdings hatte sie daraufhin ziemlich schnell begriffen, dass die Frauen nach ihrer Ablehnung in ihrer Not zu irgendwelchen Kurpfuscherinnen gingen, um sich dort ihrer Sorgen zu entledigen.

Oft mit der Aussicht, dabei eine schwere Komplikation nach dem Eingriff oder sogar den eigenen Tod in Kauf zu nehmen.

Am Anfang hatte sie mehrere Frauen nach solch einem Abbruch wieder notdürftig zusammenflicken müssen und da war es dann immer noch besser, dass sie den Frauen half, weil sie die Erfahrung und das medizinische Wissen dafür besaß.

Es war ein Akt der Menschlichkeit, das zu tun, was sie eigentlich nicht wollte und aus tiefstem Grunde verabscheute, doch mit Gisela hatte sie jetzt jemanden, bei dem sie eben einen Teil dieser schweren Bürde wieder abtragen konnte.

Eventuell hatte das Schicksal ihr diese junge Frau genau dafür in die Hände gespielt! Und es wäre vermessen von ihr, diese Chance ungenutzt verstreichen zu lassen!

194

Während sie also in dem einen Raum ihrer blutigen Tätigkeit nachging, ruhte sich Gisela im Nebenzimmer aus und kam wieder zu Kräften.

Es spielte keine Rolle, dass es Sonntag war und sie an diesem heiligen Tage bereits mehr als ein Dutzend Frauen bei sich im Waschhaus hocken gehabt hatte.

Aber sie hatte sich angewöhnen müssen, nicht über die Konsequenzen ihrer Taten zu grübeln.

Vor Jahren war sie nachts kaum in den Schlaf gekommen, denn der Kummer hatte sie innerlich zerfressen.

Man brauchte ein wirklich dickes Fell, um hieran nicht zu zerbrechen!

In den letzten zehn Jahren mussten es wohl tausend Frauen gewesen sein und immer hatte sie dabei vermieden, ihnen in die Augen zu schauen, denn es war die pure Verzweiflung darin zu sehen.

Mitunter war der Blick auch stumpf und apathisch, aber jede von ihnen würde noch lange an diesem furchtbaren Erlebnis zu kauen haben, denn keine Frau traf solch eine grausame Entscheidung einfach leichtfertig.

Liebend gern würde sie einer jungen und strahlenden Mutter ihr neugeborenes Kind in den Arm drücken, doch das war nur selten der Fall und dennoch gab es in den Familien mitunter acht Kinder, die auf engsten Raume in den Wohnungen dahinvegetierten.

In den Dörfern meist mehr, hier eher weniger, denn Kinder waren die Altersvorsorge für die Eltern, aber sie mussten dazu erst einmal erwachsen werden!

Mittag wurde es und sie ging mit zwei Tellern Suppe zu Gisela hinüber, um von ihrem furchtbaren Treiben abgelenkt zu werden.

Ihre Hände zitterten, als sie zum Löffel griff, aber das war nur zu einem geringen Teil der körperlichen Anstrengung dessen zuzuschreiben, was sie gerade gemacht hatte, den wesentlich größeren Anteil daran hatte wohl die seelische Belastung, denn auch das dickste Fell hatte seine Löcher!

Das Gewissen war immer da und ermahnte sie, aber es war eine Frage der Vernunft, diese grauenhafte Arbeit zu verrichten und ein wenig tröstete sie der Gedanke, dass sie damit auch Giselas ungeborenes Kind beschützte.

Ein Gespräch über Blumen und Feldarbeit lenkte sie augenblicklich davon ab, dass draußen vor dem Hause sicherlich noch einige Frauen darauf warteten, dass sie ihre Pause beendete.

Der Sonntag war der Tag, an dem die meisten Mägde nicht arbeiten mussten und daher auch der Wochentag, wo diese dann hier standen.

Sie unterschieden sich dabei nur in der Qualität ihrer Kleidung von den Frauen, die sonst hier ausharrten, die Verzweiflung, Not und Beweggründe waren immer dieselben!

Mitunter war das Unglück noch viel größer, denn sie waren überwiegend infolge von Gewalt und Nötigung in dieser misslichen Lage. Und anders als die Bewohner der Armenviertel hatten sie viel mehr zu verlieren, wenn sie nicht den Weg zu ihr fanden.

Wobei sie mitunter mit viel Geld von ihren Herrschaften ausgestattet wurden und damit irgendwie auch die Hilfe für die anderen Frauen mit bezahlten, die sonst ihren Beistand benötigten.

Und bei all den Sorgen, Ängsten und Nöten war es da eben auch ganz gut, einfach nur zuzusehen, wie Gisela regelrecht von innen heraus strahlte.

Es war wie ein Flicken für ihren Pelz, zuzuhören, mit welcher Begeisterung sie von ihrem Kind redete und davon, was sie später mit ihm alles machen würde.

Man musste dabei allerdings ausblenden, dass die nächste Blume mehr als eine Wegstunde entfernt wuchs!

44. Kapitel

In den Händen einer Mörderin!

Seit drei Tagen lebte Gisela jetzt schon in diesem Raum und durfte ihn auch nicht verlassen. Es fühlte sich wie ein Gefängnis an, obwohl es ein wirklich sehr schöner Wohnraum war, die Möbel hätten wohl auch in das Zimmer einer Mamsell in einer Villa gepasst und Gardinen gab es auch nur an herrschaftlichen Fenstern. Und dennoch war sie hier auf etwa sechs Schritten im Quadrat eingesperrt.

Sie hatte sich eine Handarbeit genommen und häkelte einen Schal, aber der war mittlerweile schon so lang, dass er für zwei gereicht hätte! Die Untätigkeit trieb sie einfach dazu!

Erneut hob sie ihren Blick und schaute zum Schrank. Bunte Korn- und Mohnblumen waren kunstvoll darauf gezeichnet, doch die Umgebung vor dem Fenster hinter ihr war weniger schön und dennoch hätte sie alles dafür gegeben, diese vier Wände mal für eine Weile verlassen zu dürfen.

Zwar hatte sie Mathilda versprochen, hier zu bleiben, doch die Neugier zog sie immer wieder zu dieser verbotenen Tür.

Aber wann immer sie sich auch nur der Ausgangstür näherte, trat Mathilda in den Raum.

War die alte Frau eine Hellseherin? Oder wollte ihr eigenes Schicksal nur verhindern, dass sie diese Kammer verließ, weil sie dadurch eventuell ihre Gastgeberin erzürnen würde?

Beides war möglich, doch sie wollte hinaus!

Der Kummer um Hinner steckte noch immer tief in ihr und sie hatte in den ersten beiden Tagen oft stundenlang um ihn geweint, doch jetzt war die Sorge um das neue Leben in ihr wichtiger, als der Jammer. Sie musste für Hinners Kind stark bleiben, denn das war ihre Verantwortung.

Und wieder erhob sie sich von ihrem Platz, legte Wolle und Nadeln auf dem Tisch ab und ging langsam auf die Tür zu. Sie legte die Hand auf die Klinke und erwartete schon, dass sich diese jetzt öffnen würde und abermals Mathilda vor ihr stand, doch dieses Mal geschah nichts dergleichen.

Vorsichtig klinkte sie, zog die Tür auf und trat in den anderen Raum.

Der Kontrast war erschreckend: Drinnen eine wundervolle Wohnung, mit Blumen an der Wand und schönen Möbeln, und nur einen Schritt weiter ein altes, wenn auch relativ sauberes Waschhaus, wie es hier wohl Hunderte davon gab.

Zwei Frauen wuschen an einem Trog und ein paar noch ziemlich kleine Kinder sprangen umher, eines davon halbnackt.

Gisela ließ ihren Blick im Raum umhergehen und erstarrte.

An einem der Tröge stand Mathilda mit einer blutbefleckten Schürze und nackten, blutverschmierten Unterarmen. Vor ihr hockte eine wimmernde junge Frau mit blutigem Schoß halbnackt über dem Waschtrog.

Mathilda säuberte gerade irgendwelche Geräte in einem Eimer und blickte erschrocken zu ihr auf.

„Du solltest doch in deinem Raum bleiben!", fuhr die alte Frau sie erregt und unwirsch an.

Gisela zuckte zurück. Was war hier los?

Mathilda ließ ein Messer in den Eimer fallen und trat einen Schritt auf sie zu.

Voller Angst blickte sich Gisela nach einem Ausweg um, denn hier geschah ungeheuerliches, doch es gab keine Möglichkeit zur Flucht! Zwischen ihr und dem Ausgang stand Mathilda und deren Gesichtsausdruck sagte gerade mehr als deutlich, dass sie an ihr nicht vorbeikommen konnte.

Zurück und durchs Fenster? Das konnte gelingen!

Gehetzt drehte sich Gisela um, rannte zurück in den Raum und hastete zum Fenster. Sie riss die wundervollen Gardinen zur Seite und hatte gerade den Fenstergriff in den Fingern, da legte Mathilda ihr die Hand auf die Schulter.

Zu Tode erschrocken fuhr sie herum und wich mit dem Rücken zur Wand zurück.

„Lass mich! Du bist eine Mörderin!", stieß sie aus.

„Nein, das bin ich nicht. Bitte lass es mich dir erklären", entgegnete Mathilda ruhig und hob ihre Hand, die aber noch blutig war.

Wenn das kein Zeichen dafür war, dass ihr hier Unheil drohen würde, was sonst!

„Bitte warte hier und mache keine Dummheiten, damit ich es dir erklären kann. Bitte!", sagte die ältere Frau jetzt ruhig.

Seltsamerweise nahm ihr das ein wenig die Angst und sie nickte.

Mathilda ließ sie los, ging und zog die Tür hinter sich zu.

Was geschah da draußen? Sollte sie wirklich warten und sich die Erklärung anhören? Oder sofort aus dem Fenster springen?

Jetzt hätte sie dazu die Gelegenheit! Aber auch Mathilda wusste dies und hatte sie dennoch hier drin gelassen. Oder ging das Fenster eventuell gar nicht auf?

Vorsichtig drehte Gisela den Griff und zog einen der Fensterflügel auf. Der beißende und wohlbekannte Geruch der Textilfirmen schlug ihr sofort entgegen und nahm ihr den Atem. Offenbar lag eine Färberei in der direkten Nähe.

Der Weg nach draußen war frei. Es wäre nur ein kleiner Sprung und wenn sie sich den Hocker zum Fenster zog, dann nur ein Schritt.

Aber drohte ihr von Mathilda wirklich eine Gefahr? Hatte die ältere Frau sich bisher nicht rührend um sie gesorgt?

Ein markerschütternder Schrei der jungen Frau von nebenan ließ Gisela zusammenzucken. Schon war sie auf dem Weg zum Tisch, um sich den Hocker zu greifen, da fiel ihr ein, dass Mathilda wohl kaum mit ein paar Waschfrauen und spielenden Kindern in einem Raum ein Verbrechen begehen würde.

Langsam trat sie zum Fenster, schloss dieses und setzte sich danach wieder an den Tisch. Jetzt war sie gespannt auf die Erklärung der alten Frau, aber zu ihrer angefangenen Handarbeit zog sie gerade nichts mehr.

Abermals rief sie sich diese seltsame Szenerie im Nachbarraum in die Erinnerung. Gab es für diese absurde Situation auch noch eine andere Erklärung?

Mathilda war doch Hebamme, zumindest hatte sie das gesagt, allerdings schien da eine Frau mit blutigem Unterleib auf einem steinernen Waschtrog nicht wirklich dazu zu passen, zumal nirgendwo ein Säugling zu sehen gewesen war, sonst hätte das eine etwas andere Geburt sein können.

Misstrauisch schob sie sich noch einmal zur Tür, zog diese einen Spalt weit auf und spähte hinaus.

Mathilda säuberte die junge Frau gerade vorsichtig und behutsam mit einem Lappen, fast mütterlich sah das aus.

Aus fünf Schritten Entfernung beobachtete Gisela, wie die ältere Frau der jüngeren vom Trog half, ihr den Rock zurückgab und diese danach mit einer Umarmung verabschiedete.

Immer brennender wurde jetzt ihre Neugier auf Mathildas Erklärung. Leise schloss sie die Tür und setzte sich wieder auf ihren Platz zurück.

Was war es gewesen, was sie da gesehen hatte? An Flucht war jetzt nicht mehr zu denken, denn der Wissensdurst hielt sie gerade auf ihrem Stuhl.

45. Kapitel

Ein Meer der Tränen

Es hätte niemals passieren dürfen, dass Gisela unvorbereitet in diesen Raum geplatzt war. Sie hätte mit ihr zuvor reden müssen, damit sie nicht so schockiert gewesen wäre und daher hatte es Mathilda danach auch einige Mühe abverlangt, die junge Frau wieder zu beruhigen, denn in ihren Augen hatte sie diesen panischen Schrecken erblickt.

Natürlich musste es ein furchtbarer Anblick gewesen sein, der sich ihr da geboten hatte, denn was ihr bei Gisela erfolgreich geglückt war, nämlich die Frühgeburt zu verhindern, das war ihr bei Rosalie bedauerlicherweise nicht gelungen.

Soeben hatte sie die junge Frau verabschiedet, obwohl es offensichtlich war, in welch jämmerlichem Zustand sie sich jetzt befand und sie konnte nur hoffen, dass Rosalie jemanden hatte, der sie in ihrem Schmerz auffing, allerdings konnte sie sich nicht um zwei vor Sorge aufgelöste Frauen gleichzeitig kümmern und Gisela hatte im Moment nur sie.

Es bedurfte wohl einer Erklärung für sie und während sich Mathilda gründlich säuberte, überlegte sie sich, was und wie viel von dem, was sie hier täglich tat, sie Gisela anvertrauen konnte.

Es war eine Abwägung dessen, was sie wissen wollte und von dem, was ihr angeschlagenes Gemüt verkraften konnte, denn es war ja erst ein paar Tage her, dass ihr eventuell dasselbe Schicksal gedroht hätte, wie es jetzt bei Rosalie eingetreten war.

Beide jungen Frauen waren im gleichen Alter und beide hatten sich so auf ihr Kind gefreut.

Und während Rosalie jetzt, wohl am Boden zerstört, zu ihrer Wohnung eine Straße weiter wankte, musste sie Gisela auffangen, die im Nebenzimmer auf eine Erklärung wartete.

Sie schickte die anderen Frauen fort, die vor dem Hause gewartet hatten und ging danach zu Gisela. Die junge Frau saß am Tisch und blickte sie besorgt an. Auch etwas Ängstlichkeit war noch in ihrem Blick, aber dieser abgrundtiefe Schrecken war wohl schon ein wenig gewichen.

Langsam trat sie an den Tisch, setzte sich auf ihren Stuhl und blickte in diese großen, fragenden Augen. Wo fing man da an?

„Es tut mir leid, dass du das da mit ansehen musstest", begann Mathilda und setzte danach leise fort: „Das war Rosalie, eine junge Frau, die ich schon eine Weile betreue. Sie war in fast derselben Woche, wie du und hat sich so sehr auf ihr Kind gefreut!"

Sie stockte und überlegte händeringend, wie sie nur das grausame Schicksal erklären konnte, ohne dass Gisela in höchster Bestürzung den Raum fluchtartig verließ, denn ihr Gesichtsausdruck sagte das gerade aus.

Über den Tisch hinweg griff sie nach dem Handgelenk der jungen Frau, um sie zu beruhigen, und wohl auch im Notfall festzuhalten.

„Es war ein schlimmer Unfall! Rosalie ist auf der Treppe gestolpert und so unglücklich gefallen, dass sie dabei ihr Kind verloren hat!", erklärte Mathilda und musste jetzt bei diesen Worten selbst mit den Tränen ringen.

Die Situation von gerade eben griff auch ihr ans Herz und zerriss den schützenden Panzer darum herum. Eventuell war es ihre eigene Erklärung, die das jetzt gerade in ihr in Wallung setzte. Und hatte sie gerade eben noch gedacht, sie müsste Gisela beruhigen, so nahm jetzt die andere Frau sie in den Arm und hielt sie tröstend fest, während sie schluchzend wie ein Kind weinte.

„Die Ärmste", sagte Gisela leise und strich ihr über den Kopf.

Es mochte wohl seltsam sein, dass die noch nicht einmal halb so alte Frau sie hier am Tisch beruhigte, aber es tat so unglaublich gut, jemanden das Herz auszuschütten und Beistand zu finden.

Es dauerte eine geraume Weile, bis sich Mathilda wieder gefasst hatte und daraufhin begann ein Gespräch zwischen ihnen. Vielleicht wollte sie jetzt auch noch ihre Beweggründe erklären, aber es tat einfach nur so unglaublich gut.

„Weißt du Gisela, ich bin zu meiner Berufung als Hebamme gekommen, weil ich ohne Mutter aufgewachsen bin", begann sie und erzählte weiter: „Es war im Jahre 1832, als mein Vater, der irgendein sächsischer Soldat und wohl auch ziemlich hübsch gewesen war, meiner Mutter bei irgendeinem Manöver unbedingt sein Zelt hatte zeigen wollen. Ich bin das Resultat dieses kurzen Treffens zwischen ihnen. Er zog danach ab und man hat nie wieder etwas von ihm gehört. Meine Mutter starb im Jahre darauf bei meiner Geburt, weil keine Hebamme zu ihr gekommen war. Sie war unverheiratet, schwanger und etwa in deinem Alter. Ich wuchs die ersten Jahre bei meiner Großmutter auf, bis diese einfach zu alt und gebrechlich gewesen war und mich notgedrungen in ein Waisenhaus abgegeben hat. Dort habe ich dann gesehen, wie viele Kinder ohne Eltern aufwachsen müssen. Und ich erkannte erst viel später, wie viele Kinder mit ihren Müttern bei der Geburt starben! Das wollte ich ändern und so wurde ich Hebamme!"

Ihre Gedanken flogen zum Waisenhaus zurück und sie beschloss, Gisela die Umstände dort zu beschreiben, die diesen Entschluss in ihr nur noch bestätigt hatten.

Sofort hatte sie erneut die Bilder vor sich und erzählte, wohl auch mehr für sich, was sie dort gesehen und erlebt hatte: „Da meine Mutter bei meiner Geburt so jung war, lebte ich bei meiner Großmutter alleine. Und dort im Heim hatte ich auf einmal unzählige Freunde und Freundinnen. Und wir hatten Glück, denn im Gegensatz zu anderen Heimen war unsere Betreuerin auch wirklich um uns und unser Los besorgt. Dennoch war es ein einfaches und mitunter sogar kärgliches Leben dort. Jede wollte da eigentlich auch wieder fort und wir beneideten daher jede, die zu einer Familie kam. Ich hatte dort eine Freundin, Greta, sie war ein Jahr älter, als ich. Nach drei Jahren kam sie zu einem Bauern und ich habe mich so sehr mit ihr darüber gefreut."

Mathilda stockte bei der nächsten Erinnerung und musste schlucken, bevor sie fortsetzen konnte: „Es war jenes verdammte Jahr 1844! Du weißt sicherlich, was damals geschah?"

Gisela nickte. Wohl jeder kannte noch das Schicksalsjahr, selbst wenn er erst sehr viel später geboren worden war, denn mit ihm begannen diese Missernten und Hungersnöte.

„Greta kam kaum ein halbes Jahr später zurück und war nur noch ein Schatten ihrer selbst! Der Bauer hatte ihr einfach alle Arbeiten aufgebürdet, die er seinen leiblichen Kindern nicht zugemutet hatte. Die wurden dick und satt, Greta hungerte und musste die schweren Tätigkeiten übernehmen. Sie war gerade mal dreizehn und nur der kostenlose Ersatz für eine Magd! Unsere Betreuerin hat danach alles versucht, sie wieder aufzupäppeln, doch im darauf folgenden Winter bekam Greta auch noch eine Erkältung und ihr ausgemergelter Körper hatte dieser eigentlich leichten Krankheit nichts mehr entgegenzusetzen. Sie starb im Fieber in meinen Armen! An ihrem Totenbett schwor ich mir, dieses Schicksal von anderen Kindern fernzuhalten und das kann ich am besten, indem ich verhindere, dass die Kinder bei ihrer Geburt schon zu Waisen werden!"

Bei dieser Erinnerung an das grausame Schicksal der Freundin stiegen ihr abermals die Tränen in die Augen.

Gisela hatte wortlos zugehört und zog sie jetzt abermals an ihre Schulter.

Noch nie hatte Mathilda bisher über die Erlebnisse ihrer Kindheit gesprochen, aber bei der ihr eigentlich noch unbekannten Gisela konnte sie es.

Und es tat so unglaublich gut!

46. Kapitel

Gute und schlechte Taten?

Mathildas Erklärung vom Abend zuvor hatten sie lange nicht einschlafen lassen. Es war gewiss das Beste, dass eine Frau bei einer Fehlgeburt zu ihrer Hebamme ging, wenn kein Arzt verfügbar war, doch war da eine Behandlung in einem Waschhaus wirklich angesagt?

Aber wer konnte das schon wissen und bis zum Tage zuvor hatte sie sich auch nicht wirklich viele Gedanken darum gemacht. Ein leichter Zweifel war geblieben. Hatte Mathilda ihr wirklich die Wahrheit gesagt?

Sie konnte das nicht beurteilen, allerdings hatte die ältere Frau vor ein paar Tagen bei ihr mit einem Trunk die vorzeitigen Wehen gestoppt.

Warum war ihr das bei Rosalie nicht gelungen?

Sollte sie Mathilda dazu befragen? Oder brachte das nichts, weil die ältere Frau ihrer Frage ausweichen würde und sie noch nicht mal bemerken konnte, wenn sie nicht den ganzen Sachverhalt erzählte?

Es war schon seltsam, dass sie nicht wirklich verstand, was da momentan auch so in ihrem eigenen Leib geschah.

Niemand hatte je mit ihr darüber gesprochen, was geschah, nachdem sie mit Hinner das Bett geteilt hatte. Da gab es momentan so viele Fragen in ihr und sie hätte gern jede einzelne davon geklärt.

Die alte und offensichtlich sehr erfahrene Hebamme wusste sicherlich alle Antworten, doch dazu brauchte es Vertrauen. Und wen hätte sie sonst befragen können? Hilde vielleicht, aber beim Versuch, die Freundin zu erreichen, würde sie Hals und Kopf riskieren. Noch immer waren Gregors finstere Rufe mahnend in ihrem Hinterkopf und diesem grobschlächtigen, brutalen Kerl wollte sie nie wieder begegnen.

Also sollte sie die Zweifel herunterschlucken und zu Mathilda Vertrauen fassen?

Etwas in ihr wollte das wohl gerade nicht, doch woher kam dieses Gefühl? Hatte sich die ältere Frau in den letzten Tagen nicht rührend um sie gekümmert? Sie umsorgt, beschützt und versorgt? Ohne Mathilda und deren tatkräftiges Eingreifen hätte sie auf der Bierbrücke ihr Kind und sicher auch ihr Leben verloren und dennoch nagte da seit dem Tage zuvor so ein kleines Misstrauen an ihr.

Hätte das Schicksal es wirklich zugelassen, dass sie hier in schlechte Hände fiel?

Dasselbe Schicksal, das ihr den geliebten Mann gnadenlos von der Seite gerissen hatte?

Grübelnd saß Gisela am Tisch, hatte ihre Handarbeit auf dem Schoß und war alleine. Niemand war zum Reden da, keiner hörte einfach nur zu. Was hatte sie den so furchtbares angestellt, dass man ihr den Geliebten aus den Armen riss und was war das überhaupt für ein Gott, der dies zuließ?

Wütend warf sie den Wollknäuel in die Ecke, stemmte sich von ihrem Platz hoch und trat an das Fenster.

Damals, am Heiligen Abend, hatte sie in der Kirche darum gebetet, dass ihr Glück möglichst lange hielt. Und was war jetzt? Wie konnte es dieser ach so gütige Gott da oben nur zulassen, dass solch ein guter Mann wie Hinner einfach spurlos verschwand?

Er hatte wundervolle Engel geschaffen, Kinder glücklich gemacht und jedermann geholfen.

Und was war der Dank dafür?

Tränen stiegen hoch und verschleierten ihren Blick. Schluchzend lehnte sie mit der Stirn am Glas und wusste gar nichts mehr. Was war richtig und was falsch?

„Weine nicht, ich bin für immer bei dir", hörte sie Hinners sanfte Stimme in sich.

Dem war wirklich so, denn mit seinem Kind in ihr würde auch er fortleben und Mathilda hatte dafür gesorgt, dass dieses Kind auf die Welt kommen konnte.

Sollte sie daher nicht einfach an die alte Frau glauben? Hoffen, dass jetzt alles gut würde? Gisela schnäuzte sich in den Ärmel ihres Kleides und wischte sich dann mit dem anderen die Tränen ab.

Sie musste stark sein für dieses kleine Wesen in sich.

Behütend legte sie beide Hände vor ihren Bauch und dachte gleichzeitig an Rosalie, der dieses Glück jetzt nicht mehr beschieden war. So schnell konnte alles zu Ende sein: Ein Sturz von der Treppe und alles war aus. Ein kleines Leben einfach so ausgelöscht, wie eine Kerzenflamme im Wind.

Die Tür knarrte hinter ihr und sie blickte über die Schulter zurück.

Mathilda trat mit einem Teller und einer Tasse an den Tisch.

„Wie geht es Rosalie?", fragte Gisela.

„Ich hoffe gut. Ich wollte dann später noch mal nach ihr sehen. Möchtest du mitkommen?", entgegnete Mathilda.

Endlich konnte sie diesen vier Wänden entkommen und daher sagte sie schnell zu.

Mathilda nickte, stellte das Geschirr für sie auf den Tisch und ging wieder. Das Mittagessen sah verlockend aus und roch auch noch so gut. Die Verpflegung hier war jedenfalls ausgezeichnet und eine wohlschmeckende Gemüsesuppe mit ein paar Stücken Fleisch darin gab ihr wieder etwas mehr Kraft.

Und in der Tasse war sogar richtiger Bohnenkaffee!

Was hatte wohl den Zweifel an Mathilda in ihr geweckt? Offensichtlich sorgte sie sich ebenfalls um die junge Frau. Gisela leckte den Löffel sauber und lehnte sich zurück.

Vielleicht konnte sie auf dem Weg zu Rosalie ein paar der Fragen klären, die ihr schon die ganze Zeit auf der Zunge lagen.

Etwa eine Stunde später trat Mathilda in das Zimmer, holte ihren Mantel und fragte: „Wollen wir?"

Gisela nickte, erhob sich und nahm einen Umhang von der älteren Frau entgegen, den diese ihr hinhielt.

Zu zweit brachen sie auf und gingen eine der schmutzigen Straßen entlang.

Jetzt wäre eigentlich die Zeit für die Erkundigungen, doch welche wollte sie zuerst stellen?

„Warum hast du Rosalie gestern nicht zu einem Arzt gebracht?", begann sie.

„Hast du dich schon mal hier umgesehen?", antwortete Mathilda und setzte kurz darauf fort: „Erstens würde hier wohl kaum ein Doktor herkommen und zweitens hätte sich Rosalie die Behandlung nicht leisten können!"

Gisela dachte nach und sah sich um. Vermutlich hatte Mathilda recht. Hier musste man sich selbst helfen, sonst war man am Ende!

Hatte sie das nicht schon zuvor in ihrem Keller erkannt?

Nur der Zusammenhalt half hier weiter.

„Ich versuche, zu helfen, wo immer ich es kann", erklärte Mathilda.

Zwei junge Frauen grüßten sie freundlich und die ältere Frau bog zu einem der grauen Bauten ab.

„Hier ist es", sagte sie und hielt ihr die Tür offen.

Im Eingang roch es nach Urin und Dreck lag in einer Ecke. Da war das Waschhaus blitzblank, gegen das hier und ihr ehemaliger Keller ebenfalls.

47. Kapitel

Rosalies aberwitzige Idee

Bis zu Rosalies Unterkunft waren es keine fünfhundert Schritte und in diesem Viertel kannte sich Mathilda mittlerweile so gut aus, dass sie sogar mit verbundenen Augen das Haus gefunden hätte. Das musste man hier auch, denn es gab hier nach Sonnenuntergang keinerlei Licht, wenn nicht gerade der Mond die ständig über dem Viertel hängenden Qualmwolken durchdrang.

In anderen, wohlhabenderen Stadtteilen von Chemnitz gab es auch gut funktionierende Gasbeleuchtung, hier nicht!

Es war eine Gegend, die vom Wohlstand abgekoppelt war. Hier hausten diejenigen, die für andere diesen Reichtum schwer erarbeiten mussten und den anderen war es egal, wie es hier aussah!

Man hätte die Augen davor verschließen müssen, oder sein Herz, denn es waren schauerliche Bilder, die ans Gemüt griffen: Bettler, Kranke und ausgehungerte Kinder, mit leeren Augen, säumten den kurzen Pfad, wer gesund war und arbeiten konnte, der war jetzt in den großen Fabriken, bis er es eben nicht mehr konnte. Danach wurden sie aussortiert und wie Abfall am Straßenrand entsorgt.

Es war ein ungerechtes System, bei dem viele litten, damit es ein paar dutzend Familien in der Stadt blendend ging.

Und dafür war Gisela an ihrer Seite doch das beste Beispiel, denn sie hatte bei einer dieser Familien geschuftet und war danach sofort fallen gelassen worden, als sie einen sicherlich verzeihlichen Fehler begangen hatte.

Und vielen hier ging es ähnlich.

Langsam stiegen sie die Treppe hinauf und schoben die Tür zu Rosalies Unterkunft auf. Es war die typische Behausung für die

Arbeiter. Männer und Frauen teilten sich den Raum und auch ein paar Kinder liefen umher.

Die Bewohner hier waren so eine Art von Zwischenschicht im Viertel, nicht ganz arm und auch nicht etwas besser gestellt. Sie mieteten sich wochenweise als Schlafgäste in dem Gemeinschaftsraum ein, wobei einige hier schon jahrelang wohnten.

Nur die Vorarbeiter konnten sich eigene Räume leisten, die Tagelöhner hausten hier.

Wobei Hermine hier auf Ordnung und Sauberkeit achtete, was nicht überall so selbstverständlich war!

Mathilda sah sich kurz in dem Raum um. An zwei Wänden waren Betten entlang und übereinander gestellt, wodurch dort viele schlafen konnten und in der Mitte des Raumes stand ein Tisch mit Bänken daran. Die Unterkunft hatte nur einen einzigen Raum und in den Betten schliefen einige Gäste.

Rosalie war wohl auch darunter, aber Mathilda konnte deren markanten Haarschopf nirgendwo erblicken.

Sie würde wohl Hermine fragen müssen und die Frau stand auf einen Schrubber gestützt in einer Ecke des Raumes. Offenbar hatte sie gerade gewischt, denn der Holzfußboden glänzte noch feucht.

Hermine strich sich mit dem Handrücken eine Locke aus der schweißnassen Stirn und winkte sie danach zu sich herüber.

Mathilda trat zu ihr und fragte: „Ich wollte nach Rosalie sehen, wo schläft die gerade?"

„Die ist in ihrer Fabrik", entgegnete Hermine.

Mathilda lachte herzhaft wegen dieses Scherzes, doch Hermines zweifelnder Blick ließ sie schnell wieder verstummen.

„Was?", fragte Mathilda und setzte danach hinzu: „Die ist nicht wirklich in der Fabrik? Oder?"

Hermine nickte.

„Die ist doch aber völlig verrückt geworden!", brach es laut aus ihr heraus.

Vor ein paar Minuten hatte sie noch beinahe damit gerechnet, dass die Frau diese Nacht nicht überlebt hatte und jetzt musste sie hier erfahren, dass sich Rosalie in ihre Weberei geschleppt hatte, um dort stundenlang zu arbeiten.

„Was meinst du? Es ging ihr doch wieder gut", antwortete Hermine und sah jetzt deutlich besorgt aus.

„Nach dem Eingriff gestern hatte ich Rosalie eigentlich strikte Bettruhe verordnet! Sie hat sicherlich einen Liter Blut verloren und kann unmöglich zehn Stunden am Webstuhl stehen!", gab Mathilda ihr als Erklärung zurück.

„Na ja, sie war schon etwas blass heute früh, aber sonst ging es ihr gut", erklärte Hermine und stellte den Schrubber zur Seite.

Natürlich war es klar, dass nur der Lohn erhielt, der auch arbeitete. Wer krank war, der wurde einfach ausgetauscht, aber Rosalies Idee war einfach aberwitzig gewesen. Niemand konnte solch eine Tortur unbeschadet überstehen.

Selbstverständlich waren alle Frauen hier zäh und hart im Nehmen, aber das würde sicherlich jede von ihnen überfordern!

„Ich glaube, ich muss sie mir heute Abend mal zur Brust nehmen und ein deutliches Wörtchen mit ihr reden. Ich habe ihr doch nicht grundlos gesagt, dass sie sich schonen soll!", erklärte Mathilda noch.

Hermine bat sie jetzt an den Tisch und holte ein paar Becher, die sie mit Kaffee füllte, den sie aus einer Kanne auf dem Ofen eingoss.

„Sie war schon ein wenig wackelig auf den Beinen, aber das sind morgens viele hier", erklärte die Frau, als sie sich für ein paar Augenblicke zu ihnen an den Tisch setzte.

Gisela schaute sich nur schweigend um. Obwohl sie diese Viertel kannte, hatte sie solch eine Gemeinschaftsunterkunft offenbar zuvor noch nicht gesehen.

„In ein paar Minuten gibt es Mittag, wollt ihr auch eine Schüssel Suppe mit essen?", fragte Hermine sie plötzlich.

Es war ungewohnt, dass die sonst eher sparsame Frau hier etwas kostenlos anbot, aber offenbar machte sie sich jetzt ebenfalls große Sorgen um Rosalie.

„Nur dann, wenn ich die dir bezahlen darf", entgegnete sie ihr.

Hermine winkte ab und lächelte sie an. „Dafür tust du mir andermal wieder einen Gefallen", erwiderte die Frau und stellte auch schon zwei Blechnäpfe mit einer dampfenden Gemüsesuppe vor sie hin.

Die anderen Mitbewohner fanden sich auch alle ein und schon wenig später saßen sie alle nebeneinander über das wirklich schmackhafte Mahl gebeugt.

Hermine war eine ausgezeichnete Köchin und verstand es, mit den wenigen Vorräten, die sie besaß, eine gute und reichliche Mahlzeit zu zaubern.

Nach diesem Essen verabschiedete sie sich und stieg mit Gisela die Treppe wieder hinab.

Kaum war sie auf der Straße, da traten zwei uniformierte Männer auf sie zu.

„Frau Mathilda Meyerbähr?", fragte einer den Beiden.

„Ja!", antwortete sie.

Sofort hatte der andere Mann ihr mit roher Gewalt die Arme auf den Rücken gezogen und eine eiserne Handfessel um die Handgelenke geschlossen.

„Sie sind wegen Mordversuches verhaftet!", erklärte der Mann ziemlich laut und zerrte sie davon.

48. Kapitel

Zwischen Zweifel und Wahrheit

Entsetzt und verwirrt blickte Gisela den beiden Gendarmen nach, die gerade die gefesselte Mathilda von ihr fortzogen. Man warf der alten Hebamme einen Mordversuch vor! Das hatte zumindest der eine Mann gesagt.

Abermals jagte der Zweifel durch ihren Leib. Hatte sie nicht erst ein paar Augenblicke zuvor Vertrauen zu Mathilda gefasst?

War das alles nur Täuschung gewesen? Oder war diese Anklage ein Versehen? Ein dummes Missverständnis? Aber kam man den einfach so grundlos auf solch eine ungeheuerliche Anschuldigung?

Verloren stand sie mit Mathildas Tasche zwischen den dreckigen Wohngebäuden. Wo brachte man die Hebamme überhaupt hin?

Schnell riss sie sich von ihrem Platz los und rannte den Männern hinterher.

„Wo bringen sie Mathilda denn hin?", fragte sie, als sie die Gendarmen schließlich eingeholt hatte.

„Zur Befragung in die Hauptwache am Markt!", antwortete der eine Gendarm, schob sie einfach zur Seite und zog die verhaftete Mathilda mit sich.

Mit hocherhobenem Haupt und auf dem Rücken gefesselten Händen ging Mathilda mit ihnen. Sie wehrte sich nicht und in ihrem Gesicht war auch keine Regung zu erkennen. Eventuell hatte sie mit solch einer Beschuldigung bereits gerechnet oder sie war zu entsetzt über diese Anklage.

Abermals stand Gisela alleine auf der Straße herum und schließlich ging sie langsam zurück zu dem Waschhaus, in dem Mathilda bisher mit ihr gewohnt hatte, doch alleine würde sie da unmöglich weiterhin wohnen können.

Sicherlich würde auch dort schon bald einer wie Gregor erscheinen, die Hand aufhalten und sie danach einfach aus dem Raum auf die Straße werfen.

Und wo sollte sie dann hin?

Sie war wieder am Anfang angekommen und wusste keinen Ausweg aus diesem ganzen Wirrwarr um sie herum. In einer Minute war sie gerettet und glücklich und im nächsten Moment einsam und verloren.

Wo war da der Sinn dahinter?

Grübelnd näherte sie sich dem Eingang, als sie eine Gruppe von jungen und älteren Frauen bemerkte, die vor dem Haus offenbar auf jemanden warteten.

Eine der Frauen löste sich aus der Gruppe und trat auf sie zu. „Weißt du, wo Mathilda ist?", fragte sie, weil sie offenbar Mathildas Tasche in ihrer Hand erkannt hatte.

„Mathilda wurde verhaftet und zur Wache gebracht", entgegnete sie.

„Verhaftet?", brach es aus der anderen Frau laut heraus.

Gisela nickte und ein allgemeines Murmeln und Wehklagen ertönte aus der Gruppe, bevor die Frauen in alle Richtungen davonliefen.

Nur ein junges Mädchen blieb zurück, sah sich um und trat verzweifelt von einem Bein aufs andere. Sie trug die Kleidung einer Magd und war damit in dieser Gegend sofort zu erkennen. Sicherlich war sie noch keine fünfzehn Jahre alt und blickte sie völlig verzweifelt an, darum bat Gisela sie in das Haus.

In Mathildas Wohnung setzten sie sich an den Tisch und noch immer sagte das Mädchen kein Wort. Nervös spielte sie am Saum ihrer Jacke, blickte verlegen auf die Tischplatte und schwieg einfach nur.

Gisela holte zwei Tassen Tee und stellte diese vor sich hin.

Mit der warmen Tasse in der Hand taute auch das Mädchen etwas auf. Sie blickte sie an und lächelte jetzt etwas gequält, aber erst nach den ersten Schlucken begann sie leise zu erzählen: „Ich bin Anne und wohne seit einem halben Jahr bei meiner Herrschaft. Weißt du, wann Mathilda denn wieder da ist? Sie muss mir helfen?"

„Nein, das weiß ich leider nicht, aber kann ich dir eventuell behilflich sein? Was möchtest du denn von ihr?"

„Na ja, weißt du, die Mamsell bei uns zu Hause hat sie mir empfohlen. Der junge Herr hat mich ... und da wollte ich schnell ... zu Mathilda!", druckste sie stockend herum.

„Hat er dir Gewalt angetan?", fragte sie nach.

„Nicht direkt. Es hat zwar wehgetan, aber er hat es eben einfach gemacht. Ich bin nur eine Magd, was hätte ich tun können?", entgegnete Anne, blickte in ihre Tasse, trank einen weiteren Schluck und eine Träne lief ihr über die Wange, die bei ihrer Schilderung deutlich röter geworden war.

Jetzt erinnerte sich Gisela an Minna, denn die hatte auch immer zum Herrn gehen müssen, wenn der nach ihr gerufen hatte.

Man hatte da wohl keine andere Wahl, wenn man die Anstellung behalten wollte und die Konsequenz für Anne war dann wohl, dass sie jetzt hier saß und sie händeringend um Hilfe ersuchte.

Offenbar half Mathilda auch auf so manche Art, die sie ihr bisher verheimlicht hatte und der alte Zweifel kam wieder hoch.

„Möchtest du es denn nicht behalten?", erkundigte sich Gisela.

„Wie denn? Und der Herr würde das niemals zulassen, dass ich ihm einen Bastard ins Haus bringe. Das hat auch die Mamsell klar und deutlich gesagt. Ich darf nur bleiben, wenn es geht!", entfuhr es Anne, sie strich sich über den Bauch und die nächsten Tränen stiegen ihr hoch, die sie lautstark durch die Nase zog.

„Sie hat mir auch das Geld dafür gegeben", setzte Anne schniefend fort und zog einen Stapel funkelnder Groschen aus ihrer Schürzentasche. Kurz zeigte sie die Münzen, bevor sie den Schatz schnell wieder verwahrte.

„Kannst du mir nicht helfen?", erwiderte sie danach sichtbar verzweifelt.

Gisela schüttelte den Kopf und sagte dann: „Aber gib mir deine Adresse, dann kann ich dir Bescheid geben, wenn Mathilda wieder da ist!"

Anne fasste wieder Mut, wischte sich die Tränen mit dem Ärmel fort und schrieb die Adresse mit einer Kinderschrift auf einen Zettel.

„Ich danke dir", bemerkte Anne noch, umarme sie und ging wieder.

Gisela blieb damit nur noch verwirrter zurück.

Mathilda nahm also Geld von den verzweifelten Mädchen und nicht mal wenig! Und machte damit was? Sie brachte kleine Kinder um, ungeborene, unschuldige Säuglinge!

Das war unrecht und Mord!

War das bei Rosalie am Tage zuvor also eventuell gar keine Fehlgeburt gewesen, sondern ein verpfuschter Abbruch?

Nachdenklich stützte Gisela den Kopf in die Hand und blickte zur geschlossenen Tür.

Aber was war für Anne die Alternative zu Mathilda? Das Kind bekommen? Damit würde sie die Anstellung verlieren! Kein Herr duldete eine Magd mit Kind in seinem Hause und wo sollte Anne sonst hin?

In einen Keller in den Slums?

Das wäre vermutlich die einzige Möglichkeit. Sie würde, wie Hilde, verzweifelt versuchen, ihr Kind und sich am Leben zu halten, indem sie sich selbst an die Männer verkaufte.

Allerdings wäre auch Mathildas Hilfe nicht von Dauer. Der junge Herr würde nicht von Anne ablassen und das Mädchen konnte sich ihm wohl kaum verweigern.

Das Ende dessen war abermals absehbar.

Es war ein Teufelskreis aus Abhängigkeiten und Missbrauch!

Erneut saß Gisela grübelnd am Tisch und wusste momentan nicht, was sie tun sollte.

Aber der Zettel mit Annes Schönschrift lag wie eine Mahnung vor ihr und damit gekoppelt war ja auch ihr Versprechen an das unglückliche Mädchen.

49. Kapitel

Im Zweifel für die Freundschaft

Die ganze Nacht lang hatte Gisela abermals hin und her überlegt, was richtig und was falsch war. Jetzt saß sie müde, hungrig und noch immer unschlüssig am Tisch und wusste nicht mehr wirklich, wem sie trauen konnte: Ihrem Gefühl, oder dem Verstand?

Das Gefühl hatte ihr mehr als unmissverständlich klarmachen wollen, dass Mathilda ein guter Mensch war, denn sie hatte sie ohne darüber nachzudenken bei sich aufgenommen, versorgt und behütet.

Aber der Verstand erklärte ihr immer wieder, dass ein unschuldiger und guter Mensch wohl kaum von der Polizei verhaftet worden wäre.

Einzig ihre Freundin Hilde hätte ihr wohl jetzt aus dieser Klemme helfen können, aber zu der konnte sie eben nicht gehen, ohne dabei Kopf und Kragen zu riskieren.

Vielleicht sollte sie erst mal mit Mathilda reden, was man ihr überhaupt vorwarf. Mordversuch hatte der Gendarm am Tage zuvor gesagt. Das klang ziemlich ernst!

Schließlich stemmte sie sich vom Tisch hoch, gähnte und streckte sich, bevor sie ihre Kleidung richtete und sich auf den Weg machte.

Sie lief an den düsteren Gebäuden vorbei, an dunklen Hausdurchgängen und dreckigen Gassen, über schmutzige Plätze, auf denen kleine Kinder fangen spielten.

All das war ihr mittlerweile nur zu gut bekannt und sie wunderte sich selbst gerade darüber, wie schnell sie diesen Dreck als selbstverständlich akzeptiert hatte.

Dieses Viertel hieß Sonnenberg und es klang wie Hohn, wenn man das hier sah! Jeder Flecken war mit zum Teil abenteuerlichen

Bauten bedeckt. In dem anderen Viertel gab es einen kleinen Park, mitunter auch Sträucher und kleine Wiesenstücken, doch hier gab es nichts mehr davon.

Der Qualm, den sie im Winter oft gespürt und der in der Lunge gebrannt hatte, hatte hier seinen Ursprung. An jeder Ecke stank es anders und wenn man in die schmalen Gassen schaute, dann wurde es einem Himmelangst. Bröckelnde Fassaden weiter oben ließen es zum Glücksspiel werden, da hindurch zu gehen.

Gisela zog schützend den Kopf zwischen die Schultern, als sie durch eine hindurch musste.

Es mochte wohl noch keine fünfzig Jahre her sein, dass dies hier mal ein Dorf am Rande von Chemnitz gewesen war, aber der Fortschritt und die Industrialisierung prägten diese Gegend so deutlich, dass es einem schauerte.

Ihre Gedanken flogen zurück zu ihrer ehemaligen Heimat, denn da war alles immer sauber gewesen. Das Haus der Eltern, dann die Villa.

Erst mit Hinner war der Ruß und Schmutz gekommen, aber sie hatte es als lästiges Beiwerk akzeptiert.

Gerade schmerzte der Kummer um den Geliebten erneut ganz schön und mit jedem Schritt wurde es schlimmer, denn oft war sie im letzten Jahr mit ihm auf dem Markt gewesen.

Es war ein ganz schönes Stück bis dorthin und da angekommen suchte sie zuerst den ganzen Platz mit den Augen nach der hochgewachsenen Gestalt des geliebten Mannes ab.

Sicherlich war es die pure Verzweiflung und natürlich war er nicht dort! Mit dieser Erkenntnis wurde es ihr nur noch schwerer ums Herz und schließlich riss sie sich aus ihrem Kummer los und ging zur Polizeiwache hinüber.

Vor dem Hause angekommen richtete sie ein letztes Mal ihre Kleidung, klopfte sich etwas Straßenstaub vom Rock und betrat danach die Wache.

Sie trat zum diensthabenden Konstabler und sagte: „Guten Tag. Ich suche Mathilda Meyerbähr, sie wurde gestern verhaftet und hierher gebracht. Dürfte ich sie vielleicht besuchen?"

Der Gendarm sah sie von oben bis unten an, kratzte sich dann am Kopf und schlug sein Buch auf.

„Die sitzt unten in einer Zelle. Was wollen sie denn von ihr?", fragte er nach einem Moment.

Das war jetzt eine Frage, auf die sie wahrhaftig nicht vorbereitet war. Sollte sie wirklich sagen, dass sie einfach nur wissen wollte, ob Mathilda eine Mörderin war? Das fühlte sich irgendwie seltsam an.

Schnell zog sie den Kamm aus dem Beutel und erzählte: „Ich wollte ihr nur ihren Kamm bringen!"

Der Mann hätte jetzt auch einfach nur den Kamm nehmen und ihn ihr bringen können, doch er nickte und winkte einen jungen Gendarmen zu sich. Dieser führte sie über eine Treppe hinab in den Zellenbereich.

Das war wirklich kein schöner Ort und irgendwie wirkte er sehr beklemmend auf sie. Die einzige Hoffnung war, dass sie ja dann auch wieder an die frische Luft konnte.

Im Gegensatz zu Mathilda, die wohl kaum so schnell diesen stickigen und dunklen Bau wieder verlassen würde.

Endlich stand sie an einer Gittertür, hinter der einige Frauen auf Bänken in einer Zelle saßen.

„Mathilda?", rief sie.

Die ältere Frau kam schwankend aus dem hinteren Bereich nach vorn zum Gitter. Die eine Nacht hatte sie um Jahre altern lassen, aber ein Lächeln zog über ihr Gesicht, als sie zu ihr trat.

„Hallo Gisela", sagte sie sanft.

„Hallo Mathilda, wie geht es dir?"

Das war wohl die dümmste Frage, denn es war ja zu sehen, dass es ihr nicht gut ging.

„Ganz gut", log Mathilda und setzte hinzu: „Keiner glaubt mir, dass Rosalie eine Fehlgeburt hatte und ich ihr nur half. Man wirft mir vor, dass ich bei ihr einen Abbruch gemacht hatte. Sie ist in ihrer Fabrik zusammengebrochen! Finde Gustav, den Arbeiter, der sie vorgestern zu mir gebracht hat. Nur er kann meine Unschuld beweisen!"

„Und wenn ich für dich Aussage und deine Unschuld bestätige?", hörte sie sich fragen, obwohl sie bis gerade eben selbst noch an Mathilda gezweifelt hatte.

„Du bist eine Frau! Niemand wird dir glauben!", entgegnete Mathilda.

„Schluss jetzt!", erklärte der junge Gendarm und zog sie am Arm davon.

„Finde Gustav!", rief Mathilda ihr hinterher, dann war Gisela wieder draußen auf dem Marktplatz.

Sie ging zum Brunnen hinüber, blieb dort stehen und sah ein paar Tauben zu, die dort ihren Durst löschten, dann blickte sie über die Schulter grübelnd zur Wache zurück.

Eigentlich musste sie jetzt nur diesen Mann finden, der gleichzeitig ihre Zweifel zerstreuen und auch Mathildas Unschuld bestätigen konnte, doch sie hatte nur einen Namen, sonst nichts.

„Gustav", murmelte sie.

Wie viele Männer auf diesem Platz hatten wohl ebenfalls diesen Namen? Wie viele würden sich jetzt zu ihr umblicken, wenn sie laut diesen Namen rief?

Sicherlich einige und sie hatte nichts sonst.

Wo sollte sie mit ihrer Suche beginnen? Bei Rosalie, aber die lag noch im Spital!

Und wo sonst?

Vielleicht konnten die Frauen aus dem Waschhaus vom Vortag helfen? Die hatten eventuell Gustav gesehen, als er Rosalie gebracht hatte?

Möglicherweise!

Ein letztes Mal blickte sie suchend über den Platz, ob nicht doch der geliebte Mann hier irgendwo war, um sein Spielzeug zu verkaufen, doch statt Hinners Gestalt erblickte sie eine andere Silhouette.

Eine tödliche Bedrohung betrat gerade den Platz: Gregor!

Die Angst schnürte ihr die Kehle zu, als hätte der brutale Mann schon seine Hände um ihren Hals gelegt.

Mit schnellen Schritten eilte sie vom Platz und versteckte sich neben einem Haus, um noch einmal zurückzublicken, ob Gregor sie gesehen hatte. Doch der große Mann lief mit schwankendem Schritt zu einer Kneipe hinüber.

Jetzt zog sich Gisela langsam in den Schatten des Hauses zurück und lief danach die Gasse entlang.

Grübelnd dachte sie nach, wo sie die beiden Frauen fand, die sie nur für ein paar Augenblicke im Waschhaus gesehen hatte.

In Mathildas Haus? Bestimmt!

Wie viele Frauen wohnten wohl dort? Zwanzig? Fünfzig?

Möglicherweise ein paar mehr, wenn sie nur an Rosalies überfüllte Unterkunft zurückdachte!

50. Kapitel

Eifersucht und Leidenschaft

Der Winter war vorbei, der Frühling hatte den kleinen Garten abermals mit etwas mehr Grün versehen, als es der trostlose Anblick bisher gezeigt hatte. In den letzten paar Tagen hatten sie die Pflanzen alle wieder aus dem Haus in das Gewächshaus nach draußen verbracht.

Erneut hatte jede Hand mit anpacken müssen und jetzt war Flora schon seit Stunden alleine in ihrem Glasbau und kümmerte sich um ihre grünen Lieblinge.

Minna schaute, auf ihren Besen gestützt, sehnsüchtig zu ihr hinüber, denn es war gerade Großreinemachen im Hause.

Über die Wintermonate war so einiges geschehen: Zuerst hatte sich ihre Vermutung doch bewahrheitet, die Herrin war schwanger.

Der Herr hatte ihr daraufhin die Ausritte verboten, was die Herrin danach am Personal ausgelassen hatte, indem sie es wirklich unmöglich schikaniert hatte.

Sie und Flora hatten es da noch am besten gehabt, denn sie waren dann immer im Keller verschwunden, der mit seinen vielen Pflanzen eher einem Dschungel, als einem Kellergang in einer herrschaftlichen Villa geglichen hatte.

Seit einem Monat hatten sie jetzt auch eine junge Magd. Angelika war gerade mal fünfzehn und wurde von Bettina umsorgt und bemuttert. Als jüngste in ihrem Bunde hatte sie zumindest bei den Mägden noch Schonzeit, die Herrin nahm da keinerlei Rücksicht auf sie und daher rutschte die junge Magd jeden Tag stundenlang durch die Räume, wie es Gisela im Jahre zuvor noch getan hatte.

Von der Freundin fehlte seit ihrem Rauswurf aus der Villa jegliche Spur und Minna wich ihren Eltern immer aus, wenn diese sie danach gefragt hatten. Seit dem Jahresbeginn war sie deshalb auch nicht mehr in ihr Dorf gegangen, obwohl das nach der Schnee-schmelze jetzt auch durchaus wieder möglich wäre.

Noch immer irgendwie träumend stand Minna auf dem Weg, der vom Haus zu Flora führen würde. Es waren nur zwanzig Schritte, die sie von der Freundin und Geliebten trennten, aber es war momentan eine unüberbrückbare Entfernung.

Da die Herrin das Haus nicht mehr verlassen konnte, war sie jetzt jederzeit dazu in der Lage, oben am Fenster zu stehen und in den Garten zu sehen. Und wenn sie als Magd da hinüberging, ob-wohl alle zu putzen hätten, dann wäre wirklich der Teufel los!

Im letzten Jahr war das so schön gewesen, da war sie einfach stundenlang mit ihrem Pferd irgendwo verschwunden und sie hatte Zeit, um mit Flora zu plaudern oder einfach die gegenseitige Nähe zu genießen.

Bis vor ein paar Tagen hätten sie noch ungesehen im Keller verschwinden können, doch das ging jetzt auch nicht, weil Flora eben draußen bei ihren Blumen sein musste und sie drinnen tätig war!

Monatelang hatte sie sich ungestört ihrer Leidenschaft hinge-ben können und mit einem Male, praktisch über Nacht, war die Geliebte so unendlich weit von ihr entfernt!

Es war die reinste Folter!

Und zu allem Übel kam noch hinzu, dass der Herr auch weiter-hin an keinem Abend seine Finger von ihr ließ! Durch die Schwangerschaft der Herrin war sie jetzt diejenige, die ihm jeden Wunsch erfüllen musste und sei er noch so abstrus, abartig oder seltsam.

Eigentlich war sie hier nur als Magd tätig und dennoch war sie für ihn nur eine billige Dirne. Oder noch schlimmer, denn keine Hure würde nämlich für nur fünf Groschen in der Woche täglich ihren Arsch hinhalten! Wobei die fünf Groschen auch noch die mitunter sehr schweren Arbeiten bezahlten.

An manchen Abenden war sie daher regelrecht wund, doch Floras Kräutersalbe und ihre sanften Finger sorgten schnell für Linderung.

Obwohl fünf Groschen pro Woche ziemlich viel Geld waren, und sie damit auch die Familie am Rabenstein unterstützte, wäre sie dennoch ohne die Freundin und Geliebte vor dieser Demütigung sofort in ihr Dorf geflüchtet.

Gerade noch rechtzeitig bemerkte sie aus dem Augenwinkel, dass die Herrin das Haus verließ und über den Gartenweg geschlendert kam.

Flink schwang Minna wieder den Besen und wirbelte mächtig viel Staub dabei auf.

Davon ungerührt ging die Herrin mit ihrem doch schon beachtlichen Bauch an ihr vorbei und spazierte zum Glashaus hinüber, wo Flora immer noch die Schere benutzte, um die Pflanzen in Form zu bringen.

Und jetzt verschwand die Herrin in dem Bau und war hinter all den Pflanzen nicht mehr zu sehen.

Am liebsten wäre sie ihr jetzt hinterher geeilt, um zu sehen, was die Frau dort tat. Und was Flora machte!

Es war wohl so eine Art von Eifersucht, die sie gerade dazu trieb! Aber hatte sie dazu einen Grund? Natürlich hatte sie bei Flora und mit ihr all diese köstlichen Erlebnisse auskosten können.

Im letzten Sommer genau in diesem gläsernen Haus dort drüben, in dem die beiden Frauen jetzt verschwunden waren.

Eine unbändige Macht zog sie dorthin, aber sie musste unter allen Umständen standhalten, denn es konnte alles zerstören.

Sie hatte ihre Arbeit hier und durfte der Versuchung nicht nachgeben, jetzt zu Flora zu eilen!

Und mit jedem Augenblick, den die Herrin dort in dem Häuschen war, wurde der Zweifel immer größer!

Was machte die da so lange darin? Was geschah dort?

Immer neue Bilder sausten durch ihren Kopf von all dem, was sie selbst dort getan hatte. Es war wenig wahrscheinlich, dass sich Flora jetzt in derselben Art um die Herrin bemühte.

Wenig wahrscheinlich, aber nicht unmöglich!

Diese Ungewissheit brannte wie ein Dorn in ihrer Seele! Wo kam das denn jetzt her? Sie hatte doch gar kein Recht auf irgendetwas, was Flora tat oder dachte.

Und die Herrin konnte sich alles in dem Hause nehmen, wonach es ihr auch immer gelüstete. Sie war die Herrin! Rücksichtslos hatte sie sich Peter genommen, aber Flora?

Das durfte nicht sein!

Jetzt klang auch noch Gelächter aus dem gläsernen Bau zu ihr herüber. Wenn sie jetzt nicht sofort im Haus verschwand, würde diese aufkeimende Eifersucht alles zerstören!

Minna riss sich los, stellte den Besen an die Hauswand und eilte zum Hauseingang hinüber.

In ihren Ohren war das Lachen der Herrin sogar noch, als die Haustüre bereits hinter ihr ins Schloss gefallen war.

Todunglücklich rannte sie in den Keller und ließ die Tränen einfach fließen.

„Was ist denn los?", fragte plötzlich eine Stimme aus der Dunkelheit.

Es war Angelika, die gerade in einem der Kellerräume gefegt und zusammengeräumt hatte.

„Ach nichts"; schniefte Minna und wischte sich die Tränen mit dem Ärmel ab.

Wie sollte sie auch so etwas diesem Mädchen erklären?

In Angelikas Leben gab es noch keine Liebe, keine Leidenschaft und damit auch keine Eifersucht. Sie war noch zu jung, um sich darüber Gedanken zu machen.

Aber Minna hatte von dieser Frucht gekostet, für dessen Genuss man aus diesem Paradies auch wieder hinausgeworfen werden konnte. Nicht von Gott, sondern von der Herrin!

Was sagte sie jetzt also diesem Mädchen?

Jedes Wort wäre da zu viel! Schnell eilte sie davon und ließ Angelika unten im Keller stehen, in einem der Räume, der vor ein paar Tagen noch ihre Zuflucht mit Flora gewesen war!

Diese Eifersüchtelei konnte einem schon innerlich zerreißen, aber sie musste stark bleiben.

Die Nacht würde kommen, und mit ihr Flora!

Sie hatten jetzt immer nur noch die Nacht!

51. Kapitel

Die Suche nach der Wahrheit

Es war Aussichtslos! Seit fast zwei Tagen suchte Gisela jetzt schon in dem Haus nach den beiden Frauen, die sie ja vor ein paar Tagen nur kurz im Waschhaus bei ihrer Tätigkeit gesehen hatte.

Die beiden hatten dabei Kopftücher getragen, wodurch sie noch nicht einmal etwas zur Haarfarbe sagen konnte und die Schürzen der Frauen waren wohl nur für diese Arbeit gewesen.

Und es gab in diesem Hause so unglaublich viele Frauen! Das Haus hatte vier Hinterhöfe, acht Seitenflügel, fünf Keller, unzählige Schuppen, jedes Haus hatte mehrere Aufgänge und mindestens drei Stockwerke!

Es mochte wohl in diesem unübersichtlichen Mauergeviert mehr Frauen geben, als in ihrem Dorf.

Viel mehr!

Selbst die Kinder hatte sie nicht wiedergefunden.

Diese Suche war von Anfang an aussichtslos gewesen.

Hatte sie sich dabei verrannt? Vermutlich, denn eigentlich sollte sie ja Gustav finden und nicht die beiden Frauen, aber wie fand man in Chemnitz einen Arbeiter, von dem man nur den Vornamen kannte?

Da müsste vermutlich ein Wunder geschehen, denn sie sah ja jeden Tag die Unmengen von Männern, die morgens die Straße hinab zu den Fabriken liefen. Das waren tausende! Und jeder zehnte hieß da wohl Gustav! Wie sollte sie dabei den einen finden?

An der Tür des Waschhauses hatte sie einen Zettel angebracht mit der Aufschrift: „Mathilda ist für eine Weile verreist!" Das war zwar gelogen, aber es ersparte ihr die ständigen Ausflüchte und Ausreden für die vielen Frauen und Mädchen, die unaufhörlich nach ihr fragten.

228

Das waren in den zwei Tagen auch schon wieder ein paar Dutzend gewesen!

In Mathildas Schrank hatte sie einige Münzen gefunden, mit denen sie sich etwas zu essen geholt hatte. Sie würde es der Freundin irgendwann zurückgeben müssen, nur wie, das wusste sie momentan noch nicht.

Grübelnd betrat sie abermals den leeren Raum, setzte sich an den Tisch und schmierte sich eine Wurstbemme.

Bedächtig kaute sie ihr Abendbrot und überlegte gleichzeitig, wo diese Suche nur enden würde.

Vermutlich musste sie bei Rosalie ansetzen, aber die war sicherlich noch im Spital. Oder war sie mittlerweile wieder in ihrem Schlafraum?

Das konnte vielleicht der Ansatz sein, der zum Erfolg führen konnte.

Mittlerweile suchte Gisela nicht mehr nach dem Mann, um Mathildas Unschuld zu bestätigen, oder nicht nur, sondern um die Wahrheit über die ältere Freundin ans Licht zu bringen. Für sich selbst, denn sie wollte es unbedingt wissen und da wussten eben nur Rosalie und Gustav, was die Wahrheit war.

Doch selbst wenn Rosalie wieder gesund war, würde ihr kein Gericht glauben. Und sie selbst wohl auch nicht, denn ein Abort konnte auch für die Mutter mit Kerkerhaft bestraft werden und wer ritt sich schon selbst sehenden Auges in den Sumpf?

Nur Gustav konnte alle Unklarheiten aus dem Wege räumen und daher kam wohl auch diese verbissene Suche nach ihm!

Es klopfte, Anne schob die Tür auf und schaute in das Zimmer.

„Ich wollte nur mal fragen", begann sie.

„Nein. Mathilda ist noch nicht wieder zurück", entgegnete Gisela nach dem schnellen Herunterschlucken des Bissens.

Schüchtern schob sich das Mädchen zu ihr. „Ich habe mich nur schnell aus dem Hause geschlichen", erklärte sie.

„Schnell?", entgegnete Gisela, die ja wusste, wo Anne im Dienste stand.

Das war fast eine Stunde Fußweg!

„Du bist unerlaubt von deiner Herrschaft fort! Das kann dich deine Anstellung kosten, wenn das herauskommt!", erklärte Gisela dem Mädchen, danach blickte sie sich zum Fenster um.

Draußen wurde es schon langsam duster und das lag diesmal nicht am dichten Rauch aus den Fabriken. Der Abend kam über die Stadt und lockte all die dunklen Gesellen aus ihren Löchern. Da war eine Frau alleine auf den Straßen nicht mehr sicher und so ein junges Mädchen wie Anne, mit so guter Kleidung, war ein gefundenes Fressen für die Halsabschneider!

In der Dunkelheit traute sie sich selbst kaum aus dem Hause, aber Anne kannte sich hier überhaupt nicht aus.

Offenbar war ihr in ihrer kindlichen Naivität auch die Gefahr nicht bewusst, der sie sich damit aussetzte.

Am liebsten hätte sie Anne jetzt bis zum nächsten Morgen hier im Zimmer eingeschlossen, aber dann wäre deren Verschwinden offenkundig und die junge Magd würde dann nicht mehr zurückkönnen.

Geschwind räumte sie Brot, Butter und Wurst in den Schrank, griff nach Annes Arm und erklärte: „Ich bringe dich noch schnell heim!"

„Ich kann selbst gehen", entgegnete Anne.

„Das kannst du leider nicht. Zumindest nicht alleine. Das ist zu gefährlich für dich", antwortete Gisela und bemerkte, wie das Mädchen zusammenschrak.

Unverkennbar war sie sich gerade eben erst bei diesen Worten dieser Gefährlichkeit des Weges bewusst geworden.

Sie warf dem Mädchen ihren Umhang um die Schultern und dann eilten sie davon.

Bei jedem Schritt wurde es finsterer und sie rannten schließlich!

Gisela atmete auf, als sie den dunklen Bereich der Arbeitersiedlung verließ und in den reicheren Stadtteil kam, wo es auch Straßenlaternen gab.

Sie verlangsamte ihren Schritt und jetzt sah sie die Frauen dort stehen, die mit ihrem Körper Geld verdienen mussten. Und die dann irgendwann bei Mathilda an der Tür klopften, wenn die alten Hausmittelchen nichts mehr halfen!

Vermutlich so, wie bei Hilde und instinktiv suchte sie jetzt die Augen der Freundin.

Sie sah junge Mädchen, reife und auch ältere Frauen. Müde Gesichter und den Abscheu darin vor dem, wozu sie gezwungen waren, um zu überleben.

Was geschah wohl mit ihnen, wenn Mathilda nicht wieder kam? War das dann auch ihr Weg? Würde dann auch sie hier am Abend stehen und hoffen, dass ihr jemand einen Groschen in die Hand drückte, um mit ihr wer weiß was zu tun.

Schon alleine bei dem Gedanken daran schüttelte es sie, aber welche Alternativen gab es zum Überleben? Nicht viele! Eventuell noch eine der Fabriken, aber die wenigen Arbeitsstellen waren heiß begehrt.

Endlich hatten sie Annes Haus erreicht.

„Ich melde mich bei dir", erklärte Gisela und nach einer Umarmung verschwand Anne im Seiteneingang der Villa.

Damit war es jetzt Zeit für den Rückweg, obwohl es sie davor gruselte, doch es musste sein!

Eilig lief sie zurück und hastete durch die dunklen und zum größten Teil menschenleeren Straßen. Wo Männer standen, da machte sie einen großen Umweg und erreichte schließlich wieder Mathildas Wohnung.

Am Tisch sitzend dachte sie später an die Frauen, die sie auf dem Weg gesehen hatte. Taten sie unrecht? Oder Mathilda, weil sie ihnen half? Vielleicht beides!

Zumindest würde sie am nächsten Morgen zu Rosalies Unterkunft gehen, um sie zu suchen, obwohl sie jetzt schon viel mehr Verständnis dafür hätte, falls Mathilda wirklich bei Rosalie einen Abbruch vorgenommen hatte.

Aber die Wahrheit musste ans Licht kommen!

52. Kapitel

Warnschuss vor den Bug

Es war ein dunkles, feuchtes Kerkerloch, in das man sie geworfen hatte, aber was erwartete man wohl, wenn man für einen versuchten Mord angeklagt worden war. Noch immer konnte Mathilda es nicht fassen, dass es zu dieser Anschuldigung gekommen war.

Jetzt saß sie in einem Raum, mit einer Kindsmörderin auf der einen und einer Dirne auf der anderen Seite.

Die Kindsmörderin war eine ziemlich junge Frau, die wohl aus bitterer Not und völliger Verzweiflung ihr Kind im Schlaf getötet hatte und seit mehr als einem Tag nicht mehr aus dem Weinen herauskam.

Die Dirne hingegen war eine Frau mittleren Alters und völlig abgeklärt. Abgestumpft konnte man es schon eher nennen.

Ihre beiden Zellengenossen hatten in ihrem Leben mit allem anderen hinter sich abgeschlossen: Der Dirne war alles egal, was auch immer passieren würde, und die Mörderin sehnte sich nur noch nach dem Tod!

Und sie saß ratlos dazwischen.

Anfangs hatte sie die weinende Frau tröstend in den Arm nehmen wollen, doch die junge Mutter hatte sie einfach zur Seite gestoßen. Sie wollte mit sich und ihrer Tat alleine sein und es gab da wohl auch kaum einen Trost!

Für sie blieb nur zu hoffen, dass der Richter wirklich die Todesstrafe über sie verhängte und nicht lange Jahre im Kerker, denn das würde sie nur noch weiter zerbrechen.

So saß sie hier also zwischen einer Frau, die ein Kind getötet hatte und einer, die sicherlich in ihrem Leben schon ein paar Dutzend Abtreibungen gehabt hatte.

Und sie selbst?

Sie hatte in den letzten Jahren gewiss schon ein gutes Tausend dieser Eingriffe an anderen Frauen draußen vorgenommen.

Wessen Schuld wog wohl schwerer?

Und konnte man sowas überhaupt bemessen? Abwägen? Gewichten?

Mathilda grübelte nach, was wohl geschehen war und was sie in diese Bedrängnis gebracht hatte. Laut der Anklage war ihr bei Rosalies Behandlung ein fataler Fehler unterlaufen, doch eigentlich war sie sich keiner Schuld bewusst.

Schließlich hatte sie die junge Frau ausdrücklich darauf hingewiesen, dass sie das Bett hüten sollte!

War sie zu unvorsichtig gewesen?

Natürlich hatte sie dieses drohend über ihr schwebende Schwert geahnt, aber es war all die Jahre immer alles gut gegangen. Es war wohl, wie mit jemanden, der auf einem Fuhrwerk saß und einen Hang hinab raste.

Solange man noch nicht an der Kante zum Abgrund angekommen war, konnte man noch sagen: Es ist doch alles gut!

Aber der gesunde Menschenverstand warnte einen dabei doch ständig, dass da irgendwo ein bodenloser Fall in die Tiefe lauern konnte!

Es war dasselbe absurde Gesetz, das sie drei in diese Kerkerzelle gebracht hatte, denn keine Frau durfte ein ungeborenes Kind auf legalem Wege wegmachen lassen!

Für alle Beteiligten drohte im besten Falle eine mehrjährige Kerkerhaft. Im schlimmsten Fall der Galgen! Alle wurden durch die Gewissheit einer schweren Strafe in diese Illegalität, dieses Dunkel des Verbrechens, getrieben.

Die Hure dafür, dass sie es wegmachen ließ, sie dafür, dass sie ihr half und die junge Mutter, weil sie nach der Geburt keinen anderen Ausweg mehr gesehen hatte!

Keiner fragte danach, dass dabei das eigene Gewissen schon Strafe genug war, denn die meisten ihrer Patientinnen litten noch Jahre danach an den Folgen des Eingriffes.

Sternenkinder oder Engel!

Keiner tat so etwas leichtfertig! Nicht einmal die Hure hinter dieser Maske aus Gleichgültigkeit!

Eventuell war sie wirklich zu unvorsichtig geworden und diese Anklage war jetzt das Resultat davon! Sie hatte sich zu sicher gefühlt und es hätten einfach passieren müssen. Kein Arzt konnte doch übersehen, was sie da täglich im Armenviertel machte. Sie hatten es wohl nur stillschweigend geduldet, damit sie nicht jeden Tag die hilflosen Opfer der anderen Kurpfuscherinnen im Hospital wieder zusammenflicken mussten, wenn diese es überhaupt lebend bis in die medizinischen Einrichtungen geschafft hätten.

Und momentan war Gisela ihre letzte Hoffnung, denn gerade bei Rosalie war sie völlig unschuldig!

Es war wirklich eine Fehlgeburt gewesen und nur Rosalies Not geschuldet, dass sie sich, entkräftet durch den Blutverlust, dennoch in ihre Fabrik geschleppt hatte, wo sie dann zusammengebrochen war!

Dieses eine Mal war sie wirklich schuldlos und ausgerechnet dafür sollte sie in den Kerker?

Das wollte nicht in ihren Kopf und deshalb sträubte sich soeben alles in ihr, diese Verurteilung anzunehmen!

Konnte Gisela ihr helfen? Und suchte die überhaupt noch nach Gustav? Oder hatte sie einfach ebenfalls angenommen, dass sie zu Recht angeklagt wurde?

Wer könnte es ihr verübeln, wenn nur sie und Rosalie die ganze Wahrheit kannten? Sollte sie wirklich wieder auf freien Fuß kommen, dann würde sie vorsichtiger sein müssen! Das schwor sie sich jetzt im Angesicht dieses dreifachen Leidens!

All die Jahre hatte sie ja diese Grenze der Grauzone gekannt! Gab es noch keinen Herzschlag, so galt das Kind als Ding, als Sache und es wäre höchstens eine Sachbeschädigung! Dafür konnte man zwar immer noch belangt werden, aber man konnte dem noch entkommen!

Zumindest davor, sich vor Gericht zu verantworten! Dem eigenen Gewissen musste man sowieso jenem Tag ins Auge schauen!

Keine der tausend, die bei ihr bisher gewesen waren, war so abgebrüht und gewissenlos, dass das ohne Spuren an ihnen vorbeigegangen wäre.

Erst mit dem deutlich hörbaren Herzschlag schnappte die Falle auch vor Gericht zu! Jedenfalls dann, wenn es zu einer Anklage kam, wobei doch sicherlich jeder Arzt, Gendarm und Richter wusste, warum das im Verborgenen geschah!

Keiner davon konnte so blind sein! Nicht mal Justitia mit der Augenbinde!

Es war ein deutlich hörbarer Warnschuss des Schicksals gewesen! Mathilda seufzte auf und es klapperte im Flur.

Kam jetzt die Freiheit durch Gisela, die Anklage durch den Richter oder der Galgen durch die Nachricht von Rosalies Tod?

Es war nichts davon, sondern eine vierte Frau wurde in ihre Zelle gestoßen. Der Kleidung nach stammte sie eher aus gehobenen Kreisen und das war hier schon etwas seltsam.

Es dauerte eine geraume Weile, bis sie sich in einem Gespräch öffnete und so erfuhr Mathilda, dass sich die Frau einfach nur ihren ehelichen Pflichten verweigert hatte, um eben nicht schwanger zu werden!

Ihr Mann hatte sie dafür höchstpersönlich hier abgeliefert!

Auch das war eine Folge dieses Gesetzes! Ohne dieses unnütze Stück Papier wäre vermutlich keine von ihren vieren hier in diesem dunklen Loch.

53. Kapitel

Eine Spur des Zeugen

isela hatte auch in dieser Nacht schlecht geschlafen, denn der unsichere Heimweg hatte ihr einige furchtbare Albträume beschert, doch zumindest wusste sie, dass Anne unbeschadet wieder in ihrem Hause angekommen und ihr unentschuldigtes Säumen hoffentlich niemanden aufgefallen war.

Nach einer kurzen Stärkung machte sie sich nach dem Sonnenaufgang unverzüglich auf den Weg zu Rosalies Unterkunft.

Endlich sollte die ganze Wahrheit ans Licht kommen und die kannte eben nur jener mysteriöse Gustav.

Abermals folgte sie der Straße bis zu dem Häuserblock, ging durch den Eingang und betrat neuerlich das schummrige Treppenhaus.

Langsam stieg sie die Stufen hinauf und achtete sorgsam darauf, nur auf die sauberen Stellen dieser Stiege zu treten. Es war ein widerlicher Hindernislauf und obwohl sie ja eigentlich ihren Keller gewohnt war, ekelte sie sich vor diesem Treppenhaus.

Wie konnten Menschen nur in solch einer Unordnung leben? Das erschloss sich ihr wohl nie!

Schließlich stand sie vor dem Eingang zu der Wohnung, klopfte und schob danach die Tür auf.

Muffiger Geruch schlug ihr entgegen. Es war wohl gerade Bettenwechsel. Die Arbeiter und Arbeiterinnen, die am Tage in den Fabriken waren, standen gerade auf und die Gestalten der Nacht warteten zum Teil bereits mit heruntergelassener Hose darauf, in ihr Bett steigen zu können.

Hermine war so etwas, wie die ordnende Hand in diesem undurchschaubaren Durcheinander.

Schnell blickte Gisela sich um, ob sie Rosalie erkennen konnte, doch sie war offenbar nicht im Raume. Danach schob sie sich in die Ecke zum Fenster und wartete dort, dass sich dieser Wirrwarr der Menschen entknotete.

Nur langsam kam Ruhe in den Raum und schließlich stand Hermine alleine gähnend am Tisch, von wo aus die Frau sie jetzt erblickte und zu sich winkte.

Als sich Hermine auf einen Stuhl am Tisch sinken ließ, setzte sich Gisela zu ihr.

„Was möchtest du?", fragte Hermine müde und nahm einen Schluck aus ihrer Tasse.

„Ich bin noch immer auf der Suche nach Rosalie. Ist sie mittlerweile aus dem Spital raus?", entgegnete sie.

Hermine schüttelte den Kopf.

„Oder kannst du mir sagen, wo ich Gustav finde?"

„Welchen? Alleine bei mir schlafen acht, drei davon liegen gerade in den Betten", erwiderte Hermine und zeigte hinter sich.

„Ähm", entfuhr es Gisela und nach einer kurzen Bedenkzeit setzte sie hinzu: „Ein Arbeitskollege von Rosalie. Er hat sie vor ein paar Tagen zu Mathilda gebracht!"

„Ach, den meinst du, aber der ist auf der Arbeit und kommt erst heute Abend zurück. Was willst du denn von ihm?"

„Tja, weißt du, das ist so eine Sache", begann Gisela und überlegte, ob sie wirklich mit der ganzen Wahrheit herausrücken sollte, doch wer die Wahrheit suchte, der musste sie wohl auch aussprechen.

Sie beugte sich nach vorn über den Tisch und sagte wispernd, dass es nur Hermine hören konnte: „Die Gendarmen haben Mathilda letztens verhaftet. Man wirft ihr einen Mordversuch an Rosalie vor, weil sie wohl einen verpfuschten Abbruch vermuten. Nur Gustav kann bestätigen, dass sie eine Fehlgeburt hatte und Mathilda ihr deshalb geholfen hat!"

Hermine fiel vor Schreck die blecherne Tasse aus der Hand.

„Mathilda ist verhaftet?", entfuhr es ihr.

238

„Pst! Nicht so laut", entgegnete Gisela und blickte sich um, aber alle schienen noch zu schlafen.

„Mein Gott, die Ärmste", seufzte Hermine.

„Wäre ich doch noch vor ein paar Tagen zu ihr gegangen", setzte sie noch grübelnd hinzu.

„Du? Was fehlt dir denn?", antwortete Gisela.

„Ähm", räusperte sich Hermine.

Offenbar war es ihr peinlich, dass sie das gerade eben laut ausgesprochen hatte. Die eben noch so selbstbewusste Frau schlug die Lider nieder und das war wohl ein ziemliches Schuldeingeständnis.

Bei diesem Anblick fielen Gisela wieder die Frauen unter den Gaslaternen vom Abend zuvor ein.

Ihr war zwar mittlerweile klar, was Mathilda im Geheimen wirklich tat, aber hier hatte sie die erste Frau, die sie danach befragen konnte. Doch wie fing man das an, ohne Hermine dabei zu beleidigen?

„Warum?", fragte sie daher, als wüsste sie nicht ganz genau, worum es wirklich ging.

Hermine hob die Lider und blickte sie abschätzend an. Es dauerte einen Moment, bevor sie leise begann: „Na ja, weißt du, ich habe hier fünfzehn Betten, die ich doppelt belegen kann. Jeder, der hier schläft, zahlt mit dafür einen Groschen in der Woche. Das klingt zwar ziemlich viel, denn die meisten Arbeiter erhalten nur vier oder fünf davon jede Woche ausgezahlt."

„Das sind immerhin dreißig Groschen", entgegnete Gisela.

Hermine nickte und seufzte abermals.

„Oder auch ein silberner Vereinstaler", setzte Hermine hinzu und drehte sich im Sitzen halb zur Seite. „Da unten im ersten Bett schlafen meine beiden Kinder. Ich habe alle Mühe, die beiden durchzubringen, denn nach Abzug der Miete, des Essens und was ich sonst noch für Ausgaben habe, bleiben mit noch vier Groschen übrig. Da schaffe ich es nicht, noch ein weiteres Kind zu ernähren, aber ich versuche jeden Pfennig zu erhalten, den ich nur kriegen kann!", sagte sie und wandte sich wieder zu ihr zurück.

Die beiden Mädchen mochten wohl drei oder vier Jahre alt sein.

„Wirklich nur vier Groschen?", fragte sie die Frau.

Hermine bestätigte dies mit einem erneuten Nicken.

„Und sie wachsen so schnell", bemerkte Hermine seufzend.

Danach begann sie von ihrer Not zu erzählen, der sie hier alle ausgesetzt waren, davon, dass ihr Mann bei einem Unfall noch vor der Geburt des zweiten Kindes gestorben war und dass sie das Glück gehabt hatte, mit ein paar ersparten Talern diese Wohnung zu mieten.

All das kam Gisela nur sehr bekannt vor.

Zum Schluss bemerkte Hermine nur noch verbittert: „Und dann muss ich mich eben auch noch prostituieren, damit noch eine Münze mehr herausspringt!"

„Deshalb gehst du zu Mathilda?", erwiderte sie.

„Mitunter bleibt das dabei eben nicht aus", seufzte Hermine und nahm einen großen Schluck von ihrem Kaffee.

„Du bietest hier also nicht nur Bett, Unterkunft und Essen an?", wollte Gisela jetzt noch einmal wissen, aber das hatte sie ja bereits gesagt.

So konnte sie nur noch einmal seufzend nicken.

„Ich muss mich auch selbst verkaufen. Es bleibt sonst nicht genug am Ende des Monats übrig."

„Und das, was du damit verdienst, das trägst du dann zu Mathilda?", fragte sie nach.

„Mathilda macht mir gelegentlich einen Freundschaftspreis. Sie ist die beste und wenn ich zu einer anderen gehen müsste, wüsste ich nicht, ob ich es überlebe!", setzte Hermine leise hinzu.

Sehr viel nachdenklicher blieb Gisela am Tisch sitzen und sie beiden schwiegen.

Am Abend würde sie hoffentlich Gustav hier antreffen und mit ihm die Freundin aus dem Kerker erlösen.

Auch wenn es gelegentlich unrecht war, was Mathilda tat, so war sie doch gewiss an Rosalies Schicksal unschuldig, das hatte Gisela jetzt erkannt.

Woher auch immer sie jetzt diese Gewissheit nahm.

54. Kapitel

Im Schicksal alleine!

Mittlerweile war Mathilda alleine in dem dämmrigen Raum unter der Wache. Franziska war nach einer Nacht im Arrest reumütig zu ihrem Mann zurückgekehrt, um in Zukunft alles zu tun, was immer er von ihr verlangen würde.

Eine Nacht hier drin, mit der Aussicht darauf, eventuell ihre Kinder nie wieder sehen zu dürfen, hatten ihren Willen natürlich gebrochen.

Karoline, die Hure, war nach Zahlung eines kleinen Betrages als Strafe aus der Zelle stolziert und hatte sich bei dem Wachmann mit einem Kuss verabschiedet.

Es sah so aus, als kannten sich die beiden schon gut und es würde wohl auch kaum ihr letztes Treffen hier gewesen sein.

Die junge Mutter hatte man ebenfalls abgeholt. Es war allerdings höchst unwahrscheinlich, dass sie in ihrer derzeitigen Gemütsverfassung den Beginn ihres Prozesses, geschweige denn dessen Urteil erleben würde. Die letzten Tage hatte sie beinahe ohne Unterlass geweint und geschluchzt.

Und jetzt war Ruhe um sie herum! Diese einsetzende Stille war noch schlimmer, als das Weinen der jungen Frau! Es ängstigte sie und ließ sie zittern.

Es war schon paradox, dass sie nicht für die vielen hundert Vergehen angeklagt worden war, sondern für etwas, was sie nicht begangen hatte. Dieses einzige Mal war sie sich keiner Schuld bewusst und dafür sollte sie viele Jahre ins Gefängnis?

Noch immer sträubte sich da alles in ihr dagegen, es einfach zuzulassen. Es fühlte sich so grundsätzlich falsch an, dass sie es nicht akzeptieren konnte.

Und der einzige Hoffnungsschimmer in dieser seelischen Düsternis für sie war Gisela, die da draußen irgendwo den einzigen

Zeugen suchte, der sie aus diesem Loch wieder heraus bringen konnte.

Eigentlich war es aussichtslos und sie wusste noch nicht einmal, ob Gisela nicht schon über alle Berge war. Doch wie ein Ertrinkender klammerte sie sich an dieses rettende Stück Holz, diese Vorstellung davon, dass Gisela den Mann fand, mit ihm hier erschien und sich das Gittertor vor ihr wieder öffnete.

War das zu viel vom Schicksal verlangt? Eigentlich nicht!

Nur diese kleine Zuversicht hinderte sie wohl gerade daran, vollständig den Verstand zu verlieren!

Was hatte sie eigentlich getan?

Sie half Frauen, denen dieses blöde Gesetz keine andere Wahl ließ! Frauen wie Franziska, Karoline, Hermine oder all den anderen, damit sie eben nicht das Blut ihrer Kinder nach der Geburt an den Fingern hatten, wie es dieser namenlosen jungen Frau geschehen war, die jetzt für ihre Verzweiflungstat an den Galgen kommen würde, oder vorher am Gram im Kerker starb!

Es war unrecht! Jeder wusste es und doch tat keiner etwas dagegen! Das durfte doch nicht sein!

Mathilda stemmte sich von ihrem Hocker hoch und lief umher. Drei Schritte hin und drei zurück, die Zelle war nicht so groß, dass es darin für lange Wege reichte.

Grübelnd ging sie von einer Wand zur anderen, lauschte nach draußen, aber nichts geschah! Sie war alleine mit sich, ihren Gedanken und Vorwürfen! Und dennoch würde sie alles weiter so machen, wenn sie hier wieder nach draußen kommen würde.

Die Frauen brauchten sie, denn wo sollten die sonst hin?

Sie hatte sie gesehen, die zerstochenen Unterleiber der Frauen, die sich an irgendwelche vermeintlichen Helfer auslieferten. In ihrer Not taten sie alles, um dem zu entgehen, was der jungen Frau geschehen war.

Diese junge Mutter war eigentlich diejenige, die am unschuldigsten von allen war!

Franziska würde in Zukunft alles tun, was ihr Mann sagte. Diese eine Nacht hatte sie wohl zutiefst verunsichert und die Drohung mit der Zelle würde bei ihr fortan völlig genügen, um sie unverzüglich seinem Willen gefügig zu machen.

Karoline stand wahrscheinlich heute Abend schon wieder unter irgendeiner Laterne, um wenigstens etwas Geld zu verdienen, mit dem sie dann eventuell in ein paar Tage wieder eine Strafe bezahlen konnte, wenn sie abermals hier drin war.

Und sie?

Sie hatte Blut an den Händen, kein sichtbares, aber es war da. Unauslöschlich! Es war Massenmord, was sie tat, aber sie hatte keine andere Option!

Und dieses Grübeln machte sie wahnsinnig! Konnte jetzt nicht irgendjemand hier bei ihr sein, der sie mit Gesprächen ablenken würde? Wie Franziska oder Karoline?

Zumindest hatten beide jetzt ihre Adresse und man würde sich sicherlich wiedersehen, falls Gisela den Mann fand. Und da war wieder diese Unwägbarkeit, denn sie kannte selbst nur seinen Namen, den ihr Rosalie gesagt hatte. Nur einen Augenblick lang hatte sie ihn gesehen und das reichte nicht für eine Beschreibung!

Ihr Schicksal und das aller Frauen da draußen hing gerade daran, dass Gisela diesen einen Gustav fand, der in diesem einen Fall ihre Unschuld bezeugen konnte.

Es war unrecht, dass sie hier drin war!

Aus lauter Verzweiflung schlug sie mit der Faust gegen die Zellenwand, bis sie nicht mehr konnte. Der Schmerz lenkte ab, aber er löste das Problem nicht!

Sie musste auf ihr Los und auf Gisela vertrauen!

Ihr eigenes Leben ganz in die Hand einer beinahe völlig Fremden geben. So in etwa, wie die Frauen es taten, die täglich zu ihr kamen. Aus Verzweiflung oder Not! In der Art, wie sie jetzt auch!

Es schien eine Umkehrung der Tatsachen zu sein. Wollte das Schicksal ihr damit irgendetwas sagen? Gerade hatte sie viel Zeit, zum überlegen.

Bisher hatte sie nie die Ruhe gehabt, über all das nachzudenken, was sie täglich tat. Hier hatte sie diese Stille, die gegenwärtig schreiend durch ihren Kopf sauste. Sie sah all die Frauen vor sich, die sie anflehten, ihnen zu helfen, weil es sonst keiner vermochte!

Was hätte sie anderes tun können, als zu helfen?

Sie hatte es Greta vor fast dreißig Jahren geschworen und gerade hatte sie wieder das Gesicht der Freundin vor sich.

Bisweilen hatte sie Mädchen vor sich, die nicht viel älter waren, als Greta damals. Die sollten Kinder sein und sich nicht schon darum sorgen, dass sie keine Kinder bekamen!

Sie würde ihnen auch weiterhin helfen, denn sie konnte nicht anders! Die Vorsehung hatte sie mit all dem Wissen ausgestattet, es zu tun, aber warum brachte dieselbe höhere Gewalt sie jetzt in diese Zwangspause hier?

Was sollte sie daraus lernen?

Die Großmutter hatte ihr vor sehr vielen Jahren einmal gesagt, dass alles vom Anfang bis zum Ende vorherbestimmt war, doch was hatte das hier für einen Zweck?

Innehalten und nach hinten sehen? Um was zu tun? Sich zu fragen, ob sie irgendetwas davon hätte anders machen können?

Die Antwort war eindeutig: Nein!

Für Greta, Franziska, Karoline, Gisela und all die unbekannten anderen Frauen! Sie war alleine in ihrer Vorherbestimmung und wartete auf Gisela!

Nur diese Hoffnung war ihr noch geblieben und die wollte sie nicht aus der Hand geben, weil viele hundert Frauen auf sie harrten.

55. Kapitel

Ungerechtigkeiten

Selbstverständlich war Gisela pünktlich mit dem Signal der Dampfsirenen, die das Ende der Schicht in den großen Fabriken verkündeten, auf dem Weg zu Hermines Unterkunft. Auf den Straßen war jetzt ein unübersichtliches Durcheinander von müden Menschen, die ihrer Unterkunft entgegen schlurften.

Die Arbeiterinnen aus den Textilfirmen waren zum Teil so müde, dass sie im Gehen schwankten. Die Männer hatten zehn Stunden schwer in den Fabriken geschuftet und bei manchen führte der Heimweg erst mal zu den kleinen Schänken.

Es war Zahltag gewesen und der sauer verdiente Wochenlohn wollte jetzt erst einmal begossen werden, bevor man sich wieder der Tristes und Aussichtslosigkeit dessen bewusst würde, was man hier tat.

Natürlich waren die Arbeiten überall schwer, auf dem Lande genauso, wie hier in der Stadt, aber im Dorfe sah man wenigstens, was man mit seiner Hände Bemühung tat. Da wuchsen der Kohl im Garten und eventuell auch die Kartoffeln auf dem Felde, wenn sie nicht gerade wieder von der Kartoffelfäule aufgefressen wurden, aber hier?

Hermines Worte gingen ihr auf dem Weg zu ihr immer wieder durch den Kopf. Die starke Frau verdiente mit ihrer Unterkunft und der Verpflegung, die sie den Menschen gab, einen ganzen Taler in der Woche.

Und was blieb ihr davon? Sie musste ihren Körper auch noch verkaufen, damit sie für ihre kleine Tochter eine neue Schürze kaufen konnte!

Die Menschen hier schufteten sechs Tage lang und bekamen dafür fünf Groschen, die gerade einmal so reichten, um am Leben

246

zu bleiben und sich danach wieder sechs Tage auf die Arbeit zu schleppen.

Endlos war diese Anstrengung und in ihren Augen auch vollkommen sinnlos.

Doch die, die Arbeit hatten, waren immer noch besser dran, als der Rest. Sie hatte sie doch dort in ihrem Keller selbst gesehen: Die Kranken und Alten wurden aussortiert, denn wer nicht arbeiten konnte, war nutzlos und lebte wie die Ratten im Dunklen.

Oder stand dann abends nach der Schicht an einer Laterne und wartete auf ein paar Pfennige für eine schnelle Nummer in einem Hausflur!

Doch wie dem auch immer war, sie mussten jetzt zuerst einmal Mathilda wieder aus dem Kerker holen!

Gisela betrat das schäbige Gebäude, das auch schon deutlich bessere Tage gesehen hatte. Bruchbude traf es wohl eher! Nur die Not zwang die Menschen, in solch einem Loch zu hausen! Putz bröckelte von der Wand, überall stank es abscheulich und in ihrem Dorf hätte man dieses Bauwerk sofort abgerissen. Vermutlich hielt nur der Zufall das Haus noch aufrecht!

Sie hob ihren Blick und sah zur Wand. Am Morgen hatte ihr Hermine erzählt, dass vor fünf Jahren ein Haus in der Sonnenstraße teilweise eingestürzt war und dieser Bau stand wohl auch kurz davor. Man wagte kaum, diese Mauer da drüben zu berühren, aus Angst, dass sie dadurch in sich zusammen fiel!

Das Treppenhaus war durch schummrige Talgfunzeln erhellt, die jemand auf die Stufen gestellt hatte.

Zumindest brach sich so keiner in der Finsternis den Hals!

Aber Rosalies Schicksal war ihr Warnung genug und darum stieg sie langsam und vorsichtig zu Hermines Wohnung hinauf, schob die Tür auf und betrat abermals den Raum, den sie am Vormittag verlassen hatte.

Hermine winkte sie zu sich und zeigte auf den Hocker am Ofen, auf den sie sich setzen sollte. Eine Tasse warmen Ersatzkaffee gab die Frau ihr, bevor sie sich um die Verpflegung ihrer Schlafgäste kümmerte.

Offensichtlich war Gustav noch nicht zurück und Gisela hoffte, dass er nicht zu lange in der Kneipe blieb.

Irgendwann trat Hermine zu ihr, berührte sie wortlos an der Schulter und zeigte auf einen Mann.

So wortkarg war die Frau doch am Vormittag gar nicht gewesen, aber der Fingerzeig reichte auch so.

Gisela nickte, erhob sich und trat auf den stämmigen Mann zu, der sich gerade die Jacke auszog und an einen Nagel hängte.

„Bist du Gustav?", fragte sie zur Sicherheit noch einmal nach.

Der Mann nickte und lächelte müde.

„Was möchtest du? In mein Bett für eine Nacht?", entgegnete er.

„Nein. Du hattest doch Rosalie zu Mathilda gebracht? Oder?"

„Ja. Sie war auf der Treppe gestürzt und ich sollte sie dorthin tragen. Was ist mit ihr?", erkundigte er sich.

Gisela stutzte und blickte sich zu Hermine um. Wusste er es wirklich nicht? Rosalie und er waren doch Arbeitskollegen. Oder hatte sie da etwas falsch verstanden?

Jetzt blickte sie den Mann wieder an, der noch immer vor ihr stand.

„Rosalie ist noch immer im Spital und Mathilda sitzt im Gefängnis. Man wirf ihr einen Mordversuch an Rosalie vor!", erklärte sie.

Der Mann sah bestürzt aus.

„Aber es war ein Unfall. Sie ist direkt vor mir die Treppe hinuntergefallen. Das kann ich bezeugen", erklärte Gustav.

„Auch vor den Gendarmen? Dann könnte Mathilda wieder aus dem Arrest entlassen werden?", entgegnete sie.

Gustav nickte und nahm die gerade erst ausgezogene Jacke wieder vom Haken.

Hermine trat zu ihnen und sagte: „Wartet bitte noch einen Moment. Ich komme gleich mit euch mit!"

Jetzt brachte Hermine noch schnell ihre beiden Mädchen ins Bett, holte sich einen Mantel und schon brachen sie zu dritt auf.

Schweigend liefen sie nebeneinander her durch die schummrigen Gassen, bis sie den hell erleuchteten Stadtteil betraten.

Es war, als würde man von einer Welt in eine andere wechseln.

Hinter ihnen Dunkelheit, Dreck und Ruß, hier vorn gab es Licht von den Gaslaternen, ein Straßenfeger schwang seinen Besen und ein paar fein angezogene Herrschaften liefen über den Markt.

Und am Straßenrand standen sie wieder, die Frauen, die bis vor kurzem noch am Webstuhl gestanden hatten und jetzt die Hand für ein paar Pfennige aufhielten. Müde Gesichter, leere Augen.

Vor der Wache der königlich-sächsische Gendarmerie stand ein uniformierter Mann und blickte über den Marktplatz. Er musterte sie ausgiebig, als sie an ihm vorbei das Haus betraten.

Gustav trat zum Diensthabenden und berichtete dort, was er auszusagen hatte. Er unterschrieb ein Protokoll seiner Ausführungen und wenig später war Mathilda frei.

Abermals fielen ihr die Worte der alten Frau ein: „Du bist eine Frau. Niemand wird dir glauben!"

Dem war ganz offensichtlich so.

Ein Wort von Gustav hatte genügt, aber sie hätte hier hundert Frauen in das Haus bringen können, die alle das Gleiche gesagt hätten und Mathilda wäre dennoch weiter im Kerker geblieben.

Es war ungerecht!

„Ich danke euch. Ich hatte es schon fast aufgegeben", offenbarte Mathilda, als sie endlich das Gebäude verlassen hatten.

Die ältere Frau atmete tief ein und ihre zusammengesunkene Gestalt straffte sie wieder.

Offensichtlich fasste sie jetzt den Mut, um ihren Weg weiterzugehen. Und zwar nicht nur diesen Gepflasterten vor ihr über den

Marktplatz, sondern den, der sie dazu brachte, den Frauen zu helfen.

Sie begannen jetzt zu viert den Rückweg, bis sich Hermine von ihnen verabschiedete und in einer Seitengasse verschwand. Ihre Kinder waren versorgt und schliefen und jetzt kam wohl die Zeit für sie, sich etwas hinzuzuverdienen.

Gisela blickte ihr einen Moment lang nach, bevor Mathilda sie am Arm mit sich zog.

Die Nacht sank schon über Chemnitz und Mathilda wollte sicher schnell in ihre Wohnung. Nach ein paar Nächten auf einer harten Gefängnispritsche lockte ihr weiches Bett sie jetzt wohl zu sehr.

Eilig gingen sie unter Gustavs Führung und Schutz zurück in die Dunkelheit.

56. Kapitel

Der Sinn des Lebens

Sie erwachte in ihrem eigenen Bett, in das sie am Abend zuvor einfach nur noch erschöpft gefallen war. Gisela saß am Tisch, mit vor der Brust verschränkten Armen und sah sie so zweifelnd an.

Am Vorabend hatten sie kein einziges Wort mehr miteinander gewechselt, nachdem sie den Raum betreten hatten. Sie hatte der Frau noch nicht einmal richtig für die Rettung gedankt, jetzt hätte sie es tun können, doch Giselas Miene sah irgendwie seltsam aus.

Langsam setzte sich Mathilda im Bett auf und fragte: „Was ist mit dir los?"

„Du hast mich einfach nur belogen!", entgegnete Gisela leise.

„Nein! Bei Rosalie war es wirklich eine Fehlgeburt! Das hat Gustav doch auch bestätigt!"

„Bei Rosalie schon, aber bei all den anderen Frauen?", erklärte Gisela und es klang drohend.

Das schrie jetzt wohl nach einer Erklärung, wenn sie Gisela nicht für immer verlieren wollte.

Mathilda strich sich eine Locke aus der Stirn und entgegnete: „Ich hatte dir doch von Greta erzählt?"

Gisela nickte, nahm aber auch weiterhin diese ablehnende Haltung, mit vor dem Körper verschränkten Armen, ein.

„Ich habe mir damals geschworen, dass ich dafür sorgen würde, dass keinem Kind mehr so etwas passiert, was Greta da geschehen ist", erzählte sie leise und blickte vor sich hin auf das Bett.

Abermals sah sie Gretas strahlendes Lächeln vor sich, als diese überglücklich in ihre Pflegefamilie gegangen war und auch gleichzeitig diese völlig ausgemergelte Gestalt, die nur Monate später von dort zum Sterben zurück ins Heim gekommen war.

„Und?", fragte jetzt Gisela laut, der diese Denkpause wohl zu lang erschienen war.

Mathilda hob langsam ihren Blick, Giselas Gesichtsausdruck war abweisend und ärgerlich. Welche Antwort konnte sie der jungen Frau geben, die sie nicht sofort dazu bringen würde, hier zu explodieren und das Haus zusammenzuschreien?

Abermals zögerte sie, was wohl Gisela zu einer Antwort veranlasste. „Du machst doch deine Freundin nicht wieder lebendig, indem du andere Kinder tötest!", brach es wütend aus ihr heraus.

Das traf wohl zu und es war einer dieser vielen Gedanken, den sie auch in der Zelle gehabt hatte.

„Aus irgendeinem Grunde bin ich am Leben geblieben und die Vorsehung hat mir danach das Wissen gebracht, was ich brauche, um solch ein grausames Schicksal von den Kindern abzuhalten!"

„Die Vorsehung? Du tötest Menschen! Unschuldige kleine Kinder, so wie meines! Wie kannst du da von Vorsehung sprechen?", entgegnete Gisela leise.

„Weißt du, Gisela, dieselbe Frage habe ich mir die letzten Tage so oft gestellt. Es ist eine schwere Bürde, die ich auf mich nehme, um andern zu helfen", antwortete sie.

Gisela nahm die Arme herunter und beugte sich ein wenig nach vorn, offensichtlich wartete sie jetzt auf die ganze Erklärung.

„Ich tue es, weil ich es kann", setzte sie fort.

Giselas zornige Miene wich einer fragenden.

„Du hast sie doch gesehen, diese zerlumpten Kinder da draußen. Oder?", erkundigte sie sich bei Gisela und zeigte mit der Hand zum Fenster.

Konnte sie jetzt wirklich weitermachen und die Freundin, und zu der war Gisela in den paar Tagen schon geworden, so sehr ängstigen, wie sie es jetzt bei der Wahrheit musste?

Es ging wohl kein Weg daran vorbei!

Mathilda seufzte auf und begann: „In diesem Viertel erreicht nur jedes zweite Kind seinen ersten Geburtstag. Von zehn wird eventuell eines so alt, wie du!“

Gisela zuckte zusammen und krallte ihre Hände vor dem Bauch zusammen. Ihre ganze Körperhaltung zeigte das Erschrecken vor dieser Tatsache, denn in ihr wuchs momentan solch ein Kind heran! Und jede Mutter wollte doch ihr Kind beschützen!

„Du warst doch bei Hermine?“, setzte sie fort.

Erneut nickte Gisela.

„Sie hat zwei Kinder. Glaubst du, sie könnte die noch ernähren, wenn sie acht oder zehn Kinder hätte?“

„Es würde schwer werden“, erwiderte sie leise.

„Nicht schwer, unmöglich! Hermine rettet ihre beiden Kinder, indem sie die anderen nicht bekommt!“, erklärte Mathilda der Freundin.

Gisela stemmte sich von ihrem Stuhl hoch und ging zum Fenster hinüber. Sie war eindeutig in ihren Gedanken versunken und sie wollte sie dabei nicht unterbrechen.

„So habe ich das noch gar nicht gesehen“, antwortete Gisela nach einer Weile von ihrem Platz aus.

„In der Zelle bei mir war eine junge Frau, die ihr Kind nach der Geburt getötet hat, weil sie aus völliger Verzweiflung keinen anderen Ausweg mehr gesehen hat! Es ist eine grausame Welt für uns Frauen und für die Kinder! Kinder wie Greta, die einfach verhungern oder an simplen Erkältungen sterben müssen! Sieh sie dir da draußen an!“, seufzte Mathilda und schwang ihre Beine aus dem Bett.

„Ich sehe da auch schon wieder eine Gruppe von Frauen, die vor dem Hause steht. Offenbar warten sie bereits auf dich“, antwortete Gisela und drehte sich vom Fenster zu ihr zurück.

„Ich hole dir Wasser zum Waschen und wenn du magst, dann helfe ich dir danach, ein paar Kinder zu retten, aber lüg mich nie wieder an!", erklärte Gisela.

Es klang stark und bestimmend.

Ihr blieb bei dieser Antwort der jungen Frau der Mund offen stehen. Mit allem hatte sie gerechnet, aber nicht damit!

„Ja, danke", stammelte sie, als sie sich wieder gefasst hatte.

Gisela nickte lächelnd und ging nach nebenan.

Noch immer verwundert blickte sie der Frau hinterher, bis diese wieder in den Raum trat und die Schüssel auf den Tisch stellte.

Schnell wusch sich Mathilda und in dieser Zeit hatte Gisela das Frühmahl nebenan geholt und auf den Tisch gestellt.

„Weißt du, da gab es in deiner Abwesenheit eine junge Frau, die dringend deine Hilfe gesucht hat", erklärte Gisela kauend am Tisch und schob einen Zettel zu ihr herüber.

Anne stand darauf und eine Adresse in einem der noblen Viertel.

„Wenn du magst, dann würde ich ihr Bescheid geben und sie holen?", fragte Gisela noch.

„Ja, bringe sie her!", entgegnete sie.

Gisela sprang auf, umarmte sie und eilte, mit dem angebissenen Butterbrot in der Hand, aus dem Raum.

Mathilda räumte noch die Teller fort, richtete ihre Kleidung und holte sich ihre Schürze.

Abermals dachte sie an die Worte der Freundin. Gisela hatte den Kern der Sache perfekt erkannt: Sie rettete Kinder, indem sie deren Müttern half, keine weiteren mehr zu bekommen.

Das war die Quintessenz ihrer Tätigkeit!

Sie hatte tagelang in der dunklen Kerkerzelle über den Sinn ihres Lebens nachgegrübelt und Gisela fasst das alles nach nur ein paar Minuten Bedenkzeit in einem einzigen Satz zusammen!

Es war Zeit, ein paar Leben zu retten!

57. Kapitel

Anne

igentlich war es illusorisch, Anne jetzt zu finden, denn es war gerade einmal der späte Vormittag und da konnte wohl keine Magd einfach so ihren Haushalt verlassen, zumal die junge Frau in dieser Woche schon zwei Mal von dort fort gewesen war, und dennoch eilte Gisela durch die Gegend, um sie zu holen.

Oder zumindest Bescheid zu geben, dass Mathilda auf sie wartete, um sie von ihren Sorgen und Nöten zu erlösen.

Bei jedem Schritt sausten wieder die Worte der alten Frau durch ihren Kopf. Mathilda hatte es umschrieben und sie selbst hatte es auf den Punkt gebracht.

Und Anne war zum Beispiel dafür ja auch noch viel mehr Mädchen, als schon Frau! Mit einem Kind wäre sie hoffnungslos überfordert, selbst dann, wenn ihre Herrin es akzeptiert hätte, dass Anne einen Bastard in diese hochherrschaftliche Villa brachte.

Ein bisschen Spaß im Bett würde sie ihrem Mann sicher zugestehen, eine potenzielle Nebenbuhlerin, die möglicherweise auch noch einen Erben ins Haus brachte, wohl kaum.

Und überhaupt, Anne war fünfzehn!

Sie sollte noch mit Puppen spielen und sich keine Gedanken um eine Abtreibung machen müssen!

Und dennoch würde da kein Weg mehr daran vorbeiführen können, wenn Anne nicht in der Gosse landen wollte.

Schnaufend erreichte Gisela das Haus und versuchte vor dessen Tür wieder zu Atem zu kommen, bevor sie ihre Kleidung richtete, am Dienstboteneingang anklopfte und in das Haus trat.

Eine ältere und gut gekleidete Frau stand in der Küche und da das unmöglich die Herrin sein konnte, denn keine feine Dame der gehobenen Gesellschaft setzte ihren Fuß in die Küche, war es offenbar die Mamsell, die ja nach Annes Erklärung in deren Absicht eingeweiht war.

Das Ersparte ihr lange Erklärungen und Kniefälle.

„Ich wollte Anne nur Bescheid geben, dass Mathilda wieder da ist und sich ihrer Sache annehmen würde, wenn sie zu uns kommt!", erklärte Gisela nach einer schnellen Verbeugung und wollte schon wieder gehen, doch die Mamsell hielt sie zurück.

Keine fünf Minuten später eilte Gisela mit Anne an ihrer Seite auch schon wieder zurück.

Das Mädchen war gerade sichtlich blass um die Nase. Das war wohl dem geschuldet, was kommen würde.

„Ich bleibe die ganze Zeit bei dir. Es tut auch ganz bestimmt nicht weh! Habe einfach vertrauen, Mathilda ist die beste!", log sie Anne an, um ihr Mut zu machen, denn wissen konnte sie nichts von all dem.

Anne nickte und griff nach ihrer Hand.

Gemeinsam und vereint eilten sie weiter.

Wenig später waren sie an dem Hause und davor standen noch acht Frauen.

„Warte hier, ich frage und bin gleich bei dir zurück!", bemerkte Gisela und brach damit schon mal das erste Versprechen, dass sie ihr nur kurz zuvor gegeben hatte.

Anne stand jetzt ziemlich verloren in der Gegend herum, hatte die Hände schützend vor ihrem Schoß und trat nervös von einem Bein aufs andere.

Aufmunternd nickte sie Anne zu, ging zur Tür und trat ein.

Mathilda war gerade mitten in einer Behandlung, drehte den Kopf zu ihr und fragte: „Ist sie da?"

Gisela nickte.

„Dann ist sie die nächste", erklärte die alte Frau und machte am nackten Schoß der Frau weiter, die vor ihr auf dem Waschtisch hockte.

Schnell war Gisela draußen und sah, dass Anne sich gerade heimlich verdrücken wollte. Jetzt stand ihr die Angst vor der eigenen Beherztheit deutlich im Gesicht, doch eine Flucht gab es nicht!

„Bleib! Du bist die nächste!", hielt Gisela sie auf.

Sehr zum Leidwesen der anderen Frauen, die darauf mit mürrischen Gemurmel antworteten. Es war hier ganz offensichtlich nicht gern gesehen, wenn sich jemand in der Schlange vordrängelte und damit eine Vorzugsbehandlung erhielt.

Es dauerte eine geraume Weile, bis die andere Frau wieder erschien, hastig davoneilte und damit den Platz für Anne freimachte.

Mathilda erschien in der Tür und winkte sie zu sich.

Langsam und zögerlich bewegte sich Anne vorwärts, kramte mit fahrigen Fingern die Münzen aus ihrer Schürzentasche hervor, in die sie diese erst zuvor gesteckt hatte, als die Mamsell ihr den Stapel in die Hand gedrückt hatte.

Mathilda nickte, packte sie an der ausgestreckten Hand, zog Anne einfach flugs in den Raum und Gisela schloss hinter ihnen die Tür.

„Du bist zum ersten Mal bei mir", sagte Mathilda und gab ihr die Hälfte der Münzen zurück.

„Ich erkläre dir kurz den Ablauf", begann die ältere Frau ruhig und setzte fort: „Wie lang ist dein letztes Mondblut zurück?"

„Etwa acht Wochen", erklärte Anne mit zitternder Stimme.

„Gut so. Ich mache zuerst eine Ausschabung und danach noch eine Spülung. Mach dich unten herum frei und setze dich hier auf den Waschtisch", erzählte Mathilda weiter.

„Ich helfe dir", sagte Gisela zu Anne.

Das Mädchen lächelte etwas, zögerte aber noch immer.

Mathilda sah sie fragend an und endlich nickte Anne, dann blickte sie sich um, wo sie sich umziehen konnte, doch es gab nur diesen Raum.

Schließlich streifte sie sich den Rock ab, übergab ihn an Gisela und raffte das Unterkleid mit einer Hand bis über die Knie hoch. Ungeschickt und auf Gisela gestützt, kletterte sie danach auf den steinernen und etwa hüfthohen Trog.

Mit dem Unterkleid bis nach unten zu den Füßen gezogen und angewinkelten Beinen saß sie später vor Mathilda, die dabei die Stirn in Falten legte.

Annes Finger krallten sich regelrecht in den Saum ihres Unterrocks und hielten diesen unten fest, aber so würde Mathilda weder die Untersuchung, noch die Behandlung vornehmen können.

Besonnen löste Gisela die verkrampfen Finger des Mädchens, einen nach dem anderen und schlug danach das Kleid zurück.

Mathilda schob Annes Unterleib in die richtige Position und reichte dem Mädchen danach ein Beißholz.

„Du hast doch aber gesagt, es tut nicht weh?", fragte Anne sie anklagend.

„Es tut auch nicht weh, es ist nur sehr unangenehm!", erklärte Mathilda.

Anne nickte zweifelnd und steckte sich schließlich nach einem Moment des Zögerns das Holzstück quer zwischen die Zähne.

Mathilda hatte wohl ziemlich viel Mitgefühl mit Anne, bei jeder anderen Frau wäre sie jetzt vermutlich schon fertig.

Rasch begann sie mit der Behandlung, Anne schloss ihre Kiefer um das Holz und stöhnte laut. Das Mädchen hatte dabei Tränen in den Augen und zitterte stark.

Gisela hielt ihre Hand und streichelte beruhigend ihre Wange.

Anne erduldete tapfer diese Tortur, wimmernd und verkrampft saß sie auf der Decke, aber sie sah nicht zu Mathilda, die mit ihrem nackten Schoß beschäftigt war, sondern zu ihr.

Sie hielten beide diesen Augenkontakt und Gisela versuchte sie damit weiter zu beruhigen.

Irgendwie war es schon seltsam, denn sie war nur etwas mehr wie zwei Jahre älter, als Anne, und dennoch fühlte sie sich ganz anders.

Natürlich war sie in einer anderen Situation. Sie saß nicht dort, sondern hatte dieses kleine Würmchen in sich, diesen letzten Gruß von Hinner, der in ihr heranwuchs.

Vielleicht machten die aufkommenden mütterlichen Gefühle und die erlebten Dinge den Unterschied.

In dieser Stadt waren zwei Jahre eine ganze Menge Zeit!

Fast eine Ewigkeit!

58. Kapitel

Ein Wink der Vorsehung?

Anne hielt sich erstaunlich tapfer für das erste Mal. Das schien aber auch mit daran zu liegen, dass Gisela ihre Hand genommen hatte und sie damit beruhigte. Mathilda tat ihr Werk und schaute gelegentlich zu den beiden auf, die direkt vor ihr in einer stillen Zwiesprache versunken waren.

Offenbar waren sie gerade beide nicht wirklich hier und das war für Anne auch ganz gut so, denn diese Ausschabung war wirklich ziemlich schmerzhaft und es gab hier nichts zur Betäubung, was eigentlich notwendig gewesen wäre.

Sie versuchte schnell zu machen und dennoch gründlich zu sein. Es war damit wohl mehr die Abwägung zwischen Schmerz und Nutzen, den sie gerade das erste Mal so sah.

Augenscheinlich tat Giselas Anwesenheit auch ihr gut.

Bisher hatte sie die Verantwortung immer nur alleine gehabt und gerade teilten sie sich diese, wenn auch nur scheinbar, denn sie arbeitete, während Gisela ihre Patientin ablenkte.

Beides half und es tat gut, das gemeinsam zu tun.

Abermals konzentrierte sie sich auf Annes Behandlung und bereitete die Spülung vor, die schnell eingefüllt war, wovon das Mädchen aber unverkennbar gar nichts merkte.

„Anne? Du bist fertig", sagte sie schließlich sanft und berührte das Mädchen am Knie.

Diese Berührung holte nicht nur Anne zurück, sondern auch Gisela.

Anne zog das Beißholz aus ihrem Mund und sah sie fragend an. Anscheinend konnte sie nicht verstehen, dass sie wirklich schon fertig war.

Mathilda nickte ihr beruhigend zu, strich ihr über die Wange und Gisela half Anne vom Trog.

Barfuß stand das Mädchen schwankend vor ihnen und versuchte, sich den Rock anzuziehen, aber es gelang ihr erst nach dem dritten Versuch.

„So lasse ich dich nicht aus dem Hause", erklärte Gisela mit einem Male streng.

„Aber ich muss zurück", entgegnete Anne leise.

„Nichts ist!", entgegnete Gisela laut und setzte hinzu: „In deiner jetzigen Verfassung kommst du keine hundert Schritte weit! Du legst dich für eine Weile ins Bett und danach bringe ich dich heim!"

Anne beugte sich diesem Spruch, Gisela führte das taumelnde Mädchen nach nebenan und Mathilda sah ihnen einen Moment nach.

Gisela war wirklich ein Wink der Vorhersehung.

Sie war einfühlsam, konnte gut mit den Menschen umgehen und wusste, worauf es ankam. Gerade wollte sie sich zur Tür umdrehen, um die nächste Frau zu holen, da erschien Gisela wieder bei ihr.

„Bleibe bitte bei ihr und passe ein wenig auf sie auf. Das schlimmste steht ihr nämlich noch bevor", erklärte sie ihr.

„Wieso? Ich dachte, die Behandlung ist jetzt beendet?", erkundigte sich Gisela verwundert.

„Die Operation schon, aber das, was jetzt kommt, ist der schlimmere Teil. Diese Selbstzweifel, Vorwürfe und was-wäre-wenn Fragen beginnen erst jetzt und viele Frauen haben daran noch jahrelang zu knabbern. Besonders so junge, wie Anne! Hilf ihr!"

„Das werde ich", entgegnete Gisela, legte ihr die Hand auf die Schulter und nickte, danach eilte sie zu Anne zurück.

Die nächste Frau klopfte schon, offenbar hatte sie sich gewundert, dass es so lange dauerte, bis Anne wieder den Raum verließ, denn normalerweise war das ja das Signal für die Nächste in der Schlange.

Mathilda winkte sie zu sich, die Frau war schon ein paar Male bei ihr gewesen und somit ersparte sie sich viele Worte und begann den nächsten Eingriff.

Vier Frauen später gönnte sie sich eine kleine Pause und ging mit zwei Tassen Kaffee nach nebenan, wo Gisela am Bett neben dem schlafenden Mädchen saß.

Sie setzte sich an den Tisch, Gisela erhob sich sacht und kam zu ihr herüber.

„Wie geht es ihr?", fragte Mathilda leise.

„Ich habe ihr ein Märchen erzählt, dann ist sie eingeschlafen!", antwortete Gisela und drehte sich im Sitzen zu Anne zurück.

„Ich danke dir", erwiderte Mathilda und legte die Hand auf Giselas Arm.

„Wofür? Ich habe doch gar nichts gemacht", entgegnete Gisela.

„Doch! Du tust eine Menge. Für sie, für mich und wohl auch für dich. Deine Anwesenheit hat Anne gutgetan."

„Das war doch nichts", erklärte Gisela, winkte ab und wurde ein wenig rot im Gesicht.

„Was hast du da vorhin bei ihr gemacht?", fragte Gisela jetzt und nahm sich eine der beiden Tassen.

„Weißt du", begann Mathilda, erinnerte sich zurück an ihre Ausbildung und setzte danach fort: „Damals an der Schule hat es der Doktor Kürettage genannt und eigentlich macht man es nur bei Fehlgeburten. Dabei wird der Embryo, die Schleimhaut und der Mutterkuchen aus der Gebärmutter mit einem langen Löffel entfernt."

Giselas Blick sagte ihr, dass sie wohl nur wenig davon verstand und daher holte sie ihr altes Buch aus dem Schrank, schlug die betreffende Seite auf und zeigte der Freundin, wie es gerade in ihr aussah.

Gisela legte dabei ihre Hände auf ihren Bauch und versuchte sich das wohl gerade bildlich vorzustellen.

„Nach der Ausschabung mache ich dann immer noch zur Sicherheit eine Spülung mit Kräutern, um die Gefahr einer Entzündung zu minimieren, aber ganz ungefährlich ist es nicht! Manchmal treten danach Fieber, Schmerzen und starke Blutungen auf", setzte sie fort.

Stöhnend erwachte Anne im Bett und drehte sich verschlafen zu ihnen um.

Schwankend erhob sie sich, zog sich auf das Bettgestell gestützt den Rock noch einmal hoch und kam auf sie zu.

Gisela drückte sie auf einen der Stühle und Anne ächzte auf, als sie sich setzte. Anscheinend hatte sie noch immer Schmerzen.

„Das will ich nie wieder erleben müssen", stöhnte sie und griff sich Giselas Tasse, die noch auf dem Tisch stand.

„Kommt dein Mondblut eigentlich regelmäßig?", fragte Mathilda nach.

Gisela setzte sich auf die Bettkante und hörte aufmerksam zu.

Anne nickte und nahm einen Schluck aus der Tasse.

„In diesem Falle gibt es eine Methode, die relativ sicher ist", begann sie und kramte alles aus der Erinnerung hervor, denn es war ewig her, dass sie das mal jemand gefragt hatte.

„Am besten zählst du vom Beginn deines Monatsblutes einfach die Tage. Bis zum zehnten Tag besteht keine Gefahr, dass du schwanger wirst und ab dem 17. ist es dann auch relativ unwahrscheinlich. In der Woche dazwischen solltest du es nicht tun, wenn du nicht wieder bei mir da drüben sein möchtest!", erklärte sie weiter und zeigte auf die Tür.

Die beiden Frauen hörten aufmerksam zu und nickten danach zur Bestätigung.

„Ich muss jetzt aber los", bemerkte Anne anschließend und erhob sich noch etwas unsicher von dem Stuhl.

An Giselas Seite machte sie sich danach auf den Heimweg und Mathilda blickte ihnen noch einen Moment von der Tür aus nach, bevor sie die nächste Frau in den Raum winkte.

59. Kapitel

Die Rückkehr eines Engels

Seit mehr als einem Monat ging sie Mathilda jetzt schon zur Hand. Es war Anfang Mai und mittlerweile hatte sie so einiges davon verstanden, was die erfahrene Hebamme jeden Tag so tat.

Es war schon irgendwie seltsam, dass sie mit der doch schon deutlich sichtbaren Kugel von Bauch dabei half, dass andere Frauen eben kein Kind bekamen, aber es war ja bei jeder Frau anders.

Am schönsten waren natürlich die Treffen mit den Frauen, die sich wie sie für ein Kind entschieden hatten und ebenfalls regelmäßig zu Mathilda kamen. Das war wohl nicht ganz selbstverständlich, denn sie konnte sich nicht daran erinnern, dass die Mutter irgendwann vor der Geburt ihrer Geschwister jemals eine Hebamme aufgesucht hatte.

Das Kind wurde einfach gezeugt und kam irgendwann auf die Welt. Dieser Vorgang lief seit Jahrtausenden ganz natürlich ab, aber Mathilda hatte ihr auch gesagt, dass das mitunter auch ein Problem darstellen konnte, denn ohne jemanden, der wusste, was geschah, war der Ausgang der Geburt eher ungewiss.

Und Mathilda hatte Greta damals geschworen, dass es keinem Kind mehr so gehen sollte, dass es die Mutter bei der Geburt verlor!

Gerade war wieder so eine Frau bei ihnen, Ruth, mit der sie nach deren Untersuchung jetzt zu zweit in Mathildas Zimmer bei einem Tee saß, und mit der sie einfach nur redete. Es tat gut, dass da jemand war, der einfach nur zuhörte. Das hatte sie bereits in den ersten Tagen bei Mathilda bemerkt und sie machte es einfach genauso. Und sie konnte sich dabei mit den Schwangeren austauschen, was auch nicht schlecht war. Man lernte mit jedem Male etwas mehr dazu.

Mathilda war nebenan und überließ ihr bereits seit einer ganzen Weile diese Termine.

Mit Ruth plauderte sie einfach und machte einen Erfahrungsaustausch mit der schon älteren Frau, die bereits im achten Monat war und ihr damit ein paar Wochen voraus!

Auch Ruth bestätigte das, was sie bereits bemerkt hatte: Diese Krämpfe in den Beinen, das Ziehen im Bauch und die gelegentlichen Übungswehen, wie es Mathilda genannt hatte.

Gegen diese Krämpfe empfahlt Ruth ihr Nüsse, was bei ihr wohl gut geholfen hatte. Die richtige Schlafposition war auch schwierig zu finden und auch dabei gab ihr die erfahrene Frau und bereits dreifache Mutter einen guten Tipp.

Es war schwierig, gut in den Schlaf zu kommen, denn auf dem Rücken liegend drückte der Bauch unangenehm nach unten und auf dem Bauch zu schlafen ging auch schon lange nicht mehr.

Nach Ruths Feststellungen war es wohl das Beste, auf der Seite zu liegen, mit dem Rücken an der Wand und einer Deckenrolle zwischen den Knien. Das würde sie dann in der nächsten Nacht versuchen.

Sie erhoben sich vom Tisch, verabschiedeten sich mit einer herzlichen Umarmung voreinander, was sich mit den beiden dicken Bäuchen etwas schwierig gestaltete, und gingen danach in den Nachbarraum.

Gerade kletterte eine halbnackte Frau vom Trog und für einen Moment stutzte Gisela bei diesen Bewegungen. Sie kamen ihr sonderbar bekannt vor und als sich die Frau zu ihr umdrehte, stieß sie aus: „Hilde!"

Die ehemalige Freundin war auch sichtlich überrascht und sie fielen sich sofort um den Hals, was bei der Frau mit nackten Unterleib wohl etwas seltsam aussah, den Mathilda konnte sich das Schmunzeln nicht verkneifen und auch Ruth lächelte.

„Hast du was von Hinner gehört?", fragte sie als erstes, nachdem Hilde die Umklammerung gelöst hatte, um sich den Rock wieder anzuziehen.

„Nein, leider nicht", entgegnete Hilde.

„Lass uns ins Zimmer gehen", erwiderte sie, weil Mathilda mit ihrer Tätigkeit fortfahren wollte.

Einen Augenblick später saßen sie am Tisch und unterhielten sich über alle ehemaligen Freunde, die sie im Keller hatte zurücklassen müssen und über Hildes Kinder, die auch ihr ans Herz gewachsen waren.

„Leider kann ich ja nicht zurück", bemerkte sie danach seufzend.

„Ja, Gregor würde nur darauf warten. Sein Hass auf dich ist noch nicht verraucht! Er fragt jedes Mal, ob ich dich gesehen habe. Er hat eure Wohnung in seiner Wut völlig verwüstet. Nur den kleinen Engel konnte ich retten, der steht jetzt bei mir, als Erinnerung an dich und Hinner!"

„Könntest du ihn mir beim nächsten Mal mitbringen? Er wäre die einzige Erinnerung an Hinner für mich und ich würde ihn gern meinem Kind geben", bat sie die Freundin.

„Ich bringe ihn dir morgen mit", entgegnete Hilde.

Gisela nickte ihr erfreut zu und klagte: „Deine Kinder würde ich auch gern sehen!"

„Die könnte ich mitbringen."

„Lieber nicht! Wenn sich eines verplappert, und Gregor deshalb meinen neuen Aufenthaltsort erfährt, dann kannst du den Engel vermutlich nur noch auf mein Grab legen!", stellte Gisela verbittert fest.

Nach ein paar Minuten musste Hilde dann aber gehen, weil eine Freundin auf ihre Kinder aufpasste.

„Bis morgen", sagten sie beide zum Abschied und nach einer Umarmung eilte Hilde nach Hause, während sie sich zusammen mit Mathilda um die nächste Patientin kümmerte.

Gisela freute sich so sehr über Hildes Besuch und die baldige Rückkehr ihres Engels, dass sie danach den ganzen restlichen Tag davon erzählt, wobei Mathilda irgendwann nur noch mit den Augen rollte.

Am nächsten Morgen fieberte sie richtig dem Besuch der Freundin entgegen und begrüßte sie dann stürmisch, als Hilde in den Raum trat.

Schnell war das Päckchen ausgewickelt, Hinners vorzügliche Arbeit bewundert und auch Mathilda gefiel dieses Schnitzwerk.

„Wenn du noch immer meine Kinder sehen möchtest, dann können wir uns doch an einem neutralen Ort zufällig über den Weg laufen. So wüssten sie nicht, wo du wohnst und könnten dich damit auch nicht verraten", erklärte Hilde zum Abschied.

„Ja, gern und wo?", entgegnete Gisela, erfreut über solch eine Gelegenheit.

„Morgen ist Markttag und wir sind um elf Uhr dort", antwortete Hilde und ging.

Jetzt freute sich Gisela noch viel mehr auf das baldige Treffen mit Gretel, Markus und der dreijährigen Rosi, aber dieses Mal musste sie sich ihre Begeisterung verkneifen, denn es wäre nicht gut, über das Treffen mit fremden Kindern zu schwärmen, während man einer anderen Frau half, keines zu bekommen!

60. Kapitel

Zwei unterschiedliche Engelsmacherinnen

isela kam beschwingt in den Raum zu ihr getanzt und Mathilda stellte ihre Tasse auf dem Tisch ab. Diesen Nachmittag war keine Frau erschienen, wodurch sie sich mal wieder ausruhen konnte.

Diese Tätigkeit, bei der man stundenlang stehen musste, ging schon sehr aufs Kreuz und somit nutzte sie jede Gelegenheit zur Erholung, die sich ihr bot.

„Das war so schön mit den drei Kindern und Hilde", schwärmte Gisela, ließ sich auf den Stuhl fallen, schnappte sich die Tasse und nahm einen großen Schluck vom Kräutertee.

Anschließend setzte sie die Tasse ab und wurde nachdenklich.

„Und gleichzeitig war es auch wieder schlimm, denn das letzte Mal habe ich sie gesehen, als ich mit Hinner zusammen auf sie aufgepasst habe", seufzte sie und blickte sich zu dem Engel um, der in der Ecke auf einem Schränkchen stand.

Sie erhob sich und holte die kleine Holzfigur zum Tisch.

„Weißt du, wir sind irgendwie Engelmacherinnen, wenn auch unterschiedlich, denn bei Hinner habe ich im letzten Winter hunderte dieser Engel mit ihm zusammen gefertigt! Und du machst das irgendwie auch, aber eben anders und abermals helfe ich dabei!"

„Und du machst das sehr gut", entgegnete sie.

Gisela seufzte, stellte den Engel auf den Tisch und blickte sie an.

„Das ist nicht wirklich ein Lob. Oder? Das da hat mir viel besser gefallen", erklärte sie und zeigte auf die kleine Figur.

„Aber beides ist wichtig und hilft! Für den Glauben und den Körper!", antwortete sie der Freundin und strich über den kleinen hölzernen Engel.

„Er fehlt mir noch immer jeden Tag und manchmal wache ich morgens auf und hoffe, dass Hinner neben mir liegt, dass alles nur ein böser Traum ist, aber er ist fort. Für immer! Ein kleiner Teil von ihm ist aber weiter bei mir", seufzte Gisela und strich über den Engel. „Und in mir", setzte sie fort und legte beide Hände schützend vor ihren Bauch.

„Können wir wieder in deinem Buch lesen? Ich möchte alles wissen, um mir, meinem Kind und den anderen Frauen helfen zu können."

„Du weißt ja, wo es ist", antwortete sie der Freundin.

Wenig später saßen sie über das alte Lehrbuch gebeugt, Gisela war wirklich wissbegierig und fragte auch vieles nach. Sie erkannte sich selbst in Gisela, wie sie in deren Alter gewesen war.

Sehr viel später klopfte es und sie schreckten beide hoch. Zu tief waren sie in den Gefilden der Frauenheilkunde abgetaucht gewesen.

Rosalie schob die Tür auf und trat in den Raum.

„Rosalie! Dass du dich noch hier her traust!", begrüßte sie die junge Frau auch für sich selbst überraschend schroff.

Rosalie zuckte zurück.

„Mathilda! Bitte!", sagte Gisela besänftigend von der Seite.

„Ich wollte mich nur entschuldigen und sagen, dass es mir unendlich leid tut, dass du meinetwegen im Gefängnis warst", erklärte Rosalie leise und wandte sich wieder der Tür zu, um schnell zu verschwinden.

Gisela stand flugs auf, bekam Rosalies Handgelenk zu packen und daran zog sie die junge Frau zum Tisch zurück.

Gisela drückte Rosalie auf den Stuhl, stellte sich hinter sie und legte ihre Hände auf deren Schultern. Damit hielt sie Rosalie für eine Aussprache auf dem Platz fest.

„Bitte entschuldige, dass ich dich ins Gefängnis gebracht habe", begann Rosalie.

„Darum geht es gar nicht! Du hast leichtfertig und entgegen meiner Anordnung dein Leben riskiert! Wie soll ich dir jemals wieder vertrauen können?", unterbrach sie die junge Frau.

„Ja, mmmh, verstehe", stammelte Rosalie sichtlich zerknirscht und es war ihr anzusehen, dass sie jetzt wohl geflohen wäre, wenn Gisela sie nicht vorsorglich festgehalten hätte.

Wieder bewunderte Mathilda insgeheim diese Umsicht, mit der Gisela hier agierte. Da war wohl so ein reifes Menschenverständnis, was tief in ihr steckte.

„Weißt du Rosalie, ich erzähle euch doch diese Dinge nicht zum Spaß, oder um euch zu schikanieren, aber du hattest wirklich viel Blut verloren und solltest dich schonen. Und was machst du?"

Rosalie schlug zerknirscht die Augen nieder.

„Ich weiß ja auch nicht, warum ich es gemacht habe. Ich habe mich auf die Arbeit geschleppt und dann bin ich am Webstuhl zusammengebrochen. Vier Tage später bin ich im Hospital wieder aufgewacht", antwortete sie leise.

„Geht es dir denn jetzt wieder gut?", fragte Mathilda leise, um sie nicht erneut zu verschrecken.

„Ja!"

„Dann lege dich mal auf das Bett. Ich muss dich noch mal untersuchen", erklärte sie.

Das war wohl eher unnötig, denn der Eingriff war ja schon länger als vier Wochen her, aber so hatte sie für Gisela gleich noch ein Anschauungsobjekt für die Ausbildung.

Ohne ein Widerwort erhob sich Rosalie, streifte Rock und Unterkleid ab und legte sich auf das Bett.

Damit begann eine weitere, diesmal praktische Unterrichtsstunde, die Rosalie ohne einen Laut über sich ergehen ließ.

Gisela saugte alles Wissen wie ein Wattebausch in sich auf und fragte dabei abermals vieles.

Nach knapp zwei Stunden war die Untersuchung beendet und Rosalie verließ mehr fluchtartig den Raum.

„Du kannst gut mit deinen Patientinnen umgehen und weiß so viel", erzählte Gisela, als sie sich wieder an den Tisch setzten.

„Du kannst auch viel und ich bewundere dich manchmal, mit welcher Sicherheit du weißt, was du zu tun hast", gab sie ihr zurück.

„Ich?", entfuhr es Gisela überrascht.

„Ja, du! So in der Art, wie du es bei Rosalie gemacht hast, dass sie hier nicht ohne Aussprache fort konnte! Da ist so eine Art von tiefem Verständnis in dir. Ich muss immer erst überlegen, du handelst sofort und es ist meist richtig!", erklärte sie.

„Ich denke mal, die Engel führen mich", erwiderte Gisela und zeigte auf die geschnitzte Holzfigur, die vor ihnen auf dem Tisch stand.

„Manchmal habe ich auch dieses Gefühl. Mitunter sehe ich beim Einschlafen Gretas lächelndes Gesicht und dann weiß ich, dass ich an diesem Tage wieder alles in meiner Macht Stehende getan habe, dass kein Kind mehr ohne Mutter im Waisenhaus oder bei fremden Leuten aufwachsen muss, weil bei der Geburt etwas Vermeidbares schiefgegangen ist!"

Gisela legte ihr die Hand auf den Arm und nickte ihr lächelnd zu. Es war dasselbe Lächeln, was sie immer im Traum bei Greta sah und das bestärkte sie jetzt in der Annahme, dass sie beide hier einem höheren Plan folgten, von dem sie aber beide das Ziel noch nicht kannten.

„Ich helfe den Frauen da drüben eigentlich nur, dass sie lediglich die Kinder bekommen, die sie auch ernähren und behüten können! Es ist doch unsinnig, dass manche Frau ein Dutzend Kinder kriegen müssen, nur damit drei davon erwachsen werden können! Sie sollte nur die drei haben, die sie umsorgen und ernähren kann!", sagte sie nachdenklich.

„So wie Hilde! Sie kümmert sich vorbildlich um ihre Kinder und tut alles, was sie vermag, damit sie alles haben. Ich wünschte, ich könnte etwas mehr für sie tun, sie aus diesem dreckigen Keller holen, aber das kann ich leider nicht!", seufzte Gisela.

„Vielleicht können das die Engel? Jede gute Tat wird vergolten, hat mal ein Pfarrer zu mir gesagt", antwortete sie der jungen Freundin.

Gisela blickte sie zweifelnd an, sagte aber nichts dazu.

61. Kapitel

Eine göttliche Fügung

Nur etwas mehr als eine Woche hatte es gedauert, dann war ihr dem hölzernen Engel gegenüber geäußerter Wunsch in Erfüllung gegangen. Natürlich hatten auch Hermine, Rosalie und Mathilda ihren Anteil daran, dass Hilde mit ihren Kindern jetzt in ihrer unmittelbaren Umgebung lebte.

Hermine ließ sie vorerst umsonst bei sich wohnen, Rosalie hatte Hilde eine Arbeit in ihrer Fabrik besorgt und Mathilda hatte dann dafür gesorgt, dass der Umzug ohne Gregors Wissen vonstattengegangen war.

Freundinnen halfen sich eben gegenseitig.

Und jetzt passte Gisela auf die Kinder auf, wenn Hilde in der Fabrik war. Es tat so gut, die drei Kleinen wieder um sich zu haben und am heutigen Tage waren auch Hermines Töchter in dem kleinen Zimmer neben der Waschküche.

Es war etwas schwierig, sich um fünf Kinder gleichzeitig zu kümmern, aber zusammen mit Hildes ältester Tochter ging das ganz prima. Sie malten, sangen und erzählten sich gegenseitig kleine Geschichten.

Besonders Hildes jüngste Tochter Rosi blühte gerade regelrecht auf. Das bisher eher kränkliche Mädchen war der strahlende und lächelnde Mittelpunkt, um den sich alles drehte. Um wie vieles wäre das wohl schöner gewesen, wenn sie hier irgendwo im Grünen hätten toben oder spielen können, doch das nächste Stück Wiese war etwa eine Stunde zu Fuß entfernt.

Viel zu weit für das schwache kleine Mädchen und daher erzählte Gisela Geschichten aus ihrer Kindheit im Dorf. Von Wäldern, Feldern, vom Baden im Waldteich und den vielen Tieren.

Mit offenem Mund hörten die Kinder zu. Eine Kuh hatte noch keines jemals gesehen, aber sie selbst hatte mit fünf Jahren zum ersten Mal eine melken müssen.

Das Leben in Stadt und Dorf unterschied sich für die Kinder schon gravierend.

Bisher hatte sie sich nur um die Frauen gekümmert, doch das Leben der Kinder war hier noch trostloser!

Im Dorf hatte jeder etwas zu tun, hier war gar nichts! Die Kinder verwahrlosten zusehends! Viele liefen verdreckt umher oder litten an Krankheiten! Das war wirklich kein Leben, das ein Kind führen sollte und bei dieser Erkenntnis wurde die Sorge um das eigene Kind in ihr nur noch größer.

Sollte es wirklich hier aufwachsen? Oder sollte sie in ihr kleines Dorf am Rabenstein zurückgehen?

Aber schwanger, unverheiratet und ohne Mann? Da wäre sie nur sofort als Flittchen oder Hure gebrandmarkt und die Leute im Dorf konnten mitunter ziemlich direkt und verletzend sein.

Die alten Weiber dort zerrissen sich sowieso über alles das Maul!

In dieser Stadt gab es hunderte Frauen, die sich alleine um ihre Kinder kümmerten und keiner sagte da etwas dazu. Hier war das normal, was im Dorf für unerfreuliches Getuschel sorgen würde.

Hätte sie damals Hinner geheiratet, so könnte sie eventuell als junge Witwe mit Kind auf Gnade vor den Weibern hoffen, aber so?

Allerdings war das Elend mitunter schreiend und draußen, vor dem Fenster waren hunderte Kinder, denen es nicht wirklich gut ging. Was würde wohl mal aus ihnen werden?

Als baldige Mutter konnte man da wohl nicht mehr die Augen davor verschließen!

Mathilda betrat den Raum, um von ihrer Arbeit etwas zur Ruhe kommen zu können, doch an Ruhe war hier drinnen nicht zu denken.

Wenig später hatte sie Hermines jüngste Tochter auf dem Schoß und die Kleine erzählte übersprudelnd von der Kuh, die sie aus ihrer Beschreibung auf ein Blatt Papier gezeichnet hatte.

Es sah nicht wirklich wie eine Kuh aus, war aber vermutlich ihrer Geschichte geschuldet. Wie beschrie man solch ein großes Tier einem Kind, das noch nicht mal wusste, dass das Gras grün und der Himmel blau war?

Auf dem Sonnenberg gab es nur dreckige Steine, so weit das Auge reichte, und grauschwarze Rußwolken darüber! So sollte niemand leben müssen!

„Es ist schlimm, dass wir so etwas nicht allen Kindern bringen können. Viele können hier noch nicht mal zur Schule gehen, weil sie in den Fabriken ein paar Pfennige zum Familieneinkommen hinzuverdienen müssen!", seufzte Gisela, weil Hildes älteste Tochter Gretel ihr erst kurz zuvor erzählt hatte, dass sie ab der folgenden Woche mit Rosalie und ihrer Mutter in die Weberei ziehen würde.

In ihrem Alter hatte sie zwar auch schon Kühe gemolken, auf dem Feld geholfen und Schweine gefüttert, aber acht bis zehn Stunden täglich in einer Weberei zu arbeiten war da um ein Vielfaches schlimmer.

„Ich habe mal in einer Zeitung gelesen, dass von etlichen Jahren ein Mann namens Fröbel irgendwo in Thüringen eine Einrichtung geschaffen hat, die er Kindergarten genannt hat. Da können Kinder, wie in einem Garten, gehegt und gepflegt werden!", erklärte Mathilda nachdenklich.

„Es würde wohl schon reichen, wenn ich ihnen mal einen richtigen Garten zeigen könnte. So einen mit Blumen, Gemüse und einer Schaukel am Birnbaum, wie ich ihn als Kind gehabt habe!", seufzte Gisela als Antwort in der Erinnerung an diese grüne Oase der Kindheit.

„Und ich will eigentlich auch nicht, dass mein Kind so aufwachen muss!", stöhnte Gisela auf, weil es ihr gerade wieder einmal mit Schwung in den Magen getreten hatte.

Sie rieb sich vorsichtig den schmerzenden Bauch und blickte die Freundin an.

„Gib das doch einfach als Wunsch an deinen Engel ab", begann die ältere Freundin und zeigte auf die auf dem Fenstersims stehende Schnitzerei.

„Bei Hilde hat es doch auch etwas genützt!", setzte sie noch hinzu.

„Das hat geklappt, weil du, Hermine und Rosalie geholfen haben!"

„Du musst nur daran glauben! Wenn du die Hoffnung verlierst, so ist alles verloren!", erklärte Mathilda, erhob sich und ging wieder zu ihrer Arbeit nach nebenan.

Gisela trat an das Fenster und hob die Engelsfigur an. Gleichzeitig fiel ihr Blick nach draußen. Ein paar Schritte entfernt spielten zwei etwa vier Jahre alte Kinder halbnackt und verdreckt auf der Straße in einer Pfütze.

Das sollte ihr Kind nicht machen müssen!

Sie zog den Engel an die Brust und gab die Bitte ab, dass es ihrem Kind immer gut ging und es nicht in diesem Schmutz und solch einer Tristesse aufwachsen musste.

Gisela gab es mit solch einer Inbrunst ab, dass es einfach klappen musste und wenn Hinner irgendwo da oben war und auch weiterhin seine Hand schützend über sie hielt, dann musste sich dieser Wunsch doch einfach auf die eine oder andere Art erfüllen!

Allerdings würde das dann wohl auch bedeuten, dass sie das Schicksal von Mathilda, Rosalie, Hilde und allen anderen Freundinnen trennen würde, denn es ging wohl nicht beides.

Sie konnte nicht hier bleiben, wenn ihr Kind nicht solch ein Schicksal erleiden wollte, wie die Kinder, die da draußen gerade ein kleines Holzstück in die Pfütze schoben.

62. Kapitel

Engelsgleich

Es kam, was kommen musste. Die eher einseitig gewollten Zusammensein des Nächtens zwischen Minna und dem Herrn blieben nicht ohne Folgen. Peter gegenüber war sie nach dem Kennenlernen dieser himmlischen Freuden bei Flora nicht noch einmal schwach geworden.

Doch als jetzt ihre Blutungen eines Monats ausblieben, ging sie am Abend zum Zimmer des Herrn, klopfte und schilderte ihm danach ihr Dilemma.

Er trat zu einem Kästchen, das auf dem Tisch stand, entnahm daraus ein paar Münzen und drückte ihr diese in die Hand. Dann äußerte er noch: „Kümmere dich!", was so viel hieß wie: »Lass es wegmachen!«, und sie war wieder draußen auf dem Gang.

Was sollte sie jetzt tun? Sie sah die funkelnden Münzen in ihrer Hand an. So viel Geld hatte sie noch nie besessen, aber wie ging es nun weiter?

Wo, wer, wann und was konnte ihr helfen? Vor allem: wen sollte sie fragen?

Langsam stieg sie zu ihrem Zimmer hinauf und als sie den Raum betrat, sah die Freundin die Münzen und fragte nach, was sie mit dem vielen Geld machen wolle.

Minna setzte sich zu Flora auf die Bettkante und schilderte ihr das Problem.

Wortlos kniete sich Flora daraufhin zu ihrer Kiste und wühlte darin herum, dann zog sie einen vergilbten Zettel hervor und gab ihr diesen.

Auf dem Blatt stand ein Name: „Mathilda", und darunter die Adresse, die wenig verlockend klang, denn es war das andere Ende der Stadt, im Arbeiterviertel, wo Minna eigentlich nie hin gewollt hatte.

„Mathilda ist die beste", erklärte Flora und setzte hinzu: „Als das damals passiert ist", dabei zeigte sie auf ihre Nase und erzählte weiter: „Bin ich zu ihr gegangen. Sie konnte mir zwar dabei nicht helfen, aber sie hat sich um mich gekümmert und danach zu einem Arzt gebracht, der mich wieder zusammengeflickt hat. Ohne ihn wäre ich damals sicher verblutet."

Danach legte sie ihre Hand auf den Bauch und flüsterte: „Später hat sie sich noch um das andere Problem gekümmert und wenn dir jemand helfen kann, dann sie!"

Ein bisschen flau war ihr nach dieser Beschreibung schon, aber sie würde einfach Floras Rat vertrauen müssen und sich in die Hände von Mathilda begeben.

Grübelnd legte sie sich in ihr Bett und fand lange nicht in den Schlaf.

Da sie am nächsten Tag auch schon frei hatte, brach sie schließlich nach längerem Zögern auf und wie Flora es ihr gesagt hatte, zog sie kein Kleid, sondern eine Jacke und einen Rock an.

Auch ein Unterkleid trug sie nicht, allerdings ein kurzes Unterhemd unter dem geschnürten Mieder. Die Freundin würde schon wissen, warum das so besser war.

Der Weg war mehr als eine Stunde weit und sie lief auch noch betont langsam, so als wolle sie damit das Unvermeidbare weiter hinausschieben, aber es gab ja nur diese eine Möglichkeit.

Schließlich erreichte sie den dunklen Stadtteil mit den rußgeschwärzten Hausfassaden an mehrgeschossigen Klötzen, den Quartieren der Arbeiter und deren Familien!

Sie suchte das Haus, aber es dauerte ewig, bis sie das verworrene System der Gassen und Hinterhöfe verstanden hatte.

Vor dem besagten Bauwerk standen schon fünf junge Frauen, also musste es wohl richtig sein.

Zur Sicherheit fragte sie: „Mathilda?"

Eines der Mädchen nickte stumm und das Warten begann.

Eine nach der anderen betrat das Haus und kam viel später, meist sichtbar erleichtert, wieder heraus.

Dann stand sie vorn an der Tür.

Der Eingang öffnete sich und eine grauhaarige Frau nickte ihr zu. Sie hielt die Hand auf und Minna ließ die Münzen hineinfallen.

Ohne sie nachzuzählen, verstaute Mathilda diese in ihrer Tasche, fragte auch nichts und gab einfach nur den Weg frei. Eine dämmrige Waschküche bot sich Minna dar, einige Frauen wuschen in der Ecke und ein paar halbwüchsige Kinder spielten darin verstecken.

Als Minna in den Raum trat, öffnete sich eine Seitentür und Gisela kam ebenfalls in den Raum.

„Minna? Du hier?", fragte die Freundin.

„Dasselbe wollte ich dich gerade fragen", entgegnete Minna überrascht.

„Ähm", ließ sich Mathilda soeben vernehmen und sie beide unterbrachen das Gespräch sofort.

„Können wir dann?", fragte sie weiter.

Minna nickte.

„Zieh deinen Rock aus und setzt dich dort rauf", erklärte die ältere Frau und zeigte auf einen Waschplatz, auf dem bereits eine Decke lag.

Minna öffnete den Rock, hängte ihn über ein Rohr und kletterte etwas umständlich auf den steinernen Trog.

„Deine Füße stelle bitte hier her!", erläuterte jetzt Gisela und zeigte auf eine metallene Kante, hinter die sie die Absätze ihrer Schuhe klemmen konnte.

„Gut so!", sagte die alte Frau und übernahm jetzt wieder.

Mit ein paar Handbewegungen schob sie Minnas Unterleib in die Position, die sie wohl dafür brauchte und eine ausgiebige Inspektion aller unteren Körperöffnungen folgte, was ihr irgendwie peinlich war, während spielende Kinder an ihr vorbeiliefen und auch noch die Freundin neben ihr stand.

Irgendwie merkte Gisela das wohl, hielt ihr die Hand und sie versuchte sich zu entspannen. Dennoch beobachtete sie weiter das Geschehen in dem Raum.

Jetzt säuberte Mathilda auch noch ihren Schoß mit einem feuchten Lappen, was ihr abermals das Blut in den Kopf trieb. Zum Glück war es wohl zu dunkel, als dass Gisela das sehen würde.

Mathilda ging zur Seite und kam mit einem Stück Holz zurück.

„Zum darauf Beißen", sagte sie und Minna sah die Spuren von hunderten Zähnen auf dem Stück.

„Es ist besser so", erklärte jetzt auch Gisela und das ließ nichts Gutes erahnen.

Kaum hatte sie es quer im Mund, schob die Frau ihr ein anderes Holz ohne Vorwarnung tief in den Unterleib. Minnas Kiefer schlossen sich um das Beißholz und sie hätte schwören können, das Knacken dabei zu hören, als ihre Zähne sich tief in das Holz drückten.

Mathilda rührte eine geraume Weile ziemlich schmerzhaft in ihr herum, als ob man einen Kessel Suppe umrührte, dann schabte sie auch noch in ihr und Minnas Zähne gruben sich dabei immer tiefer in das Holz.

Dann war Mathilda fertig, sie zog das Holz heraus und nahm ihr das Beißholz ab.

Schon wollte sie vom Trog springen, doch Gisela hielt sie davon zurück.

„Den schmerzhaften Teil hast du jetzt hinter dir", erklärte Gisela und strich ihr über die Wange.

Mathilda ging derweil zur Seite und kam kurz darauf mit einem seltsam gebogenen Rohr zurück, an dessen einem Ende eine Kautschukmanschette saß und diese fettete sie gerade sorgfältig ein.

„Und jetzt zum unangenehmen Teil", bemerkte Mathilda, aber noch bevor Minna etwas fragen konnte, hatte die ältere Frau ihr das mehr als daumendicke Rohrstück mit Schwung sicher eine Elle tief in den Unterkörper geschoben, dass ihr die Luft wegblieb.

Jetzt ließ Gisela ihre Hand los und hielt das Rohr fest.

Offenbar waren die beiden Frauen schon gut eingespielt und jede wusste, was die andere zu tun hatte.

Mathilda brachte einen Krug mit einer dampfenden Flüssigkeit, den sie danach in den Trichter füllte, wobei sie ihr die Hand auf den Bauch legte.

Ein Krug nach dem anderen ergoss seinen Inhalt in Minnas Unterleib, dann nickte Mathilda und zog das Rohr heraus. Etwas Wasser plätscherte zu Boden, bevor ein Pfropfen den Eingang verschloss.

„Presse deine Beine zusammen. Das Zeug muss eine Weile in dir wirken." sagte sie.

Minna machte, was ihr geheißen wurde.

Schließlich fragte sie: „Was ist das?", und zeigte dabei auf ihren Bauch.

„Schätzchen, das willst du gar nicht wissen, glaube es mir, aber es macht alles in deinem Bauch engelsgleich, was da nicht hingehört."

Minna nickte und blieb weiter sitzen.

Jetzt versuchte Gisela ein Gespräch, aber mit der Zeit wurde das volle Gefühl in ihrem Bauch unangenehm und sie rutschte schließlich mit dem Hintern hin und her.

„Warte noch!", erklärte Gisela.

„Wie lange noch?", quengelte sie, denn das volle Gefühl wurde jetzt von einem Brennen abgelöst.

„Habe Geduld", setzte die Freundin hinzu.

„Jetzt darfst du", erklärte Mathilda nach einer Weile und zeigte auf einen Eimer.

Sie sprang erlöst zu Boden, hockte sich über den Eimer und zog den Stöpsel heraus. Ein dicker Strahl der Flüssigkeit schoss nach unten, gemischt mit einem dünnen aus ihrer Blase, die ja die ganze Zeit von dem dicken Bauch zusammen gedrückt worden war.

Es dauerte eine ganz schöne Weile, bis die Strahlen versiegten, erst der eine, dann der andere.

Danach reichte Gisela ihr den Rock, gab ihr die Hand, sagte noch: „Deine Blutungen sollten schon bald wieder kommen. Ich hätte gern noch mit dir gesprochen, aber es ist schon spät und ich muss weiter machen. Du weißt ja jetzt, wo du mich findest."

Nach einer Umarmung war Minna dann auch schon wieder vor dem Haus.

Jetzt standen drei ärmlich gekleidete Mädchen vor ihr. Sicherlich Arbeiterinnen, oder Bewohnerinnen des Viertels.

Es brach gerade die Dämmerung herein und dunkle Gestalten liefen überall umher, schwarz vom Ruß.

Minna hastete mit der sinkenden Sonne um die Wette den Weg zurück, den sie gekommen war.

Hier wollte sie wirklich nicht in der Finsternis sein und jetzt erst verstand sie, dass Gisela so eilig auf den Aufbruch gedrängt hatte, wodurch kein Moment mehr zum Quatschen geblieben war.

Als der Mond begann, sein silbernes Licht nach unten zu schicken, erreichte sie die Chemnitz, überquerte die Brücke und war damit fast wieder in Sicherheit.

Jetzt wurde sie langsamer.

63. Kapitel

Verbotene Wege zurück

Juni war es geworden und ein ziemlich verregneter Sommer hatte begonnen. Gisela war mittlerweile auch bei den Geburten mit dabei. Mathilda hatte ihr viel beigebracht, aber noch war sie fern von all dem, was die jahrelange Erfahrung bei Mathilda bewirkt hatte.

Mathilda war souverän, organisiert und wusste offenbar instinktiv, was sie zu tun hatte. Sie selbst war da noch weit davon entfernt und nur die Anwesenheit der Freundin sorgte mitunter dafür, dass sie nicht in Panik verfiel.

Eigentlich machte sie nur Handreichungen, trug die Tasche, rührte Tränke ein und beruhigte die Frauen.

Noch immer gefiel ihr dieser Teil von Mathildas Tätigkeiten um ein Vielfaches besser, als das blutige Kapitel im Waschhaus, wobei sicherlich beides notwendig war.

Und wieder kam so ein Abend, an dem Mathilda ihre Tasche packte, ihr zunickte und damit das Startzeichen für eine neue aufregende Nacht gab.

Gisela hatte an diesem Tage gar nicht bemerkt, dass jemand bei Mathilda Bescheid gegeben hatte, weil sie wieder die Betreuung von zwei schwangeren Frauen im Hinterzimmer übernommen hatte.

Gemeinsam gingen sie langsam die Straße entlang und schon bald erreichten sie den westlichen und besseren Bezirk rund um den Katzberg.

Erinnerungen aus dem Jahr zuvor umfingen wieder ihren Kopf. Minna wohnte noch immer hier. Das Treffen vor einer Weile war überraschend und schön gewesen.

Und mit jedem Schritt wurde die Umgebung vertrauter und das Gefühl in ihrem Bauch immer ungemütlicher.

284

Schließlich stoppte Mathilda auch genau vor jener Tür, aus der sie im letzten Herbst so unsanft auf die Straße geworfen worden war.

Verwirrt blickte sie die Freundin an. Was hatte sie vor? Wollte Mathilda sie mit der Vergangenheit konfrontieren, damit sie unbelastet in die Zukunft gehen konnte?

Doch woher sollte die Freundin diese Adresse haben? Sie selbst hatte diesen Ort nie genau erwähnt. War Minna etwa die Tippgeberin?

Jetzt ging Mathilda auch noch auf den Eingang zu, und zwar auf den eigentlich verbotenen Haupteingang, der nur für die Herrschaft vorgesehen war.

„Mathilda?", fragte Gisela.

Die Freundin stoppte, wandte sich ihr zu und schaute sie an.

„Ich darf da nicht rein! Meine Herrin hat mir damals gesagt, dass ich ihr nie wieder unter die Augen treten soll!"

„Aber ich muss da rein! Deine ehemalige Gebieterin bekommt nämlich heute ihr Kind!", erklärte Mathilda, wobei sie das Wort ehemalige besonders betonte.

„Du musst, aber ich darf nicht!", erwiderte sie.

„Ich lasse dich alleine aber nicht zurück! Es wird langsam dunkel!", antwortete Mathilda.

„Dann warte ich eben in der Küche bei Bettina und Minna hilft dir", erklärte Gisela, beide nickten sich zu und ihre Wege trennten sich.

Während Mathilda durch den Haupteingang das Gebäude betrat, ging sie durch den Seiteneingang in die Küche.

Bettina begrüßte sie überschwänglich und sie setzten sich bei einer sehr guten Tasse richtigen Kaffees an den kleinen Tisch in der Küche.

Sie unterhielten sich gut und Bettina holte alles aus ihrem Vorrat, was sie brauchten.

Plötzlich wurde die Tür aufgerissen und Minna stürzte in den Raum.

„Schnell, Gisela, du musst mitkommen!", stieß die Freundin aus.

„Was ist denn los?", entfuhr es ihr.

Hatte die Herrin mitbekommen, dass sie wieder im Hause war und wollte sie jetzt abermals vertreiben?

„Mathilda ist gestürzt und kann ihre Hand nicht mehr bewegen! Du musst ihr helfen!"

„Aber ich darf der Herrin nicht mehr unter die Augen treten!"

„Du musst aber! Es ist höchste Not!", beharrte Minna auf ihrem Auftrag und versuchte sie am Ärmel von ihrem Platz zu ziehen.

Mehr widerwillig ließ sich Gisela dann doch darauf ein und stand wenig später in dem Zimmer, in welchem der Herr ihr die zwanzig Hiebe mit seinem Riemen auf den Hintern gegeben hatte.

Mathilda hatte einen Verband um die rechte Hand geschlungen und die Herrin wandte sich stöhnend unter Wehen in ihrem Bett.

„Was kann ich tun?", erkundigte sich Gisela.

„Mein Handgelenk ist verstaucht! Du musst ihr helfen, sonst überlebt weder sie noch das Kind!", erklärte Mathilda und die Stimme der sonst so souveränen Hebamme zitterte dabei.

Offenbar war hier wirklich höchste Not geboten.

„Was kann ich tun?", fragte sie noch ein weiteres Mal.

„Das Kind liegt falsch herum. Ein Arzt ist zwar bereits unterwegs, aber wenn du das Kind nicht drehst, dann kommt er zu spät. Weißt du noch, wie das geht?"

„Du hast es mir letzte Woche in deinem Buch gezeigt!", erwiderte sie.

„Traust du dir das zu?"

„Welche Wahl habe ich?", fragte sie und drehte sich zu der Frau um, die gerade schreiend die nächste Wehe bekam.

Einen Moment musste sie noch abwarten, bis die Kontraktion abklang, dann sollte alles schnell gehen.

Noch einmal rief sie sich die Handgriffe ins Gedächtnis, gab ein stilles Gebet ab und beugte sich über ihre ehemalige Herrin.

Sie hatte kalten Schweiß auf der Stirn und ihre ganze derzeitige Position drückte nur den Schmerz aus.

„Bitte hilf mir", presste sie durch die Zähne.

Wenn der Arzt kam, würde dieser sicherlich einen Notkaiserschnitt machen, um wenigstens das Kind zu retten. Ob die Frau es überleben würde, stand dabei in den Sternen.

Doch Mathilda war ja mit ihrer Erfahrung neben ihr.

Was konnte also schon passieren, wenn sie es versuchte?

Die Wehe ebbte ab, sie handelte instinktiv und rückte die Frau in Position.

Schnell führte sie die gelesenen Handgriffe durch und zog an dem Kind, das noch im Mutterleib steckte.

Mathilda stand nur neben ihr und sagte kein Wort, was wohl bedeuten sollte, dass sie alles richtig machte. Es war schwierig, das Kind zu drehen, aber dann kam es in Bewegung und mit der nächsten Wehe schob es sich nach unten.

Endlich hatte sie es geschafft und als der Arzt eintraf, hatte sie das schreiende Kind im Arm.

Der Mann konnte nur noch die Nabelschnur durchtrennen und beide untersuchen, aber Mutter und Kind waren gesund.

Erschöpft und dennoch glücklich machten sich Gisela und Mathilda schweigend wieder auf den Weg durch die Nacht zu ihrer Wohnung.

64. Kapitel

Garten der Kinder

Da Mathilda sich zwei Tage zuvor ihre rechte Hand verstaucht hatte und diese momentan nicht benutzen konnte, hatte Gisela sie einfach mit dazu herangezogen, auf die Kinder aufzupassen.

Mittlerweile waren es schon zehn Kinder, die jeden Morgen von ihren Müttern in der Waschküche abgegeben wurden, aber damit war ihre Kapazität auch schon ausgeschöpft.

Alleine wäre es nicht zu schaffen und nur durch die Mithilfe der älteren Freundin gelang es ihr überhaupt, der Gruppe von unterschiedlich alten Kindern Herr zu werden.

Aber noch immer geisterte die Idee von etwas mehr Grün für die Kinder durch ihren Kopf.

Gretel hatte in ihrem ganzen Leben bisher noch nicht einen Apfel dort wachsen sehen, wo er wirklich herkam. Und das wollte sie heute unbedingt ändern.

Allerdings war der Weg dorthin eine Stunde zu Fuß und das war der dreijährigen Rosi beim besten Willen nicht zumutbar.

Dementsprechend hatte sich Hermine kurzerhand bereit erklärt, die kleine Gruppe ebenfalls zu begleiten und damit konnte sich Gisela mit ihr abwechseln, wenn das Mädchen zu schwer für sie wurde.

Alle anderen Kinder waren gut zu Fuß und voller ausgelassener Freude, über den unerwarteten Ausflug.

Schnatternd, kichernd und singend zog die kleine Rasselbande durch die düsteren Straßen der Stadt.

Damit boten sie wohl irgendwie solch ein außergewöhnliches Bild, dass die Erwachsenen dadurch immer wieder zum Stehen bleiben angeregt wurden und gelegentlich fragte eine der Mütter nach, wohin der Ausflug gehen sollte.

Mathilda lief vorn, Gisela in der Mitte, mit Rosi auf dem Arm und Hermine hielt hinten die Meute zusammen, damit keiner der zehn Ausflügler unterwegs den Anschluss verlor.

Ihr Weg führte sie nach Süden, verlief an den Fabriken vorbei zur Stadtgrenze und endlich erreichten sie ein Feld vor der Ansiedelung Bernsdorf.

Staunend stand Gretel vorn vor einem Baum und konnte es nicht fassen. Die Gruppe schloss zu ihr auf und Markus ließ sich zu ihren Füßen einfach in das Gras fallen.

Es dauerte nur Augenblicke, da krabbelten alle über das Stückchen Wiese, rissen Grashalme aus und zeigten sie sich gegenseitig, als wären es Wunder und im gewissen Sinne waren sie das wohl auch.

Gisela stand daneben, saugte diese kindliche Bewunderung in sich auf und sah, dass es Mathilda und Hermine neben ihr wohl nicht viel anders ging.

Leider wuchsen hier keine Blumen mehr, da es ja mittlerweile schon Juni war, aber dennoch gab es hier auch noch Käfer und Raupen zu bewundern und dann lief auch noch eine kleine Herde Schafe an ihnen vorbei.

Mit dem Erscheinen dieser Tiere war es mit der Ordnung völlig vorbei.

Unverzüglich musste sie zu dritt einschreiten, damit die überschwänglichen Kinder nicht eines der Schafe in ihrer Begeisterung zu Boden rissen, was dem Hirten ebenfalls nicht gefiel.

Es kostete die Kraft von vier Erwachsenen, um die zehn Kinder wieder von dem bedauernswerten Schäfchen zu trennen, aber schließlich konnte sich auch der schon etwas ältere Schäfer das Schmunzeln nicht verkneifen, als sie das Schaf dann endlich gerettet hatten.

Der Hütehund war schlau genug, der aufgeregten Kindergruppe weiträumig aus dem Wege zu gehen.

Auf Anraten des Schäfers zogen sie noch ein Stück weiter, bis sie sich an einem schmalen Flüsschen zur Ruhe setzen konnten. Dort wurde das mitgebrachte Brot verzehrt und Hermine besorgte im nahe gelegenen Dorfgasthof etwas zu trinken für die Kinder.

Satt und zufrieden schliefen die Jüngsten danach im Grase, während Gisela mit drei der Älteren eine Bäuerin fragte, ob sie wohl mal eine Kuh streicheln durften.

Der Gesichtsausdruck der Bäuerin war einfach nur göttlich, denn offensichtlich hatte noch keiner zuvor die Frau so etwas gefragt.

Gegen ein paar Minuten ausmisten im Stall willigte die ältere Frau dann schließlich ein, dass Gretel und ihre zwei Freundinnen sich der Kuh unter Aufsicht nähern durften.

Gretels große Augen waren aber jeden Versuch wert gewesen.

Vorsichtig trat das Mädchen an das ihr gegenüber riesenhafte Tier und berührte es ehrfurchtsvoll.

Und mit einer wahren Begeisterung machen sich die drei Mädchen danach daran, den Stall auszumisten. Das war eine Tätigkeit, die ihr selbst nie wirklich Spaß gemacht hatte, die aber einfach nötig war.

Nachdem sie wieder bei der Gruppe eingetroffen waren, erwachten dann auch die Kinder, die in den Schlaf gefallen waren, aber die übermäßige Bewegung an der frischen Luft hatte die kleinsten von ihnen zu sehr erschöpft.

Mathilda konnte keinen der Kleinen tragen und damit blieben nur sie und Hermine als Trägerinnen übrig, wobei die Strecke allerdings auch entsprechend lang werden würde.

Damit war jetzt guter Rat teuer und sie brauchten unbedingt eine Lösung dafür, um mit den Kindern noch vor Einbruch der Dämmerung wieder vor ihrem Hause zu stehen.

Doch erneut war ihnen Fortuna hold, denn Mathilda gelang es, zwei Bierkutscher zu überreden, die in der Stadt neue Fässer für die Schänke holen sollten, auf ihrem Weg die Kinder zu transportieren.

Nach einer kurzen Bedenkzeit willigten die beiden Männer ein, sie luden die schläfrigen Kinder auf das Fuhrwerk und gingen daneben her.

Das zuckelnde Gefährt sorgte schon bald dafür, dass die Kinder darauf in einen tiefen Schlaf verfielen, während sie drei Erwachsenen und die größeren Kinder dem Gespann folgten.

Noch immer leuchteten Gretels Augen bei dem erlebten Abenteuer und sie fragte alle paar Schritte, wann sie das wieder unternehmen könnten.

Dann setzte einer der Kutscher das Mädchen auch noch auf eines der Pferde und mit Gretes Glück hätte man ganz Chemnitz erstrahlen lassen können!

Mit einem kleinen Umweg und gegen ein paar Groschen, die Mathilda aus ihrer Tasche zog, waren sie dann aber auch weit vor der Dämmerung wieder in ihrer Straße.

Die beiden Männer halfen auch noch dabei, die schlafenden Kleinen vom Gefährt zu nehmen, wobei diese natürlich erwachten.

Und damit setzte das Geschwätz und Geplapper sofort wieder ein.

Es war bemerkenswert, was diese kleine Wiese mit etwas Gras, einem Baum und einem Dutzend Schafen doch für ein Abenteuer gewesen war, was natürlich auch den Müttern berichtet werden musste, als diese nach der Arbeit erschienen, um sie abzuholen.

Es schien ihnen das größte Erlebnis ihres Lebens gewesen zu sein und sie schwärmten überschwänglich davon, wie grün das Gras, wie hoch der Baum und wie flauschig ein Schaffell war.

Wie sich eine Kuh anfühlte und wo die Milch herkam. Das alles würde wohl selbst der kleinen Rosi noch lange im Gedächtnis bleiben.

Es war ein Paradies für die Kinder gewesen und es war wohl das, was dieser Herr Fröbel mit seiner Bezeichnung Garten der Kinder gemeint hatte.

Es war ein Platz, an dem Kinder aufwachsen konnten.

Der allgemeine Tenor der Mütter war dabei, dass es unbedingt wiederholt werden sollte, doch das war nicht so einfach, denn es war ja auch an diesem Tage nur gelungen, weil Mathilda nicht arbeiten konnte und Hermine ihre Wohnung, und damit ihre zahlenden Gäste, für einen Tag vernachlässigt hatte.

Aber als Gisela erschöpft in ihr Bett fiel, da war auch sie glücklich und zufrieden mit diesem Tag.

65. Kapitel

Tage im Elysium

Minna stand an der Ecke des Hauses, lehnte sich entspannt zurück an die Wand und sah zu ihrer Herrin hinüber, die mit ihrem Sohn im Arm neben der Amme an der Gartenbank stand.

Mit der Geburt des Sohnes war etwas Ruhe in die herrschaftliche Villa eingezogen und Minna genoss dies einfach nur, denn es konnte ja auch jederzeit wieder anders werden.

Und noch etwas hatte sich für sie zum Guten gewendet, was mit dem Herrn und einem Geburtstag zu tun hatte, wenn auch nicht mit dem, seines Sohnes.

Angelika, die junge Magd, hatte nämlich ihr Wiegenfest gefeiert und mit diesem Tag war das Interesse des Herrn von ihr zu der jungen Magd geschwenkt.

Es war seltsam, dass er gewartet hatte, bis sie sechzehn geworden war, denn solch eine Rücksicht hatte der rabiate Mann für gewöhnlich nicht.

Jedenfalls war sein Geburtstagsgeschenk für Angelika nicht ganz so schön, sondern eher schmerzlich, da er sie in jener Nacht auch wirklich zur Frau gemacht hatte.

Was nicht so schön für Angelika war, das gefiel ihr außerordentlich, denn damit hatte sie jetzt jede Nacht ihre Ruhe vor seinen Nachstellungen und konnte diese Momente mit Flora verbringen, aber sie bedauerte selbstverständlich die junge Magd, den in mancher Nacht hörte sie ihr leises Weinen vom anderen Ende des Schlafraumes.

Irgendwie war dies auch ein Rückblick auf das, was sie einst hier erlebt hatte. Noch viel zu gut konnte sie sich selbst an jene so schlimme Nacht erinnern, obwohl sie das immer wieder zu vergessen suchte, doch das war gewissermaßen unmöglich, denn sie war mit zu viel Schmerz verbunden.

Da war das, was sie jetzt hatte, um ein Vielfaches besser.

Die Herrin ging, die Amme wiegte das Kind und folgte ihr nur ein paar Minuten später.

Damit war für sie der Weg zum Glaspavillon frei!

Im Frühjahr hatte es da einen großzügigen Anbau gegeben, wodurch das kleine Haus aus Glas jetzt fast zu einem Schloss aus Kristall geworden war. Ein geräumiges Rondell war entstanden, in dem man gut zwischen den Blumen wandeln konnte und das wollte sie jetzt auch tun.

Flora nannte ihr kleines Reich jetzt Elysium und sie hatte erst in einem Lexikon nachschlagen müssen, was die Freundin damit gemeint hatte.

Es war wahrhaft eine Insel der Seligen!

An sonnigen Tagen brach sich das Licht an den Scheiben und tauchte alles darin in Regenbogenfarben. Himmlisch war das!

Und mit Flora an ihrer Seite gab es keinen besseren Platz.

Als sie die Tür zum Rondell durchschritt, zog eine Wolke, welche die ganze Zeit die Sonne verdeckt hatte, ein Stück zur Seite und tauchte den Raum in dieses atemberaubende Leuchten, das auch auf Floras rote Haare fiel und ihr damit eine Art von Heiligenschein verlieh.

Flora war wirklich eine Göttin und die schiefe Nase minderte ihren Liebreiz nicht.

Leichtfüßig kam die Freundin auf sie zu und es schien, als würde sie fliegen. Die Umarmung und der darauf folgende Kuss waren ebenfalls einfach unbeschreiblich schön.

„Ich glaube, das Wasser in der Zisterne hat genau die richtige Temperatur", wisperte Flora ihr in Ohr.

Es dauerte keine fünf Minuten, dann standen sie beide nackt unter dem warmen Strahl, der sich aus dem Anschluss an der Decke über sie ergoss.

Minna spürte die zarten Berührungen auf der Haut, schloss die Augen und wusste nicht, welche davon Flora und welche der Wassertropfenregen auf ihrem Leib erzeugte, schön war es auf jedem Falle.

Und wenn man in den Armen einer Göttin weilte, so durfte man sich auch einfach bedenkenlos fallen lassen.

Hier, in diesem Garten Eden, wusste sie, dass nichts und niemand ihr gefährlich werden konnten. Inmitten dieses Dschungels war sie geborgen bei Flora.

Draußen musste sie jetzt etwas vorsichtiger sein, denn mit Angelikas eher unfreiwilliger Übernahme der nächtlichen Pflichten war jetzt dieser Schutzschild nicht mehr über ihr. Sie war entbehrlich geworden und was das hieß, hatte ihr Giselas Schicksal mehr als deutlich vor Augen geführt.

Nie im Leben würde sie es in dieser Umgebung in dem Arbeiterviertel aushalten, wie es der Freundin offenbar gut gelungen war. Noch immer jagte bei der Erinnerung an das dreckige Stadtviertel eine Gänsehaut über ihren Rücken, aber keine so schöne, wie Floras streichelnde Finger diese gerade erzeugten.

Hauchzarte Elfenflügel streiften ihren Rücken und wäre sie eine Katze gewesen, so würde sie jetzt sicherlich beginnen dabei wohlig zu schnurren.

Und noch etwas war gut, denn da der Herr sie mit seinen Nachstellungen in Ruhe ließ und sie auch Peter weiterhin auf Abstand hielt, würde sie nie wieder zu Mathilda gehen müssen, um sich dieser schmerzhaften Tortur zu unterziehen.

Bei Flora drohte ihr in dieser Hinsicht ja keine Gefahr und es war auch nicht wirklich etwas Verbotenes, was sie hier taten. Etwas verrucht wohl, aber keine Sodomie!

Vor Flora hatte sie nie darüber nachgedacht, was Liebe war, geschweige denn, dass es so etwas auch zwischen Frauen geben konnte. Zumindest im körperlichen Sinne!

Die Liebe zu ihrer Mutter gab es wohl, aber das hier war etwas gänzlich anderes.

Sie beide waren aus freien Stücken hier und weil sie es beide wollten. Da gab es keine Blutsverbindung, eine Seelenverbindung sicherlich, sie waren Schwestern im Geiste und es gefiel ihr so ausgesprochen gut, ihren freien Tag genau an dieser Stelle zu verbringen.

Eine Stimme riss sie aus der Illusion, die rief: „Hallo Flora, ich brauche einen Strauß ... mein Gott, was tut ihr?"

Erschrocken riss sie die Augen auf und fuhr herum, Flora schob sich halb hinter sie und vor ihnen, keine drei Schritte entfernt, stand die Mamsell, die wohl gerade ein paar Blumen für den Aufenthaltsraum der Herrin holen wollte.

Notdürftig versuchte Minna, ihre Blöße mit beiden Armen zu bedecken. Eva hatte damals im Paradies wenigstens ein Feigenblatt, hier hätte sie jetzt liebend gern einer der Pflanzen neben sich ein großes Blatt abgerissen, wenn sie eine Hand frei gehabt hätte.

Das Blut schoss ihr in den Kopf und sie merkte, wie ihr heiß wurde.

Stammelnd versuchte sie die Situation zu erklären.

Flora hinter ihr schwieg, sie hatte es allerdings auch ein wenig besser, denn sie schob sich ganz dicht an sie heran.

„Bitte entschuldige", erklärte Flora schließlich, als sie die Stimme wiedergefunden hatte.

„Zieht euch schnell was über, denn wenn die Herrin euch so sieht, dann Gnade euch Gott!", äußerte die Mamsell streng.

In Bruchteilen eines Augenblickes hatte sie sich wieder in ihre Kleidung geworfen und jetzt blieb nur zu hoffen, dass die ältere Frau ihr Treiben hier nicht verriet, sonst würde die Herrin sie aus diesem Elysium der Sinne für immer verbannen!

66. Kapitel

Die Stärke einer Frau

Inzwischen waren vier Wochen seit jenem kurzen Aufenthalt in der Villa am Katzberg vergangen und noch immer dachte Gisela beinahe täglich daran zurück, wie schön es doch damals dort gewesen war.

In dieser Zeit hatte es Minna allerdings nur ein einziges Mal geschafft, sie hier zu besuchen und wer könnte es der Freundin schon verdenken, dass sie nur widerwillig ihren Fuß in diesen Stadtteil setzte, denn es war Juli und die drückende Hitze, verbunden mit dem nicht sehr häufig wehenden Wind sorgten dafür, dass sich der beißende Qualm aus den Schornsteinen der Fabriken wie ein dunkler, stinkender Teppich über den Sonnenberg legte.

Man hatte aus Weggründen die Quartiere der Arbeiter so nahe wie nur möglich an die Fabriken gelegt, oder umgekehrt, was allerdings den Nachteil hatte, dass die Luft eben auch dementsprechend übel war.

War sie im Winter in dem anderen Stadtteil schon mitunter unbeschreiblich stickig gewesen, so sah man hier an manchen Tagen weder die Sonne noch die Hand vor Augen.

Wer konnte, der blieb einfach in seiner Wohnung, was nicht heißen sollte, dass man dort vom Gestank der Webereien und Gießereien verschont blieb. Nur wer unbedingt musste, der wagte sich auf die Straßen, band sich allerdings dabei ein feuchtes Tuch über Nase und Mund, um wenigstens einen Teil des überall ringsum anzutreffenden Rußes aus der Lunge fernzuhalten.

Zwischen diesem schäbigen Arbeiterviertel und dem Katzberg, mit seinen schmucken Villen, lag nur eine halbe sächsische Postmeile und dennoch schienen es Welten zu sein.

Dort gab es grünes Gras, Gärten, Blumen, sogar blauen Himmel und Sonne sowie schmucke Anwesen mit Stuckfassaden.

Hier im Osten und Süden von Chemnitz war alles Grau in Grau! Die Häuser, die Menschen, die Luft, selbst die Kinder hatten diesen gräulichen Farbton! Es war eine Farbe des Todes, der hier allgegenwärtig war!

Mathilda war mit ihren fast vierzig Jahren eine der ältesten Frauen, die Gisela bisher hier gesehen hatte und mit ihren grauen Haaren sah die Freundin um Jahre älter aus. Das lag zu einem großen Teil daran, wo sie hier lebte.

Es war nicht wirklich eine Gegend, in die Kinder gehörten und dennoch gab es die hier zu hunderten, aber niemand kümmerte sich um sie.

Sie lungerten auf den Straßen herum, bildeten oft kleine Banden und beschäftigen sich mit all dem, was man eben als Kind so tun konnte, oder lieber auch nicht, denn man wollte als Frau nicht alleine solch einer Gruppe von Halbwüchsigen in die Hände fallen.

Die Langeweile und die fehlende Aussicht auf eine Besserung ihrer Situation machten die Kinder aggressiv und unberechenbar, doch das war bei den Männern ebenso.

Das trostlose Leben schürte Gewalt in jedweder Form und es waren die Frauen, die mit ihrer Stärke dieses fragile Gefüge der Gesellschaft irgendwie zusammenhielten.

Und es gab offenbar viel mehr starke Frauen hier, als das wohl anderswo gewesen war. Oder täuschte sie da ihre Empfindung, weil sie praktisch nur mit solchen Frauen eine Verbindung hatte?

Mathilda tat, was immer in ihrer Macht stand, mitunter beinahe bis zur Selbstaufgabe. Hermine führte ihre Gästewohnung, ihren Haushalt und kümmerte sich alleine auch noch um ihre beiden Töchter.

Rosalie ging ohne Rücksicht auf ihre eigene Gesundheit zu ihrer körperlich sehr schweren Arbeit und Hilde tat alles, um ihre drei Kinder mit all dem zu versorgen, was sie sich mitunter selbst versagte und vom Munde absparte.

Zumindest deutete sie einige Bemerkung von Gretel in diese Richtung. Wobei die Aussichten des Mädchens für die Zukunft hier auch nicht wirklich rosig waren.

Drüben, im Westen, könnte sie eventuell eine Stelle als Magd oder Küchenhilfe ergattern, was vermutlich tausendmal besser wäre, als alles, was sich ihr hier jemals bieten würde.

Hier gab es für Frauen nur drei Möglichkeiten: Arbeiterin in einer der Webereien, Mutter und Hausfrau, oder Hure. Mitunter blieb ihnen nur, alle diese drei Dinge geschickt zu kombinieren, um das zu verdienen, was die Kinder brauchten, denn das Leben hier war hart und entbehrungsreich.

Und trotz dieser eher trostlosen Aussichten zog das Stadtleben auch weiterhin Menschen aus den Dörfern an. Die Hungerwinter und Missernten der letzten Jahre zerstörten zunehmend das dörfliche sowie gesellschaftliche Gefüge und Gisela war da gerade mitten drin.

Der Aufschwung, der ein paar wenigen Menschen goldene Zeiten bescherte, der sorgte für Kummer, Not und Elend bei abertausenden.

Allerdings gab es eben auch Lichtblicke, denn Gretel schwärmte auch jetzt noch von dem Besuch bei den Kühen und Schafen, freilich war ein erneuter Besuch in Bernsdorf, wie es dem Kind sicherlich gefallen hätte, momentan völlig illusorisch, denn Gisela war jetzt im achten Monat schwanger, jeder Schritt war mittlerweile beschwerlich und an manchen Tagen kam sie morgens kaum aus dem Bett.

Jedes Mal fragte sie sich dabei, wie das damals wohl die Mutter gemacht hatte, denn die hatte noch bis zum Tage der Niederkunft ihrer kleinen Schwester die Kinder betreut und war den ganzen Tag auf dem Felde gewesen.

Ihr selbst fehlte da noch ein ganzer Monat und dennoch war sie jedes Mal heilfroh, wenn sie nur in der Wohnung die Schwangeren betreuen musste, und nicht mit Mathilda zu einer Geburt aus dem Hause musste.

Für die Strecke, die sie einen Monat zuvor vielleicht noch in zehn Minuten gegangen war, benötigte sie momentan die dreifache Zeit.

In den letzten Wochen hatte Mathilda ihr viel von dem beigebracht, was sie selbst einst gelernt hatte und es war schön, dass sie jetzt wusste, was es bedeuten konnte, wenn es da oder dort zwickte.

Gleichzeitig machten ihre diese Kenntnisse aber auch Angst, denn Mathilda war ziemlich sorgfältig und erzählte besonders die Situationen und Handlungsabläufe, die sie eventuell brauchen würde, falls bei einer Geburt mal etwas schiefging.

Das war ja auch verständlich und genau das, was man wissen musste, um zu helfen, gleichzeitig war es selbstverständlich in ihrer Situation auch nicht wirklich hilfreich, dies alles zu kennen.

Möglicherweise wäre es besser gewesen, sie wäre einfach unbedarft und blauäugig bis zur Geburt geblieben.

Viel zu Wissen war mitunter auch hinderlich.

Und gegen diese unbewussten Ängste tat es so gut, dass die erfahrene Hebamme und Freundin ihr täglich ihre Vorsorge und Aufmerksamkeit zuteilwerden ließ.

Es war eine sehr mütterliche und liebevolle Art, mit der die erfahrene Geburtshelferin sie umsorgte. Diese Umsicht der älteren Freundin gab auch ihr die Gelassenheit, die sie für die nächsten Wochen, Monate und Jahre brauchen würde.

Wie alle anderen Frauen hier ertrug sie ihr Schicksal mit Gleichmut, den sie wusste ja, für wen sie es tat: für das Kind, das in ihr heranwuchs!

67. Kapitel

Unverhofft und doch hochwillkommen!

er Juli zog sich in die Länge, oder war das nur ihr Empfinden, weil sie mittlerweile kaum noch aus dem Hause kam? Wie auch immer dem sei, es war wohl auch besser für sie, denn sie schob momentan eine Kugel als Bauch vor sich her, dass es ihr jeden Morgen Himmelangst wurde, weil sie nicht wusste, wo das noch hinführen sollte.

Mit der dicken Rundung kam sie auch nur noch schwer in den Schlaf, fühlte sich schwach, müde und hatte immer wieder starken Durst, der dann aber dazu führte, dass sie viel häufiger als zuvor zur Latrine oder auf den Eimer musste.

Die zunehmenden Sorgenfalten auf Mathildas Stirn sprachen eigentlich eine deutliche Sprache, die sie aber lieber nicht hören wollte. Und dabei wusste sie doch nur zu gut um die Risiken, weil sie ja auch noch immer ziemlich schlank und schmal in den Hüften gewesen war.

Und vielleicht war dies ja auch ihr Problem, denn andere Frauen, wie die etwas stämmigere Rosalie, hätten es mit dem Bauch vermutlich weniger schwer.

Aus dem Buch wusste sie auch, dass die magische sieben Pfund Größe bei einem Baby nicht zu sehr nach oben gehen sollte, denn bei einem Geburtsgewicht von acht Pfund bestand ein ziemlich großes Risiko dafür, dass sie oder das Kind die Geburt eventuell nicht überleben würden.

Mit jedem Gramm mehr wuchs diese Gefahr und es fühlte sich an manchen Tagen schon so an, als ob das Kind bereits zehn Pfund wog!

Das musste sie unbedingt verhindern und sie selbst musste sich auch noch auf diese damit zu erwartende Tortur vorbereiten. Damit das gelingen konnte, hatte Mathilda ihr vor ein paar Tagen

Bewegungsübungen verordnete, deren Ausführung die ältere Freundin auch noch penibel kontrollierte.

Natürlich wusste sie aus den vergangenen vier Monaten, in denen sich Mathilda wirklich herzlich um sie gekümmert hatte, dass alles, was sie tat, nur zu ihrem Besten war, aber dennoch war es anstrengend, mühevoll und eine wahre Quälerei.

Gerade war sie mitten in einer dieser strapazierenden Übungen, als sich die Tür des Raumes öffnete und eine Frau in die Kammer trat.

Mit dem schwarzen Tuch vor Mund und Nase sah sie mehr wie ein Räuber aus, aber da passte die ausgesucht hervorragende Kleidung nicht dazu.

Die entsprach überhaupt nicht der alltäglichen Kleiderordnung in diesem Viertel, denn nicht mal die Mägde, die sonst zu Mathilda kamen, trugen solch ein exklusives Gewand.

Als die Frau das Tuch nach unten zog, erkannte Gisela die Mamsell aus ihrem alten Haushalt.

Sofort richtete sie sich auf, schnaufte noch ein paar Mal, wegen der gerade durchgemachten Anstrengungen, und versuchte dabei wieder zu Atem zu kommen.

War eventuell etwas mit dem Kind der Herrin nicht in Ordnung?

Sie zeigte auf die beiden Stühle am Tisch, die Mamsell nickte und setzte sich.

Nachdem sich Gisela zu ihr gesetzt hatte, zog die ältere Frau einen Stapel blinkender Münzen aus der Tasche und legte diese vor ihr ab.

Es waren keine Groschen, sondern zehn blanke Taler!

Ein wirklich immenses Vermögen lag damit auf dem Tisch, das in etwa dem entsprach, was eine sehr gute Magd in einem hervorragenden Jahr verdienen konnte.

Ungläubig strich Gisela mit den Fingern über die funkelnden Geldstücke.

„Meine Herrin ist dir überaus dankbar, dass du ihr bei der Entbindung geholfen hast. Das war nicht selbstverständlich nach dem, was mit dir geschehen ist und auch ich danke dir dafür", erklärte die Frau, nickte ihr leicht zu und schob die Münzen noch näher an sie heran.

Skeptisch blickte Gisela vom Stapel der Münzen zu der Frau auf, denn das war Wochen her! Warum kam das gerade jetzt?

Es war ja nicht so, dass sie das Geld nicht dringend brauchen konnte, aber da war doch sicherlich eine andere Absicht damit verknüpft.

Vorsichtig streckte sie die Hand aus, um die Münzen zu sich zu ziehen, als die Mamsell zu einer Erklärung ansetzte: „Weißt du, Gisela."

Diese unerwartet vertraute Anrede ließ sie zurückzucken und sie legte die Hand, die schon fast die Taler erreicht hatte, in ihren Schoß.

Langsam lehnte sie sich zurück und wartete darauf, was die Herrin für diese Menge an Münzen wohl von ihr als Gegenleistung erwartete.

Die Mamsell räusperte sich und setzte dann fort: „Die Amme, die bisher das Kind der Herrin betreute, hat die Gelbsucht bekommen und kann damit natürlich nicht mehr für das Kind sorgen. Jetzt dachte ich, da du ja auch bald Mutter bist, könntest du ja eventuell diese Tätigkeit übernehmen? Es sollte dein Schaden jedenfalls nicht sein!"

Mathilda stand jetzt in der offenen Tür hinter der Mamsell und Gisela blickte zu der Freundin hinüber.

Sollte sie dieses Angebot annehmen? Oder hier bleiben?

„Ich überlege es mir", sagte sie schließlich leise.

„Bitte bedenke es nicht zu lange, denn die Stelle sollte so bald wie nur möglich neu besetzt sein!", erklärte die Mamsell, gab ihr die Hand, band sich das Tuch wieder vor den Mund und ging.

Der funkelnde Stapel Taler blieb auf dem Tisch zurück und damit die große Frage, was sie tun sollte.

Mathilda setzte sich schweigend zu ihr.

Spielerisch strich Gisela über die funkelnden Münzen und überlegte hin und her. Was war richtig und was falsch? Sollte sie dieses Angebot annehmen?

„Was zögerst du?", fragte Mathilda schließlich, nachdem sie ihr beim Münzspiel eine geraume Weile stumm zugesehen hatte.

„Ich kann doch hier nicht fort. Du und die Frauen brauchen mich doch", antwortete sie.

„Spinnst du? Du musst machen, was für dich und dein Kind das Beste ist! Dort hat es immer satt zu essen, grüne Wiese hinter dem Haus und saubere Luft! Wenn es eine Möglichkeit gibt, dass es heil und gesund groß werden kann, dann solltest du unbedingt sofort zusagen! Hier am Sonnenberg stehen die Chancen 50 zu 50, dass es den ersten Geburtstag nicht erlebt!", erklärte Mathilda eindringlich und legte ihr die Hand auf den Arm.

Seufzend blickte sie die Freundin an.

Mathilda hatte ja recht mit ihrer Aussage und dennoch war es so unsäglich schwer, diesen Entschluss zu treffen. Sie würde hier gute Freundinnen zurücklassen. Hilde, Rosalie, Hermine und natürlich auch Mathilda. Dazu die Kinder, die ihr ebenfalls schon sehr ans Herz gewachsen waren.

„Ich helfe dir packen und dann gehen wir los!", setzte Mathilda nach.

Sicherlich hatte die erfahrene Hebamme den Nagel auf den Kopf getroffen und es war wirklich die richtige Entscheidung, aber leicht fiel ihr diese auch weiterhin nicht.

„Du bleibst aber meine Hebamme und hilfst mir, wenn es so weit ist?", fragte sie noch.

„Natürlich! Freundinnen stehen sich doch bei!", entgegnete Mathilda ihr, zog sie von ihrem Stuhl und umarmte sie.

„Das Geld lasse ich dir hier, du weißt bestimmt, wie du es gut verwenden kannst", setzte Gisela noch nach und legte die Taler in Mathildas Hand.

„Keine Widerworte! Und jetzt los", erklärte sie noch, weil Mathilda ihr die Münzen gerade zurückgeben wollte.

Beide nickten sich zu, umarmten sich ein weiteres Mal und packten danach die wenigen Sachen zusammen, die sie hier hatte.

Eigentlich wollte sie sich jetzt erst noch bei den Freundinnen verabschieden, aber Mathilda drängte mit einem Mal zum Aufbruch.

Offensichtlich wollte die Freundin nicht, dass sie diese sich ihr so plötzlich bietende Gelegenheit auf eine gute Zukunft nicht aus Versehen ungenutzt verstreichen ließ.

68. Kapitel

Fegefeuer der Versuchung

Das Donnerwetter und die Standpauke der Mamsell waren nicht wirklich schön gewesen. Wie zwei begossene Hunde hatten sie beide verschämt vor der älteren Frau gestanden, aber zum Glück hatte sie versprochen, es bei einer schweren Rüge zu belassen sowie die Herrschaft nicht über ihre Verfehlung zu informieren und sie hatte bisher Wort gehalten.

Das war jetzt zwei Wochen her und dennoch schmerzte diese Belehrung so unsäglich, denn sie verhinderte, dass sie sich am Tage berühren konnten.

Die alte Anstandsdame achtete seitdem penibel darauf, dass sie sich tagsüber nie an demselben Fleck befanden.

Nur nachts hatte sie darauf keinen Einfluss, denn da waren sie im gleichen Raum hinter verschlossener Tür und die meiste Zeit davon sogar im selben Bett.

Ganz offenkundig waren diese Anstandsregeln nur im Lichte des Tages notwendig, im Dunkel der Nacht verloren sie ihren Wert, da waren andere Dinge wichtiger.

Allerdings hatte ihr die Belehrung über Anstand, Moral und gute Sitten schon im letzten Jahr zu denken gegeben, denn alle Vorschriften galten auch des Weiteren nur für das Personal.

Der Herr holte sich nach wie vor jede Nacht eine Magd in sein Bett und die Herrin war am Tage zuvor das erste Mal seit der Geburt wieder ausgeritten, vermutlich aber nicht nur mit ihrem Pferd, denn sie war danach auffallend lange im Stall gewesen und der Stallknecht war ihr vermutlich dabei zur Hand gegangen.

Alles war also so, wie es wohl schon immer war und doch hatte sich etwas geändert, denn Gisela zog gerade wieder in die Villa.

Die Freundin übernahm die Stelle der Amme von der erkrankten Lore, die damit nur einige Wochen lang die Betreuung des Kindes der Herrschaft übernommen hatte.

Gisela bezog das Zimmer neben dem Bad der Herrin und war damit genau eine Etage unter ihr untergebracht, doch diese räumliche Trennung schmälerte die Wiedersehensfreude nicht.

Gisela schob einen wirklich beachtlichen Bauch vor sich her und war damit bis zur Geburt ihres eigenen Kindes vermutlich ab und zu auf ihre Hilfe angewiesen, denn alle hatten ja ihre Tätigkeiten im Hause.

Demzufolge würde in der nächsten Zeit viel Raum zum Reden sein und es war gut, die Freundin aus Kindertagen wieder bei sich zu haben.

Nach dem Einräumen ihrer Habseligkeiten und dem Vorstellungsgespräch mit der Herrin gingen sie jetzt mit dem Kind in den Garten und setzten sich auf die Bank, die vor dem Rosenstrauch stand.

Es war angenehm warm und schattig war es an diesem Platz auch. Den Strauch hatte Flora im Frühling gepflanzt. Damit war sie der Geliebte auch im Geiste nah, obwohl zwischen ihr und Flora noch zwanzig Schritte Abstand waren und die Mamsell oben an einem der Fenster stand.

Sie machte das extra demonstrativ auffällig, was wohl so etwas ausdrücken sollte, wie: Ich habe dich im Blick!

Der Sohn des Herrn war satt, frisch gewickelt und schlief in Giselas Arm. Leise konnten sie sich daher unterhalten und Gisela erzählte ein wenig von den Strapazen des letzten Jahres. Nach dieser Schilderung hatte sie viele schlimme Dinge gesehen, aber eben auch schönes.

Und das schönste für sie war wohl das Zusammentreffen mit ihrem Hinner, denn ihre Augen begannen sofort zu strahlen, wenn sie nur von ihm erzählte. Er musste wohl ein Engel auf Erden gewesen sein, wenn sie den Worten der Freundin Glauben schenken durfte.

Sie hätte ihn gern kennengelernt, aber das war ja nun nicht mehr möglich.

Vieles von dem, was Gisela über den letzten Winter berichtete, klang unglaubwürdig und dennoch war es wohl so. Einen Teil davon hatte sie ja bei ihrem Besuch bei Gisela selbst gesehen. Sie wusste allerdings nicht, wie sie in solch einem Falle diese ganzen Strapazen überstanden hätte.

Gisela war sehr stark und ihr war das bis vor ein paar Tagen noch gar nicht bewusst gewesen.

Die Mamsell verschwand von ihrem Platz am Fenster und für Minna war dies das Zeichen dafür, der Freundin etwas von den wundervollen Blumen im Glashaus zu erzählen.

Nicht ohne Hintergedanken wohl, denn Flora topfte gerade ein paar ihrer grünen Lieblinge um. Die Freundin stand am Eingang des Pavillons und wischte sich momentan den Schweiß von der Stirn.

Eine gemeinsame Erfrischung wäre wohl jetzt schön gewesen, aber sie musste der Versuchung widerstehen.

Soeben löste Flora ihr Kopftuch und schüttelte die rote Mähne aus. Es war eine Art von Leuchtfeuer, dem sie nicht widerstehen konnte und das sie zu ihr hinüberzog. Und das Feuer brannte auch in ihr!

War es da aber eine solch gute Idee, sich der Geliebten weiter zu nähern?

Gisela erhob sich und ging, denn sie wusste ja nicht um das, was da im letzten Jahr mit ihr und Flora geschehen war.

Sie schloss schnell zu ihrer Freundin auf, neben ihr ging sie danach den kurzen Weg zum Eingang des Gartenhauses hinüber und ihre Augen hielten dabei ständig Kontakt mit denen von Flora.

Endlich standen sie vor ihr und Flora begrüßte sie mit den Worten: „Hallo Gisela, kann ich dir meine Blumen zeigen?"

Liebend gern hätte sie jetzt Floras Knospen verwöhnt, doch sie ließ es lieber, obwohl ein kurzer und argwöhnischer Blick zum Hause ihr offenbarte, dass die Mamsell gerade nicht auf ihrem Beobachtungsposten war.

Gemeinsam betraten sie das Rondell.

Staunend ging Gisela an Floras Seite vor ihr her und es wurde ein Ausflug durch die Welt der schönen Blüten. Mit Tulpen, Hyazinthen, Rosen, Nelken und Lilien in allen Farben, Formen und Düften und dabei hätte sie nur zu gern Floras Duft in sich eingesaugt, ihre wundervolle Körperform wieder einmal bei Lichte betrachtet, statt sie nur in der Nacht bei sich zu spüren.

Nur der, der wusste, wie heiß das Verlangen brennen konnte, würde das wohl verstehen.

Gisela konnte das vermutlich, denn ihr war es nach ihren Schilderungen mit Hinner wohl ähnlich gegangen.

Und auch sie selbst steckte mitten in diesem selbst entfachten Fegefeuer der Leidenschaft, Flora war nur eine Armlänge von ihr entfernt und doch unerreichbar weit fort.

Zumindest im Lichte des Tages!

Immer wieder liebkosten sich ihre beiden Blicke bei Floras Beschreibungen. Sie schwärmte von ihren Blumen, doch Minna hörte nur auf den Klang der Stimme, nicht auf die Worte! Es war eine süße Qual und löste die Vorfreude auf die Dunkelheit in ihr aus, aber bis dahin waren es noch einige herzzerreißende Stunden.

Konnte die Sonne ihren Lauf nicht beschleunigen?

Gisela wandte sich dem Ausgang zu, um diesen Garten Eden zu verlassen und Minna schloss sich ihr an, wobei sich Flora zu ihr schob und ihr unauffällig einen Zettel in die Schützentasche steckte.

Ihre Lippen waren dabei so unglaublich nah, doch jetzt waren sie vom Hause aus sichtbar und wer wusste schon, wo die Mamsell gerade stand!

Schmachtend musste Minna fort, aber das Blatt Papier knisterte verführerisch in ihrer Tasche.

Als sie wenig später alleine auf der Gartenbank saß, holte sie den Zettel hervor und entfaltete diesen. Es war eine Botschaft der Liebe von Floras Hand und sie küsste diese Zeilen, bevor sie diese las.

Mit ihrer geschwungenen Schrift hatte die Geliebte ihr eine Liebesgabe überlassen: *»Unsere Seelen haben sich gefunden, in unseren Umarmungen kommen wir zur Ruh. Die ganze Welt liegt in deinen Augen und deine Stimme hallt ununterbrochen in meinem Herzen nach. Ich liebe dich nicht nur, ich begehre dich mit jeder Faser meines Leibes, der sich nach dir sehnt. Du bist die schönste Blume in meinem Haus aus Glas. Ach könnte ich doch jetzt deinen Nektar kosten!«*

Minna richtete ihren Blick auf Flora, die noch immer neben der Tür des Glashauses stand. Sie zog die Nachricht an ihre Brust, schob diese in ihr Mieder und nickte der Geliebten zu.

Diese Botschaft war angekommen und jetzt nah an ihrem Herzen, Floras Liebe war darin.

Das Verlangen brannte tief in ihr, doch sie würden es nur vor aller Augen verschlossen ausleben können!

Hier war ihr Platz und Flora die Liebe ihres Lebens, nur mit ihr an ihrer Seite war jedes Schicksal ganz leicht, wie Elfenflügel auf der Haut.

Und abermals sauste diese Gänsehaut der Vorfreude über ihren Leib.

69. Kapitel

Im Schoß der Familie

Seit mehr als drei Wochen lebte sie jetzt schon wieder in der herrschaftlichen Villa am Katzberg, hoch über dem Qualm der großen Stadt, aber das Verhalten der Herrin zu ihr war auch weiterhin distanziert und kühl.

Vermutlich war das auch völlig normal so, da sie ja nur eine Magd war, doch was sie nicht verstand, war, dass die Frau ihren Sohn an manchen Tagen nur für ein oder zwei Minuten sah.

Gisela war als Amme immer mit dem Kind zusammen, sang ihm Lieder vor und las aus Büchern, obwohl er wohl kaum etwas davon verstehen würde, doch es war einfach nur schön und so etwas wie eine Vorbereitung auf die Zeit, die sie bald mit ihrem Kind haben würde, dann musste sie auf zwei kleine Kinder aufpassen, aber sie konnte sich momentan nichts Schöneres vorstellen.

Irgendwie verstand sie allerdings diese Ablehnung nicht, die seine beiden Eltern ihrem Sohn entgegenbrachten, eventuell war das in den reicheren Familien normal, denn schließlich hielten sie sich dafür extra eine Amme!

Immer wenn Gisela wie jetzt mit dem Kind im Garten saß und die alten Lieder sang, dann flogen ihre Gedanken zurück zu Hilde, wie die sich um ihre drei Kinder kümmerte und jeden ihr nur verbleibenden freien Moment mit ihnen verbrachte.

Hilde oder Hermine hatten ihren Kindern trotz der Armut viel Liebe geschenkt, vielleicht aber auch aus dem Grunde, weil sie nur diese im Überfluss hatten. Wer mochte es wohl wissen? Sie möglicherweise in ein paar Tagen, wenn sie dann auch Mutter und nicht nur Amme sein würde.

Mathilda hielt ihr Versprechen, sich um sie zu kümmern und schaute einmal in der Woche nach ihr, wobei sie auch das Kind untersuchte, das dabei meist in der Wiege schlummerte. Damit konnte die Freundin jeden ihrer Besuche ohne Probleme erklären, wobei allerdings der Hauptteil ihrer Zeit für ihre Untersuchung und Gespräche über liebe Freunde genutzt wurde.

Beim nächsten Mal wollte Mathilda Gretel und Markus mitbringen, damit diese beiden die Blumen in Floras Garten bewundern konnten. Das hatten sie zusammen mit der Frau am Tage zuvor besprochen und da sich das Glashaus im Garten befand, brauchten sie die Herrin auch nicht zu befragen.

Vermutlich war sie dann sowieso gerade reiten, denn das war ihr wahrer Zeitvertreib.

Gisela lehnte sich auf der Bank im Garten zurück, sang ein leises Schlaflied und wiegte das fremde Kind. Ihr eigenes hatte mittlerweile damit aufgehört, ihr permanent in den Magen zu treten, aber ihre Übungen machte sie auch weiterhin sorgsam.

Versonnen blinzelte sie in die Sonne und dachte an die schöne Zeit mit Hinner zurück, als urplötzlich ihre eigene Mutter im Garten erschien.

Vor Schreck hätte sie beinah aufgeschrien, denn bisher hatte sie es vermieden, der Mutter unter die Augen zu treten. Der Brief im letzten Winter war das einzige Lebenszeichen, dass sie ihr geschickt hatte, denn mit Hinners Tod war sie unehelich schwanger.

Das galt in ihrem Dorf als große Schande und daher hatte sie es nicht übers Herz gebracht, dies den Eltern zu gestehen.

Und jetzt war es unvermeidlich, dass Hedwig in ein paar Augenblicken im Bilde war, denn der Bauch war wohl kaum durch etwas anders zu erklären.

Die Mutter setzte den Tragkorb ab, den sie wohl für einen Besuch auf dem Markt mitgenommen hatte und trat vor sie hin.

Ängstlich schaute sie zu ihr hinauf und wartete auf die Maßregelung, doch nichts dergleichen geschah. Stattdessen ließ sich Hedwig ächzend neben ihr nieder, streichelte das schlafende Kind in ihrem Arm und sah sie an.

Da war kein Zorn in ihrem Blick und daher fasste Gisela etwas mehr Mut.

„Bitte entschuldige, dass ich mich so lange nicht bei dir gemeldet habe!", brachte sie leise heraus.

Hedwig nickte milde und sagte dann: „Wo ist eigentlich dein Hinner?"

„Ich kann es dir nicht sagen", antwortete sie kleinlaut und setzte hinzu: „Er ist im März eines Tages verschwunden und nicht zu mir zurückgekommen!"

Bei dem Gedanken an jenen schlimmen Tag stiegen ihr die Tränen in die Augen, schniefend lag ihr Kopf wenig später an der Schulter der Mutter, die ihr wieder tröstend durchs Haar strich, wie sie es schon in ihrer Kindheit so oft gemacht hatte.

„Weißt du eigentlich, dass er bei uns war, weil er um deine Hand angehalten hat?", fragte die Mutter.

Gisela blickte die Mutter mit Tränen in den Augen an und schüttelte den Kopf.

„Hat er dich eigentlich vor den Altar geführt?", setzte Hedwig nach.

Abermals musste sie den Kopf schütteln und damit gab sie jetzt wirklich zu, dass sie mit Hinner in Sünde gelebt hatte. Offenbar hatte die Mutter bis gerade eben noch vermutet, dass sie mit ihm verheiratet war und sie beide hier zusammen wohnten, wie das im Dorfe mitunter zwischen Knecht und Magd so üblich war.

„Es tut mir so leid, dass ich Schmach über euch gebracht habe!", schluchzte Gisela, zog ängstlich den Kopf zwischen die Schultern und erwartete abermals das Donnerwetter der Mutter, doch erneut geschah nichts dergleichen.

Stattdessen strich Hedwig ihr abermals liebevoll über den Kopf.

„Dein Vater hat der Vermählung zugestimmt und damit bist du in unseren Augen verheiratet. Oder jetzt eben verwitwet!", erklärte die Mutter.

„Damals hat dein Hinner uns einen wundervollen Engel als Brautgeschenk gebracht", setzte Hedwig noch hinzu.

Jetzt erinnerte sie sich daran, dass Hinner im Frühjahr einen Engel gemacht, sie diesen bemalt hatte und er ihr nicht wirklich gesagt hatte, für wen dieser bestimmt war.

Offenbar war Hinner auf dem Rückweg von ihren Eltern verunglückt und damit wäre diese Statue ein letzter Gruß des Geliebten.

„Könntest du mir diesen Engel bitte bringen?", fragte sie leise.

„Das mache ich bei meinem nächsten Besuch sehr gern. Ich muss jetzt allerdings leider auch schon wieder los, aber ich freue mich auf mein erstes Enkelkind", erklärte die Mutter, küsste sie auf die Stirn und erhob sich von der Bank.

„Lass mal wieder was von dir hören! Vater würde sich auch über ein paar Zeilen von dir freuen!", setzte sie noch hinzu, schnallte sich die anscheinend schwere Kiepe wieder auf und ging danach.

Eine ganze Weile blickte Gisela ihn hinterher und fragte sich, woher Hedwig nur gewusst hatte, dass sie hier war, aber vermutlich hatte Minna es ihr gesagt, als sie am letzten Wochenende ihre Mutter im Dorf besucht hatte.

Liebevoll blickte sie auf das schlafende Kind herab und strich mit der anderen Hand über ihren Bauch. Durch Mutters Wort war sie wieder im Schoß der Familie aufgenommen und das fühlte sich so unglaublich gut an.

Jeder Mensch brauchte doch einen Rückhalt und jetzt bemerkte sie erneut, wie sehr ihr das die ganze Zeit gefehlt hatte. Und wie das wohl dem kleinen Würmchen in ihrem Arm fehlen würde, denn dessen Eltern kümmerten sich nicht ein Stück um ihn.

Sie nahm sich ganz fest vor, für ihn zu sorgen, als wäre es ihr eigenes Kind und sie gab den Kuss der Mutter an ihn weiter.

Er erwachte und lächelte sie an, als ihre Lippen seine Stirn berührten. Jedes Wesen auf der Welt brauchte Liebe!

70. Kapitel

Glück mal zwei!

Ein langer und arbeitsreicher Tag näherte sich für sie seinem Ende zu, obwohl das als Amme mit einem Säugling wohl nie ging, denn der Kleine schlief maximal zwei Stunden am Stück, bevor er entweder etwas zu essen oder eine neue Windel brauchte.

Gerade hatte sie das Kind in die Wiege gelegt und es schlief jetzt, nachdem sie ihm etwas vorgesungen hatte.

Müde und erschöpft ließ sie sich auf der Kante ihres Bettgestelles nieder und blickte vor sich hin. Eigentlich musste sie sich nur um das Kind und sonst nichts kümmern und dennoch war es schwer und anstrengend.

Wie hatten es nur die Mutter, Hedwig oder Hilde geschafft, die zu den Kindern auch noch ihren Haushalt und eine ganze Familie zu versorgen hatten?

Bei Hedwig und Hilde kam noch erschwerend hinzu, dass sie sich auch noch völlig auf sich alleine gestellt um deren Lebensunterhalt kümmern mussten.

Möglicherweise hätte Gisela zu ihrer Verteidigung jetzt anbringen können, dass sie hochschwanger war und man da wohl kaum noch einen anderen Säugling zu betreuen hatte, aber ihre Bewunderung für die anderen Mütter stieg soeben ins Unermessliche.

Die Herrin davon einmal ausgenommen, denn die sah ihr Kind auch weiterhin kaum fünf Minuten täglich und selbst die Milch für ihr Kind kam nicht von ihr, sondern von einer Magd, die kürzlich ihren Säugling verloren hatte. So verdiente sich die Frau zwar etwas hinzu, aber der Schmerz in ihren Augen war einfach unbeschreiblich, wenn sie in der herrschaftlichen Küche bei Bettina ihre Milch abgab und sie dabei mit dem Kind im Arm dort sitzen sah.

Momentan hatte sie selbst noch keine Milch, obwohl die Brüste bereits angeschwollen und vermutlich voll davon waren. Demnächst würde sie dann beide Kinder stillen und damit fiel dann dieses Zubrot für die andere Magd in absehbarer Zeit wohl fort.

Möglicherweise konnte sie dann aber dennoch mit Bettinas Hilfe etwas für die arme Frau tun, denn auch der Köchin tat die Magd sichtbar leid.

Gisela hob ihren Blick und sah zur langsam dem Horizont entgegen sinkenden Sonne hinüber. Es war jetzt Mitte August und bis zu ihrer eigenen Niederkunft waren es noch einige Tage.

Mathilda hatte die erste Woche im September als Geburtstermin errechnet und die gelegentlichen Senkwehen waren ihre täglichen schmerzhaften Begleiter, doch die Übungen, die ihr die Freundin ans Herz gelegt hatte, machte sie dennoch, denn Mathilda hatte mit Nachdruck darauf hingewiesen, wie wichtig das war.

Sie stemmte sich von ihrem Bett und begann ihre Drehungen, als eine neue Wehe durch ihren Körper zuckte. Der unerwartete Schmerz nahm ihr für einen Moment die Luft, bevor sie ihre Bewegungen fortsetzen konnte.

Vor ein paar Tagen war es schon einmal so gewesen. Dabei hatte sich das Kind in ihr gedreht und lag jetzt richtig. Es war schon schön und nahm etwas die Angst, wenn man wusste, was da in einem geschah und was es zu bedeuten hatte.

Sie war gerade die am besten ausgebildete werdende Mutter in dieser Beziehung, im Umkreis von sicherlich mehreren Meilen, denn das Wissen aus Mathildas altem Lehrbuch steckte in ihr drin.

Die Beratungen der anderen schwangeren Frauen damals bei ihr hatten ihr dabei sehr geholfen, aber es war etwas völlig anderes, darüber zu reden, als es selbst täglich zu erleben, dieses Wunder der Natur: Ein kleiner Mensch steckte da in ihr drin.

Zu einem Teil von ihr und zum anderen von Hinner, den sie immer noch so schrecklich vermisste.

Das würde wohl kaum jemals weniger werden und der Kummer umschloss ihr Herz für einen Augenblick, danach konzentrierte sie sich abermals auf das kleine Wesen in ihr sowie ihre Übungen und der Kummer wich langsam.

Allerdings war diese Sportübung ziemlich anstrengend und um sich davon abzulenken, flogen ihre Gedanken zu der älteren Freundin.

Gerade am Tage zuvor war sie mit Rosi und Gretel hier gewesen. Offiziell, um das Kind der Herrin zu untersuchen, aber eigentlich, damit Gretel und Rosi im Gras spielen und Floras Blumen bewundern konnten. Gretel nahm dafür fast eine Stunde Fußweg in Kauf und war dafür am Vortag mit einer Rosenblüte belohnt worden, die von einem Strauß der Herrin abgefallen war.

Für die Herrin war es nur noch Abfall, für Gretel aber ein wohlriechender und wundervoller Schatz!

Gisela hatte Mathilda auch ihren Wochenlohn mitgegeben, denn sie brauchte hier nichts. Mathilda und die anderen Frauen hatten die paar Groschen nötiger und sie hatte auch bemerkt, dass Bettina den beiden Kindern beim Abschied heimlich ein paar Würste zugesteckt hatte. Die Freundin riskierte dafür einen Rüffel der Mamsell, aber auch sie wollte helfen, wo immer es ging.

Offenbar steckte sie gerade alle im Hause mit ihrer Hilfsbereitschaft an, aber es hätte noch viel mehr gehen können.

Sie wechselte die Position, als eine noch schlimmere Schmerzenswelle ihren Körper durchrollte und sie sich stöhnend am Bettpfosten festhalten musste.

Vorsichtig rieb sie sich den Bauch, als die Fruchtblase platzte und sich eine große Pfütze unter ihr bildete.

„Das ist zu früh!", brach es laut aus ihr heraus, was den schlafenden Säugling aufweckte, der damit jetzt um Aufmerksamkeit schrie.

Doch sie konnte den stützenden Pfosten nicht mehr loslassen.

Es dauerte ein paar Minuten, dann trat die Mamsell in den Raum, um zu prüfen, warum sie sich nicht um das brüllende Wickelkind kümmerte.

„Es geht los!", presste Gisela durch die Zähne, denn gerade überrollte sie die nächste Wehe.

„Minna!", schrie die Mamsell nach draußen und hob den Säugling aus seiner Wiege, um ihn zu beruhigen.

Minna erschien gehetzt im Zimmer, erfasst die Situation und wollte sie zum Bett bringen.

„Hole Mathilda!", erklärte sie der Freundin, die sofort aus dem Zimmer eilte.

Es war fast eine Stunde hin und genauso lange zurück, selbst wenn man rannte und damit eigentlich unwahrscheinlich, dass Mathilda es noch rechtzeitig schaffen würde, denn es schien eine dieser Sturzgeburten zu werden, über die sie viel in dem Buch gelesen hatte.

Langsam schob sie sich um das Bett, setzte sich hin und im selben Moment kam Mathilda auch schon durch die Tür.

Die erfahrene Hebamme übernahm sofort die Organisation und mit Minnas Hilfe begann sie die Geburt vorzubereiten.

Gisela gab ein stummes Gebet ab und begab sich in die Hände der erfahrenen Hebamme.

Es tat so gut, dass Mathilda in der Nähe war, obwohl sie es eventuell auch alleine geschafft hätte.

71. Kapitel

Ein guter Tag!

Mathilda war praktisch mit Minna vor deren Haustür auf dem Gehweg zusammengeprallt. Es war wohl so eine Form von Intuition gewesen, dass sie an diesem Abend noch mal nach Gisela schauen wollte, obwohl es ja eigentlich schon unmittelbar vor der Dämmerung gewesen war.

Oder doch etwas anderes, wenn man fast vier Monate im selben Bett geschlafen hatte?

Jedenfalls hatte sich ihre vage Ahnung bestätigt und Gisela lag schon in den Wehen, oder stand darin, denn sie sank auf das Bett, als sie mit Minna den Raum betraten.

„Was ist?", fragte sie.

„Die Wehen kamen plötzlich und sind zu schnell! Es wird eine Sturzgeburt", entgegnete Gisela und wandte sich schon wieder in der nächsten Wehe.

Sicherlich hatte die Freundin die Situation richtig erfasst und dennoch würde Mathilda lieber noch einmal nachprüfen, ob dem tatsächlich so war.

„Mache heißes Wasser! Das Kind kommt gleich!", erklärte sie Minna über die Schulter und schob Gisela in die richtige Position.

Minna rannte davon und die Mamsell ging mit dem Säugling auf dem Arm nach draußen, denn das schreiende Kind würde das Treiben hier nur noch zusätzlich verrückt machen.

Schnell wusch sie sich die Hände und begann die Untersuchung.

„Dein Muttermund ist schon vier Finger breit offen!", erklärte sie danach.

Gisela nickte und entgegnete: „Dass das so weh tut, stand aber nicht in deinem Buch!"

Sie stöhnte auf, weil abermals eine Wehe ihren Leib durchzuckte, hielt sich aber tapfer und die gemachten Turnübungen halfen ihr offenbar gerade.

Minna kam mit dem Wasser zurück und sie begannen mit der Vorbereitung, wobei Gisela sie mit allen Kräften unterstützte.

Gelegentlich schaute die Mamsell ins Zimmer, sonst waren sie hier zu dritt alleine, aber es dauerte dann doch noch ein wenig, bis das Kind in Bewegung kam und sich schließlich nach unten schob.

Es hätte eine Geburt, wie aus dem Lehrbuch sein können und sie hätte sich entspannt zurücklehnen können, wenn sie nicht gerade so sehr mit ihrer Freundin mitgelitten hätte.

Schließlich presste Gisela ihr Kind mit einem gewaltigen Schrei aus sich heraus.

„Du hast ein Mädchen!", rief Minna aus, als sie ihr das Kind zum Säubern übergab, nachdem sie die Nabelschnur abgebunden und durchtrennt hatte.

„Ich werde sie Martha nennen, nach meiner Großmutter!", erklärte Gisela schwach, als Minna ihr das gewickelte Kind in den Arm drückte.

„Willkommen im Leben, Martha! Mögest du immer Glück haben!", erwiderte Mathilda und wischte dem Säugling über die Stirn.

„Ich bleibe diese Nacht bei ihr", flüsterte Minna ihr zu, weil Gisela gerade vor Erschöpfung eingeschlafen war.

Lächelnd nickte sie der jungen Magd zu.

Glücklich blickte sie auf das sich ihr bietende Bild herab, denn das war es, weswegen sie einst Hebamme geworden war!

Mutter und Kind waren wohlauf.

Es war ein ausgezeichneter Tag und sie machte sich gut gelaunt und singend auf den beschwerlichen Heimweg durch die Nacht!

72. Kapitel

Der Fluss des Lebens

Mit dem herrschaftlichen Kinderwagen stolzierte Gisela die Straße hinab. Sie trug ihre beste Kleidung und die war auch noch von auserlesenster Qualität, denn die Herrin hatte vorgeschrieben, dass sie außerhalb des Hauses immer perfekt gekleidet aufzutreten hatte und die Mamsell hatte dafür gesorgt, dass ihr dieses Gewand auf den Leib geschneidert worden war.

Und für eine Magd gab es nichts Besseres. Der lange anthrazitfarbene Rock saß perfekt und fiel bis auf die Spitzen der Stiefel, die ebenfalls von ausgesuchter Güte waren. Das mit Glasperlen bestickte Mieder passte dazu und das dunkelblaue Cape zusammen mit dem großen Hut vervollständigte ihre Anzugsordnung.

Es war ein besonderer Tag, denn es war genau ein Jahr her, dass die Herrin sie aus dem Hause geworfen hatte. Und damit auch auf den Tag exakt zwölf Monate, dass sie damals auf Hinner getroffen war.

Im Wagen schlief Martha und dafür riskierte Gisela zwar einen Rüffel, weil eben nicht der Sohn der Herrin darin lag, um den sich Minna heute ausnahmsweise kümmerte, aber heute konnte ihr einfach nichts geschehen!

Vor einer Woche war Hedwig bei ihr zu Besuch gewesen und hatte dabei ihre kleine Tochter im Tragetuch vor der Brust gehabt.

Es war das erste Mal, dass sie ihre Schwester gesehen hatte, Marthas Tante und sie waren fast gleich alt und würden eventuell noch vor Weihnachten zusammen in der kleinen Dorfkirche am Rabenstein getauft werden.

Sie fürchtete sich nicht mehr vor dem Klatsch der Weiber im Dorf, denn sie hatte sich mit der Mutter ausgesprochen und für alle dort war sie Hinners Witwe, obwohl es nur im übertragenen Sinne so gewesen war.

Und wieder krampfte sich ihr Herz für einen Moment zusammen, als sie an den geliebten Mann zurückdachte. Zwölf Monate war es her, dass sie auf ihn getroffen war, als eine höhere Fügung oder die Vorsehung sie zusammengebracht hatte.

In der Form, wie sie gerade hier entlang lief, war es genau das Gegenteil zu ihrem Auftreten damals. Einst war sie, völlig aufgelöst und in Tränen, mit nichts weiter, als der dünnen Mägdekleidung auf der Haut durch den kalten Tag gerannt.

Vieles hatte sich in diesen Monaten geändert, aber das wichtigste lag vor ihr in dem Kinderwagen: Martha war ihr ganzes Glück!

Mitunter haderte sie noch mit diesem Schicksal, dass ihr erst den Mann an die Seite gestellt hatte, um ihn dann wieder von ihr zu reißen, doch dann sah sie in Marthas Lächeln sein Gesicht und sie wusste, dass er für immer in ihrer Nähe war.

Fremde Mägde eilten an ihr vorbei, sie ging langsam ihren Weg, denn es war genau die richtige Geschwindigkeit, die sie mit viel Probieren gefunden hatte, denn das bucklige Pflaster des Gehweges wiegte Martha dadurch sanft in den Schlaf.

Das Wetter war schön und sie konnte sich gerade nicht daran erinnern, wie es vor einem Jahr gewesen war. Die Tränen und der Kummer hatten damals nicht viel davon an sie heran gelassen, bevor mit Hinner die Sonne in ihrem Leben aufgegangen war.

Gisela bog von der Straße ab und schob den Wagen auf die Brücke, in deren Mitte sie Martha behutsam und sacht aus dem Gefährt hob, wobei das Kind allerdings weiterschlief.

Diese Stelle in der Mitte der Bierbrücke war wohl so etwas wie ein Schicksalsplatz für sie geworden.

Damals, an ihrem ersten Tag in Chemnitz, hatte sie bereits hier gestanden, obwohl das eigentlich ein Umweg gewesen war, wie sie jetzt wusste.

322

Danach war dieser Ort nur noch mehr mit ihrer Vorsehung verwoben worden, denn sie hatte genau an dieser Stelle zuerst Hinner getroffen und danach hatte Mathilda ihr im März hier geholfen, dass sie Martha nicht verlor.

Damit war es auch ein Flecken geworden, der untrennbar mit dem Kind verbunden war und das für alle Zeiten!

Das Flüsschen Chemnitz floss gemächlich unter ihr dahin und sie blickte mit Martha zusammen in den dunklen Strom.

Es war ein Fluss des Lebens, denn er kam aus Hinners Heimatort. Irgendwo weit im Süden lag Zwönitz, wo der gleichnamige Fluss seinen Lauf nahm und sich hier vor ihr irgendwo mit der Chemnitz vereinte.

Soeben blickte sie in den Süden, wo das Städtchen lag und wo auch augenblicklich die Sonne stand. Es war wohl so etwas, wie ein Abschied von Hinner und ein Begrüßen von Martha und es schien ihr so, als würde ihr ein Engel zulächeln.

So einer, wie er gerade auch im Wagen lag. Hinner hatte ihn geschnitzt, damit um ihre Hand angehalten und die Mutter hatte ihn ihr vor ein paar Tagen zurückgebracht.

Und dieser Engel würde auch für das Kind immer ein Zeichen sein. Jetzt erwachte Martha, aber sie schrie nicht, sie lächelte ebenfalls und dieses Bild ließ den letzten Rest von Kummer in ihrem Herzen Schmelzen.

Martha war ein Engel und auch diesen hatte Hinner geschaffen, er war der wirkliche Engelsmacher und sie begann bei diesem Gedanken zu lächeln.

Alles würde gut werden, denn er war auch weiterhin bei ihr.

ENDE

Zeitliche Einordnung der Handlung:

5800 Steinzeit

- Anfang des Buches „**Schicha und der Clan des Bären**"

- Ende des Buches „**Schicha und der Clan des Bären**"

5500 Steinzeit

2200 Beginn der Bronzezeit

1200 Beginn der Eisenzeit

800 –

800 Beginn des allmählichen Niederganges der Bronzezeit

800 Erste Anfänge und Städtebildungen der etruskischen Kultur

750 Aufstieg der Etrusker zur Seemacht

700 –

600 –

600 Blütezeit der Bronzekunst der Etrusker im orientalischen Stil

570 Amasis wird ägyptischer Pharao

555 Anfang des Buches „**Auf Bärenspuren**"

551 Ende des Buches „**Auf Bärenspuren**"

550 Koalition der Etrusker mit Karthago gegen Griechenland

540 Sieg der Etrusker zur See gegen die Griechen bei Alalia

524 etruskische Niederlage bei Kyme gegen die Griechen

500 –

500 Blüte der etruskischen Stadt Capua

400 –

387 die Kelten fallen in Rom ein

300 –

218 der karthagische Feldherr Hannibal überquert die Alpen

200 –

100 –

73 Flucht von Spartacus aus der Gladiatorenschule in Capua

71 Tod von Spartacus und Ende des Sklavenaufstandes

55 Expedition Caesars nach Britannien

44, 15. März, Kaiser Caesar wird in Rom ermordet

37 Anfang des Buches „**Das siebente Mädchen**"

15 Der römische Feldherr Drusus zieht mit seinem Heer über die Pässe der Alpen und dringt in das Gebiet der Kelten des Voralpenlandes ein

11 Drusus dringt, im Rahmen der römischen Feldzüge, bis in das Stammesgebiet der Cherusker vor

11 in der Schlacht bei Arbalo kämpften verbündete germanische Stämme gegen die Römer unter Drusus

10 Ende des Buches **„Das siebente Mädchen"**

0 –

0 Anfang des Buches **„Die Rache der Barbarin"**

9 Niederlage des Feldherrn Varus gegen die Cherusker unter Arminius

10 Ende des Buches **„Die Rache der Barbarin"**

34 Anfang des Buches **„Das Schwert des Gladiators"**

43 Beginn der Eroberung Südbritanniens

50 Colonia (heute Köln) wird zur Stadt erhoben

54 Nero wird römischer Kaiser

54 Anfang des Buches **„Die römische Münze"**

56 Ende des Buches **„Das Schwert des Gladiators"**

57 Anfang des Buches **„Die Tochter aus dem Wald"**

58 große Teile der Stadt Colonia brennen nieder

64 Brand Roms und daraufhin erste Christenverfolgung

68 Anfang des Buches **„Im Schatten des Feuerberges"**

68 Aufstände in Gallien und Spanien

68 Selbstmord Kaiser Neros

68 die Bataver, ein germanischer Stamm, erheben sich und belagern Colonia

69, im Herbst, erneuter Aufstand der Bataver gegen die römische Herrschaft in Niedergermanien

70, im Herbst, Niederschlagung des Bataveraufstandes

70 die Stadt Colonia erhält eine acht Meter hohe Stadtmauer

75 Ende des Buches **„Die römische Münze"**

75 Ende des Buches **„Die Tochter aus dem Wald"**

79, Herbst, Ausbruch des Vesuvs und Untergang Pompejis und Herculaneums

80 Einweihung des Kolosseums in Rom

85 wird Colonia die Hauptstadt der römischen Provinz Germania inferior

85 Ende des Buches **„Im Schatten des Feuerberges"**

98 Trajan wird römischer Kaiser

100 –

161 Marc Aurel wird römischer Kaiser

200 –

300 –

306 Konstantin der Große wird römischer Kaiser

324 Konstantin bekennt sich zum Christentum und macht diese zur Staatsreligion

375 die Hunnen unterwerfen die Alanen und die Goten oder vertreiben diese aus ihren Siedlungsräumen

376 Anfang des Buches **„Sturm über den Stämmen"**

376 Flucht der Donaugoten vor den Hunnen und teilweise Aufnahme der Goten in das römische Reich

384 Ende des Buches **„Sturm über den Stämmen"**

400 –

406 Rheinübergang der Vandalen und Einfall in das römische Reich

407 die Vandalen und andere germanische Stämme ziehen plündernd durch Gallien

409 Weiterzug der Vandalen und Alanen nach Spanien

410, Ende August, Eroberung Roms durch die Westgoten

429 die Vandalen und Alanen setzen unter Geiserich von Spanien nach Afrika über

439 die Stadt Karthago fällt an die Vandalen

440 angelsächsische Söldner rebellieren in Britannien gegen König Vortigern

451 Feldzug des Hunnen Attila nach Gallien

452 die Hunnen fallen in Italien ein, ziehen sich aber bald wieder zurück

453 nach Attilas Tod zerbricht das Hunnenreich

455 Plünderung Roms durch die Vandalen unter Geiserich

500 –

590 Æthelberth, König von Kent, überfällt Wessex

597 Bischof Augustinus landet in Kent

597 Anfang des Buches **„An fremder Küste"**

598 Ende des Buches **„An fremder Küste"**

600 –

601 Augustinus wird zum Erzbischof von Cantwaraburg (dem heutigen Canterbury) geweiht

700 –

764 Anfang des Buches **„In den finsteren Wäldern Sachsens"**

772, im Sommer, Zerstörung der Irminsul

772 Anfang der Sachsenkriege Karls des Großen

782 Blutgericht von Verden (Aller)

783, im Sommer, Gefechte mit Beteiligung sächsischer Frauen

785 Taufe Widukinds in der Königspfalz Attigny

787 die ersten Überfälle der Nordmänner auf Westeuropa finden statt

790 Überfälle der Nordmänner auf Schottland und Irland

792 letzte größere Erhebungen der Sachsen gegen die Franken

792 Zwangsdeportationen der Sachsen und Neuvergabe von sächsischem Land an fränkische Siedler

793 Überfall und Plünderung des Klosters Lindisfarne durch Nordmänner

795 Überfall von Wikingern auf das Kloster Iona in Irland

799 Beginn der Wikingerüberfälle auf das Frankenreich

796 Karls Belehrung durch seinen Berater Alkuin

797 mit dem Capitulare Saxonicum wurden die Sondergesetze gegen die Sachsen gelockert

800 –

326

800 Kaiserkrönung Karls des Großen

800 König Godfred von Dänemark gerät in kriegerische Konflikte mit Karl dem Großen

800 erste nordische Siedler treffen auf den Färöern und auf Island ein

800 unzählige Angriffe der Nordmänner auf die sächsischen Küsten

802 das sächsische Volksrecht (Lex Saxonum) wird verabschiedet

802 Ende des Buches „In den finsteren Wäldern Sachsens"

804 Ende der Sachsenkriege

805 Anfang des Buches „Westwärts auf Drachenbooten"

810 dänische Wikinger greifen wiederholt die friesische Küste an

814 Tod Karls des Großen

825 Ende des Buches „Westwärts auf Drachenbooten"

840 erste Überwinterung der Wikinger im Frankenreich

840 norwegische Nordmänner überfallen Irland und gründen Dublin

844 Überfälle der Nordmänner auf Spanien

845 Plünderungen von Hamburg und Paris durch die Wikinger

858 schwedische Wikinger gründen Kiew

889 Wanzleben wird erstmals als Haufendorf erwähnt

900 –

905 Anfang des Buches „Der Schmied des Königs"

918 Herzog Heinrich von Sachsen wird König des Ostfränkischen Reiches

926 König Heinrich handelt mit den Ungarn einen langjährigen Waffenstillstand für Sachsen aus

929 Ende des Buches „Der Schmied des Königs"

933, 16. März, Heinrich I. stellt und schlägt ein ungarisches Heer bei Merseburg

936 Heinrich I. stirbt in der Pfalz Memleben

937 Otto I. der Große, gründete das St.-Mauritius-Kloster in Magdeburg

938 die Ungarn ziehen erneut gegen die Sachsen

952 Anfang des Buches „Der Gefolgsmann des Königs"

955, 10. August, Schlacht gegen die Ungarn auf dem Lechfeld bei Augsburg

955 Otto beginnt einen großen Neubau des Doms zu Magdeburg

962, 2. Februar, Krönung Ottos zum Kaiser

968 Beginn des Baues der Burg Wanzleben

980 Ende des Buches „Der Gefolgsmann des Königs"

1000 –

1100 –

1142 Heinrich der Löwe wird Herzog von Sachsen

1143 Gründung Lübecks, der ersten deutschen Ostseestadt

1147 Anfang des Buches „Im Zeichen des Löwen"

1147 Wendenkreuzzug, dauert als Kreuzzug drei Monate

1152 Königskrönung von Friedrich Barbarossa in Aachen

1155 Kaiserkrönung Friedrich Barbarossas in Rom

1156 Besiedlungszug in Lommatzsch

1157 Gründung des deutschen Kaufmannsbundes

1159 Wiederaufbau Lübecks

1160 Anfang des Buches **„Kaperfahrt gegen die Hanse"**

1160 der slawische Burgwall Dobin, liegt am Schweriner See, wird zerstört

1160 Lübeck erhält das Soester Stadtrecht

1160 Gründung der Kaufmannshanse

1161 Vermittlung eines Handelsprivilegs an die Stadt Lübeck durch Heinrich den Löwen

1161 Gründung der Gotländischen Genossenschaft, als Vorstufe der Hanse

1162 Kloster Altzella, bei Nossen, wird gegründet

1163 Ende des Buches **„Im Zeichen des Löwen"**

1180 Heinrich verliert das Herzogtum Sachsen

1200 –

1200 Gründung des Petershofs in Nowgorod als Außenstelle der Hanse

1200 Ende des Buches **„Kaperfahrt gegen die Hanse"**

1210 Anfang des Buches **„Die Sklavin des Sarazenen"**

1212 Kinderkreuzzug mit Ziel Jerusalem

1212 Friedrich II. wird König

1217 Beginn des fünften Kreuzzuges, Kreuzzug nach Damiette in Ägypten

1220 Ende des Buches **„Die Sklavin des Sarazenen"**

1221 Ende des Kreuzzuges von Damiette in Ägypten

1250 Anfang der Blütezeit der Städtehanse

1300 –

1307, September, Anfang des Buches **„Die Braut des Templers"**

1307, 14. September, Geheimer Befehl Philipps IV. zur Verhaftung der Templer

1307, 13. Oktober, der „schwarze Freitag", Gefangennahme aller Templer in Frankreich

1307, 25. Oktober, Geständnis von Jacques de Molay

1307, 22. November, Papst Clemens V. zieht das Verfahren gegen die Templer an sich

1307, 24. Dezember, Jacques de Molay widerruft sein Geständnis

1308, 2. Oktober, Ende des Buches **„Die Braut des Templers"**

1309, im März, Papst Clemens V. bestimmt Avignon zum neuen Sitz der Päpste

1310, 12. Mai, Verbrennung von 54 Tempelrittern bei Paris

1311, 16. Oktober, Eröffnung des Konzils von Vienne

1312. 22. März bis 3. April, Aufhebung des Templerordens durch Papst Clemens V.

1312, 2. Mai, Übertragung der Templergüter an die Johanniter

1314, 18. März, Jacques de Molay wird zusammen mit Geoffroy de Charnay auf dem Scheiterhaufen in Paris verbrannt

1314, 29. November, König Philipp IV. stirbt nach einem Jagdunfall

1315 Beginn einer Hungersnot, die als „Der große Hunger" in zwei Jahren mit sintflutartigen Regenfällen, sehr kalten Wintern und vielen Überschwemmungen Millionen Menschen in Europa dahinraffte

1321 Anfang des Buches **„Frauenwege und Hexenpfade"**

1337 der hundertjährige Krieg zwischen England und Frankreich beginnt

1337 Ende des Buches **„Frauenwege und Hexenpfade"**

1340 der englische König Eduard III. fällt mit seinem Heer in Frankreich ein

1342, im Juli, das Magdalenenhochwasser, eine verheerende Überschwemmungskatastrophe, lässt in Mitteleuropa zahlreiche Flüsse über die Ufer treten

1346 in der Schlacht von Crécy schlagen 8.000 englische Langbogenschützen die verbündeten europäischen und französischen Ritter vernichtend

1347 die Beulenpest erreicht die europäischen Häfen am Mittelmeer und breitete sich schnell überall aus

1348, 7. April, Gründung der Karls-Universität in Prag, der ersten mitteleuropäischen Universität

1349, 10. Januar, die Wormser Gemeinde der Juden wird blutig ausgelöscht

1349, 1. März, Pogrom gegen die Juden in Speyer

1349 Anfang des Buches **„Der schwarze Tod"**

1349, 24. Juli, in der Frankfurter „Judenschlacht" sterben fast alle Juden in Frankfurt am Main

1349, 23. August, die Juden von Mainz erheben sich gegen ihre Verfolger. Der Aufstand wird blutig niedergeschlagen und das Stadtviertel brennt ab. Zahlreiche Menschen kommen dabei ums Leben

1350 Ende des Buches **„Der schwarze Tod"**

1353 Giovanni Boccaccio schreibt sein Decamerone

1356 mit der goldenen Bulle wird erstmalig festgeschrieben, dass der deutsche König durch Mehrheitswahl von sieben Kurfürsten bestimmt wird

1400 –

1431, 30. Mai, Jeanne d'Arc, die Jungfrau von Orléans, stirbt in Rouen auf dem Scheiterhaufen

1434 Cosimo de Medici kehrt nach Florenz zurück und wird der mächtigste Bankier der Stadt

1440 Johannes Gutenberg erfindet den Buchdruck mit beweglichen Lettern

1442 Anfang des Buches **„Ein Jahr unter Gauklern"**

1443 Ende des Buches **„Ein Jahr unter Gauklern"**

1452, 15. April, Leonardo da Vinci wird in Anchiano bei Vinci geboren

1479 Anfang des Buches **„Nur ein Hexenleben ..."**

1482 Johann Tetzel beginnt sein Theologiestudium in Leipzig

1486 der Dominikaner Heinrich Kramer veröffentlicht sein Traktat „Der Hexenhammer", lateinisch „Malleus Maleficarum"

1487 Ende des Buches **„Nur ein Hexenleben ..."**

1487 Anfang des Buches **„Rosen hinter Burgmauern"**

1492 Christoph Kolumbus erreicht die großen Antillen und entdeckt damit Amerika

1498 Vasco da Gama erreicht an Bord seiner Nau auf dem Seeweg um Afrika herum Indien

1500 –

1504 Johann Tetzel beginnt seine Tätigkeit im Ablasshandel

1509 Ende des Buches **„Rosen hinter Burgmauern"**

1517 Anfang des Buches **„Die Bruderschaft des Regenbogens"**

1517, 31. Oktober, Luther verkündet seine Thesen in Wittenberg

1518 Müntzer und Luther sind in Wittenberg

1520 Müntzer predigt in Zwickau

1522 das „Neue Testament" erscheint auf Deutsch

1523, zu Ostern, Katharina von Boras Flucht aus dem Kloster

1524, im Sommer, Anfang des Buches **„Im Schatten des Regenbogens"**

1524 Bauern- und Handwerkeraufstände in Sachsen

1525, 3. bis 6. Mai, das Kloster und Reichsstift Walkenried wird von aufständischen Bauern geplündert und verwüstet

1525, 15. Mai, Schlacht bei Bad Frankenhausen

1525, 27. Mai, Müntzer wird in Mühlhausen enthauptet

1525, 27. Juni, Heirat Luthers mit Katharina von Bora

1525, im Dezember, das Kloster Buch wird geschlossen

1526, 29. April, Ende des Buches **„Im Schatten des Regenbogens"**

1526 Niederschlagung der letzten Bauernaufstände

1527 Ende des Buches **„Die Bruderschaft des Regenbogens"**

1530 Reichstag zu Augsburg beschließt die Duldung des evangelischen Glaubens

1534 die gesamte Bibel ist nun auf Deutsch lesbar

1600 –

1612 Anfang des Buches **„Im Feuersturm"**

1617, 13. September, ein Stadtbrand verwüstet weite Teile Tangermündes

1618, 23. Mai, Fenstersturz zu Prag

1618 Anfang des dreißigjährigen Krieges

1619, 22. März, Grete Minde stirbt in Tangermünde auf dem Scheiterhaufen

1619 Ende des Buches **„Im Feuersturm"**

1620, 08. November, Schlacht am Weißen Berg bei Prag

1630 Anfang des Buches **„Im Schein der Hexenfeuer"**

1631 Eintritt Sachsens in den dreißigjährigen Krieg

1631, 20. Mai, Verwüstung der Stadt Magdeburg durch kaiserliche Truppen

1631, 24. Mai, Anfang des Buches **„Das Versteck des Eremiten"**

1631 Anfang des Buches **„Die Räubermühle"**

1632 die Pest wütet in Sachsen

1632, 16. November, Schlacht bei Lützen

1634, 25. Februar, Albrecht von Wallenstein wird in Eger ermordet

1634 Ende des Buches **„Die Räubermühle"**

1639 schwedische Truppen brennen Dresden teilweise nieder

1641 nochmalige Zerstörung Dresdens durch die Schweden

1648 der „Westfälischer Friede" wird geschlossen

1648, 24. Oktober, Ende des dreißigjährigen Krieges

1649 Ende des Buches **„Das Versteck des Eremiten"**

1650 Ende des Buches **„Im Schein der Hexenfeuer"**

1683, 3. Mai, die osmanische Armee erreicht Belgrad

1683, 9. Juli, Anfang des Buches **„Ein Sommer unter der Mondsichel"**

1683, 14. Juli, die Osmanen beginnen die Belagerung Wiens

1683, 12. September, Schlacht am Kahlenberg und Sieg der kaiserlichen Truppen über die Osmanen

1683, 12. September, die Befreiung Wiens

1683, 1. November, Ende des Buches **„Ein Sommer unter der Mondsichel"**

1694 Friedrich August I. wird unerwartet neuer Herzog und Kurfürst von Sachsen

1697, 15. September, Friedrich August I. wird in Krakau zum polnischen König gekrönt

1700 –

1710 Anfang des Buches **„Anna und der Kurfürst"**

1712 Thomas Newcomen konstruiert die erste verwendbare Dampfmaschine

1715 Ende der „Kleinen Eiszeit", einer Periode relativ kühlen Klimas, mit besonders kalten Zeitabschnitten seit 1675

1715 Ende des Buches **„Anna und der Kurfürst"**

1756 bis 1763 der Siebenjährige Krieg tobt in Mitteleuropa

1776 Gründung der Vereinigten Staaten von Amerika mit der Unabhängigkeitserklärung

1789, 14. Juli, Beginn der Französischen Revolution in Paris

1793 Beginn des Interventionskriegs gegen Napoleon, an dem auch Sachsen teilnahm

1794 die Gesellen streiken in Dresden

1796 der Interventionskrieg endet mit einer Niederlage für die preußischen, österreichischen und sächsischen Verbündeten

1800 –

1800 Anfang des Buches **„Der russische Dolch"**

1806 Preußen und Russland verbünden sich gegen Napoleon Sachsen schließt sich ihnen an

1806 Krieg der Verbündeten gegen Napoleon

1806, 14. Oktober, Schlacht bei Jena und Auerstedt, die Verbündeten werden von Napoleon vernichtend geschlagen

1806, 20. Dezember, das Kurfürstentum Sachsen tritt dem Rheinbund bei und wird durch Napoleon zum Königreich

1812 von Sachsen aus beginnt der Feldzug gegen Russland. Sachsen ist mit 21.000 Mann daran beteiligt

1812, 23. Juni, Napoleon überquert mit seinem Heer die Mehmel

1812, 17. August, Schlacht um Smolensk

1812, 7. September, Schlacht von Borodino

1812, 14. September, Napoleon rückt in Moskau ein

1812, 13. Oktober, Napoleon beschließt den Rückzug

1812, 3. November, Schlacht bei Wjasma.

1812, 26. bis 28. November, Schlacht an der Beresina

1812, 14. Dezember, Kaiser Napoleon macht, seinen Truppen auf dem Rückzug aus Russland vorauseilend, in Dresden Station

1813, 2. Mai, Schlacht bei Großgörschen, Sieg Napoleons gegen Russen und Preußen

1813, 20. und 21. Mai, Schlacht bei Bautzen, weiterer Sieg Napoleons gegen Russen und Preußen

1813, 26. und 27. August, Schlacht bei Dresden, Napoleon errang seinen letzten Sieg auf deutschem Boden

1813, 16. bis 19. Oktober, Die Völkerschlacht bei Leipzig brachte Napoleon eine verheerende Niederlage. Die sächsischen Truppen liefen zu den russischen und preußischen Truppen über

1813, 11. November, die belagerte Festungsstadt Dresden kapituliert

1815, 18. Juni, Schlacht bei Waterloo

1815 Ende des Buches „Der russische Dolch"

1825 die Gesellschaft „Stockton and Darlington Railway" eröffnet die erste öffentliche Eisenbahnstrecke in England

1835, Bau der ersten Dampfmaschine in Chemnitz in der Werkstatt von Julius Borchardt

1835, im Dezember, Eröffnung der Eisenbahnstrecke Nürnberg – Fürth

1836, Gründung der königlichen Gewerbeschule in der Stadt Chemnitz

1837, Eröffnung des Chemnitzer Maschinenbauunternehmens Richard Hartmann

1839, 7. April, Fertigstellung der ersten sächsischen Eisenbahnstrecke von Leipzig nach Dresden

1844, die grassierende Kartoffelfäule dezimiert europaweit die Vorräte an Nahrungsmittel

1847 Anfang der Buches „Eine sächsische Revolution"

1847, die immer mehr um sich greifende Kartoffelfäule führt zu einer Hungersnot und zu zahlreiche Protestaktionen

1848, 21. Februar, Karl Marx und Friedrich Engels veröffentlichen das Manifest der Kommunistischen Partei

1848, 22. bis 24. Februar, Februarrevolution in Frankreich

1848, 18. März, Berliner Barrikadenaufstand

1848, 31. März bis 3. April, das Frankfurter Vorparlament tritt zusammen

1848, 24. März, Beginn der Erhebung in Schleswig-Holstein

1848, 18. Mai, die deutsche Nationalversammlung tritt in der Frankfurter Paulskirche zusammen

1849, 28. März, Verabschiedung der Paulskirchenverfassung

1849, 3. bis 9. Mai, Dresdner Maiaufstand

1849, 30. Mai, Ende der Frankfurter Nationalversammlung

1849, 30. Juni, Beginn der Belagerung von Rastatt

1849, 18. Juli, Ende der Buches „Eine sächsische Revolution"

1849, 23. Juli, die Festung Rastatt fällt und damit endet die Revolution

1850, 1. Mai, Anfang des Buches „Eine Gräfin in Amerika"

1850, 18. September, der amerikanische Kongress erlässt auf Druck der Südstaaten ein Gesetz, das die Nordstaaten zwingen soll, entlaufene Sklaven wieder ihren Besitzern zu übergeben

1851, 5. April, die Wahpekhute in Minnesota überlassen der Regierung der Vereinigten Staaten einen Großteil ihres Stammesgebiets gegen Geld und Lebensmittel

1851, 19. Juni, Ende des Buches **„Eine Gräfin in Amerika"**

1852, der Pelzhändler Alexander Faribault gründet die Stadt Faribault in Minnesota

1852, 8. Mai, Ende der Schleswig - Holsteinischen Erhebung

1862, April, Beginn des Buches **„Zwei Frauen unterm Sternenbanner"**

1862, 18. August, die Dakota greifen die untere Sioux-Agentur an und brennen diese nieder.

1862, 26. Dezember, 38 Krieger der Dakota werden bei der größten Massenexekution in der amerikanischen Geschichte gehängt.

1863, 17. Juli, in der Schlacht von Honey Springs treffen schwarze Unionssoldaten auf Cherokee im Dienste der Konföderierten.

1864, April, Ende des Buches **„Zwei Frauen unterm Sternenbanner"**

1866, Mai, Anfang des Buches **„Äskulaps starke Töchter"**

1869, die National Woman Suffrage Association (NWSA) wird gegründet

13. Juli 1870, eine Pressemitteilung Bismarcks (sogenannte „Emser Depesche") erscheint. Napoleon III. wird sie als Anlass für einen Krieg gegen Preußen nehmen.

19. Juli 1870, Der Deutsch-Französische Krieg beginnt mit der französischen Kriegserklärung an Preußen. Durch die norddeutsche Bundesverfassung und die Schutz- und Trutzbündnisse mit Süddeutschland befindet sich ganz Deutschland im Kriegszustand.

18. Januar 1871, Gründung des Deutschen Reiches

18. März bis 28. Mai 1871, Erste sozialistische Revolution in Frankreich

1871 Anfang des Buches **„Die Engelsmacherin vom Rabenstein"**

1871 Chemnitz zählt über 68.000 Einwohner.

28. Mai 1871, der 72 Tage anhaltende Aufstand der Pariser Kommune endet in Paris mit der „Blutwoche" in der bis zu 30.000 Menschen ihr Leben verlieren.

1871, 8. bis 10. Oktober, ein Großfeuer wütet in Chicago, Illinois, und zerstört große Teile der Innenstadt

1871, das Grand Central Depot in New York wird fertiggestellt

12. November 1871, 8.000 Metallarbeiter streiken in Chemnitz, es ist der erste große Arbeitskampf im neuen Deutschen Reich.

1872 - Ende des Buches **„Die Engelsmacherin vom Rabenstein"**

1872, August, Beginn des Buches **„Zwei Federn im Wind"**

1872, 18. November, Susan B. Anthony wird nach ihrer Beteiligung an der Präsidentschaftswahl festgenommen

1873, August, Ende des Buches **„Zwei Federn im Wind"**

1874 Ende des Buches **„Äskulaps starke Töchter"**

27. Mai 1875, in Gotha schließen sich der von Lassalle gegründete Allgemeine Deutsche Arbeiterverein (ADAV) und die von Liebknecht und Bebel gegründete Sozialdemokratische Arbeiterpartei (SDAP) zur Sozialistischen Arbeiterpartei Deutschlands (SAP) zusammen, dem Vorläufer der SDP.

1900 –

1939, 1. September, Angriff der Wehrmacht auf Polen

1939, 1. September, Anfang des Buches „**Liebe in stürmischen Zeiten**"

1939, 3. September, Frankreich und das Vereinigte Königreich erklären Deutschland den Krieg

1940, 10. Mai, der Angriff deutscher Verbände auf die Niederlande beginnt

1940, 24. Juni, französischer Waffenstillstand wird unterzeichnet

1941, 22. Juni, deutscher Überfall auf die Sowjetunion

1942, 23. August, Beginn des Kampfes um Stalingrad

1943, 2. Februar, Ende des Kampfes um Stalingrad

1943, 5. bis 16. Juli, Schlacht am Kursker Bogen

1945, 13. bis 15. Februar, schwere Luftangriffe auf Dresden

1945, 7. Mai, bedingungslose Kapitulation aller deutschen Truppen

1949, 23. Mai, Gründung der BRD

1949, 7. Oktober, Gründung der DDR

1953, 17. Juni, Volksaufstand und Streiks in der DDR

1954 Ende des Buches „**Liebe in stürmischen Zeiten**"

2000 –

Von Uwe Goeritz sind weitere Bücher beim Verlag BoD erschienen (BoD – Books on Demand, Norderstedt, nähere Informa-
tionen dazu finden Sie unter www.BoD.de)

Aktuelle Hinweise über Neuerscheinungen finden Sie immer im Internet unter:

www.Goeritz-Netz.de